《詩經》修辭研究

李麗文　著

蔡　序

　　修辭是文學的美容師，文學是人生的化妝師。——逸盧

　　《詩經》是中華民族最早的文學總集。研究中國文學必須閱讀《詩經》，研究中國哲學必須閱讀《易經》。《詩經》於四部（即經、史、子、集）中，屬於經部。因此，《詩經》既是文學，又是經學；既有內容美，又有形式美。內容美，係內在美，即善心，稱之為窈；形式美，係外在美，即善容，稱之為窕。揚雄云：「善心為窈，善容為窕。」洵哉斯言。

　　李麗文君，臺灣省彰化縣人。東吳大學中文系畢業後，於政治大學研修教育學程，爾後甄選考上國中教師，李君教學認真，研究甚勤，遂以半工半讀，深造碩士，就讀於東吳大學中文研究所碩士班。碩士論文以《詩經》為經，以「修辭」為緯，詮釋闡析其內容美、形式美，並深入比較、統計修辭手法。榮獲碩士學位後，猶焚膏油以繼晷，恆兀兀以窮年，日日勤學，月月苦讀，年年鑽研，未嘗間斷。皇天不負苦心人，今年如願以償，考取臺北市立教育大學中國語文研究所博士班，賡續更高深造，於焉恭賀步步高陞，實現心願。李君至盼鄙人指導博士論文，鄙人以賤軀如風中殘燭，弱不禁風，如李密〈陳情表〉所云：「日薄西山，氣息奄奄」，婉拒碩博士指導，以潛心修養品德，專心研究學術，悉心調養身體，不關心雜務，先淨空外界，再淨空內心，遂自號「淨空凡人」，以此勉旃。

　　李君於二○○二年五月，輔仁大學中文系舉辦「第四屆
中國修辭學國際學術研討會」，發表論文〈詩經十五國風設
問探析〉；二○○三年十一月，臺灣師範大學國文系舉辦
「第五屆中國修辭學國際學術研討會」，發表論文〈詩經譬
喻美學〉；二○○五年七月，於東吳大學中文系主辦《東吳
中文研究集刊》，發表論文〈詩經頂針研究〉；二○○六年六
月，遂以《詩經修辭研究》碩士論文，榮獲碩士學位。今
（二○○九）年擬出版碩士論文，於焉預祝順遂出版。本書
將《詩經》之修辭手法，分為材料、意境、詞語、章句等四
類，加以闡析、詮論，並詮析每個修辭手法之藝術，闡揚
《詩經》修辭藝術之效用與影響。鄙人忝為李君碩士論文指
導者，是以略贅數語，為之推介，企盼同好君子，匡我不
逮，曷勝銘感之至。

　　　　　　　　　　　　　龍盦　**蔡宗陽** 謹識
　　　　　　　　　　　　　二○○九年八月三十日
　　　　　　　　　　　　　於陽明齋晚靜堂逸廬

林　序

　　我自民國六十四年開始學經學，三十餘年間，逐漸體會到經書有三種屬性，即：（1）史學性，指其內容是否真實？這是「真」；（2）哲學性，指其內容是否可指引人向善？這是「善」；（3）文學性，指文章是否有文學技巧之美？這是「美」。可見，經書有真、善、美三種內涵。歷來學者都只強調其中的一種屬性，而排斥其他兩種屬性，以致糾紛時起。孔子即特別強調《詩經》的哲學性，把它當成可以指引人生向善的大著作，所以說：「詩三百，一言以蔽之，曰思無邪。」《詩序》綜合前人說詩的經驗，提出美、刺之說，後人都根據《詩序》的說法來解詩，使《詩經》成了道德教化的教科書。《詩序》是要讀過《詩經》的人，都能達到至善的境地，用心不可謂不苦。

　　《詩經》的文學性，何時才被發掘出來，孔穎達的《毛詩正義》對詩篇已有文學性的解讀，唐末成伯嶼的《毛詩指說》，已在討論詩篇的句法和用字。到了宋代，朱熹《詩集傳》已認為風是民歌。晚明以後，有不少學者把《詩經》作為評點的對象，專門討論它的寫作技巧。清代姚際恆的《詩經通論》，方玉潤的《詩經原始》，都以文學解詩著名。清末民初以來，《詩經》的文學性大受重視，哲學性和史學性反被壓抑。現代學者大都以文學的觀點來看《詩經》。

　　從文學觀點來研究《詩經》，就是要張揚《詩經》的文學性，重視《詩經》中「美」的成分。《詩經》所以成為美

文，有多種因素，其中修辭之美最是重要。《詩經》修辭的研究，最早見於 1912 年日本漢學家諸橋轍次所作的《詩經研究》，書中專闢一章，列出《詩經》詩篇有 16 種辭格，並舉例加以說明。國人則以 1922 年 12 月程俊英教授發表於《學衡》的〈詩之修辭〉為最早，討論六種辭格，其中有五種與諸橋的說法相近。後來，研究者越來越多，根據本論文所作的統計，近百年間，有作者 73 人，有修辭專書 17 本，論文 56 篇，但都針對單一辭格作研究，系統性和全面性的著作尚未之見。可見，《詩經》修辭的研究，尚有待學者的努力。

　　李麗文學弟，平素好讀《詩經》，考入東吳大學中國文學系碩士班以後，又跟隨修辭學名家蔡宗陽教授專研修辭學，將《詩經》詩篇的修辭技巧，作最徹底的研究，以彌補前人研究的不足，而完成《詩經修辭研究》一書，皇皇二十五萬言。今後學子要研究《詩經》之修辭，都得參考這本大作。我對麗文學弟的好學精神相當感動，在其書出版之際，爰附贅二、三言，以作鼓勵。

二○○九年十二月六日　林慶彰

誌於中央研究院中國文哲研究所 501 室

自 序

　　《詩經修辭研究》是中國第一本《詩經》修辭專書，亦為筆者於東吳大學之碩士論文。

　　本書是以筆者之碩士論文為藍本，增刪修改而成的；而筆者之碩士論文，則是以〈詩經頂針研究〉為藍本，鋪陳衍化，以求全書體例一致；而〈詩經頂針研究〉一文，則又以〈從詩經看古人的價值觀〉為藍本，以求合於論文寫作格式。

　　坊間之博碩士論文何其多，並非皆有撰寫之價值。筆者以為著作之撰寫，至少須符合顧炎武先生所謂：「必古人之所未及就，後世之所不可無，而後為之。」試問，古人窮經皓首，何書是所未及就？後世瞬息萬變，何書是所不可無？著書，難；合乎上述之標準，更難。

　　《詩經》研究自來已久，著作汗牛充棟，卻以考釋為多。然而，在有限之《詩經》修辭著作中，或屬泛論性質，或屬書中章節，或屬單篇論文，研究《詩經》修辭之專著，則付之闕如，此古人之所未及就。亦為筆者撰寫本書之直接動機。

　　《詩經》為我國最古之詩歌總集，各體具備，內容豐富，而其修辭方法，率多獨創，常為後世作者所取效，尤具研究價值，此後世之所不可無。亦為筆者撰寫本書之間接動機。

現有之《詩經》修辭著作，缺乏全面而有系統之研究，難以滿足學術界之需求。若能針對上述缺點加以補救，對學術研究將有莫大之裨益。當今《詩經》研究者眾，人才濟濟，勝任此項工作者，比比皆是。然而，時光飛逝，始終未見類似之著作。假如目前無其他適當人選，筆者自知並不勝任，但是願意承擔這項使命。此為當初寫作本書之緣起。

本書能順利完成，得力於師長之教導與提攜。在《詩經》方面，筆者師承自林慶彰先生。林師慶彰現任中研院文哲所研究員，致力於經學研究，著作等身，持重識深，具國際觀；在修辭方面，筆者受業於蔡宗陽先生。蔡師宗陽曾任臺灣師範大學副校長，創立中國修辭學會，開啟兩岸學術交流，閎識博瞻，具開創性。師長之諄諄教誨與鼓勵，是我創作中最大之動力。

《詩經》之資料不少，「修辭」之異稱歧出；加上筆者有全職工作，只能利用公餘之暇撰寫；某些資料中研院圖書館才有，而中研院假日並不開放；某些資料臺灣沒有，只存在於日本圖書館。諸如此類，林林總總，都增加論文寫作上之難度。筆者於論文撰寫中，學習解決問題之能力，並培養獨立研究之精神。

本書經陳素素老師細心修訂刪改，承李添富老師賜與寶貴意見，蒙陳郁夫老師惠贈《詩經》電腦檢索系統，由王國良老師提供書目諮詢，在此一併致謝。

書中之寫作內容，有許多未臻完善之處，尚祈學界先進不吝賜教，更期盼有學者持續加以研究，成就更完善之《詩經》修辭著作，這不僅是筆者欣喜之事，更為中華文化之一

大慶事。

2009 年 8 月 20 日，李麗文 序於
臺北市立教育大學中國語文研究所博士班

～ 目　次 ～

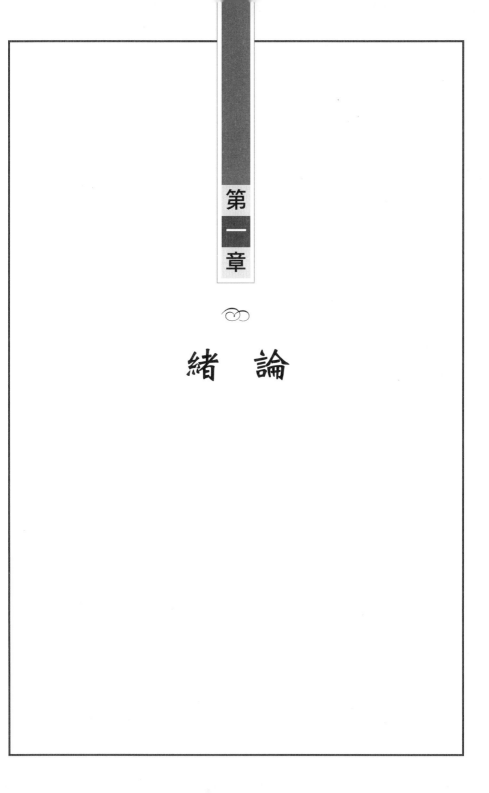

第一章

緒　論

第一節 研究動機、目的與方法

一、研究動機

　　《詩經》研究自來已久，著作汗牛充棟，卻以考釋為多。[1]《詩經》為我國最古之詩歌總集，各體具備，內容豐富，而其修辭方法，率多獨創，常為後世作者所取效，尤具研究價值。[2]然而，在有限的《詩經》修辭著作中，或屬泛論性質[3]，或屬書中章節，或屬單篇論文，就《詩經》修辭研究之專著，則付之闕如，實有必要加以深入探討。

二、研究目的

　　本論文之研究目的，可從兩方面來加以闡述：

　　其一，就《詩經》修辭藝術之特質言，可分四方面來看：一、修辭分類層面；二、修辭數量層面；三、詩經內容層面；四、詩經時代層面。其中，修辭數量層面，又分為：

1　周嘯天編：《詩經鑑賞集成》（臺北：五南圖書出版有限公司，1994年7月，初版3刷），上冊，頁10。
2　黃振民：《詩經研究》（臺北：正中書局，1982年2月，臺初版），頁397。
3　有關《詩經》修辭之著作，屬於泛論性質者，例如：唐圭璋〈三百篇修詞之研究〉、于維杰〈詩經修辭示例〉、黃振民《詩經研究》、鄭郁卿〈詩經修辭研究〉、胡子成《詩經研究》、向熹《詩經語言研究》、周滿江《詩經》、夏傳才《詩經語言藝術》、夏傳才《詩經語言藝術新編》等。

（一）材料上的辭格，（二）意境上的辭格，（三）詞語上的辭格，（四）章句上的辭格。本論文針對《詩經》修辭藝術之特質，加以深入研究，期能展現《詩經》修辭藝術之全貌。

其二，就《詩經》修辭藝術之影響言，可分四方面來看：一、材料上的辭格，分為「譬喻」、「借代」、「映襯」、「摹寫」、「引用」，共五種辭格；二、意境上的辭格，可分「呼告」、「夸飾」、「倒反」、「設問」、「感歎」，共計五種辭格；三、詞語上的辭格，分作「類疊」、「節縮」、「警策」，共三種辭格；四、章句上的辭格，分成「對偶」、「排比」、「層遞」、「頂針」、「倒裝」，總計五種辭格。論文內容，將《詩經》修辭藝術之影響，就所舉隅之十八種辭格，分析其對後世文學之影響。

三、研究範疇

本篇論文之研究範疇，可分兩方面說明：其一，在《詩經》方面，包括《詩經》中之〈風〉、〈雅〉、〈頌〉三部分，共三百零五篇的內容。因此，關於《詩經》各篇之篇旨，主要是採用余培林先生《詩經正詁》[4]之見解，並參考屈萬里《詩經釋義》、裴普賢《詩經評註讀本》、王靜芝《詩經通釋》、朱守亮《詩經評釋》、馬持盈《詩經今註今譯》等書之

4　余培林：《詩經正詁》（臺北：三民書局股份有限公司，1995 年 10 月）。

解釋與看法。[5]其二，在修辭方面，一般所謂「修辭」，就宏觀的角度，是指「篇章修辭學」；就微觀的角度，是指「字句修辭學」。[6]本論文囿於篇幅之限制，僅限於研究「字句修辭學」之領域，至於《詩經》「篇章修辭學」部分，則待日後有機會，再另闢章節予以討論，使《詩經》修辭藝術得以完整呈現。

四、研究方法

本論文之研究方法，從下列三方面予以說明：

(一) 研究資料

研究資料方面，採廣蒐旁徵之態度。舉凡有關《詩經》重要之注解、評賞，或關於修辭學研究之專書及單篇文章，而有關《詩經》修辭研究之專著、單篇論文，均廣泛涉獵，

---

5 參考屈萬里：《詩經釋義》（臺北：中國文化大學出版部，1993 年 12 月）；裴普賢編著：《詩經評註讀本》（臺北：三民書局股份有限公司，1991 年 8 月 5 版）；王靜芝：《詩經通釋》（臺北縣：輔仁大學文學院，1991 年 10 月 16 版）；朱守亮：《詩經評釋》（臺北：台灣學生書局，1994 年 9 月 3 版）；馬持盈：《詩經今註今譯》（臺北：臺灣商務印書館股份有限公司，1988 年 10 月修訂 4 版）。

6 關於《修辭學》之範疇，參考黃慶萱：《修辭學》（臺北：三民書局，2004 年 1 月，增訂 3 版 2 刷），頁 3。高明先生認為：「其實『修辭格』只是『修辭學』體系裏的一部分，更進而將『修辭學』整體作『無微不至』的研究，這是我對慶萱的一種希望」。針對此一現象，黃慶萱先生亦認為：「只講辭格，這是臺灣修辭著作的通病。」此語見黃慶萱：《修辭學》，頁 908。可見，「修辭」之範疇，實涵括「字句修辭」及「篇章修辭」二者。

期望從多種不同之角度，展現《詩經》修辭之藝術技巧。關於《詩經》各辭格之範例，運用卡片登錄記載，並輸入電腦建檔整理，俾便精確統計各辭格之篇數與次數，歸納、統計、分析出《詩經》修辭之藝術特質。

本文採用「歸納法」，來歸納《詩經》修辭之範例。李辰冬《詩經研究》說：「王引之曾用歸納法來解詩，但他沒有徹底的使用，到了聞一多，才徹底地使用，所以他對《詩經》的貢獻也最大。」[7] 聞一多使用「歸納法」來解詩，《詩經新義》及《詩經通義》二書採用此法，對《詩經》研究貢獻頗大。

本論文亦採用「統計法」，依據統計數字，闡明《詩經》修辭之現象、特徵，並研究其在《詩經》三百篇中推移、變化。李辰冬先生《詩經研究》主張：「凡不了解這個字、這個成語、這個人名、這個地名、這句詩時、統統作一統計，看它在《詩經》裏用了多少次，不能多一次，也不能少一次，而求出它的統一意義，那末所得的結果，就十分可靠了。」[8] 「統計法」運用於修辭學上，即稱為「統計修辭學」。王德春《修辭學詞典》解釋道：「統計修辭學是用數理統計的方法，來研究作家作品使用語言的規律的修辭學分科，這種研究方法可以從數量上佐證語言學方法得出的結論

---

7 李辰冬：《詩經研究》（臺北：水牛圖書出版事業有限公司，2002 年 10 月 30 日，3 版），頁 9。

8 李辰冬：《詩經研究》（臺北：水牛圖書出版事業有限公司，2002 年 10 月 30 日，3 版），頁 10~11。

是否正確，成為修辭學研究的重要方法之一。」[9]《詩經》修辭之研究工作，唯有運用「統計法」等科學方法，才能得到明確而可靠之結果。

整體而言，「統計法」可以使我們注意到三百篇的全面；而「歸納法」只能使我們知道部分；也只有知道全面，才能真正解決問題。[10]研究《詩經》修辭，必須顧及全面與部分，兼用「統計法」與「歸納法」，才能忠實呈現修辭研究之全貌。

（二）研究對象

《詩經》修辭之研究對象，是以《詩經》三百零五篇為主。《詩經》一書之內容，包括全篇詩義、章旨及字、句解釋，主要是參考余培林先生《詩經正詁》之說法。一般而言，隨意欣賞幾篇《詩經》，比較容易，要讀通整部《詩經》，則十分困難。[11]然而，只有全篇解釋下，才能了解一字一句的真正意義。[12] 因此，本論文之研究，是以《詩經》全書為研究對象。為了論證有據，每則範例若有前人之言，必撮取列舉，注明出處，使知根源便於考查，並附簡明

---

9 王德春主編：《修辭學詞典》（浙江：浙江教育出版社，1987 年 5 月，第 1 版第 1 次印刷），頁 151~152。

10 李辰冬：《詩經研究》（臺北：水牛圖書出版事業有限公司，2002 年 10 月 30 日，3 版），頁 12。

11 糜文開、裴普賢著：《詩經欣賞與研究》（改編版）（臺北：三民書局股份有限公司，1991 年 2 月，再版），冊 2，頁 421。

12 李辰冬：《詩經研究》（臺北：水牛圖書出版事業有限公司，2002 年 10 月 30 日，3 版），頁 10。

之品評，以彰顯《詩經》之修辭藝術。

(三) 研究綱目

　　《詩經》修辭之研究，首先，應探討修辭之定義，根據此定義，能確認研究對象之範疇。其次，針對《詩經》修辭研究的起源與發展，及《詩經》修辭前人研究的成果，加以深入探討，方能進一步探究《詩經》修辭之藝術現象。

　　其次，關於辭格之分類。早在一九二三年唐鉞在《修辭格》一書中，把辭格分為根于比較的，根于聯想的，根于想像的，根于曲折的，根于重複的五類二十七種。[13] 自此，各家之說風起雲湧，有一九三二年陳望道《修辭學發凡》、一九五一年周振甫《通俗修辭講話》、一九五三年張瓌一《修辭概要》、一九六三年張弓《現代漢語修辭學》、一九七三年北大中文系《語法邏輯修辭》、山西師範學院中文系《修辭常識》、一九七九年鄭遠漢《現代漢語修辭知識》、吳士文〈修辭格結構形式初探〉、一九八○年張靜《語言的學習和運用》、倪寶元《修辭》、劉煥輝〈關于辭格分類的探討〉、一九八一年胡樹裕《現代漢語》、一九八二年張志公《修辭概要》、一九八三年李濟中〈關于修辭方式的分類與處理〉、潘曉東〈辭格大類劃分芻議〉、一九八六年吳士文《修辭格論析》等書，各家眾說紛紜，見解歧異，迄今未形成完善的辭格分類系統。其中，陳望道先生對辭格的分類，是很謹慎

---

13 潘曉東：〈辭格大類劃分芻議〉，《修辭學研究》第二輯（合肥：安徽教育出版社，1983 年 8 月，第 1 版第 1 次印刷），頁 240。

認真的，他說：「經過十幾次的修改。對於名稱，也很慎重，大抵都曾經過仔細的考量，又曾經過精密的調查。」[14] 陳氏的分類，概括精當，辭格性質明確。雖有分類標準不一致，角度不統一之弊，然而瑕不掩瑜。陳先生的修辭方式分類之說，問世幾十年，一向受人推崇，影響很大。[15]因此，本論文之辭格分類，採用陳望道先生《修辭學發凡》之主張。

陳望道先生《修辭學發凡》一書，將三十八種辭格分為四大類：甲類，材料上的辭格；乙類，意境上的辭格；丙類，詞語上的辭格；丁類，章句上的辭格。論文依據四大辭格，分成四大章，各章之下再分若干節，最後加上結語，總結該總辭格之修辭現象。

《詩經》修辭之各辭格，先闡明定義，再依辭格類別，分別列舉三例「詳例」，若範例少於三例，則列出實際之一、二例，並予以詳細說明。而三「詳例」之外，其餘例證，囿於篇幅限制，採用「詳略互見法」，其數量多者，僅於附註列出《詩經》篇章名稱，俾便參閱對照；其數量少者，則將全部實例附於「詳例」後，以睹各辭格於《詩經》之全貌。

《詩經》各辭格之運用，均予以歸納統計，繪成統計表，從客觀之角度，分析其在《詩經》全書之分佈、運用情

---

14 陳望道：《修辭學發凡》（臺北：文史哲出版社，1989 年 1 月，再版），頁 75。

15 李濟中：〈關于修辭方式的分類與處理〉，中國修辭學會編：《修辭學論文集》第一集（福州：福建人民出版社，1983 年 7 月，第 1 版第 1 次印刷），頁 416。

形，並加以剖析說明，以明修辭格於《詩經》中之藝術效用。

最後，根據上述之資料，彙整出該辭格之功用、特色，並綜合歸納各方說法，同時融入個人見解，以彰顯該修辭格之藝術價值。

第二節　修辭的定義

中國古代典籍，雖有討論修辭方法之作，然未將修辭學當專門學科。修辭學發展之路徑，係由西方傳入日本，再由日本傳到中國。真正為近代漢語修辭學建立完整的研究基礎的，是陳望道在一九三二年出版的《修辭學發凡》。[16]

陳望道先生《修辭學發凡》認為：「修辭原是達意傳情的手段，主要為著意和情，修辭不過是調整語辭使達意傳情能夠適切的一種努力。」[17]揭示修辭主要是傳情達意之學問。黃慶萱先生《修辭學》進一步闡釋說：「修辭學是研究在不同的語境下，如何調整語文表意的方法，設計語文優美的形式，使精確而生動地表出說者或作者的意象，期能引起讀者之共鳴的一種藝術。」[18]黃慶萱先生在定義中，已明確指出修辭學之重要理念。簡言之，則所謂「修辭學」，意即

---

16 黃麗貞：《實用修辭學》（臺北：國家出版社，2000 年 4 月，初版 2 刷），頁 21~22。

17 陳望道：《修辭學發凡》（臺北：文史哲出版社，1989 年 1 月，再版），頁 5。

18 黃慶萱：《修辭學》（臺北：三民書局，2004 年 1 月，增訂 3 版 2 刷），頁 12。

在說寫活動中，尋求最佳表達方式，以加強表達效果，來激發讀者情思的一種學術。

第三節　《詩經》修辭研究的起源與發展

一、《詩經》修辭研究的起源

　　《詩經》修辭研究之著作，向來不多。根據現有資料，追本溯源，以日本學者諸橋轍次[19]《詩經研究》為最早，該書發表於一九一二年，書中專闢一章節，就《詩經》修辭現象，列出十六種辭格[20]，加以舉例說明，雖屬舉隅性質，未遍及《詩經》全書，卻奠定其在《詩經》修辭研究之地位。由此可知，早期日本學者，仰慕中國文化，國學根柢深厚，才得以從事《詩經》之相關研究。日本學者成為《詩經》修

19　（日）諸橋轍次，（1883-1982），新潟縣人，日本漢學家。四歲即就乃父讀《三字經》；小學期間，學四書五經、左傳、國語、史記、漢書、文學軌範、唐宋八大家文之素讀。一生最重要著作為編纂《大漢和辭典》，從 1927 年開始編寫，到 1960 年十三卷出版，先後達三十餘年，是書「披藝林之榛莽，拾辭海之遺珠」，於漢學界貢獻極大，1960 年榮獲日本「文化勳章」及中華民國「學術獎章」。參考黃得時：〈諸橋轍次其人其書〉，《中外雜誌》第 34 卷 1 期（1983 年 7 月），頁 131~135。

20　（日）諸橋轍次：《詩經研究》，（東京：目黑書店，1912 年 11 月 25 日，初版），頁 319~347。書中第六章〈文としての詩經〉第三節〈詩經の修辭〉，運用十六種修辭格，包括：譬喻法、疊語法、漸層法、警句法、省筆法、餘韻法、倒置法、反語法、寫聲法、說問法、頓呼法、誇張法、引用法、擬人法、反覆法、對句法。

辭研究之先鋒，益證修辭學之發展，是由日本傳到中國。

其次，是一九二二年十二月，程俊英先生[21]發表之〈詩之修辭〉，文章刊載於《學衡》雜誌，書中探討的辭格，有：直喻、隱喻、活喻、諷喻、聲喻、提喻、換喻、張喻、敘喻、引喻、感嘆、頓呼、現寫、問答、反復。文章中有八種辭格，與諸橋轍次《詩經研究》雷同[22]，可見中國與日本修辭發展之傳承關係。

上述列舉中、日之代表各一，以明《詩經》修辭研究之起源情形。

二、《詩經》修辭研究的發展

迨及今日，《詩經》修辭研究之發展，與詩體性質、音樂節奏、時代先後等因素，均有密切關係。

首先，《詩經》修辭之四大辭格，其中「詞語上的辭格」，約佔有 33.7%；其次為「材料上的辭格」，計有 27%；其次是「章句上的辭格」，共 19.7%；「意境上的辭格」最少，只有 19.6。由此可知，《詩經》修辭之發展，係先由字

---

21 程俊英，(1901-1993)，福建福州人，北京女子師範學校國文部第一屆畢業生。著有《詩經》研究專著十部、論文四十餘篇，是著名的古典文學研究專家、作家、中國第一代女教授。參考朱杰人、戴從喜：〈程俊英與《詩經》研究〉，《程俊英教授紀念文集》，（上海：華東師範大學出版社，2004 年 12 月，第 1 版第 1 次印刷），頁 1。

22 程俊英〈詩之修辭〉文中之辭格：「直喻、隱喻、聲喻、張喻、引喻、頓呼、問答、反復」，與日本諸橋轍次《詩經研究》書中之「直喻、隱喻、寫聲法、誇張法、引用法、頓呼法、說問法、反覆法」，文章中有八種辭格雷同。

與字間修辭，例如：「借代」辭格；而發展至詞與詞間之修辭，例如：「呼告」；進而演進至句與句間之修辭，例如：「類疊」；再發展至章與章間之修辭，例如：「層遞」。由《詩經》修辭研究之現象，可知其發展情形，是由小而大，由先而後，由簡而繁，由粗而精，與時代先後、詩體性質、音樂節奏等因素，密切相關。

就《詩經》運用修辭之比率看，時代最早的〈大雅〉有1041 例，佔 16.3%；〈小雅〉有 1837 例，佔 28.7%；〈國風〉有 3053 例，佔 47.7%；〈周頌〉有 175 例，佔 2.7%；〈魯頌〉有 200 例，佔 3.1%；〈商頌〉有 95 例，佔 1.5%。其排列順序，依數量多寡，是依〈國風〉、〈小雅〉、〈大雅〉、〈周頌〉、〈魯頌〉、〈商頌〉排列。此現象，正與《詩經》之時代先後，不謀而合。時代愈後之作品，修辭格運用之數量愈多，其藝術技巧也日臻純熟。而〈頌〉因文體特殊，不宜單就運用修辭之數量，來觀察其與時代之關係，否則易得偏頗之結果；若就〈頌〉之文體分析，因其屬廟堂文學，重在實用價值，故較少使用修辭格。

由上述分析，正印證《詩經》修辭研究之發展，與詩體性質、音樂節奏及時代先後等因素，環環相扣，關係密切。

第四節　《詩經》修辭前人研究的成果

《詩經》修辭研究之著作，大致分為專書、章節、單篇論文三種。由於著作數量甚夥，將三種合併排列，以比較發表先後順序，及明瞭各辭格之研究狀況。茲列表說明如次：

《詩經》修辭研究一覽表

作者 \ 修辭	範疇	詩經修辭			辭 格	出版日期
		專書	章節	論文		
諸橋轍次	詩經		V		譬喻法、疊語法、漸層法、警句法、省筆法、餘韻法、倒置法、反語法、寫聲法、說問法、頓呼法、誇張法、引用法、擬人法、反覆法、對句法	1912.11.25
程俊英	詩經			V	直喻、隱喻、活喻、諷喻、聲喻、提喻、換喻、張喻、引喻、感嘆、頓呼、現寫、問答、反復	1922.12
唐圭璋	三百篇			V	疊字法、疊語法、單對句法、複對句法、明喻法、隱喻法、問答法、撇問法、撇答法、呼謂法、指謂法、疊句起下法、疊字起下法、先歎後問法、先問後歎法、平鋪法、深進法、警策法	1925.10.10
唐圭璋	詩經			V	複詞	1936.06.16
王俊瑜	詩經			V	疊字、雙聲、疊韻、對句	1936.09.25
目加田誠	詩經		V		重言、疊句、對句、比喻	1943.03.15
杉本行夫	詩經			V	譬喻法（分兩種：直喻法、隱喻法）、呼問法、省筆法、漸層法（分兩種：加倍鋪陳法、逐累進境法）、仮問法、反語法、倒裝句法、對偶法（分四種：隔句對、疊韻對、雙聲對、重字對）	1954.03
張西堂	詩經		V		引用（分兩種：引言、用事）、比喻（分六種：明喻、引喻、類喻、博喻、對喻、詳喻）、擬託（分兩種：	1957.09

修辭 作者	範疇	詩經修辭			辭　格	出版日期
		專書	章節	論文		
					擬人、擬物）、摹繪（分三種：摹形、摹狀、繪聲）、詳密（分四種：辨言、撥言、助語、增字）、借代、省略、曲折（分兩種：反言、稀薄）、雙關（分兩種：借音雙關、借義雙關）、層遞（分兩種：漸層、連環）、對偶、對照、列敘、複疊（分三種：重言、疊句、類字）、問對（分兩種：問答、設疑）、夸飾、奇警（分兩種：警句、憤激）、咏嘆（分兩種：頓呼、咏嘆）、墊拽（分三種：抑揚、錯綜、進退）、變換（分三種：倒裝、轉品、斷續）	
劉秋潮	國風			V	疊字	1958.06
境武男	詩經			V	擬聲語	1958.07
黃鐵錚	詩經			V	疊字	1958.09.10
境武男	詩經			V	擬聲語	1959.04
境武男	詩經			V	擬聲語	1959.07
葉　龍	國風			V	譬喻、借代、摹狀、移就、比擬、呼告、鋪張、倒反、設問、感嘆、層進、鑲嵌、複疊、節縮、省略、同字異義、同義異字、反復、對偶、錯綜、頂真、倒裝	1964.06
刑濟眾	詩經			V	順敘、對敘、疊敘、鋪敘、排偶、愉快、感慨、悲觀、厭惡、悲傷、悲喜變化、想像、呼告、詰質、設譬、擬人、夸飾	1967

修辭 作者	範疇	詩經修辭			辭　格	出版日期
		專書	章節	論文		
謝无量	詩經		V		譬喻法、疊語法、對句法、逐累進境法、奇警動人句法、省筆法	1967.03
于維杰	詩經			V	聯綿字法、疊語法、對句法、明喻法、隱喻法、問答法、撤問法、撤答法、呼謂法、指謂法、疊句起下法、疊字起下法、先歎後問法、先問後歎法、平鋪法、深進法、警策法、倒裝句法、反語法、加倍鋪張法、省筆法	1967.05.10
劉儀芬	國風		V		明喻、隱喻、代喻、轉喻、提喻、引喻、誇張、頓呼、代言、擬物、感歎、疑問、問答、辨釋、希冀、堅決、婉曲、複疊、對偶、倒裝、漸層、省略、對照、列敘	1970.06
童元方	詩經			V	疊字	1972.07.01
裴普賢	詩經		V		疊句	1977.02
鈴木修次	詩經		V		疊語	1977.03.10
黃振民	詩三百篇			V	譬喻、擬人、示現、鋪張、映襯、因果、轉進、層進、設問、詰問、撥言、辨言、呼告、感歎、借代、移就、引用、轉品、警句、鑲嵌、錯綜、對偶、倒裝、排比、頂真、節縮、省略、省筆、疊字、反覆	1978.06.05
黃章明	詩經		V		疊字	1979.06
錢鍾書	行露		V		反詞質詰	1979.08
羅敬之	國風			V	譬喻、借代、摹狀、移就、比擬、呼告、鋪張、倒反、設問、感歎、層進、鑲嵌、複疊、節縮、省略、同字	1979.12

修辭 作者	範疇	詩經修辭			辭　格	出版日期
		專書	章節	論文		
					異義、同義異字、反復、對偶、錯綜、頂真、倒裝	
水上靜夫	毛詩			V	疊句	1980.09.01
周滿江	詩經		V		譬喻、擬物、象徵、疊字、借代、映襯、對比、摹狀、引用、呼告、倒反、對偶	1980.05
彭麗秋	國風		V		譬喻、借代、比擬、示現、呼告、感歎、映襯、鋪張、婉曲、倒反、設疑、問答、特敍、辨言、反復、對偶、排比、互文、參差、頂真、顛倒、疊字、雙聲、疊韻	1980.05
程俊英	詩經			V	示現、呼告、夸張	1980.12
石曉林	國風			V	比喻	1981
洪湘卿	國風		V		疊詠、疊句、疊章、問答、章餘	1981.05
黃振民	詩經		V		譬喻、擬人、示現、鋪張、映襯、因果、轉進、層進、設問、詰問、撥言、辨言、呼告、感歎、借代、移就、引用、轉品、警句、鑲嵌、錯綜、對偶、倒裝、排比、頂真、節縮、省略、省筆、疊字、反覆	1982.02
黃素芬	詩經			V	比喻、象徵	1983
沈　謙	詩經			V	層遞	1984.02
鄭郁卿	詩經			V	感興、比喻、夸飾、轉品、映襯、對白、設問、呼嘆、撥辨、摹寫、類疊、頂真、層遞、轉進、對偶、排比、錯綜、倒置、鑲嵌、借代、節省、引用、用典、雙關、婉曲、警策、	1984.04

修辭　作者	範疇	詩經修辭			辭　格	出版日期
		專書	章節	論文		
松本雅明	詩經		V		直喻、擬人	1986.12
胡子成	詩經		V		譬喻法、疊語法、對句法、逐累進境法、奇警動人句法、省筆法	1987
向　熹	詩經		V		比興、借代、夸飾、擬人、諧音、對偶、排比、設問、墊襯、詠嘆、頂針、懸想、變文、互詞	1987.04
周滿江	詩經			V	譬喻、擬物、象徵、疊字、借代、映襯、對比、摹狀、引用、呼告、倒反、對偶	1987.09
李　索	詩經			V	問句	1987.09
李金坤	衛風氓			V	對比	1988
余培林	三百篇			V	疊字	1988.06
汪維輝	詩經			V	借代	1989.02
林奉仙	國風		V		對舉、照應、顛倒、賦興並用、連鎖、語助、重疊、層遞、回盪、對比、問答、次序、倒序、互補、點睛	1989.05
魏靖峰	國風			V	喻依	1990.01
王瑞蓮	秦風		V		明喻、感嘆、設問、疊字、飛白、轉品、映襯、示現、鑲嵌、反復、對偶、層遞、頂真、倒裝、縮合	1990.05.20
夏傳才	詩經		V		疊字、對話、設問、反問、比喻（分三種：明喻、隱喻、借喻）、比擬	1990.10
鄭軍健	詩經			V	隱喻	1991.12
王忠林	詩經			V	譬喻	1992.04
陶長坤	詩經			V	象徵	1993.03.15

修辭 作者	範疇	詩經修辭			辭　格	出版日期
		專書	章節	論文		
周滿江	詩經		V		譬喻、擬物、象徵、疊字、借代、映襯、對比、摹狀、引用、呼告、倒反、對偶	1993.09
劉　竹	詩經			V	疊字	1993.10
唐文德	碩鼠			V	象徵、比喻	1993.11
許琇禎	國風			V	層遞	1994.04
吳朝輝	國風			V	飛白、旁借、示現、反複、互換、層遞、比興、疊字、摹寫、鑲嵌、對比、倒詞、對偶、增字、跳脫、倒裝、感歎、呼告、暗引、婉曲、藏詞、暗徵、激問、假喻、省略、含蓄、象徵、錯舉、倒反、借代、藏字	1994.06
牛多安	詩經			V	疊字	1994.07.25
張其昀	詩經			V	疊字	1995
張其昀	詩經			V	疊字（續）	1995
崔錫臣	碩鼠			V	比喻、象徵	1995
朱孟庭	詩經		V		翻疊、層遞、互文、互體、對列、平列、交錯、義同、相次、相承、凡目、綜合	1996.06
安秉均	詩經			V	比喻	1996.08
楊滿忠	詩經			V	疊字	1997.07
陳　節	詩經		V		疊字、夸張、對偶、擬人、排比、設問、反問、頂真、呼告、對比	1997.08
方文一	詩經			V	同義詞	1998
王樹薄	詩經			V	比喻、比擬、對比、襯托、對偶、排比	1998

作者 ＼ 修辭	範疇	詩經修辭			辭　格	出版日期
		專書	章節	論文		
洪麗娣	毛詩箋			V	比喻、互言、借代、重言、獨言、變言、先言、后言、異言	1998
夏傳才	詩經		V		疊字、對話、設問、反問、比喻（分三種：明喻、隱喻、借喻）、比擬	1998.01
李世萍	詩經			V	婉曲、設問、反問	1998.08.25
李苟華	詩經			V	疊字	1999
何慎怡	詩經			V	互文	1999.04
景聖琪	蒹葭			V	疊詞	2000
古田敬一	詩經			V	比喻	2000.03.31
潘柏年	國風			V	譬喻	2000.07
何慎怡	詩經			V	互文	2000.07
陳柏華	蒹葭			V	疊詞	2001
周玉秀	黍離			V	互文	2002.03
洪湛侯	詩經		V		摹繪、借代、比喻、比擬、雙關、夸飾、襯托、對比、對偶、排比、層遞、複疊、引用、詠嘆	2002.05
李鵑娟	國風			V	疊字詞	2002.05
李麗文	國風			V	設問	2002.05
吉田文子	詩經			V	漸層	2002.06
林淑貞	鴟鴞			V	擬譬、寓寄	2002.07
李麗文	詩經			V	譬喻	2003.11
李麗文	詩經			V	頂針　（列舉《詩經》69 篇 144 例）	2005.07
呂珍玉	詩經			V	頂真　（列舉《詩經》42 篇 77 例）	2005.11

作者＼修辭範疇	範疇	詩經修辭			辭　格	出版日期
		專書	章節	論文		
李麗文	詩經	V			譬喻、借代、映襯、摹寫、引用、呼告、夸飾、倒反、設問、感歎、類疊、節縮、警策對偶、排比、層遞、頂針、倒裝	2006.06
合　計		1	24	60		

　　由上述統計，吾人可以得知：

　　其一，《三百篇》之修辭研究，扣除本篇論文不計，共舉隅八十四位作者。觀諸著作性質，其中有關《詩經》修辭的章節著作，計二十四本[23]，約佔 29%；關於《詩經》修辭的單篇論文，計六十篇[24]，約佔 71%。可見，現在有關《詩

23　上述《詩經》專書中，關有修辭章節者，列舉二十二位作者，共二十四本著作，計有：（日）諸橋轍次《詩經研究》、（日）目加田誠《詩經》、張西堂《詩經六論》、謝无量《詩經研究》、劉儀芬《國風之修辭》、裴普賢《詩詞曲疊句欣賞研究》、（日）鈴木修次《中國古代文學論──詩經的文藝性》、黃章明《詩經疊字研究》、錢鍾書《管錐編》、周滿江《詩經》、彭麗秋《國風寫作技巧研究》、洪湘卿《詩經國風歌謠的特色》、黃振民《詩經研究》、（日）松本雅明《詩經諸篇研究》、胡子成《詩經研究》、向熹《詩經語言研究》、林奉仙《十五國風章節之藝術表現》、王瑞蓮《詩經秦風詩篇之研究》、夏傳才《詩經語言藝術》、周滿江《詩經》、朱孟庭《詩經重章藝術研究》、陳節《詩經漫談》、夏傳才《詩經語言藝術新編》、洪湛侯《詩經學史》等。

24　上述《詩經》修辭單篇論文，列舉五十四位作者，共六十篇論文，計有：程俊英〈詩之修辭〉、唐圭璋〈三百篇修詞之研究〉、唐圭璋〈詩經複詞考〉、王俊瑜〈詩的修辭〉、（日）杉本行夫〈詩經の修辭法〉、劉秋潮〈風詩使用疊字的藝術〉、（日）境武男〈詩經に見える

經》修辭的研究，多針對單一辭格，且偏重於小篇幅的著作，缺乏系統性與全面性之探討。

擬聲語〉、黃鐵錚〈詩經疊字之研究〉、（日）境武男〈詩經に見之る擬聲語〉（續）、（日）境武男〈詩經に見之る擬聲語〉（又續）、葉龍〈國風與雅歌的修辭研究〉、邢濟眾〈詩經修辭的研究〉、于維杰〈詩經修辭示例〉、童元方〈詩經的疊字藝術及其他〉、黃振民〈詩三百篇修辭之研究〉、羅敬之〈談詩經國風的修辭〉、（日）水上靜夫〈『毛詩』疊句原讀攷──「おどり字」の原流か〉、程俊英・萬雲駿〈詩經的語言藝術──兼談詩、詞、曲的修辭〉、石曉林〈淺談國風比喻藝術的特色〉、黃素芬〈試論詩經的藝術表現手法〉、沈謙〈詩經中的層遞藝術〉、鄭郁卿〈詩經修辭研究〉、周滿江〈詩經的藝術成就〉、李索〈詩經問句初探〉、李金坤〈衛風氓對比藝術淺談──兼談《詩經》對比手法的運用〉、余培林〈三百篇中疊字不作動詞說〉、汪維輝〈詩經中的借代〉、魏靖峰〈試析詩經十五國風的喻依〉、鄭軍健〈略談詩經比興中的隱喻思維系統〉、王忠林〈詩經中運用譬喻修辭手法的分析〉、陶長坤〈詩經象徵藝術探微──兼與王齊洲同志商榷〉、劉竹〈論詩經的疊字運用〉、唐文德〈論魏風碩鼠的象徵比喻藝術〉、許琇禎〈詩經國風層遞藝巧析論〉、吳朝輝〈詩國風修辭藝術探微──以國風最短五篇詩的修辭現象為例〉、牛多安〈詩經藝術表現手法二題〉、張其昀〈詩經疊字三題〉、張其昀〈詩經疊字三題〉（續）、崔錫臣〈碩鼠篇究竟運用了何種修辭方法〉、（韓）安秉均〈詩經的表現方法──比喻〉、楊滿忠〈簡論詩經疊字的社會美〉、方文一〈詩經中同義詞運用的特色〉、王樹溥〈詩經的修辭藝術片談〉、洪麗娣〈論鄭玄毛詩箋中的修辭觀念〉、李世萍〈婉而成章曲以見文──詩經辭格探析〉、李荀華〈詩經中重言疊字的文化意義〉、何慎怡〈詩經互文修辭手法〉、景聖琪〈詩秦風蒹葭疊詞義辨〉、（日）古田敬一〈詩經の比喻──「如」字使用的直喻について〉、潘柏年〈國風譬喻修辭法分類研究〉、何慎怡〈詩經互文修辭手法〉、陳柏華〈詩蒹葭疊詞義辨〉、周玉秀〈黍離修辭方法淺說〉、李鵑娟〈國風疊字詞研究〉、李麗文〈詩經十五國風設問探析〉、吉田文子〈詩經疊詠體における漸層表現について〉、林淑貞〈擬譬與寓寄──從鴟鴞辨析比、比興與寓言詩義涵之異同〉、李麗文〈詩經譬喻美學〉、李麗文〈詩經頂針研究〉、呂珍玉〈詩經頂真修辭技巧探究〉等。

其二，《詩經》修辭研究之論文，辭格數量多寡不一，多至三十個辭格，少至一個辭格，辭格數量差距懸殊。

其三，《詩經》研究著作，有關修辭之探討，其寫作範疇，以《詩經》為名者，著作有五十六；以《三百篇》命名者，著作有三；由《毛詩》題名者，著作有一；以《毛詩箋》命題者，著作有一；寫〈國風〉部分者，著作有十四；以〈秦風〉為題者，著作有一；就〈行露〉命名者，著作有一；從〈衛風‧氓〉探討者，著作有一；自〈碩鼠〉研究者，著作有二；以〈蒹葭〉題名者，著作有二；從〈黍離〉鑽研者，著作有一；就〈鴟鴞〉探討者，著作有一。由此可知，以《詩經》為名者，佔大多數。然而，如此大之範疇，若僅以「書中章節」及「單篇論文」探討，勢必難以兼顧其深度與廣度。因此，關於《詩經》修辭之研究，尚有極大之發展空間。

其四，所探討之辭格範例，多屬舉隅性質，未能就《詩經》全書剖析，難以展現《詩經》修辭研究之全貌。

其五，現有之《詩經》修辭著作，其列舉辭格範例者，或未加以說明，或僅簡略說明，就辭格範例詳加解說者，並不多見。此亦《詩經》修辭研究工作，亟待努力之目標。

由上述分析，可知《詩經》修辭之研究成果，多集中於小範圍之單篇論文，欠缺有系統之研究論著。《詩經》修辭之研究，自一九一二年，日本諸橋轍次《詩經研究》啟其端，《詩經》修辭厥有專門章節探討；至一九二二年，程俊英〈詩之修辭〉發表，《詩經》修辭厥有單篇論文剖析；迄二〇〇六年，李麗文《詩經修辭研究》完成，《詩經》修辭

厥有專書研究。《詩經修辭研究》，成為中國第一本《詩經》修辭專書。前後歷經九十四年，這段路漫長而遙遠。累積前人之努力，《詩經》修辭研究，已由萌芽時期，邁入茁長階段，尚待後人持續努力耕耘，才能獲致豐碩之成果。

第二章

材料上的辭格

所謂「材料上的辭格」，指就客觀事象而行的修辭。[1]本
篇論文之「材料上的辭格」，共有譬喻、借代、映襯、摹
寫、引用五種辭格。茲列舉說明如下：

│第一節│ 譬喻

漢語中「譬喻」的使用，為時頗早，而且為數也多。[2]
「譬喻」在古今詩文中，運用最廣。[3]修辭裡最常用的方法
是「譬喻」。[4]譬喻的意義，《墨子・小取》已有明確之解
釋：「譬也者，舉他物而以之也。」[5]

「譬喻」的異稱甚多。「譬喻」[6]又叫做「比喻」，[7]也叫

---

1 陳望道：《修辭學發凡》（臺北：文史哲出版社，1989 年 1 月，再版），頁 244。

2 黃慶萱：《修辭學》（臺北：三民書局股份有限公司，1999 年 10 月，增訂二版），頁 229。

3 蔡師宗陽：《應用修辭學》（臺北：萬卷樓圖書有限公司，2001 年 5 月，初版），頁 22。

4 董季棠：《修辭析論》（臺北：文史哲出版社，1994 年 10 月，增訂再版），頁 35。

5 （周）墨翟：《墨子》（上海：上海古籍出版社，1993 年 11 月，第 1 版第 4 次印刷），頁 91。

6 「譬喻」見（漢）王符《潛夫論・釋難》、（明）浦南金《修辭指南》、（日）松本雅明《松本雅明著作集》、錢鍾書《管錐編》、陳望道《修辭學發凡》、黃慶萱《修辭學》等書；「譬喻法」參考（日）五十嵐力《作文應用常識修辭學》、（日）諸橋轍次《詩經研究》、（日）杉本行夫〈詩經の修辭法〉、陳介白《修辭學講話》。

7 「比喻」一詞，見（日）佐佐政一《修辭法講話》、（日）目加田誠《詩經》、（韓）安秉均〈詩經的表現方法──比喻〉、黎運漢、張維耿《現代漢語修辭學》、鄭遠漢《辭格辨異》、倪寶元《修辭》、季紹

做「比」，[8]又稱為「打比方」，[9]也叫做「辟」，[10]或稱「譬」，[11]或稱「喻」，[12]又稱為「譬如」，[13]也叫做「托喻」，[14]又叫做「取喻」，[15]又叫做「取譬」。[16]

　　關於「譬喻」的名稱，黃慶萱先生稱「喻體」，大陸學者稱「本體」；黃慶萱先生稱「喻依」，大陸學者稱「喻

德《古漢語修辭》、夏傳才《詩經語言藝術》、張西堂《詩經六論》、洪湛侯《詩經學史》、關紹箕《實用修辭學》、谷聲應《現代漢語語法修辭》等書。

8　「比」參考（周）子夏〈詩序〉、（南朝梁）劉勰《文心雕龍・比興》、（唐）孔穎達《毛詩正義》、（元）王構《修辭鑑衡》、唐鉞《修辭格》、唐松波、黃建霖《漢語修辭格大辭典》、王德春《修辭學詞典》、浙江省修辭研究會編《修辭方式例解詞典》、蔡師宗陽《修辭學探微》、蔡師宗陽《應用修辭學》、蔡師宗陽《文法與修辭》、黎運漢、張維耿《現代漢語修辭學》等書。

9　「打比方」見張瓌一《修辭概要》、唐松波、黃建霖《漢語修辭格大辭典》、王德春《修辭學詞典》、成偉鈞、唐仲揚、向宏業《修辭通鑑》、蔡師宗陽《修辭學探微》、蔡師宗陽《應用修辭學》、蔡師宗陽《文法與修辭》、黎運漢、張維耿《現代漢語修辭學》等書。

10　「辟」同「譬」，《說文》云：「譬，諭也。」諭，古字喻也。「辟」字一詞，見（周）墨子《墨子》、王德春《修辭學詞典》、唐松波、黃建霖《漢語修辭格大辭典》、蔡師宗陽《應用修辭學》、蔡師宗陽《文法與修辭》。

11　「譬」參考（周）荀況《荀子》、蔡師宗陽《修辭學探微》、蔡師宗陽《應用修辭學》、蔡師宗陽《文法與修辭》等書。

12　「喻」見《荀子・非相》、（西漢）劉向《說苑・善說》等書。

13　成偉鈞、唐仲揚、向宏業：《修辭通鑑》（臺北：建宏出版社，1996年1月，初版1刷），頁471。

14　「托喻」一詞，參傅隸樸《修辭學》、傅隸樸《中文修辭學》等書。

15　「取喻」參考（宋）陳騤《文則》、唐松波、黃建霖《漢語修辭格大辭典》、蔡師宗陽《應用修辭學》、蔡師宗陽《文法與修辭》等。

16　「取譬」見（周）孔子弟子及再傳弟子《論語》、黃永武《字句鍛鍊法》、蔡師宗陽《應用修辭學》、蔡師宗陽《文法與修辭》等書。

體」。黃慶萱先生採朱自清之說稱「意旨」，蔡師宗陽稱「喻旨」，大陸學者稱「喻解」。[17]筆者在本篇論文中，採用蔡師宗陽的說法。

關於「譬喻」修辭格的定義，蔡師宗陽先生《文法與修辭》書中認為：

> 譬喻，又叫比喻，也叫取譬、取喻，又稱為辟（同「譬」）、比、打比方。所謂譬喻是指在語文中，用彼物比喻此物的一種修辭技巧。[18]

由上述文字，可知譬喻的定義，是指在語文中，用他種事物來比方說明此一事物的修辭技巧。關於譬喻的分類，筆者根據蔡師宗陽《文法與修辭》一書的觀點，將之分為：

一、明喻：凡是在語文中，具備喻體、喻詞、喻依的一種譬喻修辭技巧，叫做明喻，又叫顯比。

二、隱喻：凡是在語文中，具備喻體、喻依，而喻詞由準繫語（又叫準繫詞）如「是」（含有「好像」之意）代替的一種譬喻修辭技巧，叫做隱喻，也叫暗喻、隱比。

三、略喻：凡是在語文中，省略喻詞，僅有喻體、喻

---

17 見蔡師宗陽：《修辭學探微》（臺北：文史哲出版社，2001 年 4 月，初版），頁 309。

18 蔡師宗陽：《文法與修辭》（臺北：三民書局股份有限公司，2001 年 1 月，初版一刷），頁 11。

依的一種譬喻修辭技巧，叫做略喻。

四、借喻：凡是在語文中，將喻體、喻詞省略，僅剩
　　下喻依的一種譬喻修辭技巧，叫做借喻。

五、詳喻：凡是在語文中，具備喻體、喻詞、喻依、
　　喻旨的一種修辭技巧叫做詳喻。[19]

上述定義，均屬於「順敘式譬喻法」。所謂「順敘式譬喻法」是指喻體在前，喻依在後的譬喻修辭法。另有一種「倒敘式譬喻法」，是指喻依在前，喻體在後的譬喻修辭法。但是，「借喻」或「借喻式」，因只有喻依，省略喻體、喻詞，所以並無「倒敘式譬喻法」。

　　《詩經》中「譬喻」的喻體，有的緊鄰喻詞或喻依，有的則否。喻體未緊接喻詞、喻依者，其情形有二：其一，為喻體出現於詩句中。其二，則為喻體未出現於全詩，而隱藏於文意內。因此，筆者對於喻體未緊鄰喻詞、喻依者，仍然認定喻體與喻詞、喻依三者間的關係。

一、明喻

　　「明喻」是指在語文中，具備喻體、喻詞、喻依的一種譬喻修辭技巧，叫做明喻，又叫顯比。[20]「明喻」是「譬

---

19 蔡師宗陽：《文法與修辭》（臺北：三民書局股份有限公司，2001 年 1 月，初版一刷），頁 12~15。

20 蔡師宗陽：《文法與修辭》（臺北：三民書局股份有限公司，2001 年 1 月，初版一刷），頁 12。

喻」修辭格的基本形式，最容易判別。沈謙先生認為：「喻
詞除了像之外，也包括：好像、竟像、真像、如、有如、就
如、恍如、真如、似、一似、好似、恰似、若、有若、有
類、有同、彷彿、好比、猶、猶之……等。」[21]向熹先生也
說：「明喻用『如』表示，個別有用『譬』或『而』表示
的。」[22]可見，喻詞形式之多樣化。

　　筆者歸納《詩經》中之「明喻」，計有 173 例。[23]以

---

21 沈謙：《修辭學》（臺北縣：國立空中大學，2000 年 7 月，再版），頁
　　5。
22 向熹：《詩經語言研究》（成都：四川人民出版社，1987 年 4 月，第
　　一版），頁 376。
23 筆者歸納《詩經》中之「明喻」，計有 173 例：〈周南‧汝墳〉第一
　　章、第三章；〈召南‧野有死麕〉第二章；〈召南‧何彼襛矣〉第二
　　章；〈邶風‧柏舟〉第五章；〈邶風‧燕燕〉第一章；〈邶風‧谷風〉
　　第二章、第五章；〈邶風‧簡兮〉第二章、第三章；〈鄘風‧君子偕
　　老〉第一章、第二章；〈衛風‧淇奧〉第一章、第二章、第三章；〈衛
　　風‧碩人〉第二章；〈衛風‧伯兮〉第二章；〈王風‧黍離第二章、第
　　三章；〈王風‧采葛〉第一章、第二章、第三章；〈王風‧大車〉第一
　　章、第二章、第三章；〈鄭風‧大叔于田〉第一章、第三章；〈鄭風‧
　　有女同車〉第一章、第二章；〈鄭風‧風雨〉第三章；〈鄭風‧子衿〉
　　第三章；〈鄭風‧出其東門〉第一章、第二章；〈齊風‧敝笱〉第一
　　章、第二章、第三章；〈魏風‧汾沮洳〉第二章、第三章；〈秦風‧小
　　戎〉第一章；〈秦風‧蒹葭〉第一章、第二章、第三章；〈秦風‧終
　　南〉第一章；〈秦風‧晨風〉第三章；〈陳風‧東門之枌〉第三章；
　　〈曹風‧蜉蝣〉第三章；〈曹風‧鳲鳩〉第一章；〈小雅‧皇皇者華〉
　　第二章、第三章；〈小雅‧常棣〉第七章；〈小雅‧天保〉第三章、
　　〈小雅‧天保〉第六章；〈小雅‧六月〉第五章；〈小雅‧采芑〉第四
　　章；〈小雅‧車攻〉第六章；〈小雅‧白駒〉第四章；〈小雅‧斯干〉
　　第一章、第四章；〈小雅‧節南山〉第一章、第六章、第八章；〈小
　　雅‧正月〉第八章；〈小雅‧雨無正〉第五章；〈小雅‧小旻〉第六
　　章；〈小雅‧小宛〉第三章、第六章；〈小雅‧小弁〉第二章、第四

〈雅〉最多，〈風〉次之，〈頌〉最少。《詩經》三百五篇，乃吾國最古之詩歌總集。[24]《詩經》限於古詩之形式，常見的喻詞有：如、譬、比、宛、而。

　　由上述資料，可知《詩經》明喻「喻詞」，以「如」字最常見，「宛」字次之，「譬」、「而」次之，「比」字最少。喻詞為「如」者，例如〈衛風・淇奧〉：

　　　有匪君子，如切如磋，如琢如磨。（第一章）

這是首讚美頌揚衛武公的詩。詩人從四種不同角度，說明文采斐然之君子，他的品德，如金錫般精粹；他的氣質，如圭璧般高貴。詩人巧妙運用「譬喻」修辭的「明喻」，其中「有匪君子」，是喻體；「如」，是喻詞；「切」、「磋」、「琢」、「磨」，皆是喻依，來描寫君子的美德風采。漢王充

章、第五章、第七章；〈小雅・巧言〉第五章；〈小雅・何人斯〉第七章；〈小雅・谷風〉第二章；〈小雅・大東〉第一章；〈小雅・小明〉第一章；〈小雅・楚茨〉第四章；〈小雅・甫田〉第四章；〈小雅・瞻彼洛矣〉第一章；〈小雅・頍弁〉第三章；〈小雅・車舝〉第五章；〈小雅・角弓〉第五章、第六章、第八章；〈小雅・都人士〉第二章、第四章；〈大雅・大明〉第七章；〈大雅・緜〉第三章；〈大雅・生民〉第二章；〈大雅・行葦〉第六章；〈大雅・卷阿〉第六章；〈大雅・板〉第六章、第七章；〈大雅・蕩〉第六章；〈大雅・桑柔〉第十三章；〈大雅・雲漢〉第三章、第五章；〈大雅・烝民〉第八章；〈大雅・韓奕〉第四章；〈大雅・常武〉第三章、第四章、第五章；〈大雅・瞻卬〉第四章；〈周頌・良耜〉；〈魯頌・泮水〉第五章；〈魯頌・閟宮〉第三章；〈商頌・長發〉第六章。

24 屈萬里：《古籍導讀》（臺北：臺灣開明書店，1989 年 7 月，二十版），頁 147。

《論衡》曰：「骨曰切，象曰磋，玉曰琢，石曰磨，切磋琢磨，乃成寶器。人之學問，知能成就，猶骨象玉石切磋琢磨也。」[25]，縮是用「切磋琢磨」，來比喻學問增長；宋朝范處義進一步說明：「切磋者，以利器攻骨角而成其文；喻武公能受人之規諫以成其德也。琢磨者，以玉石就錯礪而成其器，喻武公以禮自防而成其德也。」[26]將切磋琢磨與進德修業，作有效之連結；余培林先生認為：「琢磨，此喻其德業之精進。二句合言精益求精，以喻進德修業之不已。」[27]這席話，讓「切磋琢磨」的意義更臻完善。關於本詩「譬喻」修辭之分析，清朝牛運震的簡評是：「通篇以比喻勝。」[28]而馮杏實先生則認為：「剛一提到這位文雅的美君子，便連用四個比喻直接、正面地概括其內在美，用古代治器的幾種精細工藝，來比喻這位君子研究學問和修養鍛鍊品德所下的深刻功夫。」[29]均對「譬喻」修辭，有精闢的見解，與深切的肯定。再如〈小雅・天保〉：

　　如月之恆，如日之升。（第六章）

25　（漢）王充：《論衡》（臺北：臺灣商務印書館股份有限公司，1976年7月，臺一版），頁75~76。

26　（宋）范處義：《詩補傳》（臺北：世界書局，1988年2月，初版，《景印摛藻堂四庫全書薈要》本），卷5，頁2上。

27　余培林：《詩經正詁》（臺北：三民書局股份有限公司，1999年10月，增訂二版），下冊，頁160。

28　（清）牛運震：《詩志》（清嘉慶年間空山堂刊本），卷1，頁48上。

29　周嘯天編：《詩經鑑賞集成》（臺北：五南圖書出版有限公司，1999年7月，初版3刷），上冊，頁203。

此乃臣子祝福君王的詩，使用兩個「明喻」，稱頌君王像上弦月，像東升之旭日。「（爾）」，此處指君王，出現於本詩之前三章。其中「（爾）」，是喻體；「如」，是喻詞；「月之恒」、「日之升」，皆屬喻依。宋朝呂大臨解釋說：「上言神享之矣，民服之矣，福祿無以加矣。又欲常享是福，有進而無退，有成而無虧，相承而無衰，故以日、月、南山、松柏喻焉。」[30]詩人使用眾人熟悉的「月之恒」、「日之升」景象，來祝福君王，生動地反映出臣民心聲。又如〈大雅・常武〉：

> 王旅嘽嘽，如飛如翰，如江如漢。如山之苞，如川之流。（第五章）

此讚揚周宣王御駕親征徐夷，連用六個「明喻」：「飛」、「翰」、「江」、「漢」、「山之苞」、「川之流」，皆屬喻依，而「王旅嘽嘽」，是喻體；「如」，是喻詞；這例子由多種不同角度，說明宣王的軍隊，陣容壯盛堅強，行進疾速如猛撲的鷹鸇；聲勢雄武，如浩蕩的江漢；戰力堅強，如山嶽不可搖撼；攻勢凌厲，如江河暢行無阻。漢鄭玄《毛詩傳箋》分釋曰：「江、漢，以喻盛大也。山，本以喻不可驚動也。川流，以喻不可禦也。」[31]解釋出四個喻依的意義。唐朝孔穎

---

30 參見（清）王鴻緒撰：《欽定詩經傳說彙纂》（臺北：維新書局，1968年1月，初版），卷10，頁23下。

31 （漢）毛亨傳、鄭玄：《毛詩傳箋》（臺北：藝文印書館，2001年12月《十三經注疏》本），卷18之5，頁6上。

達解釋道：「兵法有動有靜。靜則不可驚動，故以山喻；動則不可禦止，故以川喻。」[32]針對「山之苞」及「川之流」深入解釋。宋朱熹《詩集傳》，承襲前人之說，且特別對「飛」、「翰」提出個人見解：「如飛如翰，疾也。如江如漢，眾也。如山，不可動也。如川，不可禦也。」[33]余培林先生則將「山苞」解釋為：「此詩之『山苞』，如〈小雅・斯干〉之『竹苞』，以喻軍力之旺也。」[34]精闢的見解，頗有助於詩句之瞭解。本詩之喻依，歷經多人之解釋闡析，使其意義日趨完善。關於「明喻」的作用，譚優學、張立偉認為：「這章寫軍勢之盛，但究竟怎麼盛，作者只用了一些比喻，說軍隊如飛，如江，如山……或者用了一些概括的說明，說它眾盛（嘽嘽），說它不可戰勝（不克）等等。作為歷史文件，我們至少也說它是不具體，不清楚的。但作為文學，這章卻是全詩中最光彩的珠璣。」[35]「明喻」在文章中的隱晦，也賦予它的想像空間，耐人尋味，啟示無窮。

　　以上有關「明喻」的分析，《詩經》共 173 例。其中〈雅〉有 100 例，最多；〈風〉有 67 例，次之；〈頌〉有 6 例，最少。

---

32 （漢）毛亨傳、鄭玄箋、（唐）孔穎達疏：《毛詩正義》（臺北：藝文印書館，2001 年 12 月《十三經注疏》本），卷 18 之 5，頁 6 下。

33 （宋）朱熹：《詩集傳》（香港：中華書局香港分局，1977 年 10 月，港版重印），頁 219。

34 余培林：《詩經正詁》（臺北：三民書局股份有限公司，1999 年 10 月，增訂二版），下冊，頁 495。

35 周嘯天編：《詩經鑑賞集成》（臺北：五南圖書出版有限公司，2002 年 6 月，初版 3 刷），下冊，頁 1099。

二、隱喻

「隱喻」是指在語文中，具備喻體、喻依，而喻詞由準繫語（又叫準繫詞）如「是」（含有「好像」之意）代替的一種譬喻修辭技巧，叫做隱喻，也叫暗喻、隱比。[36]「隱喻」是「譬喻」修辭格的基本形式。隱喻的喻詞除了「是」、「就是」、「真的是」之外，也有用「不啻」、「成了」、「變」等。[37]

筆者歸納《詩經》之「隱喻」，計有 7 例。[38]《詩經》中的「隱喻」修辭格，以〈雅〉最多，〈風〉居次，〈頌〉則無有。《詩經》限於古詩之形式，喻詞只有「為」。例如〈小雅・鶴鳴〉：

> 它山之石，可以為錯。（第一章）

這是首招隱詩，言君王若能得此賢者，輔助治理國政，就像

---

36 蔡師宗陽：《文法與修辭》（臺北：三民書局股份有限公司，2001 年 1 月，初版一刷），頁 13。

37 沈謙：《修辭學》（臺北縣：國立空中大學，2000 年 7 月，再版），頁 21。

38 筆者歸納《詩經》之「隱喻」，計有 8 例：〈周南・葛覃〉第二章；〈邶風・谷風〉第五章；〈秦風・蒹葭〉第一章；〈小雅・鶴鳴〉第一章；〈小雅・正月〉第五章、第六章；〈小雅・十月之交〉第三章；〈小雅・小弁〉第二章；〈小雅・何人斯〉第四章；〈大雅・棫樸〉第四章；〈大雅・瞻卬〉第三章；〈周頌・豐年〉；〈周頌・載芟〉。

得到它山之石，便可作為砥礪善加運用。其中「它山之石」，是喻體；「為」，是喻詞；「錯」，是喻依。關於「錯」之意義，朱熹《詩經集註》認為：「錯，礪石也。」[39]礪石的用途，正適以磨治美玉。夏傳才先生評此詩說：「末兩句以『它山之石，可以為錯』，『它山之石，可以攻玉』作譬，把意思再推進一層，取別國的人才，也可以為我所用，為什麼不可以招賢納士、延聘天下的人才呢？」[40]明確解釋出喻體與喻依間的密切關係。例如〈小雅・正月〉：

> 哀今之人，胡為虺蜴？（第六章）

此是諷刺幽王暴虐嚴刑，終致亡國的詩。「哀今之人」，是喻體；「為」，是喻詞；「虺蜴」，是喻依。對於「虺蜴」一詞，宋朱熹《詩集傳》解釋曰：「虺蜴，皆毒螫之蟲也。」[41]以「虺蜴」譬喻惡毒之人，形象具體而生動，貼切比喻出人類，竟像虺蜴專做害人的事，發人深省。又如〈小雅・何人斯〉：

> 彼何人斯？其為飄風？（第四章）

---

39 （宋）朱熹：《詩經集註》（臺北：群玉堂出版事業股份有限公司，1991 年 10 月，初版），頁 521。

40 見周嘯天編：《詩經鑑賞集成》（臺北：五南圖書出版有限公司，2002 年 6 月，初版 3 刷），下冊，頁 670~671。

41 （宋）朱熹：《詩集傳》（臺北：藝文印書館，1959 年版），冊 3，頁 521。

「何人」本與作者親同手足，後竟夥同暴共同為禍於作者，詩人於是作此詩譴責之。詩中「彼何人斯」，是喻體；「為」，是喻詞；「飄風」，是喻依。余培林先生解釋「飄風」一詞，他說：「飄風驟雨往往為害，以喻其人之來，於己不祥，故下文曰：『祇攪我心』、『云何其盱』也。」[42]具體鮮明的指出友人的迫害，令人感同身受。又如：

> 〈邶風・谷風〉：五章「不我能慉，反以我為讎。」
> 〈秦風・蒹葭〉：一章「蒹葭蒼蒼，白露為霜。」
> 〈小雅・正月〉：五章「謂山蓋卑，為岡為陵。」
> 〈大雅・瞻卬〉：三章「懿厥哲婦，為梟為鴟。」

　　以上有關「隱喻」的分析，《詩經》共七例。其中〈雅〉有五例，最多；〈風〉有二例，〈頌〉則無有。

三、略喻

　　「略喻」是指在語文中，省略喻詞，僅有喻體、喻依的一種譬喻修辭技巧，叫做略喻。[43]

　　筆者歸納《詩經》之「略喻」，計有八十二例。[44]《詩

42　余培林：《詩經正詁》（臺北：三民書局股份有限公司，1999 年 10 月，增訂二版），下冊，頁 182。

43　蔡師宗陽：《文法與修辭》（臺北：三民書局股份有限公司，2001 年 1 月，初版一刷），頁 14。

44　筆者歸納《詩經》之「略喻」，計有 82 例：〈周南・關雎〉第一章；

經》中的「略喻」修辭格,以〈風〉最多,〈雅〉居次,
〈頌〉則未見。例如〈邶風·凱風〉:

> 凱風自南,吹彼棘心。棘心夭夭,母氏劬勞。(第一
> 章)

此是子女感懷慈母養育之恩,自責一事無成,無以告慰母親
的詩。這例子說明:幼苗逐漸茁壯,母親也愈益辛勞,如同
凱風吹自南方,吹在棗樹幼苗上。漢鄭玄《毛詩傳箋》:「以

〈周南·樛木〉第一章;〈周南·螽斯〉第一章、第二章、第三章;
〈周南·桃夭〉第一章;〈周南·兔罝〉第一章、第二章、第三章;
〈周南·漢廣〉第一章;〈周南·麟之趾〉第一章、第二章、第三
章;〈召南·鵲巢〉第一章、第二章、第三章;〈召南·行露〉第二
章、第三章;〈召南·小星〉第一章、第二章;〈召南·何彼襛矣〉第
三章;〈邶風·柏舟〉第二章、第三章、第五章;〈邶風·燕燕〉第一
章;〈邶風·凱風〉第一章、第三章、第四章;〈邶風·雄雉〉第一
章;〈邶風·新臺〉第三章;〈鄘風·牆有茨〉第一章、第二章、第三
章;〈鄘風·蝃蝀〉第一章、第二章;〈衛風·碩人〉第二章;〈衛
風·氓〉第三章;〈衛風·芄蘭〉第一章、第二章;〈衛風·河廣〉第
一章、第二章;〈王風·兔爰〉第一章、第二章、第三章;〈鄭風·
大叔于田〉第二章;〈唐風·葛生〉第四章、第五章;〈陳風·衡門〉第
二章、第三章;〈曹風·鳲鳩〉第一章;〈豳風·東山〉第一章;〈豳
風·九罭〉第一章、第二章;〈小雅·菁菁者莪〉第三章;〈小雅·祈
父〉第一章、第二章;〈小雅·白駒〉第四章;〈小雅·正月〉第五
章;〈小雅·正月〉第五章;〈小雅·小弁〉第八章;〈小雅·巧言〉
第四章;〈小雅·巷伯〉第一章、第二章;〈小雅·谷風〉第三章;
〈小雅·無將大車〉第一章、第二章、第三章;〈大雅·緜〉第一
章;〈大雅·鳧鷖〉第一章;〈大雅·抑〉第五章;〈大雅·桑柔〉第
五章;〈大雅·瞻卬〉第一章;〈魯頌·泮水〉第八章。

凱風喻寬仁之母。棘，猶七子也。」[45]明確指出棘猶言七個
子女。宋代嚴粲《詩緝》曰：「棘心，喻子之幼小。」[46]確
切說明棘心即指幼子。宋朱熹《詩集傳》：「以凱風比母，棘
心比子之幼時，蓋曰母生眾子，幼而育之，其劬勞甚
矣。」[47]進一步闡述母輔育幼子，倍嘗艱辛。余培林先生綜
合上述說法，解釋道：「一、二章皆以凱風和煦長養萬物，
以喻母愛之偉大。一章以棘心幼嫩，喻七子之稚弱。」[48]完
整解釋出本章的意義，詩人善用「略喻」的手法，讓慈母的
形象躍然紙上。例如〈周南‧關雎〉：

> 關關雎鳩，在河之洲。窈窕淑女，君子好逑。（第一
> 章）

此為詠君子求淑女之詩。這例子說明：在那黃河青草洲上，
雎鳩鳥關關地叫著的。那文靜而美麗的淑女，真是高雅君子
的理想匹配。詩中以「關關雎鳩，在河之洲」為「喻依」，
以「窈窕淑女，君子好逑」為「喻體」，省略「喻詞」。其中
「喻體」、「喻依」之間，有著極微妙的關聯，詩句之中「喻

---

45 （漢）毛亨傳、鄭玄《毛詩傳箋》（臺北：藝文印書館，2001 年 12
　　月《十三經注疏》本），卷 2 之 2，頁 1 下。
46 （宋）嚴粲：《詩緝》（臺北：廣文書局，1960 年 11 月，初版），卷
　　3，頁 19 上。
47 （宋）朱熹：《詩集傳》（香港：中華書局香港分局，1977 年 10 月，
　　重印版），頁 19。
48 余培林：《詩經正詁》（臺北：三民書局股份有限公司，1999 年 10
　　月，增訂二版），上冊，頁 95~96。

體」在前，「喻依」在後，屬於倒敘式的「略喻」，次序對
調，但效用卻一致。于維杰〈詩經修辭示例〉評析此詩：
「雎鳩雌雄相隨，如淑女之配君子，真乃自然之佳喻
也。」[49]「略喻」於詩中之巧妙運用，猶如妙筆生花，使詩
句增色不少。清朝方玉潤《詩經原始》即讚賞道：「此詩佳
處，全在首四句，多少和平中正之音，細詠自見。取冠三
百，真絕唱也。」[50]詩人運用「略喻」修辭，將河洲雎鳩與
淑女君子之形象，描繪的栩栩如生，淋漓盡致。又如〈小
雅·小弁〉：

> 莫高匪山，莫浚匪泉。君子無易由言，耳屬于垣。
> （第八章）

這是首太子宜臼刺幽王的詩。詩人說明山沒有不高的，泉沒
有不深的，君子不可輕易發言，話沒有不被聽見的。日本竹
添光鴻剖析「山」、「泉」二喻：「言高者皆山，浚者皆泉，
以喻前後左右之人，莫非讒黨，皆凶邪陰險也。」[51]進一步
以「山」、「泉」，來比喻奸佞當道，君子的處境堪憐。運用
「略喻」法，讓人對作者艱困的處境，感同身受。就寫作技

---

49 于維杰：〈詩經修辭示例〉，《現代學苑》第 4 卷 5 期（1967 年 5 月 10
　日），頁 17。
50 （清）方玉潤：《詩經原始》（臺北縣：藝文印書館，1981 年 2 月，
　三版），卷 1，頁 2 下。
51 （日）竹添光鴻撰：《毛詩會箋》（臺北：大通書局，1970 年 9 月，
　初版），冊三，頁 51。

巧言，明代孫鑛認為此章曰：「說詩最苦切，真出于中心之惻怛，語語割腸裂肝。」[52] 間接肯定「譬喻」修辭的感染力，使文章更加生動具體。

以上有關「略喻」的分析，《詩經》共 82 例。其中〈風〉有 60 例，最多；〈雅〉有 21 例，次之；〈頌〉只有 1 例，最少。

四、借喻

「借喻」是指在語文中，將喻體、喻詞省略，僅剩下喻依的一種譬喻修辭技巧，叫做借喻。[53]

筆者歸納《詩經》之「借喻」，計有 97 例。[54] 《詩經》

52　（明）孫鑛：《批評詩經》（臺南縣：莊嚴文化事業有限公司，1997 年 2 月，初版 1 刷，《四庫全書存目叢書》本），卷 2，頁 26 下~頁 27 上。

53　蔡師宗陽：《文法與修辭》（臺北：三民書局股份有限公司，2001 年 1 月，初版一刷），頁 15。

54　筆者歸納《詩經》之「借喻」，計有 97 例：〈邶風・柏舟〉第一章、第五章；〈邶風・綠衣〉第一章、第二章、第三章、第四章；〈邶風・終風〉第一章、第二章、第三章、第四章；〈邶風・谷風〉第三章；〈邶風・簡兮〉第四章；〈邶風・北風〉第一章、第二章、第三章；〈邶風・新臺〉第一章、第二章；〈鄘風・相鼠〉第一章、第二章、第三章；〈衛風・木瓜〉第一章；〈鄭風・將仲子〉第一章；〈鄭風・山有扶蘇〉第一章、第二章；〈齊風・東方未明〉第三章；〈齊風・南山〉第三章；〈唐風・山有樞〉第二章；〈唐風・綢繆〉第一章；〈唐風・鴇羽〉第一章、第二章、第三章；〈陳風・防有鵲巢〉第一章、〈陳風・防有鵲巢〉第二章；〈曹風・蜉蝣〉第一章、第二章；〈曹風・候人〉第四章；〈曹風・下泉〉第一章、第二章、第三章；〈豳風・鴟鴞〉第一章、第二章、第三章、第四章；〈豳風・破斧〉第一

中的「借喻」修辭格，以〈風〉最多，〈雅〉居次，〈頌〉則
無有。例如〈邶風‧柏舟〉：

> 汎彼柏舟，亦汎其流。耿耿不寐，如有隱憂。微我無
> 酒，以敖以遊。（第一章）

這是詩人自敘仁而不遇的詩。詩人以外物起興，先述堅實的
柏木船，竟任它漂泊不用。後敘內心憂愁之狀，雖自在遨
遊，也難解內心之愁。關於「柏舟」一語，清姚際恆《詩經
通論》主張：「『柏舟』，自喻也。舟不必柏；言柏舟者，取
其堅也。」[55] 認為作者是以「柏舟」喻堅貞；而俞平伯先生
則認為：「第一章以『柏舟』喻飄泊之思，以『不寐』見隱
憂之深。」[56] 他以「柏舟」喻飄泊。觀諸詩文，堅貞之志與
飄泊之感，皆兼而有之，姚氏、俞氏二人說法，正可互為參
照。作者懷才不遇，內心自是憂憤難當，頗能反映作者愁苦

章、第二章、第三章；〈豳風‧伐柯〉第一章、第二章；〈豳風‧狼
跋〉第一章、第二章；〈小雅‧節南山〉第三章；〈小雅‧正月〉第六
章、第九章；〈小雅‧十月之交〉第三章；〈小雅‧小宛〉第三章、第
四章；〈小雅‧小弁〉第二章、第五章；〈小雅‧何人斯〉第七章；
〈小雅‧巷伯〉第七章；〈小雅‧蓼莪〉第一章、第二章、第三章；
〈小雅‧青蠅〉第一章、第二章、第三章；〈小雅‧角弓〉第七章、
第八章；〈大雅‧棫樸〉第四章；〈大雅‧卷阿〉第九章；〈大雅‧桑
柔〉第一章；〈大雅‧召旻〉第二章、第五章、第六章。

55　（清）姚際恆：《詩經通論》（臺北縣：廣文書局有限公司，1993 年
10 月，三版），頁 49。

56　俞平伯：《俞平伯詩詞曲論著》（臺北：長安出版社，1986 年 4 月，
校訂新版），頁 75。

的心境。朱杰人評此詩的技巧：「詩中的比喻新鮮貼切，十分傳神。」[57]明確指出「借喻」的功用，清牛運震《詩志》也說：「『如有』二字白描入神。」[58]進一步肯定「譬喻」之藝術價值，在於傳神描繪，栩栩如生。例如〈小雅・蓼莪〉：

　　　　缾之罄矣，維罍之恥。（第三章）

宋朝嚴粲《詩緝》一書，已注意到本詩「借喻」之妙用，他說：「缾以汲水，罍以盛水。缾小喻子，罍大喻父母。缾汲水以注於罍，猶子之養父母。缾罄竭則罍無所資，為罍之恥；猶子窮困則貽親之羞也。」[59]以缾、罍二者，巧喻子女與父母之關係。元朝劉瑾曰：「以缾比父母，以罍比子。但取其相資之義，而不取義于缾罍之小大也。」[60]劉氏是以缾譬父母，罍比喻子女。嚴粲、劉瑾二人，說法迥異。審視原詩，本詩屬孝子悼念親恩之作，孝子長大之際，如罍之壯大；時雙親已年邁體衰，正如缾之微小。父母年長正需子女奉養，故以劉瑾先生之說為是。裴普賢先生也認為：「二句

57　周嘯天編：《詩經鑑賞集成》（臺北：五南圖書出版有限公司，1999年7月，初版3刷），上冊，頁94~95。

58　（清）牛運震：《詩志》（清嘉慶年間空山堂刊本），卷1，頁19上。

59　（宋）嚴粲：《詩緝》（三十六卷）（臺北：廣文書局，1960年11月，初版），卷22。

60　（元）劉瑾：《詩傳通釋》（臺北：臺灣商務印書館股份有限公司，1972年，初版，《四庫全書珍本》），卷12，頁33下。

以酒瓶喻父母，酒甕喻子女。」[61]對劉氏之說，加以附和認同。詩中喻體未出現，而隱藏於文意內。其中「（子窮困則貽親之羞）」，是喻體。原句當作「（子窮困則貽親之羞），（如）餅之罄矣，維罍之恥」。省略喻體（子窮困則貽親之羞）、喻詞（如），僅剩下喻依「餅之罄矣，維罍之恥」。針對餅罄罍恥的情形，陳昌渠先生說：「先以瓶為喻，酒瓶子空了，本來可以到大罈子中去舀，可是現在的大罈子也是空的；父母勞苦多病，本來要靠子女來贍養，可是子女沒有能力。空罈子是無用的，不能贍養父母的子女是可恥的。一個連父母都不能贍養的人，和行尸走肉又有什麼區別。」[62]詩中藉「借喻」手法，揭示孝道之重要，具體生動，發人深省。又如〈大雅‧桑柔〉：

> 菀彼桑柔，其下侯旬。捋采其劉，瘼此下民。不殄心憂，倉兄填兮。倬彼昊天，寧不我矜。」（第一章）

此詩旨在諫刺政亂臣佞，是非不明，民風敗壞。屬於「譬喻格」的「借喻」。「喻體」未出現於全詩，而隱藏於文意內。詩中「（政府腐敗喪亂，人民流離失所）」，是喻體，原句當作「（政府腐敗喪亂，人民流離失所），（如）菀彼桑柔，其下侯旬。捋采其劉，瘼此下民。」省略喻體（政府腐敗喪

---

61 裴普賢編著：《詩經評註讀本》（臺北：三民書局股份有限公司，1991年8月，五版），下冊，頁234。

62 周嘯天編：《詩經鑑賞集成》（臺北：五南圖書出版有限公司，2002年6月，初版3刷），下冊，頁773。

亂，人民流離失所）、喻詞（如），僅剩下喻依「菀彼桑柔，其下侯旬。捋采其劉，瘼此下民」。宋代文豪歐陽修說：「桑無葉，不能蔭人；喻王無德，不能庇民也。他木皆有枝葉，而詩人獨以桑為喻者，惟桑以葉用於人。」[63]以禿枝的桑樹，借喻無能的君主。余培林先生說：「首二句以桑葉為喻，最能傳神。蓋桑之為物，其葉最盛，及捋之采之，一朝而盡，無黃落之漸。故取以喻極盛之周，忽焉凋弊。」[64]藉桑葉的零落，借喻周室王朝的凋敝，豐富了詩句的視覺意象。王錫榮先生則認為：「第一章，用桑葉被捋光為喻，說明禍亂對人民危害甚重。」[65]他將光禿的桑枝，妙喻禍亂對人民的殘害。兩人之說法，實為一體的兩面，朝綱若不振，人民也將身受其害。詩人善用「借喻」修辭，巧妙傳神，非常貼切。

以上有關「借喻」的分析，《詩經》共 97 例。其中〈風〉有 66 例，最多；〈雅〉有 31 例，次之；〈頌〉則無有。

五、詳喻

「詳喻」是指在語文中，具備喻體、喻詞、喻依、喻旨

---

63 （宋）歐陽修：《詩本義》（臺北：世界書局，1988 年 2 月，初版），卷 11，頁 14 上。

64 余培林：《詩經正詁》（臺北：三民書局股份有限公司，1999 年 10 月，增訂二版），下冊，頁 455。

65 周嘯天編：《詩經鑑賞集成》（臺北：五南圖書出版有限公司，2002 年 6 月，初版 3 刷），下冊，頁 1058。

的一種修辭技巧叫做詳喻。[66]蔡師宗陽認為：「詳喻，一般修辭學書籍比較罕見，這是黃慶萱先生的創見。」[67]其中，喻體、喻詞有時可以省略或改變。[68]茲分別舉例說明如下：

筆者歸納《詩經》「詳喻」，計有四十八例。[69]《詩經》中「詳喻」，以〈風〉最多，〈雅〉居次，〈頌〉則無有。例如〈鄭風・羔裘〉：

羔裘如濡，洵直且侯。（第一章）

這是首頌美其大夫之詩。這例子說明：羔羊袍子光澤如濡，是正直而完美的表徵。詩中「羔裘」是喻體，喻詞是「如」，「濡」是喻依，「洵直且侯」，是喻旨，屬於「譬喻」

66　蔡師宗陽：《文法與修辭》（臺北：三民書局股份有限公司，2001 年 1 月，初版一刷），頁 12。

67　蔡師宗陽：《修辭學探微》（臺北：文史哲出版社，2001 年 4 月，初版），頁 293。

68　黃慶萱：《修辭學》（臺北：三民書局股份有限公司，1999 年 10 月，增訂二版），頁 231。

69　筆者歸納《詩經》「詳喻」，計有 48 例：〈邶風・匏有苦葉〉第二章、第四章；〈邶風・谷風〉第一章、第四章；〈衛風・氓〉第四章；〈鄭風・羔裘〉第一章；〈齊風・南山〉第四章；〈齊風・甫田〉第一章、第二章；〈齊風・敝笱〉第一章、第二章、第三章；〈魏風・碩鼠〉第一章、第二章、第三章；〈唐風・揚之水〉第一章、第二章、第三章；〈唐風・椒聊〉第一章、第二章；〈檜風・羔裘〉第三章；〈曹風・候人〉第二章、第三章；〈小雅・天保〉第六章；〈小雅・節南山〉第五章；〈小雅・正月〉第十章、第十一章；〈小雅・雨無正〉第三章；〈小雅・小旻〉第三章、第四章、第五章；〈小雅・四月〉第七章；〈小雅・角弓〉第五章；〈大雅・抑〉第四章；〈大雅・桑柔〉第六章、第十四章；〈大雅・烝民〉第六章；〈大雅・召旻〉第四章。

之「詳喻」法。清朝牛運震認為：「『如濡』字寫出色澤。」[70]詩人以「如濡」寫羔裘之色澤，以大夫衣飾之美，襯托內在才德之美，彰顯大夫之名實相符，手法具體而巧妙，的確是神來之筆。再如〈檜風‧羔裘〉：

羔裘如膏，日出有曜。（第三章）

此為思念某大夫，而憂其逍遙遊樂不助君治政之詩。這例子說明：羔裘像上了油一般發光，太陽出來照得雪亮。詩中「羔裘」是喻體，喻詞是「如」，「膏」是喻依，「日出有曜」，是喻旨，屬於「譬喻」之「詳喻」法。詩人寫大夫衣著曰「羔裘如膏，日出有曜」，其用意為何呢？據宋嚴粲《詩緝》分析曰：「凡人憂勞戒懼，則不暇鮮其衣。……羔裘之色，潤澤如以脂膏漬之，日出照之則有光曜，其衣服之鮮明如此，其志慮幾近可見矣。安其危而樂其亡，故我心傷悼之也。」[71]強調大夫好絜其服，邊幅是脩，日務游宴玩樂，自是無心佐政，長此以往，國勢必危，怎不令人憂心呢？又如〈大雅‧烝民〉：

德輶如如毛，民鮮克舉之。（第六章）

---

70 （清）牛運震：《詩志》（清嘉慶年間空山堂刊本），卷2，頁5上。
71 （宋）嚴粲：《詩緝》（臺北：廣文書局，1960年11月，初版），卷14，頁3下。

宣王命樊侯仲山甫築城於齊，尹吉甫因作詩以送之。這例子說明：德之輕如羽毛一樣，但是人們很少能把它舉起來。詩句中「德輶」是喻體，「如」是喻詞，「毛」是喻依，「民鮮克舉之」是喻旨，屬於「譬喻」之「詳喻」法。清朝牛運震認為：「德輶如毛，奇喻妙語。一則妙情妙語，咀詠蘊藉，風流肆溢，傳出景仰愛慕之神。」[72]詩人以鴻毛之輕微，比喻道德的重量，具體而巧妙，的確是神來之筆。

　　以上有關「詳喻」的分析，《詩經》共 48 例。其中〈風〉有 26 例，最多；〈雅〉有 22 例，次之；〈頌〉則無有。

　　綜合上述分析，茲統計各類數字，列表說明如次：

72　（清）牛運震：《詩志》（清嘉慶年間空山堂刊本），卷 7，頁 21 下。

《詩經》「譬喻」統計表

譬喻 詩經		明喻		隱喻		略喻		借喻		詳喻		合計		百分比	
		篇數	次數	篇數	次數	篇數	次數	篇數	次數	篇數	次數	篇數	次數	篇數	次數
風	周南	1	3	0	0	7	14	0	0	0	0	8	17	4.4%	4.2%
	召南	2	2	0	0	4	8	0	0	0	0	6	10	3.3%	2.5%
	邶風	4	9	1	1	5	10	7	18	2	6	19	44	10.4%	10.8%
	鄘風	1	5	0	0	2	5	1	3	0	0	4	13	2.2%	3.2%
	衛風	3	15	0	0	4	7	1	1	1	1	9	24	4.9%	5.9%
	王風	3	8	0	0	1	6	0	0	0	0	4	14	2.2%	3.4%
	鄭風	5	9	0	0	1	1	2	6	1	1	9	17	4.9%	4.2%
	齊風	1	3	0	0	0	0	2	4	3	7	6	14	3.3%	3.4%
	魏風	1	4	0	0	1	1	0	0	1	3	3	8	1.6%	2%
	唐風	0	0	0	0	1	2	3	8	2	5	6	15	3.3%	3.7%
	秦風	4	6	1	1	0	0	0	0	0	0	5	7	2.7%	1.7%
	陳風	1	1	0	0	1	2	1	4	0	0	3	7	1.6%	1.7%
	檜風	0	0	0	0	0	0	0	0	1	1	1	1	0.6%	0.2%
	曹風	2	2	0	0	1	1	3	7	1	2	7	12	3.8%	3%
	豳風	0	0	0	0	2	3	4	15	0	0	6	18	3.3%	4.4%
雅	小雅	26	60	3	3	9	16	10	21	7	16	55	116	30.1%	28.5%
	大雅	13	40	1	2	5	5	4	10	4	6	27	63	14.8%	15.5%
頌	周頌	1	2	0	0	0	0	0	0	0	0	1	2	0.5%	0.5%
	魯頌	2	3	0	0	1	1	0	0	0	0	3	4	1.6%	1%
	商頌	1	1	0	0	0	0	0	0	0	0	1	1	0.5%	0.2%
合　計		71	173	6	7	45	82	38	97	23	48	183	407	100%	100%
百分比		38.8%	42.5%	3.3%	1.7%	24.6%	20.2%	20.8%	23.8%	12.5%	11.8%	100%	100%		

筆者歸納《詩經》之「譬喻」修辭法，可以得到下列幾點認知：

1. 就譬喻數量言，以「明喻」數量最多，有 173 例，佔 42.5%；「借喻」居次，計 97 例，佔 23.8%；其次為「略喻」共 82 例，佔 20.2%；其次為「詳喻」，共 48 例，佔 11.8%；「隱喻」最少，共 7 例，佔 1.7%。可見，《詩經》的「譬喻」類型，以「明喻」最為普遍。口語常用之「如」、「若」、「像」等喻詞，被大量運用於詩句中，使用樸素自然的語言，寫實白描出平易近人的時代文學。

2. 就譬喻性質言，三種「譬喻」兼具的，有〈國風〉、〈小雅〉、〈大雅〉三種。〈風〉、〈雅〉、〈頌〉背景不同，詩格亦異，陳鐘凡《中國韻文通論》說：「〈風〉，民眾文學，抒情詩。……〈雅〉，朝廷文學，記事兼抒情。……〈頌〉，廟堂文學，讚美詩……音緩猶誄銘。」[73]就〈風〉、〈雅〉、〈頌〉三者，大體分析其風格之差異。余培林《詩經正詁》主張：「〈國風〉多言情詩，〈小雅〉多敘事詩，亦有言情、頌讚之詩，〈大雅〉則十九皆敘事詩，多記周室肇造及發展之史事，〈周頌〉皆祭祀之辭，〈魯頌〉、〈商頌〉則多頌美時君之詩。」[74]進一步分析《詩經》各內容之性質。其中，

---

73 陳鐘凡：《中國韻文通論》（臺北：河洛圖書出版社，1979 年 5 月，初版），頁 9~10。

74 余培林：《詩經正詁》（臺北：三民書局股份有限公司，1999 年 3 月，再版），上冊，頁 5。

〈國風〉、〈小雅〉頗有相似之處,「〈國風〉與〈小雅〉之間的界限是難於嚴格分清的。無論句調風格題材主題,無論形式與內容,都可以有相同的地方。」[75]

3. 就詩經內容言,以〈風〉、〈雅〉、〈頌〉三者相較,〈風〉數量最多,達 221 例,佔 54.3%;〈雅〉數量居次,有 179 例,佔 44%;〈頌〉數量最少,有 7 例,佔 1.7%。顯然,「譬喻」的修辭現象,是〈風〉、〈雅〉、〈頌〉共同使用的修辭技巧,而這個特色,持續影響到後代的文學。

4. 就詩經時代言,「譬喻」修辭中,以〈國風〉運用最多,有 221 例,佔 54.3%;〈小雅〉其次,有 116 例,佔 28.5%;〈大雅〉其次,有 63 例,佔 15.5%;〈魯頌〉其次,有 4 例,佔 1%;〈周頌〉再次之,有 2 例,佔 0.5%;〈商頌〉最少,只有 1 例,佔 0.2%。關於《詩經》中〈國風〉、〈雅〉、〈頌〉之著成年代,是採用屈萬里先生《詩經釋義》書中之見解。屈先生認為:「三百篇的時代,就文辭上看,以〈周頌〉為最早,大致都是西周初年的作品;〈大雅〉裡也有幾篇像是西周初年的作品,而大部分是西周中葉以後的產物。〈小雅〉多半是西周中葉以後的詩,有少數顯然地是作於東周初年。〈國風〉中早的約作於西周晚年,晚的已到了春秋中葉以後——如〈陳風·株林〉及〈曹風·下泉〉

---

75 糜文開、裴普賢著:《詩經欣賞與研究》(改編版)(臺北:三民書局股份有限公司,1991 年 8 月,再版),冊 2,頁 1020。

等。〈魯頌〉四篇,全部作於魯僖公的時候;〈商頌〉最晚的也作於此時。總之,這三百零五篇詩,最早的約作於民國紀元前三千年左右,最晚的也在兩千五百年左右。」[76] 三百篇的時代先後,以〈周頌〉為最早,〈大雅〉其次,〈小雅〉次之,〈國風〉次之,〈魯頌〉再次之,〈商頌〉最晚。由上可知,「譬喻」的使用,是與時代密切相關的,時代愈後之作品,「譬喻」之數量愈多,其藝術技巧也日益進步。〈頌〉因屬廟堂文學性質,使用「譬喻」之修辭現象,較不顯著。

六、《詩經》譬喻藝術特質

根據上述的探討分析,吾人可知,《詩經》「譬喻」的藝術特質,具有三項:

(一) 具體神似

在形式上,使抽象變具體,化形似為神似。例如〈大雅·蕩〉:

> 咨!咨女殷商。如蜩如螗,如沸如羹。小大近喪,人尚乎由行。(第六章)

---

76 屈萬里:《詩經釋義》(臺北:中國文化大學出版部,1993 年 12 月,新 1 版第 4 刷),頁 6。

這是時人藉文王責商君之史實，用以警戒周室的詩。「女殷商」，是喻體；「如」，是喻詞；「蜩」、「螗」、「沸」、「羹」，皆是喻依。巧妙運用四個比喻，嚴粲《詩緝》曰：「此詩託言文王歎商，特借秦為喻耳。」[77]蓋因託喻之言，較能肆無忌憚，暢所欲言。楊勝寬先生說：「朝政已『如蜩如螗』，社會已『如沸如羹』，更加之邪僻之人釜底加薪，其激怒國內生民和宿怨於四方，又何待言說！」[78]這例子說明：可歎啊！可歎你這個商君，人民的憤懣，如眾蟬之噪鳴；動亂的心情，如沸羹之喧騰。「蜩」、「螗」，具體描寫商朝百姓的怨聲載道；「沸」、「羹」，明確描繪商朝時政的動盪不安。

（二）淺顯易懂

在內容上，使難懂變易懂，化艱澀為淺顯。例如〈曹風・蜉蝣〉：

> 蜉蝣掘閱，麻衣如雪。心之憂矣，於我歸說。（第三章）

這是以蜉蝣朝生暮死，喻人生短暫的詩。「麻衣」，是喻體；「如」，是喻詞；「雪」，是喻依。意謂蜉蝣從地底鑽出時，一身白衣像雪花般美麗。但是朝生暮死，轉瞬即逝，想到我

---

77 （宋）嚴粲：《詩緝》（臺北：廣文書局，1960 年 11 月，初版），卷29，頁 1 下。

78 周嘯天編：《詩經鑑賞集成》（臺北：五南圖書出版有限公司，2002年 6 月，初版 3 刷），下冊，頁 1036。

的生命，也和牠一樣短暫，心中不禁憂傷起來。以「雪」比喻「麻衣」，淺顯描述出麻衣的潔白高貴。

(三) 生動自然

在目的上，使平淡變生動，化腐朽為神奇。〈鄘風・君子偕老〉：

> 鬒髮如雲，不屑髢也。（第二章）

這是宣姜初嫁時，衛人盛讚的詩。此處「鬒髮」，是喻體；「如」，是喻詞；「雲」，是喻依。此處以鬒髮烏黑如雲，不須假髮裝飾。詩人巧妙利用「明喻」法，來比喻宣姜的麗質天生，不須人工雕琢，自然嫵媚動人，運用「明喻」，使得原本平淡無奇的黑髮，變得生動自然。

第二節 借代

古代文學典籍中，「借代」之使用極為普遍。有關「借代」的異稱，「借代」[79] 又叫做「換名」，[80] 也叫做「代

---

79 「借代」一詞，見程希嵐《修辭學新編》、陳正治《修辭學講義》、鄭遠漢《辭格辨異》、倪寶元《修辭》、蔡謀芳《修辭格教本》、傅隸樸《修辭學》、傅隸樸《中文修辭學》、季紹德《古漢語修辭》、曾忠華《作文津梁》、李維奇《古漢語學習叢書・修辭學》、浙江省修辭研究會編《修辭方式例解詞典》、鄭業建《修辭學》、張西堂《詩經六論》、洪湛侯《詩經學史》等書。

80 「換名」見浙江省修辭研究會編《修辭方式例解詞典》、蔡師宗陽

稱」，[81]又稱為「替代」，[82]或稱「代替」，[83]又稱為「換喻」，[84]也叫做「提喻」，[85]也稱做「代用」。[86]「借代」的異稱，約有上述八種。

關於「借代」修辭格的定義，沈謙先生認為：

> 所謂「借代」，是借用其他名稱或語句，代替通常使用的名稱或語句的修辭方法。[87]

《應用修辭學》等書。

81 「代稱」參浙江省修辭研究會編《修辭方式例解詞典》、趙克勤《古漢語修辭簡論》、唐松波、黃建霖《漢語修辭格大辭典》、蔡師宗陽《應用修辭學》。

82 「替代」參考浙江省修辭研究會編《修辭方式例解詞典》、蔡師宗陽《應用修辭學》。

83 「代替」見浙江省修辭研究會編《修辭方式例解詞典》、張弓《現代漢語修辭學》、唐松波、黃建霖《漢語修辭格大辭典》、蔡師宗陽《應用修辭學》。

84 「換喻」參見唐松波、黃建霖：《漢語修辭格大辭典》（臺北：建宏出版社，1996 年 1 月，初版 2 刷），頁 71；另見於程俊英：〈詩之修辭〉，《學衡》第 12 期，1922 年 12 月，頁 7。程俊英先生認為：「換喻者，以本意之隨伴物，代其名稱，性質與提喻同，惟無分量之關係。」

85 「提喻」見唐松波、黃建霖：《漢語修辭格大辭典》（臺北：建宏出版社，1996 年 1 月，初版 2 刷），頁 71；又見於程俊英：〈詩之修辭〉，《學衡》第 12 期，1922 年 12 月，頁 6。程俊英先生謂：「提喻者，以一節代全體，以全體代一節者之謂也。」

86 楊樹達：《中國修辭學》（上海：上海古籍出版社，1983 年 9 月，第 1 版第 1 次印刷），頁 148。

87 沈謙：《修辭學》（臺北縣：國立空中大學，2000 年 7 月，再版），頁 313。

　　由上述文字，可知借代的定義，是指在語文中，借用其他詞句或名稱，來代替一般經常使用的詞句或名稱的一種修辭技巧。至於借代的分類，筆者根據沈謙先生《修辭學》書中的觀點，將其分為八種：

一、以事物的特徵或標誌相代：不直接指明人事物，借人或事物的特徵、標誌來代替。

二、以事物的所在所屬相代：不直接指明人事物，借與人或事物有關的所屬、所在代人或事物。

三、以事物的作者或產地相代：不直接指明事物，借與事物有關的作者或產地代替事物。

四、以事物的資料或工具相代：不直接指明事物，借與事物有關的資料或工具代替事物。

五、以事物的部分與全體相代：不直接指明事物，而以全體代部分，或部分代全體。

六、以特定的事物與普通事物相代：不直接指明人事物，而以特定代普通，或以普通代特定。

七、以具體與抽象相代：具體概指事物的形體，抽象概指事物的性質、狀態、關係、作用等。

八、以事物的原因與結果相代：不直接指明事物，以事物的結果代事物本身。[88]

---

88 沈謙：《修辭學》（臺北縣：國立空中大學，2000 年 7 月，再版），頁 317~339。

「借代」是指在語文中，借用其他詞句或名稱，來代替一般經常使用的詞句或名稱的一種修辭技巧。分為借事物的材料或工具代事物、借事物的標誌或特徵代事物、借事物的作者或產地代事物、借事物的所在或所屬代事物、具體與抽象互相借代、部分與全體互相借代、特定與普通互相借代、原因與結果互相借代，共八種。茲說明如下：

一、以事物的特徵或標誌相代

「借代」之「以事物的特徵或標誌相代」是不直接指明人事物，借人或事物的特徵、標誌來代替。[89]

《詩經》中「借代」之「以事物的特徵或標誌相代」，計有 29 例。[90]以〈風〉最多，〈頌〉居次，〈雅〉數量最少。例如〈召南‧羔羊〉：

> 羔羊之皮，素絲五紽。退食自公，委蛇委蛇。（第一章）

---

89 沈謙：《修辭學》（臺北縣：國立空中大學，2000 年 7 月，再版），頁 317。

90 《詩經》中「以事物的特徵或標誌相代」，計有以下 29 例：〈召南‧羔羊〉第一章、第二章、第三章；〈邶風‧新臺〉第一章、第二章；〈鄘風‧柏舟〉第一章、第二章；〈衛風‧氓〉第六章；〈王風‧大車〉第一章、第二章；〈鄭風‧子衿〉第一章、第二章；〈鄭風‧出其東門〉第一章；〈檜風‧素冠〉第一章、第二章、第三章；〈小雅‧南山有臺〉第四章、第五章；〈大雅‧行葦〉第七章、第八章；〈魯頌‧閟宮〉第四章、第七章；〈商頌‧烈祖〉。

此詩為讚美大夫雍容自得的詩。描寫大夫上朝時，身穿羔羊皮衣，上面綴飾著素絲的五紽。退朝在家時，他的態度從容而自得。余培林先生認為：「按羔羊之皮，謂用羔羊之皮以為裘，此大夫之服，故《傳》曰：『大夫羔裘以居。』」[91]「羔羊皮裘」，為當時大夫之服。彭麗秋先生也說：「以大夫燕居所服代大夫。」[92]以大夫燕居服飾，替代大夫之職。本詩借「羔羊皮」代「大夫」，屬於「以事物的特徵或標誌相代」。又如〈鄭風・出其東門〉：

> 出其東門，有女如雲；雖則如雲，匪我思存。縞衣綦巾，聊樂我員。（第一章）

此詩為男子自述專情於女子的詩。男子走出東門，看見美女如雲。因非其意中人，男子寧願和縞衣素巾之女子結婚，自在快活的過一生。余培林先生說：「縞衣綦巾，女子未嫁者之服。」[93]以縞衣綦巾，代未嫁之服飾。向熹先生更進一步指出：「詩人所愛女子的服飾，此以指女子，是以人的服飾特徵代人。」[94]以縞衣綦巾，代心愛之女子。此處「縞衣綦

91　余培林：《詩經正詁》（臺北：三民書局股份有限公司，1999 年 3 月，再版），上冊，頁 52。

92　彭麗秋：《國風寫作技巧研究》（臺北：私立輔仁大學中國文學研究所碩士論文，1980 年 5 月 20 日），頁 138。

93　余培林：《詩經正詁》（臺北：三民書局股份有限公司，1999 年 3 月，再版），上冊，頁 254。

94　向熹：《詩經語言研究》（成都：四川人民出版社，1987 年 4 月，第 1 版第 1 次印刷），頁 383。

巾」，是女子未嫁者之服，借「縞衣綦巾」代「未嫁之女子」，屬於「以事物的特徵或標誌相代」。再如〈魯頌・閟宮〉：

> 既多受祉，黃髮兒齒。（第七章）

此為頌美僖公的詩。敘述僖公福祉深厚，髮雖黃而齒則新，仍然健康硬朗。漢鄭玄《毛詩箋》說：「兒齒，亦壽徵。」[95]以「兒齒」，代長壽。清朝方玉潤《詩集傳》云：「兒齒，齒落更生細者，亦壽徵也。」[96]深入解釋「兒齒」為壽徵之因。「黃髮」及「兒齒」，都是老人長壽之象徵，借「黃髮」與「兒齒」代「老人」，屬於「以事物的特徵或標誌相代」。

　　以上有關「借代」「以事物的特徵或標誌相代」的分析，《詩經》共 29 例。其中〈風〉有 16 例，最多；〈頌〉有 8 例，居次；〈雅〉有 5 例，最少。

二、以事物的所在所屬相代

　　「借代」之「以事物的所在所屬相代」是不直接指明人

95　（漢）毛亨傳、鄭玄：《毛詩箋》（臺北：藝文印書館，2001 年 12 月，初版 14 刷，十三經注疏本），卷 20 之 2，頁 14 下。

96　（宋）朱熹：《詩集傳》（臺北：臺灣學生書局，1970 年 10 月，景印初版），卷 20，頁 12 下。

事物，借與人或事物有關的所屬、所在代人或事物。[97]

　　《詩經》中「借代」之「以事物的所在所屬相代」，以〈風〉最多，〈雅〉居次，〈頌〉則未見。例如〈召南·鵲巢〉：

> 維鵲有巢，維鳩居之。之子于歸，百兩御之。（第一章）

此是祝賀嫁女之詩。女子出嫁時，盛況空前，有百輛車去迎娶她。宋朱熹《詩集傳》解釋說道：「兩，一車也。一車兩輪，故謂之兩。」[98]此處借「兩」代「車」，屬於「以事物的所在所屬相代」。又如〈衛風·氓〉：

> 乘彼垝垣，以望復關。不見復關，泣涕漣漣；既見復關，載笑載言。（第二章）

此詩寫婦人被離棄，怨悔哀傷之詩。回想熱戀之際，女子登上高聳的城牆，遠望復關。不見你來，我傷心落淚；看見你來，我又說又笑。占卜得知，婚事將會大吉大利。因此，你用車輛來迎親，我以財物來陪嫁。宋朱熹《詩集傳》說：

---

97 沈謙：《修辭學》（臺北縣：國立空中大學，2000 年 7 月，再版），頁321。

98 （宋）朱熹：《詩集傳》（臺北：臺灣學生書局，1970 年 10 月，景印初版），卷 1，頁 16 上。

「復關，男子之所居也。不敢顯言其人，故託言之耳。」[99]
古時男女交往保守，故女子羞言其人，而以居處代男子。向
熹先生認為：「此指所望之人，是以地名代人名。」[100]此處
借「復關」代「男子」，屬於「以事物的所在所屬相代」。再
如〈王風‧君子陽陽〉：

> 君子陽陽，左執簧，右招我由房。其樂只且！（第一
> 章）

這首歌詠樂舞的詩，描寫君子得意時，左手執大笙，右手招
我玩樂之狀。宋朱熹《詩集傳》說：「簧，笙竽管中金葉
也。……故笙竽皆謂之簧。」[101]余培林先生也說：「按簧乃
笙竽管之金葉，吹則鼓之而出聲。此則以簧代笙。」[102]金
葉是笙竽樂器之所屬，借「簧」代「笙」，屬於「以事物的
所在所屬相代」。又如：

> 〈周南‧卷耳〉：二章「陟彼崔嵬，我馬虺隤。我姑
> 酌彼金罍，維以不永懷。」

99　（宋）朱熹：《詩集傳》（臺北：臺灣學生書局，1970 年 10 月，景印
　　初版），卷 3，頁 20 下~卷 3，頁 21 上。

100　向熹：《詩經語言研究》（成都：四川人民出版社，1987 年 4 月，第 1
　　版第 1 次印刷），頁 383。

101　（宋）朱熹：《詩集傳》（臺北：臺灣學生書局，1970 年 10 月，景印
　　初版），卷 4，頁 4 上。

102　余培林：《詩經正詁》（臺北：三民書局股份有限公司，1999 年 3 月，
　　再版），上冊，頁 195。

〈周南・卷耳〉：三章「陟彼高岡，我馬玄黃。我姑
酌彼兕觥，維以不永傷。」

〈召南・鵲巢〉：二章「維鵲有巢，維鳩方之。之子
于歸，百兩將之。」

〈召南・鵲巢〉：三章「維鵲有巢，維鳩盈之。之子
于歸，百兩成之。」

〈陳風・株林〉：一章「胡為乎株林？從夏南。匪適
株林，從夏南。」

〈大雅・公劉〉：五章「度其夕陽，豳居允荒。」

〈大雅・卷阿〉：九章「梧桐生矣，于彼朝陽。」

以上有關「借代」之「以事物的所在所屬相代」的分
析，《詩經》共 13 例。其中〈風〉有 11 例，〈雅〉有 2 例，
〈頌〉則無有。

三、以事物的作者或產地相代

「借代」之「以事物的作者或產地相代」是不直接指明
事物，借與事物有關的作者或產地代替事物。[103]例如〈小
雅・鼓鐘〉：

以雅以南，以籥不僭。（第四章）

---

103 沈謙：《修辭學》（臺北縣：國立空中大學，2000 年 7 月，再版），頁
324。

此乃刺幽王之詩。這例子說明：演奏著雅聲和南樂，又吹籥成樂而作舞，各種樂音，和諧美妙而不亂。詩中之「南」字，《毛傳》云：「南夷之樂曰南。」[104]釋「南」為樂器，文幸福先生《詩經周南召南發微》考證說：「以雅以南之『以』字，亦猶鼓瑟鼓琴之『鼓』字，則南、雅同為樂器之名可知也。」[105]詩中「南」，是指「南夷地方之樂」，借「南」代「樂器」，屬於「以事物的作者或產地相代」。又如〈大雅・板〉：

先民有言：「詢于芻蕘。」（第三章）

此乃同儕互誡之辭，詩人引古聖先賢之語，告誡友人：「遇事不決，可多詢訪割草砍柴者的意見。」芻蕘，指割草砍柴之人。《說文解字》分釋曰：「芻，刈草也。」[106]又說：「蕘，艸薪也。」[107]芻蕘，亦指割草砍柴者。《毛詩正義》進一步解釋：「言詢于芻蕘，謂謀於取芻、取蕘之人，非謀於草木。」[108]明確指出，請益之對象是人。向熹先生說：

104　（漢）毛亨：《毛詩傳》（臺北：藝文印書館，2001 年 12 月，初版 14 刷，十三經注疏本），卷 13 之 2，頁 2 下。

105　文幸福：《詩經周南召南發微》（臺北：學海出版社，1986 年 8 月，初版），頁 81。

106　（漢）許慎撰、（清）段玉裁注、魯實先正補：《說文解字注》（臺北：黎明文化事業股份有限公司，1991 年 8 月，增訂 8 版），頁 44。

107　（漢）許慎撰、（清）段玉裁注、魯實先正補：《說文解字注》（臺北：黎明文化事業股份有限公司，1991 年 8 月，增訂 8 版），頁 45。

108　（漢）毛亨傳、鄭玄箋、（唐）孔穎達疏：《毛詩正義》（臺北：藝文印書館，2001 年 12 月，初版 14 刷，十三經注疏本），卷 17 之 4，頁

「這是人的行為，代替從事這種行為的人。」[109]是以工作特徵，代言從事此行業者。汪維輝先生也說：「用勞動對象代勞動者。」[110]換個說法，但意義不變。「芻蕘」，原是「割草砍柴」，此處借「芻蕘」代「樵夫」，屬於「以事物的作者或產地相代」。

以上有關「借代」之「借事物的作者或產地代事物」的分析，《詩經》共 2 例。其中〈雅〉有 2 例，〈風〉、〈頌〉則無有。

四、以事物的資料或工具相代

「借代」之「以事物的資料或工具相代」是不直接指明事物，借與事物有關的資料或工具代替事物。[111]

《詩經》中「借代」之「以事物的資料或工具相代」，以〈風〉最多，〈雅〉及〈頌〉均無有。例如〈鄘風·君子偕老〉：

> 蒙彼縐絺，是紲袢也。（第三章）

---

17 上。

109 向熹：《詩經語言研究》（成都：四川人民出版社，1987 年 4 月，第 1 版第 1 次印刷），頁 384。

110 汪維輝：〈詩經中的借代〉，《寧波師院學院》（社會科學版）1989 年 1 期（總第 35 期）（1989 年 2 月），頁 79。

111 沈謙：《修辭學》（臺北縣：國立空中大學，2000 年 7 月，再版），頁 326。

美麗的宣姜，穿著細葛紗織成的內襯。《傳》解釋道：「絺之靡（細也）者為縐。是當暑袢延之服也。」[112]細緻之絺，織成縐布。余培林先生說：「絺為葛布之粗者，絺較絺為細，縐又較絺為細。當夏之時，縐絺為裡衣，其外又蒙以展衣。」[113]由此可知，縐絺為涼爽吸汗之布料，宜於製成內襯。向熹先生解釋說：「此指衣服，是以原料代替成品的名稱。」[114]強調以布料借代衣物之關係。「縐絺」是葛布之細緻者，此處借「縐絺」代「衣服」，屬於「以事物的資料或工具相代」。再如〈魏風·伐檀〉：

> 坎坎伐輻兮，寘之河之側兮，河水清且直猗。（第二章）

樵夫辛苦砍伐檀木，是為了製作車輻，如今卻棄置河旁。宋朱熹《詩集傳》說：「輻，車輻也。……輪，車輪也。」[115]輻指車之輻湊。汪維輝先生解釋道：「『輻』、『輪』代製作車輻和車輪的檀樹。」[116]此處「輻」是車輻，借「輻」代製

---

112 （漢）毛亨：《傳》（臺北：藝文印書館，2001 年 12 月，初版 14 刷，十三經注疏本），卷 3 之 1，頁 8 上。

113 余培林：《詩經正詁》（臺北：三民書局股份有限公司，1999 年 3 月，再版），上冊，頁 137。

114 向熹：《詩經語言研究》（成都：四川人民出版社，1987 年 4 月，第 1 版第 1 次印刷），頁 383。

115 （宋）朱熹：《詩集傳》（臺北：臺灣學生書局，1970 年 10 月，景印初版），卷 5，頁 17 上~卷 5，頁 17 下。

116 汪維輝：〈詩經中的借代〉，《寧波師院學院》（社會科學版）1989 年 1 期（總第 35 期）（1989 年 2 月），頁 77。

車輻之「檀樹」，屬於「以事物的資料或工具相代」。又如〈豳風・伐柯〉：

> 伐柯如何？匪斧不克。（第一章）

這是首讚美周公的詩。如何才能斫製斧柄呢？非用斧頭斫不斷。《傳》說：「柯，斧柄也。」[117] 柯木，是製斧柄之木。余培林先生認為：「伐木以為斧柄。」[118] 柯木，為製斧柄之材。汪維輝先生也說：「柯，指用來製作斧柄的樹木。」[119] 三人意見相同。「柯」是斧柄，借「柯」代「製斧柄的樹木」，屬於「以事物的資料或工具相代」。又如：

> 〈鄘風・定之方中〉：一章「定之方中，作于楚宮。揆之以日，作于楚室。樹之榛栗，椅桐梓漆，爰伐琴瑟。」
>
> 〈鄭風・大叔于田〉：二章「叔于田，乘乘黃。」
>
> 〈鄭風・出其東門〉：二章「出其闉闍，有女如荼；雖則如荼，匪我思且。縞衣茹藘，聊可與娛。」
>
> 〈魏風・伐檀〉：三章「坎坎伐輪兮，寘之河之漘

---

117 （宋）朱熹：《詩集傳》（臺北：臺灣學生書局，1970 年 10 月，景印初版），卷 8，頁 16 上。

118 余培林：《詩經正詁》（臺北：三民書局股份有限公司，1999 年 3 月，再版），上冊，頁 446。

119 汪維輝：〈詩經中的借代〉，《寧波師院學院》（社會科學版）1989 年 1 期（總第 35 期）（1989 年 2 月），頁 80。

兮，河水清且淪猗。」

〈豳風‧伐柯〉：二章「伐柯伐柯，其則不遠。」

以上有關「借代」「以事物的資料或工具相代」的分析，《詩經》共9例。其中〈風〉有9例，〈雅〉、〈頌〉則無有。

五、以事物的部分與全體相代

「借代」之「以事物的部分與全體相代」是不直接指明事物，而以全體代部分，或部分代全體。[120]

《詩經》中「借代」之「以事物的部分與全體相代」，以〈風〉最多，〈雅〉及〈頌〉居次。例如〈王風‧采葛〉：

彼采蕭兮。一日不見，如三秋兮。（第二章）

這是首描寫男女相思之詩。那位采蕭的女子啊，我一日不見你，就如同三秋未見一般。清朝俞樾《古書疑義舉例》曰：「又有舉小名代大名者。《詩‧采葛》篇『一日不見，如三秋兮』，三秋即三歲也。歲有四時而獨言秋，是舉小名以代大名也。」[121]「秋」只有一季，此處是小名；「一歲」有四

---

120 沈謙：《修辭學》（臺北縣：國立空中大學，2000 年 7 月，再版），頁 330。

121 （清）俞樾撰、劉師培補：《古書疑義舉例》（臺北：臺灣商務印書館股份有限公司，1978 年 5 月，臺 1 版），頁 38。

季，此處是大名。陳望道先生說：「他的所謂『以小名代大名』，就是我們所謂用部分代全體。」[122]指出事物的部分，屬於小名；事物的全體，屬於大名。汪維輝先生〈詩經中的借代〉說：「〈采葛〉篇的『秋』，只有把它看作借代辭，解釋成『年』，才切合詩意。」[123]借部分的「秋」代全體的「年」，屬於「以事物的部分與全體相代」。例如〈魏風・葛屨〉：

摻摻女手，可以縫裳。（第一章）

縫裳女子，纖細的玉手，不到三月，就被強逼著縫製衣裳。《傳箋通釋》曰：「上止言縫裳者，詩以裳與霜韻，故言裳以該衣。」[124]「衣裳」二字，常是連用的，此處只單言「裳」，是借部分的「裳」代全體的「衣裳」，屬於「以事物的部分與全體相代」。例如〈小雅・大田〉：

來方禋祀，以其騂黑，與其黍稷，以享以祀，以介景福。（第四章）

---

122 陳望道：《修辭學發凡》（臺北：文史哲出版社，1989 年 1 月，再版），頁 91。

123 汪維輝：〈詩經中的借代〉，《寧波師院學報》（社會科學版），1989 年 1 期（總第 35 期）（1989 年 2 月），頁 80。

124 （清）馬瑞辰：《傳箋通釋》（臺北鼎文書局，1973 年 9 月，初版），卷 10，頁 2 下。

豐收之後，子孫以赤牲或黑牲，來祭祀四方神祇。向熹先生認為：「騂是牛的毛色，黑是羊豕的毛色。此指牛和羊豕，是以事物的顏色代替事物本身。」[125]以騂色代牛，以黑色代羊豕。宋朱熹《詩集傳》則說：「四方各用其方色之牲，此言騂黑，舉南北以見其餘也。」[126]以騂色代南方，以黑色代北方。向熹先生解讀此現象：「是用部分代全體。」[127]「騂黑」是指南北，借部分的「騂黑」代全體的「四方」，屬於「以事物的部分與全體相代」。再如：

〈周南・關雎〉：一章「關關雎鳩，在河之洲。」

〈召南・采蘩〉：三章「被之僮僮，夙夜在公。被之祁祁，薄言還歸。」

〈召南・小星〉：二章「嘒彼小星，維參與昴。肅肅宵征，抱衾與裯。寔命不猶！」

〈鄘風・君子偕老〉：二章「玉之瑱也，象之揥也，揚且之皙也。」

〈鄭風・大叔于田〉：三章「叔馬慢忌，叔發罕忌。抑釋掤忌，抑鬯弓忌。」

〈魏風・葛屨〉：一章「要之襋之，好人服之。」

125　向熹：《詩經語言研究》（成都：四川人民出版社，1987 年 4 月，第 1 版第 1 次印刷），頁 383。

126　（宋）朱熹：《詩集傳》（臺北：臺灣學生書局，1970 年 10 月，景印初版），卷 13，頁 18 下。

127　向熹：《詩經語言研究》（成都：四川人民出版社，1987 年 4 月，第 1 版第 1 次印刷），頁 383。

〈魯頌・閟宮〉：三章「春秋匪解，享祀不忒。」

以上有關「借代」之「以事物的部分與全體相代」的分析，《詩經》共 13 例。其中〈風〉有 11 例，〈雅〉、〈頌〉各有 1 例。

六、以特定的事物與普通事物相代

「借代」之「以特定的事物與普通事物相代」是不直接指明人事物，而以特定代普通，或以普通代特定。[128]《詩經》中「以特定的事物與普通事物相代」，計有 62 例。[129]以〈風〉最多，〈雅〉次之，〈頌〉最少。

---

128 沈謙：《修辭學》（臺北縣：國立空中大學，2000 年 7 月，再版），頁333。

129 《詩經》中「以特定的事物與普通事物相代」，計有以下 62 例：〈周南・卷耳〉第一章；〈召南・摽有梅〉第一章、第二章；〈召南・小星〉第一章；〈邶風・簡兮〉第一章、第二章；〈鄘風・定之方中〉第三章；〈鄘風・干旄〉第二章、第三章；〈鄘風・載馳〉第五章；〈衛風・氓〉第一章、第四章；〈王風・丘中有麻〉第一章、第二章；〈鄭風・女曰雞鳴〉第一章、第二章、第三章；〈鄭風・風雨〉第一章、第二章、第三章；〈鄭風・揚之水〉第一章、第二章；〈魏風・十畝之間〉第一章、第二章；〈魏風・伐檀〉第二章；〈魏風・碩鼠〉第一章、第二章、第三章；〈唐風・椒聊〉第一章、第二章；〈唐風・無衣〉第一章、第二章；〈唐風・葛生〉第一章、第二章、第三章、第四章、第五章；〈秦風・無衣〉第一章、第二章、第三章；〈曹風・鳲鳩〉第三章；〈曹風・下泉〉第四章；〈豳風・東山〉第四章；〈小雅・信南山〉第二章；〈小雅・隰桑〉第一章、第二章、第三章；〈大雅・思齊〉第一章；〈大雅・烝民〉第四章；〈大雅・瞻卬〉第四章；〈周頌・載芟〉；〈商頌・玄鳥〉。

　　《詩經》「借代」之「以特定的事物與普通事物相代」，例如〈召南・小星〉：

　　　嘒彼小星，三五在東。肅肅宵征，夙夜在公。寔命不同！（第一章）

微明的小星，三三五五地出現在東方，征人在夜間急速地行役，早晚都忙於公務，實在是命運不同的緣故。余培林先生說：「三五，舉其數也。」[130]以「三五」代小星之數。彭麗秋先生也認為：「以三三五五代微光不定之小星也。」[131]以「三五」代明滅不定之「小星」。此詩借「三五」代「小星」，屬於「以特定的事物與普通事物相代」。再如〈衛風・氓〉：

　　　氓之蚩蚩，抱布貿絲。（第一章）

此詩描述一個敦厚老實的人，抱著布匹來買絲。「氓」字之解釋，向熹先生說：「此指『抱布貿絲』的男子，是以通名代專名。」[132]氓字，指抱布貿絲的男子。宋朝朱熹《詩集

130　余培林：《詩經正詁》（臺北：三民書局股份有限公司，1999年3月，再版），上冊，頁59。
131　彭麗秋：《國風寫作技巧研究》（臺北：私立輔仁大學中國文學研究所碩士論文，1980年5月20日），頁139。
132　向熹：《詩經語言研究》（成都：四川人民出版社，1987年4月，第1版第1次印刷），頁383。

傳》闡釋道：「氓，民也。」¹³³解氓為民之意。此詩借「氓」代「抱布貿絲之男子」，屬於「以特定的事物與普通事物相代」。又如〈豳風‧東山〉：

> 親結其縭，九十其儀。其新孔嘉，其舊如之何？（第四章）

回想當年，女子出嫁時，母親為她結上佩巾，有各色各樣的馬匹來送親，用多式多類的禮節來行婚，一對新婚夫妻，真有說不盡的甜蜜。宋人朱熹《詩集傳》說明：「九其儀，十其儀，言其儀之多也。」¹³⁴以「九十」代儀禮繁多。彭麗秋先生也認為是：「以九、十代禮儀之繁多。」¹³⁵此詩借「九十」代「儀禮繁多」，屬於「以特定的事物與普通事物相代」。

　　以上有關「借代」之「以特定的事物與普通事物相代」的分析，《詩經》共 62 例。其中〈風〉有 53 例，最多；〈雅〉有 7 例，次之；〈頌〉有 2 例，最少。

---

133 （宋）朱熹：《詩集傳》（臺北：臺灣學生書局，1970 年 10 月，景印初版），卷 3，頁 20 上。

134 （宋）朱熹：《詩集傳》（臺北：臺灣學生書局，1970 年 10 月，景印初版），卷 8，頁 13 下。

135 彭麗秋：《國風寫作技巧研究》（臺北：私立輔仁大學中國文學研究所碩士論文，1980 年 5 月 20 日），頁 139。

七、以具體與抽象相代

　　「借代」之「以具體與抽象相代」具體概指事物的形體，抽象概指事物的性質、狀態、關係、作用等。[136]

　　《詩經》中「借代」之「以具體與抽象相代」，以〈風〉最多，〈雅〉居次，〈頌〉則無有。例如〈周南·兔罝〉：

　　　　肅肅兔罝，椓之丁丁。赳赳武夫，公侯干城。（第一章）

獵人撒開嚴密的兔罝，用木橛釘在地上，就能捕獲野兔。就好像雄糾糾的武夫，可以抵禦外患，作為公侯的干城。彭麗秋先生指出：「干城皆禦敵之物，以比武夫之勇。」[137]以「干城」代武夫之勇。本詩借具體的禦敵物「干城」代抽象的「武夫之勇」，屬於「以具體與抽象相代」。例如〈邶風·新臺〉：

　　　　新臺有泚，河水瀰瀰。燕婉之求。（第一章）

136　沈謙：《修辭學》（臺北縣：國立空中大學，2000 年 7 月，再版），頁336。

137　彭麗秋：《國風寫作技巧研究》（臺北：私立輔仁大學中國文學研究所碩士論文，1980 年 5 月 20 日），頁139。

此是諷刺衛宣公娶子媳之詩。鮮艷的新臺，映襯著清澈的河水，兩者相映成輝；一位美麗的少女，本應匹配年輕俊美的郎君。余培林《詩經正詁》認為：「『燕婉』，李善注：『好貌。』雙聲連語，美好貌。這裡代燕婉之人。」[138] 以「燕婉」代美貌。汪維輝先生〈詩經中的借代〉解釋此詩曰：「具體和抽象相代。」[139] 借具體的「燕婉」代抽象的「美好貌」，屬於「以具體與抽象相代」。例如〈小雅・巧言〉：

> 他人有心，予忖度之。（第四章）

大夫傷於讒言，作此詩以刺幽王。此詩之「心」字，汪維輝先生〈詩經中的借代〉解釋為：「心代心思，思想。孟子曰：『心之官則思。』」[140] 借具體的「心」代抽象的「心思」，屬於「以具體與抽象相代」。再如：

> 〈周南・兔罝〉：三章「肅肅兔罝，施于中林。赳赳武夫，公侯腹心。」
> 〈邶風・旄丘〉：四章「瑣兮尾兮，流離之子。叔兮伯兮，褎如充耳。」

---

138 余培林：《詩經正詁》（臺北：三民書局股份有限公司，1999 年 3 月，再版），上冊，頁 126。

139 汪維輝：〈詩經中的借代〉，《寧波師院學報》（社會科學版）1989 年 1 期（總第 35 期）（1989 年 2 月），頁 77。

140 汪維輝：〈詩經中的借代〉，《寧波師院學報》（社會科學版）1989 年 1 期（總第 35 期）（1989 年 2 月），頁 77。

〈邶風‧新臺〉：二章「新臺有洒，河水浼浼。燕婉
之求。」

〈邶風‧新臺〉：三章「魚網之設，鴻則離之。燕婉
之求，得此戚施。」

〈衛風‧淇奧〉：一章「有匪君子，如切如磋，如琢
如磨。」

〈衛風‧淇奧〉：三章「有匪君子，如金如錫，如圭
如璧。」

〈魏風‧伐檀〉：二章「不稼不穡，胡取禾三百億
兮？」

〈曹風‧候人〉：四章「薈兮蔚兮，南山朝隮。婉兮
孌兮，季女斯飢。」

以上有關「借代」之「以具體與抽象相代」的分析，
《詩經》共 18 例。其中〈風〉有 17 例，〈雅〉有 1 例，
〈頌〉則無有。

八、以事物的原因與結果相代

「借代」之「以事物的原因與結果相代」不直接指明事
物，以事物的結果代事物本身。[141]

《詩經》中「借代」之「以事物的原因與結果相代」，

---

141 沈謙：《修辭學》（臺北縣：國立空中大學，2000 年 7 月，再版），頁
339。

以〈風〉最多,〈雅〉居次,〈頌〉則無有。例如〈大雅·抑〉:

> 借曰未知,亦既抱子。(第十章)

本詩為告誡同僚之作。這例子說明:若是說你還年幼無知,卻早已手抱孩兒,年紀不小了。詩中「抱子」一詞,漢鄭玄《毛詩傳箋》解釋曰:「假令人言王尚幼小,未有所知,亦已抱子長大矣,不幼少也。」[142]謂已為人父,非無知幼童。清朝牛運震《詩志》也說:「借抱子以愧之,妙。甚於醜詆。」[143]詩人借「抱子」以告誡,使人深自惕省。汪維輝先生認為:「『抱子』代長大成人了,才能生養後代。」[144]指出「抱子」與「成年人」之借代關係,屬於「以事物的原因與結果相代」。例如〈豳風·七月〉:

> 五月斯螽動股,六月莎雞振羽。(第五章)

此為描寫豳國農人生活及上下協和之詩。這例子說明:豳國的農村生活,五月之際,斯螽鳴叫,六月之時,莎雞振羽。「動股」一詞,宋朱熹《詩集傳》解釋曰:「動股,始躍而

---

142 (漢)毛亨傳、鄭玄《毛詩傳箋》(臺北:藝文印書館,2001 年 12 月,初版 14 刷,十三經注疏本),卷 18 之 1,頁 17 下。

143 (清)牛運震:《詩志》(清嘉慶年間空山堂刊本),卷 7,頁 9 下。

144 汪維輝:〈詩經中的借代〉,《寧波師院學報》(社會科學版),1989 年 1 期(總第 35 期)(1989 年 2 月),頁 78。

以股鳴也。」[145]「動股」，謂斯螽跳躍並以股發出鳴聲。余培林《詩經正詁》認為：「動股，即以股磨翅作聲也。振羽，謂振動其翅羽而作聲也。」[146]「動股」，是斯螽以股磨翅聲；「振羽」，是莎雞振翅聲。汪維輝先生〈詩經中的借代〉進一步解釋：「『動股』和『振羽』是斯螽和莎雞發出鳴聲的原因，這裡都代鳴。」[147]指出「動股」、「振羽」與「鳴」之借代關係。「動股」、「振羽」兩者皆代「鳴聲」，屬於「以事物的原因與結果相代」。例如〈大雅‧蕩〉：

> 文王曰：「咨！咨女殷商。曾是彊禦，曾是掊克；曾是在位，曾是在服。天降慆德，女興是力。」（第二章）

此是召穆公傷周室大壞，感厲王無道，天下蕩亂無綱，故作此詩。這例子說明：文王說道：『可歎啊！可歎你這個商王！竟如此暴虐無道，如此剝削聚斂，讓惡人在位，使貪夫居官。凡是上天所降下的慆慢不恭，惡性重大的壞人，從你登基後，便完的任用了』。漢鄭玄《毛詩傳箋》曰：「厲王弭謗，穆公朝廷之臣，不敢斥言王之惡，故上陳文王咨嗟殷

145　（宋）朱熹：《詩集傳》（臺北：臺灣學生書局，1970 年 10 月，景印初版），卷 8，頁 5 下。

146　余培林：《詩經正詁》（臺北：三民書局股份有限公司，1999 年 10 月，增訂二版），上冊，頁 428。

147　汪維輝：〈詩經中的借代〉，《寧波師院學報》（社會科學版），1989 年 1 期（總第 35 期）（1989 年 2 月），頁 78。

紂以切刺之。」[148]以文王咨嗟殷紂，刺厲王無道。向熹先生說：這是以古代指代今人，開中國文學上借古諷今，指桑罵槐的先河。」[149]以古諷今，政治環境使然，益顯厲王之無道。余培林先生說：「二章以下，皆以『文王曰咨，咨女殷商』二句發端，固是『借秦為喻』亦以厲王監謗，不敢直刺也。」[150]詩中之「殷商」，實指厲王，用以借古諷今，指桑罵槐，屬於「以事物的原因與結果相代」。再如：

〈周南‧汝墳〉：三章「魴魚赬尾，王室如燬。雖則如燬，父母孔邇。」

〈大雅‧蕩〉：文王曰：「咨！咨女殷商。而秉義類，彊禦多懟。流言以對，寇攘式內。侯作侯祝，靡屆靡究。」（第三章）

〈大雅‧蕩〉：文王曰：「咨！咨女殷商。女炰烋于中國，斂怨以為德。不明爾德，時無背無側；爾德不明，以無陪無卿。」（第四章）

〈大雅‧蕩〉：文王曰：「咨！咨女殷商。天不湎爾以酒，不義從式。既愆爾止，靡明靡晦。式號式呼，俾晝作夜。」（第五章）

148 （漢）鄭玄：《毛詩傳箋》（臺北：藝文印書館股份有限公司，2001年11月，《十三經注疏》本），卷18之1，頁2下。

149 向熹：《詩經語言研究》（成都：四川人民出版社，1987年4月，第1版第1次印刷），頁384。

150 余培林：《詩經正詁》（臺北：三民書局股份有限公司，1999年10月，增訂二版），下冊，頁431。

〈大雅·蕩〉：文王曰：「咨！咨女殷商。如蜩如螗，如沸如羹。小大近喪，人尚乎由行。內奰于中國，覃及鬼方。」（第六章）

〈大雅·蕩〉：文王曰：「咨！咨女殷商。匪上帝不時，殷不用舊。雖無老成人，尚有典刑。曾是莫聽，大命以傾。」（第七章）

〈大雅·蕩〉：文王曰：「咨！咨女殷商。人亦有言：『顛沛之揭，枝葉未有害，本實先撥。』殷鑒不遠，在夏后之世！」（第八章）

〈大雅·抑〉：十章「借曰未知，亦既抱子。」

以上有關「借代」之「原因與結果互相借代」的分析，《詩經》共 11 例。其中〈風〉有 3 例，〈雅〉有 8 例，〈頌〉則無有。

綜合上述，茲統計各類數字，列表說明如次：

《詩經》「借代」統計表

借代 / 詩經		特徵標幟		所在所屬		作者產地		資料工具		部分全體		特定普通		具體抽象		原因結果		合計		百分比	
		篇數	次數	篇數	次數	篇數	次數	篇數	次數	篇數	次數	篇數	次數	篇數	次數	篇數	次數	篇數	次數	篇數	次數
風	周南	0	0	1	2	0	0	0	0	1	1	1	1	1	2	1	1	5	7	6.7%	4.5%
	召南	1	3	1	3	0	0	0	0	2	4	2	4	0	0	0	0	6	14	8%	8.9%
	邶風	1	2	0	0	0	0	0	0	0	0	1	2	2	5	0	0	4	9	5.3%	5.7%
	鄘風	1	2	0	0	0	0	2	2	1	1	3	4	0	0	0	0	7	9	9.3%	5.7%
	衛風	1	1	1	3	0	0	0	0	0	0	1	2	1	8	0	0	4	14	5.3%	8.9%
	王風	1	2	1	1	0	0	0	0	0	0	1	2	0	0	0	0	4	6	5.3%	3.8%
	鄭風	2	3	0	0	0	0	2	2	1	1	3	13	0	0	0	0	8	19	10.7%	12.1%
	齊風	0	0	0	0	0	0	0	0	0	0	0	0	0	0	0	0	0	0	0%	0%
	魏風	0	0	0	0	0	0	1	2	1	3	3	6	0	0	0	0	5	11	6.7%	7%
	唐風	0	0	0	0	0	0	0	0	0	0	3	9	0	0	0	0	3	9	4%	5.7%
	秦風	0	0	0	0	0	0	0	0	0	0	1	6	0	0	0	0	1	6	1.3%	3.8%
	陳風	0	0	1	2	0	0	0	0	0	0	0	0	0	0	0	0	1	2	1.3%	1.3%
	檜風	1	3	0	0	0	0	0	0	0	0	0	0	0	0	0	0	1	3	1.3%	1.9%
	曹風	0	0	0	0	0	0	0	0	0	0	2	2	1	2	0	0	3	4	4%	2.6%
	豳風	0	0	0	0	0	0	1	3	0	0	1	2	0	0	1	2	3	7	4%	4.5%
雅	小雅	1	2	0	0	1	1	0	0	1	1	2	4	1	1	0	0	6	9	8%	5.7%
	大雅	1	3	2	2	1	1	0	0	0	0	3	3	0	0	2	8	9	17	12%	10.8%
頌	周頌	0	0	0	0	0	0	0	0	0	0	1	1	0	0	0	0	1	1	1.3%	0.6%
	魯頌	1	6	0	0	0	0	0	0	1	1	0	0	0	0	0	0	2	7	2.7%	4.5%
	商頌	1	2	0	0	0	0	0	0	0	0	1	1	0	0	0	0	2	3	2.7%	1.9%
合　計		12	29	7	13	2	2	6	9	9	13	29	62	6	18	4	11	75	157	100%	100%
百分比		16%	18.5%	9.3%	8.3%	2.7%	1.3%	8%	5.7%	12%	8.3%	38.7%	39.5%	8%	11.4%	5.3%	7%	100%	100%		

　　筆者歸納《詩經》之「借代」修辭法，可以得到下列幾點認知：

1. 就借代數量言，其中「以特定的事物與普通事物相代」數量最多，共 62 例，佔 39.5%；其次是「以事物的特徵或標誌相代」，計 29 例，佔 18.5%；「以具體與抽象相代」次之，有 18 例，佔 11.4%；「以事物的部分與全體相代」及「以事物的所在所屬相代」再次之，均為 13 例，佔 8.3%；「以事物的原因與結果相代」再次之，有 11 例，佔 7%；「以事物的資料或工具相代」次之，有 9 例，佔 5.7%；「以事物的作者或產地相代」最少，只有 2 例，佔 1.3%。可見，《詩經》的「借代」類型，以「以特定的事物與普通事物相代」最為普遍。《詩經》中有 62 例，而〈風〉有 53 例，最多，其中〈鄭風〉有 13 例數量最多。推究其因，〈鄭風〉之主題多情詩，且多女子追求男子之詩，詩中凡「子」字，皆女稱男之辭。由「借代」之運用，可窺見《詩經》內容之差異。

2. 就借代性質言，五種「借代」兼具的，只有〈國風〉、〈小雅〉、〈大雅〉。因為《詩經》一書，體裁性質廣泛，雖「借代」之分類項目較繁，均可尋出運用之跡。可見，《詩經》藝術手法高超，各種「借代」手法，均蘊含於其中，成為後世文學創作之藝術泉源。

3. 就詩經內容言，以〈風〉、〈雅〉、〈頌〉三者相較，〈風〉數量最多，達 120 例，佔 76.4%；〈雅〉數量居次，有 26 例，佔 16.6%；〈頌〉數量最少，有 11 例，

佔 7%。顯然，「借代」的修辭現象，是〈風〉、〈雅〉、〈頌〉共同使用的修辭技巧，而這個特色，持續影響到後代的文學。

4. 就詩經時代言，「借代」修辭中，以〈國風〉運用最多，有 120 例，佔 76.4%；〈大雅〉其次，有 17 例，佔 10.8%；〈小雅〉其次，有 9 例，佔 5.7%；〈魯頌〉其次，有 7 例，佔 4.5%；〈商頌〉再次之，有 3 例，佔 1.9%；〈周頌〉最少，只有 1 例，佔 0.6%。順序依次是〈國風〉、〈大雅〉、〈小雅〉、〈魯頌〉、〈商頌〉、〈周頌〉。由上可知，「借代」的使用，是與時代密切相關的，時代愈後之作品，「借代」之數量愈多，其藝術技巧也日益純熟。〈頌〉因屬廟堂文學性質，使用「借代」修辭之現象，較不顯著。

九、《詩經》借代藝術特質

根據上述的探討分析，吾人可知，《詩經》「借代」的藝術特質，具有三項：

（一）語言生動，形象鮮活

在形式上，運用詞語的錯綜變化，讓語言形象生動，不重複死板，使語言新鮮活潑。例如〈鄘風‧君子偕老〉：

> 玉之瑱也，象之揥也，揚且之晢也。（第二章）

此為美宣姜之詩。詩之「象」字，宋朱熹《詩集傳》解釋曰：「象，象骨也。」[151]借全體的「象」代部分的「象骨」，屬於「以事物的部分與全體相代」。描寫宣姜戴著瑱玉耳環，頭上插著象牙髮簪，眉宇開朗煥發，膚色白皙動人。運用「借代」，使語言錯綜自然，讓宣姜的形象鮮活生動。

（二）重點突顯，印象深刻

在內容上，可以突顯描寫對象的特徵，使本體事物的形象更鮮明，充分表達作者的思想感情，使愛憎分明，從而感染讀者，留下深刻印象。例如〈唐風・葛生〉：

　　百歲之後，歸于其居。（第四章）

此詩是男子悼念亡妻之作。意謂只有在百年之後，才能與你在黃泉相見。余培林先生說：「百歲，謂死後也。人之常歲不過百年，故古人以『百歲後』或『百年後』以喻死。」[152]此詩借「百歲」代「死」，屬於「以特定的事物與普通事物相代」。「死」向為人所忌諱，有關「死」之諱稱有多種說法，此詩運用「借代」法，突顯男子對妻之深情，讓人留下深刻印象。

151　（宋）朱熹：《詩集傳》（臺北：臺灣學生書局，1970 年 10 月，景印初版），卷 3，頁 4 上。

152　余培林：《詩經正詁》（臺北：三民書局股份有限公司，1999 年 3 月，再版），上冊，頁 334。

(三) 委婉曲折，含蓄簡練

在目的上，可使語言含蓄有味，文筆簡潔精煉，富有情趣，比直接使用本體更貼切明確。例如〈小雅‧信南山〉：

> 益之以霢霂，既優既渥，既霑既足，生我百穀。（第二章）

此是詠周王祭祀祖先之詩。描寫春雨過後，豐沛的甘霖普降大地，百穀滋長的情形。余培林先生認為：「百穀，穀類之總稱。」[153]此詩借「百穀」代「穀類」，屬於「以特定的事物與普通事物相代」。「穀類」作物之種類，何只千百種？我國以農立國，人民以穀類為主食。本詩以「借代」之手法，委婉說明因周王賢德，人民才能免除兵災，生活安居樂業，文筆含蓄簡練，耐人尋味。

第三節　映襯

「映襯」的異稱甚多。「映襯」[154]又叫做「烘托」，[155]

---

153 余培林：《詩經正詁》（臺北：三民書局股份有限公司，1999 年 10 月，增訂二版），下冊，頁 544。

154 「映襯」參黃慶萱《修辭學》、黃慶萱《高級中學文法與修辭教師手冊》、陳正治《修辭學》、徐芹庭《修辭學發微》、蔡謀芳《表達的藝術——修辭二十五講》、蔡謀芳《修辭格教本》、曾忠華《作文津梁》、倪寶元《修辭》、李維奇《古漢語學習叢書‧修辭學》、浙江省修辭研究會編《修辭方式例解詞典》、王希杰《漢語修辭學》、杜淑貞

也叫做「對比」，[156]又稱為「對照」，[157]或稱「映照」，[158]又
稱為「襯映」，[159]也叫做「襯托」，[160]又叫做「反映」，[161]也
叫做「對襯」，[162]又稱「反言」，[163]又叫做「互襯」，[164]也叫

《現代實用修辭學》、語法與修辭聯編組《語法與修辭》、余昭玟《古
文閱讀與修辭》等書；「映襯法」見曾忠華《作文津梁》等書。

[155] 見徐芹庭《修辭學發微》、浙江省修辭研究會編《修辭方式例解詞
典》等書。

[156] 「對比」之使用，頗為常見，例如：鄭遠漢《辭格辨異》、季紹德
《古漢語修辭》、谷聲應《現代漢語語法修辭》、陳節《詩經漫談》、
洪湛侯《詩經學史》等書，書籍數量過多，不再贅舉。

[157] 「對照」之使用，見於黎運漢、張維耿《現代漢語修辭學》、王德春
《修辭學詞典》、程希嵐《修辭學新編》、浙江省修辭研究會編《修辭
方式例解詞典》、古遠清、孫光萱《詩歌修辭學》、華中師範學院中文
系現代漢語教研組《現代漢語修辭知識》、張弓《現代漢語修辭學》、
王希杰《漢語修辭學》、張西堂《詩經六論》；「對照法」見（日）五
十嵐力《作文應用常識修辭學》等書。

[158] 「映照」一詞，參浙江省修辭研究會編：《修辭方式例解詞典》（杭
州：浙江教育出版社，1990 年 9 月，第 1 版第 1 次印刷），頁 59。

[159] 「襯映」見黃永武：《字句鍛鍊法》（臺北：臺灣商務印書館股份有限
公司，2000 年 4 月，第 2 版第 3 次印刷），頁 35~36。

[160] 「襯托」分見於胡性初《修辭助讀》、黎運漢、張維耿《現代漢語修
辭學》、季紹德《古漢語修辭》、谷聲應《現代漢語語法修辭》、浙江
省修辭研究會編《修辭方式例解詞典》、黃民裕《辭格匯編》、錢覺
民、李延祐《修辭知識十八講》、宋振華、吳士文、張國慶、王興林
《現代漢語修辭學》、王樹溥〈詩經的修辭藝術片談〉、唐松波、黃建
霖《漢語修辭格大辭典》、張弓《現代漢語修辭學》、徐芹庭《古文破
題技巧與修辭之研究》、駱小所《現代修辭學》、王德春《修辭學詞
典》、洪湛侯《詩經學史》等書。

[161] 「反映」見王德春：《修辭學詞典》（浙江：浙江教育出版社，1987 年
5 月，第 1 版第 1 次印刷），頁 47。

[162] 「對襯」參王德春：《修辭學詞典》（浙江：浙江教育出版社，1987 年
5 月，第 1 版第 1 次印刷），頁 40。

做「映寫法」，[165]也稱為「相形」。[166]

　　蔡師宗陽先生於《文法與修辭》書中，明確指出其「映襯」的分類，係依照黃慶萱教授的說法。[167]可見，黃慶萱先生《修辭學》一書，「映襯」之定義與分類，普受肯定。因此，本篇論文之「映襯」修辭法，採用黃慶萱先生《修辭學》上的定義及分類。

　　關於「映襯」修辭格的定義，黃慶萱先生認為：

> 在語文中，把兩種不同的，特別是相反的觀念或事實，貫串或對列起來，兩相比較，互為襯托，從而使語氣增強，使意義明顯的修辭方法，叫做「映襯」。[168]

由上述文字，可知映襯的定義，是指在語文中，運用兩種相反的觀念或事物，予以對立比較，藉以增強語氣，凸顯意義的一種修辭技巧。至於映襯的分類，筆者根據黃慶萱先生

163　參宋文翰《國文修辭學》、唐鉞《修辭格》、蔣金龍《演講修辭學》等書。

164　見劉煥輝：《修辭學綱要》（南昌：百花洲文藝出版社，1993 年 8 月，第 1 版第 2 次印刷），頁 289。

165　陳介白：《修辭學講話》（臺北：啟明書局，1958 年 12 月，初版），頁 136。

166　參考宋文翰《國文修辭學》、唐鉞《修辭格》、蔣金龍《演講修辭學》等書。

167　蔡師宗陽：《文法與修辭》（臺北：三民書局股份有限公司，2001 年 1 月，初版一刷），下冊，頁 24。

168　黃慶萱：《修辭學》（臺北：三民書局股份有限公司，2004 年 1 月，增訂三版二刷），頁 409。

《修辭學》書中的觀點，將其分為：

> 一、對襯：把兩種或兩組不同的人、事、物，放在一
> 　　起，加以對比、烘托、形容、描寫的，叫做「對
> 　　襯」。
> 二、雙襯：把同一個人、事、物的雙重性質，相對現
> 　　象，放在一起，使之凸顯的修辭法，叫作「雙
> 　　襯」。
> 三、反襯：對於一種事物，用恰恰與這種事物的現象
> 　　或本質相反的語詞加以描寫，叫作「反襯」。[169]

　　筆者對於《詩經》「映襯」的例證，以三例詳細解說，
餘例則簡略說明。

一、對襯

　　「對襯」是指在詩文中，把兩種或兩組不同的人、事、
物，放在一起，加以對比、烘托、形容、描寫的，叫做「對
襯」。[170]

　　《詩經》中「對襯」，計有 134 例。[171]以〈風〉最多，

169　黃慶萱：《修辭學》（臺北：三民書局股份有限公司，2004 年 1 月，增
　　訂三版二刷），頁 412~419。

170　黃慶萱：《修辭學》（臺北：三民書局股份有限公司，2004 年 1 月，增
　　訂三版二刷），頁 412。

171　運用「對襯」的篇章，計有以下 134 例：〈周南・汝墳〉第一章、第

〈雅〉居次，〈頌〉最少。例如〈邶風‧新臺〉：

　　新臺有泚，河水瀰瀰。燕婉之求，籧篨不鮮。（第一

二章；〈召南‧草蟲〉第一章、第二章、第三章；〈邶風‧終風〉第一
章、第一章、第二章；〈邶風‧擊鼓〉第四章、第五章；〈邶風‧凱
風〉第二章、第三章、第四章；〈邶風‧匏有苦葉〉第一章、第二
章；〈邶風‧谷風〉第二章、第四章、第五章；〈邶風‧旄丘〉第四
章；〈邶風‧簡兮〉第四章；〈邶風‧北風〉第三章；〈邶風‧新臺〉
第一章、第二章、第三章；〈鄘風‧鶉之奔奔〉第一章、第二章；〈鄘
風‧相鼠〉第一章、第二章、第三章；〈衛風‧氓〉第二章、第三
章、第四章、第六章；〈衛風‧竹竿〉第二章、第三章；〈衛風‧河
廣〉第一章、第二章；〈衛風‧伯兮〉第三章；〈王風‧兔爰〉第一
章、第一章、第二章、第二章、第三章、第三章；〈鄭風‧將仲子〉
第一章、第二章、第三章；〈鄭風‧叔于田〉第二章、第三章；〈鄭
風‧女曰雞鳴〉第一章；〈鄭風‧山有扶蘇〉第一章、第二章；〈鄭
風‧風雨〉第一章、第二章、第三章；〈鄭風‧子衿〉第一章、第二
章；〈齊風‧雞鳴〉第一章、第二章；〈唐風‧山有樞〉第一章、第二
章；〈秦風‧車鄰〉第一章、第二章、第三章；〈秦風‧權輿〉。第一
章、第二章；〈曹風‧候人〉第一章；〈小雅‧常棣〉第一章、第五
章；〈小雅‧伐木〉第一章；〈小雅‧采薇〉第六章；〈小雅‧出車〉
第四章、第五章；〈小雅‧鴻雁〉第三章；〈小雅‧斯干〉第七章、第
八章、第九章；〈小雅‧正月〉第六章、第十三章；〈小雅‧十月之
交〉第八章；〈小雅‧雨無正〉第一章、第五章；〈小雅‧小弁〉第一
章、第七章、第八章；〈小雅‧巷伯〉第五章；〈小雅‧蓼莪〉第五
章、第六章；〈小雅‧大東〉第四章；〈小雅‧四月〉第三章、第八
章；〈小雅‧北山〉第四章、第五章、第六章；〈小雅‧小明〉第二
章、第三章；〈小雅‧頍弁〉第一章、第二章；〈小雅‧賓之初筵〉第
三章、第四章、第五章；〈小雅‧白華〉第二章；〈小雅‧何草不黃〉
第三章、第四章；〈大雅‧板〉第二章、第四章；〈大雅‧抑〉第一
章、第五章、第十一章；〈大雅‧桑柔〉第八章、第九章、第十章、
第十一章、第十二章；〈大雅‧烝民〉第五章；〈大雅‧瞻卬〉第二
章；〈大雅‧召旻〉第五章、第七章；〈周頌‧良耜〉。

章）

此為諷刺衛宣公納子媳之詩。貌美女子本應匹配青年，卻落在一醜陋臃腫的老朽手中，那是多麼不稱啊！清朝牛運震《詩志》解釋說：「不說宣公淫而不父，卻以老夫女妻為詞，醜極正自雅極。」[172]以醜陋老夫對比貌美少妻。林奉仙先生說：「三章末二句都是用的對比手法，『燕婉』代表美色，『籧篨』比喻醜人，放在一起對寫，使得美醜之比更為顯明。」[173]用美醜對比，凸顯衛宣公之惡行。「燕婉」與「籧篨」，皆是正反對比，屬於「對襯」。運用美醜「對襯」，使人感同身受，則宣公之惡劣行徑，不言可喻。又如〈王風‧兔爰〉：

> 有兔爰爰，雉離于羅。（第一章）

這是詩人值亂世之際，深自愓勵的詩。描寫有隻兔子緩步行走，有隻野雞陷入羅網。宋朝歐陽修說：「『有兔爰爰，雉離于羅』者，歎物有幸、不幸也。」[174]以有兔爰爰，敘幸運者；以雉離于羅，述不幸者。清朝馬瑞辰《毛詩傳箋通釋》曰：「『有兔爰爰』，以喻小人之放縱；『雉離于羅』，以喻君

---

172 （清）牛運震：《詩志》（清嘉慶年間空山堂刊本），卷 1，頁 38 上。

173 林奉仙：《十五國風章節之藝術表現》（臺北：臺灣師範大學國文研究所碩士論文，1989 年 5 月），頁 105。

174 （宋）歐陽修著：《毛詩本義》（臺北：世界書局，1988 年 2 月，初版，《景印摛藻堂四庫全書薈要》本），卷 3，頁 13 下。

子之獲罪。」[175]以有兔爰爰，喻小人；以雉離于羅，喻君
子。余培林先生認為：「有兔爰爰，謂兔閒適自在，與下文
『雉離于羅』義正相反。」[176]以有兔爰爰，謂閒適自在；
以雉離于羅，寫驚恐掙扎，二者適成反比。易平先生指出：
「這首詩的寫法特點，是運用對比手法來表現思想、感
情。」[177]「有兔爰爰」與「雉離于羅」，呈現正反對比，屬
於「對襯」。詩人運用「對襯」手法，使人對此亂世之象，
深自惕勵。再如〈小雅・大東〉：

　　東人之子，職勞不來；西人之子，粲粲衣服。（第四
　　章）

東方諸國困役傷財，導致東方諸國的子弟，專作勞苦之事，
而得不到任何安慰；而西方京都的子弟，卻人人穿得光鮮體
面。清朝牛運震《詩志》解釋此詩說：「東西賦役不均，比
襯更難堪。」[178]以東西兩地，賦役不均為寫照手法。《詩經
欣賞與研究》書中認為：「〈大東〉詩奇而正，全篇東西對
照，前後呼應。」[179]全篇以東、西二地，兩相呼應對照。

175　（清）馬瑞辰：《毛詩傳箋通釋》（臺北：鼎文書局，1973 年 9 月，初
　　　版），卷 7，頁 10 下。

176　余培林：《詩經正詁》（臺北：三民書局股份有限公司，1999 年 3 月，
　　　再版），上冊，頁 202。

177　周嘯天編：《詩經鑑賞集成》（臺北：五南圖書出版有限公司，1994
　　　年 7 月，初版 3 刷），上冊，頁 260。

178　（清）牛運震：《詩志》（清嘉慶年間空山堂刊本），卷 4，頁 24 下。

179　糜文開、裴普賢著：《詩經欣賞與研究》（改編版）（臺北：三民書局

余培林先生謂：「四章明寫西人之逸樂、專橫與東人之勞苦、無助。」[180]「東人之子」與「西人之子」，勞苦與逸樂，呈現正反對比，屬於「對襯」。缺乏公平正義的社會，運用「對襯」法加以剖析，予人深刻之印象。

　　以上有關「對襯」的分析，《詩經》共 134 例。其中〈風〉有 73 例，最多；〈雅〉有 60 例，次之；〈頌〉有 1 例，最少。

二、雙襯

　　「雙襯」是指凡是在語文中，把同一個人、事、物的雙重性質，相對現象，放在一起，使之凸顯的修辭法，叫作「雙襯」。[181]分別舉例說明如下：

　　《詩經》中「雙襯」，計有 87 例。[182]以〈雅〉最多，

　　　股份有限公司，1991 年 8 月，再版），冊 2，頁 1036。

180 余培林：《詩經正詁》（臺北：三民書局股份有限公司，1999 年 10 月，增訂二版），下冊，頁 204。

181 黃慶萱：《修辭學》（臺北：三民書局股份有限公司，2004 年 1 月，增訂三版二刷），頁 416。

182 運用「雙襯」的篇章，計有以下 87 例：〈召南・行露〉第二章、第三章；〈王風・黍離〉第一章、第二章、第三章；〈鄭風・褰裳〉第一章、第二章；〈鄭風・東門之墠〉第一章；〈鄭風・出其東門〉第一章、第二章；〈齊風・南山〉第一章、第二章、第三章、第四章；〈魏風・伐檀〉第一章、第二章、第三章；〈秦風・蒹葭〉第一章、第二章、第三章；〈秦風・無衣〉第一章、第二章、第三章；〈陳風・宛丘〉第一章；〈陳風・衡門〉第二章、第三章；〈豳風・東山〉第一章、第二章、第四章；〈小雅・伐木〉第三章；〈小雅・節南山〉第八章；〈小雅・正月〉第二章、第五章、第六章、第七章；〈小雅・十月

〈風〉次之,〈頌〉最少。例如〈王風・黍離〉:

> 彼黍離離,彼稷之苗。行邁靡靡,中心搖搖。知我
> 者,謂我心憂;不知我者,謂我何求。悠悠蒼天,此
> 何人哉!(第一章)

此乃周大夫行役,過故宗廟宮室,閔宗室顛覆,因作是詩。
這例子說明:知道我的,說我心悲憂;不知道我的,說我還
有何需求。清牛運震《詩志》曰:「從憂思愁苦中,生出
『知我』、『不知我』兩層,躊躇歇歔!」[183]此處藉知我與
否,寫出心中之憂思愁苦。葛曉音先生進一步說明:「這裡
用『知我者』和『不知我者』加以對比,反而加深了時人莫
識己意的悲哀。」[184]詩人運用「知我者」與「不知我者」
的對比關係,寫無人知己之悲哀。詩中針對同一主體──

之交〉第七章;〈小雅・雨無正〉第四章;〈小雅・小旻〉第一章、第
二章、第三章、第四章;〈小雅・巧言〉第一章、第二章;〈小雅・何
人斯〉第六章、第七章;〈小雅・谷風〉第一章、第二章、第三章;
〈小雅・蓼莪〉第三章;〈小雅・四月〉第五章、第六章;〈小雅・車
舝〉第三章;〈小雅・角弓〉第一章、第三章、第七章、第八章;〈小
雅・采綠〉第一章、第二章;〈大雅・文王〉第一章;〈大雅・皇矣〉
第七章;〈大雅・靈臺〉第一章;〈大雅・民勞〉第四章;〈大雅・
板〉第三章;〈大雅・蕩〉第一章;〈大雅・抑〉第十章、第十一章;
〈大雅・桑柔〉第十三章、第十四章;〈大雅・雲漢〉第一章、第二
章;〈大雅・烝民〉第六章。

183 (清)牛運震:《詩志》(清嘉慶年間空山堂刊本),卷1,頁57下。

184 周嘯天編:《詩經鑑賞集成》(臺北:五南圖書出版有限公司,1994
年7月,初版3刷),上冊,頁245。

我，從兩種不同的角度描繪，由「知我者」觀之，則謂我心憂；自「不知我者」觀之，則謂我何求。「知我」與「不知我」兩種角度，產生迥異之結果，二者大異其趣，形成強烈的對比。詩人巧妙運用「雙襯」手法，使文氣增強，意義顯豁，深具啟示。再如〈豳風‧東山〉：

> 我徂東山，慆慆不歸。我來自東，零雨其濛。果臝之實，亦施于宇。伊威在室，蠨蛸在戶，町畽鹿場，熠燿宵行。不可畏也，伊可懷也。（第二章）

此為東征之士歸家後，述其歸途所見所思，歸鄉看見荒涼陰森的景象，想起來令人不寒而慄，但這一切都不足以懼怕，因為我的她更值得懷念。清牛運震《詩志》謂：「不可畏也，正言其可畏，特反言爾。一反一正，自問自答，便令通節神情跳舞。」[185] 以不可畏寫可畏，一反一正，相互對照，映襯忐忑的心。蓉生先生認為：「然而『不可畏也，伊可懷也』。兩句承上轉折反襯，越是殘破牽掛。詩巧妙而生動地透過征人的幻覺，入木三分地既寫出了近鄉歸客的疑懼心理，又進一步表現了征人對故鄉一往情深的熱愛。」[186] 用轉折反襯法，點出征夫心中的疑懼心情。此處「不可畏也」與「伊可懷也」，兩者呈正、反對比，屬於「雙襯」。如

185　（清）牛運震：《詩志》（清嘉慶年間空山堂刊本），卷2，頁56下。
186　周嘯天編：《詩經鑑賞集成》（臺北：五南圖書出版有限公司，1994年7月，初版3刷），上冊，頁554。

此的矛盾心情，使征夫思家之情，更為深刻鮮明。又如〈秦
風‧蒹葭〉：

> 溯洄從之，道阻且長；溯游從之，宛在水中央。（第
> 一章）

本詩為賢者隱居水濱，人慕而思見之詩。這例子說明：逆著
洄流去找他，阻礙重重路遙遠；順著直流去找尋，他又彷彿
就在水中央。詩中之「溯洄」謂逆流而上；「溯游」謂順流
而下。林奉仙先生《十五國風章節之藝術表現》認為：「三
章重疊。每一章都是以『溯洄』、『溯游』為對比，來表示追
求伊人的遠近難易。實際上，重點在『溯游』，詩人只是以
『溯洄』之難，來對比『溯游』之易，而使人捨難從易而
已。」[187] 詩中「溯洄從之，道阻且長」與「溯游從之，宛
在水中央」，皆是難易對比，屬於「雙襯」。〈秦風‧蒹葭〉
是篇高逸出塵的抒情詩，措詞清新雋永，清朝牛運震《詩
志》評此詩為：「〈國風〉第一篇飄渺文字。」[188]詩人運用
「雙襯」法，使意味含蓄雋永，語言鮮活傳神。

以上有關「雙襯」的分析，《詩經》共 87 例。其中
〈雅〉有 52 例，最多；〈風〉有 34 例，居次；〈頌〉有一
例，最少。

187　林奉仙：《十五國風章節之藝術表現》（臺北：臺灣師範大學國文研究
　　所碩士論文，1989 年 5 月），頁 107。

188　（清）牛運震：《詩志》（清嘉慶年間空山堂刊本），卷 2，頁 38 上。

三、反襯

「反襯」，是指在語文中，對於一種事物，用恰恰與這種事物的現象或本質相反的語詞加以描寫，叫作「反襯」。[189]

《詩經》中「反襯」，以〈雅〉最多，有 7 例；〈風〉居次，有 2 例；〈頌〉則無有。例如〈小雅‧十月之交〉：

> 爗爗震電，不寧不令。百川沸騰，山冢崒崩。高岸為谷，深谷為陵。哀今之人，胡憯莫懲！（第三章）

幽王之世，褒姒、皇父專權亂政，顛倒是非。天災使原來的高岸，變成深谷；使原來的深谷，變為丘陵，真是場大災難。詩中用「高岸」與「谷」相映，「深谷」與「陵」相襯，對比鮮明，使亂政的感覺更強烈，屬於「反襯」手法。再如〈小雅‧角弓〉：

> 老馬反為駒，不顧其後。如食宜饇，如酌孔取。（第五章）

老馬已年邁力衰，卻反以小馬自居，還逞強好勝，全然不考

---

189 黃慶萱：《修辭學》（臺北：三民書局股份有限公司，2004 年 1 月，增訂三版二刷），頁 419。

慮後果。明朝許天贈先生評此詩技巧曰:「上二句喻小人之不量力也,下二句喻小人之不知足也。」[190] 老馬已不堪重任,還自以為年輕力壯,真是不自量力。其中「老馬」與「駒」,皆是正反對比,屬於「反襯」。具有啟示性的哲理,發人深省。又如〈大雅‧抑〉:

> 抑抑威儀,維德之隅。人亦有言:「靡哲不愚。」庶人之愚,亦職維疾;哲人之愚,亦維斯戾。(第一章)

詩中引用古人的話說:「沒有一個哲人,不像愚人一般。」針對此語,《詩經欣賞與研究》一書認為:「言德行必須與威儀配合,而今之所謂哲人,未嘗有威儀,甚或不知修德,故有『無哲不愚』之歎。衛武以為哲人而愚,乃反常現象,非國家之福。」[191]「哲」與「愚」二者,是正反對比,屬於「反襯」。名與實貴在相符,今哲人反佯愚裝傻,其中意味值得探究。又如:

> 〈豳風‧狼跋〉:一章「狼跋其胡,載疐其尾。公孫碩膚,赤舄几几。」

---

190 (明)許天贈撰:《詩經正義》(臺南:莊嚴文化事業有限公司,1997年2月,初版1刷,《四庫全書存目叢書》本),卷17,頁18下~卷17,頁19上。

191 糜文開、裴普賢著:《詩經欣賞與研究》(改編版)(臺北:三民書局股份有限公司,1991年8月,再版),冊3,頁1398。

〈豳風・狼跋〉：二章「狼疐其尾，載跋其胡。公孫
碩膚，德音不瑕。」

〈小雅・何草不黃〉：三章「匪兕匪虎，率彼曠野。
哀我征夫，朝夕不暇！」

〈小雅・何草不黃〉：四章「有芃者狐，率彼幽草。
有棧之車，行彼周道。」

〈大雅・抑〉：十章「民之靡盈，誰夙知而莫成？」

　以上有關「反襯」的分析，《詩經》共 9 例。其中
〈雅〉有7例，〈風〉有2例，〈頌〉則無有。

　綜合上述分析，茲統計各類數字，列表說明如次：

《詩經》「映襯」統計表

映襯 詩經		對　襯		雙　襯		反　襯		合　計		百分比	
		篇數	次數	篇數	次數	篇數	次數	篇數	次數	篇數	次數
風	周南	1	1	0	0	0	0	1	1	1%	0.4%
	召南	1	3	1	2	0	0	2	5	2%	2.2%
	邶風	9	19	0	0	0	0	9	19	9.2%	8.3%
	鄘風	2	5	0	0	0	0	2	5	2%	2.2%
	衛風	4	10	0	0	0	0	4	10	4.1%	4.3%
	王風	1	6	1	3	0	0	2	9	2%	3.9%
	鄭風	6	16	3	5	0	0	9	21	9.2%	9.1%
	齊風	1	2	1	4	0	0	2	6	2%	2.6%
	魏風	0	0	1	6	0	0	1	6	1%	2.6%
	唐風	1	4	0	0	0	0	1	4	1%	1.7%
	秦風	2	6	2	6	0	0	4	12	4.1%	5.2%
	陳風	0	0	2	5	0	0	2	5	2%	2.2%
	檜風	0	0	0	0	0	0	0	0	0%	0%
	曹風	1	1	0	0	0	0	1	1	1%	0.4%
	豳風	0	0	1	3	1	2	2	5	2%	2.2%
雅	小雅	19	41	14	34	3	5	36	80	36.7%	34.8%
	大雅	6	19	11	18	1	2	18	39	18.4%	17%
頌	周頌	1	1	1	1	0	0	2	2	2%	0.9%
	魯頌	0	0	0	0	0	0	0	0	0%	0%
	商頌	0	0	0	0	0	0	0	0	0%	0%
合　計		55	134	38	87	5	9	98	230	100%	100%
百分比		56.1%	58.3%	38.8%	37.8%	5.1%	3.9%	100%	100%		

　　筆者歸納《詩經》之「映襯」修辭法，可以得到下列幾點認知：

1. 就映襯數量言，以「對襯」有 134 例，佔 56.1%，數量最多；「雙襯」計 87 例，佔 37.8%，居次；「反襯」共 9 例，佔 3.9%，數量最少。可見，《詩經》的「映襯」類型，以「對襯」最為普遍。如此的「對襯」修辭技巧，將文章的內容對比映襯，使形象強烈，讓人印象深刻。

2. 就映襯性質言，三種「映襯」兼具的，有〈小雅〉、〈大雅〉部分；兩種「映襯」兼具的，有〈國風〉、〈周頌〉部分。由此可知，「映襯」平均運用於《詩經》全書，適用之詩歌體裁極為廣泛。

3. 就詩經內容言，以〈風〉、〈雅〉、〈頌〉三者相較，〈雅〉數量最多，達 119 例，佔 51.7%；〈風〉數量居次，有 109 例，佔 47.4%；〈頌〉數量最少，只有 2 例，佔 0.9%。顯然，「映襯」的修辭現象，是《詩經》《詩經》文學的藝術表徵。

4. 就詩經時代言，在「映襯」修辭中，以〈國風〉運用最多，有 109 例，佔 47.4%；〈小雅〉其次，有 80 例，佔 34.8%；〈大雅〉其次，有 39 例，佔 17%；〈周頌〉再次之，僅有 2 例，佔 0.9%。順序依次是〈國風〉、〈小雅〉、〈大雅〉、〈周頌〉。由上可知，「映襯」的使用，是與時代密切相關的，時代愈後之作品，「映襯」之數量愈多，其藝術技巧也日益純熟。

四、《詩經》映襯藝術特質

根據上述的探討分析，吾人可知，《詩經》「映襯」的藝術特質，具有三項：

（一）以此襯彼

在形式上，使被陪襯的事物鮮明凸出，增色生動。例如〈小雅・采薇〉：

> 昔我往矣，楊柳依依；今我來思，雨雪霏霏。行道遲遲，載渴載飢。我心傷悲，莫知我哀！（第六章）

此為謝玄最喜愛之詩句。詩謂記得出發征戍時，楊柳柔媚而依依。現在回鄉之際，卻大雪紛飛。清朝王夫之《薑齋詩話》曰：「以樂景寫哀，以哀景寫樂，一倍增其哀樂。」[192]沈謙先生《修辭學》認為此處：「針對當初出征與今日歸來兩種不同的情境，予以描寫，形成強烈的對比。」[193]點出今昔之變化，肯定「對比」法的巧妙運用。尚永亮先生評此詩曰：「今『來』和昔『往』，痛苦和歡樂，在此形成了鮮明的

192　（清）王夫之著、戴鴻森注：《薑齋詩話箋注》（臺北：木鐸出版社，1982年4月，初版），頁10。

193　沈謙：《修辭學》（臺北縣：國立空中大學，2000年7月，再版），頁92。

對照，從而愈發加深了人物內心的痛苦程度。」[194]詩人運用對照手法，使情感之表達，更加深邃動人。詩中「昔我往矣，楊柳依依」與「今我來思，雨雪霏霏」，皆是正反對比，屬於「對襯」。運用「對襯」法，以情襯景，以景寫情，意象鮮明，令人印象深刻。

（二）以非襯是

在內容上，凸顯事物的善與惡、好與壞、美與醜、是與非，釐清事物真相，加強說服力。例如〈小雅・何草不黃〉：

> 匪兕匪虎，率彼曠野。哀我征夫，朝夕不暇！（第三章）

周室將亡，征役不斷，行者苦之，故作是詩。這例子說明：這些可憐的征夫，既非兕獸，又非老虎，為何天天奔波於曠野。這些可憐的征夫，從早到晚忙個不停。管遭瑞先生評此詩：「後兩章變換手法，改為反比，即以自由出入的野牛、老虎，反比兵士陷入軍營的縲紲之中，喪失了人生的自由；用安然歇息在草叢中的狐狸，反比兵士為戰爭所驅使，不得不到處忙碌奔波的痛苦。」[195]詩人以「虎兕」與「征夫」

---

194 周嘯天編：《詩經鑑賞集成》（臺北：五南圖書出版有限公司，2002年6月，初版3刷），下冊，頁601。

195 周嘯天編：《詩經鑑賞集成》（臺北：五南圖書出版有限公司，2002年6月，初版3刷），下冊，頁913。

相映，用「悠閒」與「奔波」相襯，對比鮮明，使征夫痛苦的感覺更加強烈。糜文開先生說：「於是第三章忽改作比體，轉變了方式，用老虎與野牛的悠閒，來和他朝夕奔忙作對比，使人反羨慕起畜生來，意義更為深刻。」[196]詩中「匪兕匪虎，率彼曠野」與「哀我征夫，朝夕不暇」，本質恰恰相反，對比強烈，屬於「反襯」。亂世之中，人民為芻狗，甚或比「虎兕」還不如，自由與奴役，悠閒與奔波，兩者強烈對比，則征夫的痛苦，不言可喻。

（三）以景襯情

在目的上，使感情的表達更加深刻、充分，動人心弦。例如〈邶風‧谷風〉：

> 昔育恐育鞠，及爾顛覆。既生既育，比予于毒。（第五章）

棄婦回想當年，生活困頓時，夫妻胼手胝足共奮鬥，如今家境富裕，生活改善了，你卻反過來傷害我，教人如何不痛心。袁愈荌先生評此詩曰：「對比如夫妻二人的溫良與暴戾，丈夫對舊室和新婚的憎、愛，都是很好的對比，再如涇渭濁清，涉水深淺，『昔育恐育鞠』四句的今昔情況等都

---

196 見糜文開、裴普賢著：《詩經欣賞與研究》（改編版）（臺北：三民書局股份有限公司，1991 年 8 月，再版），冊 2，頁 1205；裴普賢編著：《詩經評註讀本》（臺北：三民書局股份有限公司，1991 年 8 月，五版），下冊，頁 377。

是。用了對比，苦樂愈加深化，是非愈加鮮明。」[197]直接肯定「對比」法，於本詩之廣泛使用，使情感深化，是非鮮明。余培林先生申其義曰：「五章以今昔對比，寫昔日與夫共其患難，今既生育子女，生活安樂，乃遭棄置。」[198]運用「對比」法，以妻子的認命盡責，點襯丈夫之無情。詩中「昔育恐育鞠，及爾顛覆」與「既生既育，比予于毒」，皆是正反對比，屬於「對襯」。透過顯明的對比，妻子的情深義重，映襯丈夫的恩斷義絕，觸動讀者心弦，令人印象深刻。

第四節　摹寫

「摹寫」的異稱甚多。「摹寫」[199]又叫做「摹狀」，[200]

---

197 周嘯天編：《詩經鑑賞集成》（臺北：五南圖書出版有限公司，1994 年 7 月，初版 3 刷），上冊，頁 108。

198 余培林：《詩經正詁》（臺北：三民書局股份有限公司，1999 年 3 月，再版），上冊，頁 108。

199 「摹寫」參考陳正治《修辭學》、吳正吉《活用修辭》、杜淑貞《現代實用修辭學》、曾忠華《作文津梁》、吳朝輝〈詩國風修辭藝術探微──以國風最短五篇詩的修辭現象為例〉等書。

200 「摹狀」見於程希嵐《修辭學新編》、譚正璧《修辭新例》、蔡謀芳《修辭格教本》、王德春《修辭學詞典》、季紹德《古漢語修辭》、蔡謀芳《表達的藝術──修辭二十五講》、曾忠華《作文津梁》、劉煥輝《修辭學綱要》、浙江省修辭研究會編《修辭方式例解詞典》、錢覺民、李延祐《修辭知識十八講》、葉龍〈國風與雅歌的修辭研究〉、羅敬之〈談詩經國風的修辭〉、趙克勤《古漢語修辭簡論》；「摹狀法」見徐芹庭《修辭學發微》。

也叫做「摹繪」,[201] 又稱為「摹況」,[202] 或稱「摹擬」,[203] 又稱為「移狀法」,[204] 也叫做「描摹」。[205]

關於「摹寫」修辭格的定義,蔡師宗陽先生認為:

> 凡是在語文中,對人、事、物的聲音、顏色、形體、情狀的各種感受,加以描繪形容的一種修辭技巧,叫做摹寫。[206]

由上述文字,可知摹寫的定義,是指在語文中,針對自己的各種感受,特別是關於聲音、色彩、形狀、氣味、觸感等,加以形容描繪的一種修辭技巧。至於摹寫的分類,筆者根據蔡師宗陽先生《文法與修辭》書中的觀點,將其分為六類:

一、聽覺摹寫:凡是在語文中,將耳朵所聽到的各種

---

201 「摹繪」一詞,見倪寶元《修辭》、王德春《修辭學詞典》、張春榮《修辭散步》、黃民裕《辭格匯編》、宋振華、吳士文、張國慶、王興林《現代漢語修辭學》、唐松波、黃建霖《漢語修辭格大辭典》、駱小所《現代修辭學》、張西堂《詩經六論》、洪湛侯《詩經學史》。

202 「摹況」名稱,見黃慶萱:《修辭學》(臺北:三民書局股份有限公司,2004 年 1 月,增訂三版二刷),頁 67。

203 「摹擬」參考黎運漢、張維耿:《現代漢語修辭學》(臺北:書林出版有限公司,1991 年 9 月,初版),頁 122。

204 「移狀法」見陳介白:《修辭學講話》(臺北:啟明書局,1958 年 12 月,初版),頁 138。

205 「描摹」參見語法與修辭聯編組:《語法與修辭》(臺北:新學識文教出版中心,1990 年 1 月,初版),頁 444。

206 蔡師宗陽:《文法與修辭》(臺北:三民書局股份有限公司,2001 年 1 月,初版一刷),下冊,頁 66。

人、事、物的聲音，通過說話人或作者本身的體會，加以描述形容的一種修辭技巧，叫做聽覺的摹寫，又簡稱為摹聽，也叫摹聲。

二、視覺摹寫：凡是在語文中，將眼睛所看到的各種人、事、物的感受，通過說話人或作者本身的體會，加以描述形容的一種修辭技巧，叫做視覺摹寫，又簡稱為摹視，也叫摹色，又叫摹形。

三、嗅覺摹寫：凡是在語文中，把鼻子所聞到的各種不同氣味，通過說話人或作者親身的體驗，加以描繪的一種修辭技巧，叫做嗅覺摹寫，又簡稱為摹嗅。

四、味覺摹寫：凡是在語文中，把口舌所品嚐的各種不同味道，通過說話人或作者親自的體會，加以描摹的一種修辭技巧，叫做味覺摹寫，又簡稱為摹味。

五、觸覺摹寫：凡是在語文中，將肌膚肢體所接觸的種不同感覺，通過說話人或作者本身的體驗，加以描寫的一種修辭技巧，叫做觸覺摹寫，又簡稱摹觸。

六、心覺摹寫：凡是在語文中，將心中所感受的各種不同情懷，通過說話人或作者親身的體會，加以描繪的一種修辭技巧，叫做心覺摹寫，也叫思覺摹寫，簡稱為摹心，又叫摹情。[207]

---

207 蔡師宗陽：《文法與修辭》（臺北：三民書局股份有限公司，2001 年 1

「借代」是指在語文中，借用其他詞句或名稱，來代替一般
經常使用的詞句或名稱的一種修辭技巧。分為借事物的材料
或工具代事物、借事物的標誌或特徵代事物、借事物的作者
或產地代事物、借事物的所在或所屬代事物、具體與抽象互
相借代、部分與全體互相借代、特定與普通互相借代、原因
與結果互相借代，共八種。分別舉例說明如下：

一、聽覺摹寫

「摹寫」之「聽覺摹寫」，是指在語文中，將耳朵所聽
到的各種人、事、物的聲音，通過說話人或作者本身的體
會，加以描述形容的一種修辭技巧，叫做聽覺的摹寫，又簡
稱為摹聽，也叫摹聲。[208]

《詩經》中「摹寫」之「聽覺摹寫」，計有 144 例。[209]

---

[208] 月，初版一刷），下冊，頁 66~70。

[208] 蔡師宗陽：《文法與修辭》（臺北：三民書局股份有限公司，2001 年 1
月，初版一刷），下冊，頁 66。

[209] 運用「聽覺摹寫」的篇章，計有以下 144 例：〈周南・關雎〉第一
章；〈周南・葛覃〉第一章；〈周南・螽斯〉第一章、第二章、第三
章；〈周南・兔罝〉第一章；〈召南・草蟲〉第一章；〈召南・殷其
靁〉第一章、第二章、第三章；〈邶風・終風〉第四章；〈邶風・擊
鼓〉第一章；〈邶風・凱風〉第四章；〈邶風・匏有苦葉〉第二章、第
三章；〈鄘風・鶉之奔奔〉第一章、第二章；〈衛風・碩人〉、第四
章；〈衛風・氓〉第四章；〈王風・大車〉第一章、第二章；〈鄭風・
有女同車〉第二章；〈鄭風・風雨〉第一章、第二章；〈齊風・雞鳴〉
第三章；〈齊風・盧令〉第一章；〈齊風・載驅〉第一章、第三章；
〈魏風・伐檀〉第一章、第二章、第三章；〈唐風・鴇羽〉第一章、
第二章、第三章；〈秦風・車鄰〉第一章；〈秦風・駟驖〉第三章；

以〈雅〉最多，〈風〉居次，〈頌〉數量最少。例如〈秦風·
終南〉：

　　佩玉將將，壽考不亡！（第二章）

佩玉聲鏘鏘悅耳，恭祝秦國君王長生不老。余培林先生認
為：「將將，與鏘鏘同，佩玉聲。」[210]「將將」，是形容佩

〈秦風·終南〉第二章；〈秦風·黃鳥〉第一章、第二章、第三章；
〈陳風·宛丘〉第二章、第三章；〈陳風·東門之楊〉第一章、第二
章；〈豳風·七月〉第二章、第三章、第四章、第八章；〈豳風·鴟
鴞〉第四章；〈豳風·東山〉第三章；〈豳風·狼跋〉第一章、第二
章；〈小雅·鹿鳴〉第一章、第二章、第三章；〈小雅·四牡〉第二
章；〈小雅·伐木〉第一章、第二章、第三章；〈小雅·出車〉第三
章、第五章、第六章；〈小雅·蓼蕭〉第四章；〈小雅·采芑〉第二
章、第三章、第四章；〈小雅·鴻雁〉第一章、第三章；〈小雅·庭
燎〉第一章、第二章；〈小雅·沔水〉第二章；〈小雅·鶴鳴〉第一
章、第二章；〈小雅·斯干〉第三章、第八章；〈小雅·小宛〉第五
章；〈小雅·小弁〉第四章；〈小雅·巷伯〉第三章；〈小雅·北山〉
第三章；〈小雅·鼓鐘〉第一章、第二章、第三章、第四章；〈小雅·
甫田〉第二章；〈小雅·桑扈〉第一章、第二章；〈小雅·車舝〉第一
章；〈小雅·青蠅〉第一章、第二章、第三章；〈小雅·賓之初筵〉第
二章；〈小雅·采菽〉第二章；〈大雅·緜〉第六章；〈大雅·靈臺〉
第四章；〈大雅·生民〉第三章；〈大雅·卷阿〉第七章、第八章、第
九章；〈大雅·蕩〉第六章；〈大雅·烝民〉第七章、第八；〈大雅·
韓奕〉第四章；〈大雅·常武〉第三章、第四章；〈周頌·執競〉；〈周
頌·有瞽〉；〈周頌·載見〉；〈周頌·良耜〉；〈魯頌·駉〉第一章、第
二章、第四章；〈魯頌·有駜〉第一章、第二章；〈魯頌·泮水〉第一
章；〈商頌·那〉；〈商頌·烈祖〉。
210 余培林：《詩經正詁》（臺北：三民書局股份有限公司，1999 年 3 月，
再版），上冊，頁 356。

玉敲擊聲，屬於「聽覺摹寫」。又如〈豳風・狼跋〉：

> 公孫碩膚，赤舄几几。（第一章）

此是首頌美周公的詩。這例子說明：周公的處境，雖是如此，但以其恢宏大度，故仍能步履安重，處之泰然。清馬瑞辰《毛詩傳箋通釋》說：「己几古同聲，擊几古合音，皆擬其音，非釋其義也。」[211] 主張几几是赤舄健步之聲。裴普賢先生認為：「几几，步履聲。」[212] 解釋几几為步履聲，馬、裴二人皆釋几几為步履聲，屬於「聽覺摹寫」。再如〈小雅・四牡〉：

> 四牡騑騑，嘽嘽駱馬。（第二章）

此是周朝征夫勞於王事，不得歸而思其父母之作。此句意謂：四匹雄馬，白身黑鬣，不停的前進。屈萬里先生說：「此當與〈杕杜〉之『嘽嘽』，〈采芑〉之『嘽嘽』同義。蓋形容聲之盛；〈杕杜〉、〈采芑〉，形容車聲；此形容馬行聲也。」[213] 屈萬里先生主張「嘽嘽」為馬行聲，屬於「聽覺

---

211 （清）馬瑞辰：《毛詩傳箋通釋》（臺北：鼎文書局，1973 年 9 月，初版），卷 16，頁 35 下。

212 裴普賢編著：《詩經評註讀本》（臺北：三民書局股份有限公司，1991年 8 月，五版），下冊，頁 255。

213 屈萬里：《詩經釋義》（臺北：中國文化大學出版部，1993 年 12 月，新 1 版第 4 刷），頁 201。

摹寫」。

以上有關「摹寫」「聽覺摹寫」的分析，《詩經》共 144 例。其中〈風〉有 60 例，〈雅〉有 65 例，〈頌〉有 19 例。

二、視覺摹寫

「摹寫」之「視覺摹寫」，是指在語文中，將眼睛所看到的各種人、事、物的感受，通過說話人或作者本身的體會，加以描述形容的一種修辭技巧，叫做視覺摹寫，又簡稱為摹視，也叫摹色，又叫摹形。[214]

《詩經》中「摹寫」之「視覺摹寫」，計有 544 例。[215]

---

214 蔡師宗陽：《文法與修辭》（臺北：三民書局股份有限公司，2001 年 1 月，初版一刷），下冊，頁 67。

215 運用「視覺摹寫」的篇章，計有以下 544 例：〈周南・關雎〉第二章、第四章、第五章；〈周南・葛覃〉第一章、第二章；〈周南・卷耳〉第一章；〈周南・樛木〉　第一章、第二章、第三章；〈周南・桃夭〉第一章、第二章、第三章；〈周南・兔罝〉第一章、第二章、第三章；〈周南・芣苢〉第一章、第二章、第三章；〈周南・漢廣〉第二章、第三章；〈周南・汝墳〉第三章；〈召南・草蟲〉第一章；〈召南・甘棠〉第一章、第二章、第三章；〈召南・行露〉第一章；〈召南・羔羊〉第一章、第二章、第三章；〈召南・摽有梅〉第一章、第二章、第三章；〈召南・小星〉第一章、第二章；〈召南・江有汜〉第一章、第二章、第三章；〈召南・何彼襛矣〉第一章、第二章；〈召南・騶虞〉第一章、第二章；〈邶風・燕燕〉第一章、第二章、第三章；〈邶風・日月〉第一章、第二章、第三章、第四章；〈邶風・雄雉〉第一章、第二章、第三章；〈邶風・匏有苦葉〉第一章、第二章、第三章、第四章；〈邶風・谷風〉第一章；〈邶風・旄丘〉第一章；〈邶風・簡兮〉第三章；〈邶風・泉水〉第一章；〈邶風・北風〉第一章、第二章；〈邶風・新臺〉第一章、第二章；〈邶風・二子乘

舟〉第一章、第二章;〈鄘風‧柏舟〉第一章、第二章;〈鄘風‧君子
偕老〉第一章、第二章、第三章;〈鄘風‧定之方中〉第一章、第二
章、第三章;〈鄘風‧蝃蝀〉第一章、第二章;〈鄘風‧干旄〉第一
章、第二章、第三章;〈鄘風‧載馳〉第五章;〈衛風‧淇奧〉第一
章、第二章、第三章;〈衛風‧碩人〉第一章、第二章、第三章、第
四章;〈衛風‧氓〉第三章、第四章;〈衛風‧竹竿〉第一章、第三
章、第四章;〈衛風‧芄蘭〉第一章、第二章;〈衛風‧伯兮〉第三
章;〈衛風‧有狐〉第一章、第二章、第三章;〈王風‧黍離〉第一
章、第二章、第三章;〈王風‧君子陽陽〉第一章、第二章;〈王風‧
揚之水〉第一章、第二章、第三章;〈王風‧中谷有蓷〉第一章、第
二章、第三章;〈王風‧兔爰〉第一章、第二章、第三章;〈王風‧葛
藟〉第一章、第二章、第三章;〈王風‧大車〉第一章、第二章;〈王
風‧丘中有麻〉第一章、第二章、第三章;〈鄭風‧緇衣〉第一章、
第二章、第三章;〈鄭風‧大叔于田〉第一章、第二章、第三章;〈鄭
風‧清人〉第一章、第二章、第三章;〈鄭風‧羔裘〉第一章、第二
章、第三章;〈鄭風‧有女同車〉第一章、第二章;〈鄭風‧山有扶
蘇〉第一章、第二章;〈鄭風‧蘀兮〉第一章、第二章;〈鄭風‧東門
之墠〉第一章、第二章;〈鄭風‧風雨〉第三章;〈鄭風‧子衿〉第一
章、第二章、第三章;〈鄭風‧出其東門〉第一章、第二章;〈鄭風‧
野有蔓草〉第一章、第二章;〈鄭風‧溱洧〉第一章、第二章;〈齊
風‧著〉第一章、第二章、第三章;〈齊風‧南山〉第一章;〈齊風‧
甫田〉第一章、第二章、第三章;〈齊風‧盧令〉第一章、第二章、
第三章;〈齊風‧敝笱〉第三章;〈齊風‧載驅〉第一章、第二章、第
三章、第四章;〈魏風‧葛屨〉第一章、第二章;〈魏風‧十畝之間〉
第一章、第二章;〈唐風‧揚之水〉第一章、第二章、第三章;〈唐
風‧杕杜〉第一章、第二章;〈唐風‧鴇羽〉第一章、第二章、第三
章;〈唐風‧葛生〉第一章、第二章、第三章;〈秦風‧車鄰〉第一
章、第二章、第三章;〈秦風‧小戎〉第三章;〈秦風‧蒹葭〉第一
章、第二章、第三章;〈秦風‧終南〉第一章、第二章;〈秦風‧晨
風〉第一章、第二章、第三章;〈秦風‧權輿〉第一章;〈陳風‧宛
丘〉第二章、第三章;〈陳風‧衡門〉第一章;〈陳風‧東門之楊〉第
一章、第二章;〈陳風‧月出〉第一章、第二章、第三章;〈陳風‧澤
陂〉第一章、第二章、第三章;〈檜風‧羔裘〉第三章;〈檜風‧隰有
萇楚〉第一章、第二章、第三章;〈曹風‧蜉蝣〉第一章、第二章、

第三章；〈曹風‧候人〉第四章；〈曹風‧下泉〉第四章；〈豳風‧七月〉第三章；〈豳風‧鴟鴞〉第四章；〈豳風‧東山〉第二章、第四章；〈小雅‧鹿鳴〉第一章、第二章、第三章；〈小雅‧四牡〉第一章、第二章、第三章、第四章、第五章；〈小雅‧皇皇者華〉第一章、第二章、第三章、第四章、第五章；〈小雅‧常棣〉第一章；〈小雅‧伐木〉第三章；〈小雅‧采薇〉第六章；〈小雅‧出車〉第二章、第三章、第五章、第六章；〈小雅‧杕杜〉第一章、第二章；〈小雅‧南有嘉魚〉第一章、第二章、第三章、第四章；〈小雅‧蓼蕭〉第一章、第二章、第三章、第四章；〈小雅‧湛露〉第一章、第二章、第三章；〈小雅‧彤弓〉第一章、第二章、第三章；〈小雅‧菁菁者莪〉第一章、第二章、第三章、第四章；〈小雅‧六月〉第四章；〈小雅‧采芑〉第一章、第二章；〈小雅‧車攻〉第四章；〈小雅‧吉日〉第三章；〈小雅‧鴻雁〉第一章、第二章、第三章；〈小雅‧庭燎〉第一章、第二章、第三章；〈小雅‧沔水〉第一章、第二章、第三章；〈小雅‧白駒〉第一章、第二章、第三章、第四章；〈小雅‧斯干〉第一章、第三章、第四章、第五章、第八章；〈小雅‧無羊〉第一章、第三章、第四章；〈小雅‧節南山〉第一章、第二章；〈小雅‧十月之交〉第三章；〈小雅‧小旻〉第二章；〈小雅‧小宛〉第一章；〈小雅‧小弁〉第一章、第二章、第四章、第五章；〈小雅‧巷伯〉第一章、第二章、第四章；〈小雅‧蓼莪〉第五章、第六章；〈小雅‧大東〉第一章、第二章、第五章、第六章；〈小雅‧四月〉第二章、第三章、第四章、第五章、第六章；〈小雅‧鼓鐘〉第一章、第二章；〈小雅‧楚茨〉第一章、第二章、第三章、第六章；〈小雅‧信南山〉第一章、第二章、第三章；〈小雅‧甫田〉第一章；〈小雅‧大田〉第二章、第三章；〈小雅‧瞻彼洛矣〉第一章、第二章、第三章；〈小雅‧裳裳者華〉第一章、第二章、第三章；〈小雅‧桑扈〉第一章、第二章、第四章；〈小雅‧頍弁〉第一章、第二章、第三章；〈小雅‧車舝〉第二章、第四章；〈小雅‧賓之初筵〉第一章、第三章、第四章；〈小雅‧采菽〉第二章、第三章、第四章、第五章；〈小雅‧角弓〉第七章、第八章；〈小雅‧菀柳〉第一章、第二章、第三章；〈小雅‧都人士〉第一章、第二章、第三章、第四章、第五章；〈小雅‧采綠〉第四章；〈小雅‧黍苗〉第一章；〈小雅‧隰桑〉第一章、第二章、第三章；〈小雅‧白華〉第二章、第三章、第六章；〈小雅‧瓠葉〉第一章；〈小雅‧漸漸之石〉第一章、第二章；〈小雅‧苕

以〈風〉最多，〈雅〉居次，〈頌〉數量最少。例如〈周南·漢廣〉：

> 翹翹錯薪，言刈其楚。（第二章）

此是欣慕游女而不能得之作。此句意謂：眾多的錯薪中，值得割取的是其中的嫩楚。《正義》解釋曰：「翹翹，高貌。」[216]宋朱熹《詩集傳》也說：「翹翹，秀起之貌。」[217]兩人均主張翹翹是高秀貌，屬於「視覺摹寫」。又如〈王

之華〉第一章、第二章、第三章；〈小雅·何草不黃〉第三章、第四章；〈大雅·緜〉第一章；〈大雅·棫樸〉第一章、第四章；〈大雅·旱麓〉第一章、第三章、第五章、第六章；〈大雅·皇矣〉第八章；〈大雅·靈臺〉第三章；〈大雅·生民〉第四章、第五章；〈大雅·行葦〉第一章；〈大雅·假樂〉第二章；〈大雅·公劉〉第四章；〈大雅·卷阿〉第六章、第九章；〈大雅·桑柔〉第一章、第二章、第九章；〈大雅·雲漢〉第一章、第五章、第八章；〈大雅·崧高〉第七章；〈大雅·烝民〉第七章、第八章；〈大雅·韓奕〉第一章、第二章；〈大雅·江漢〉第一章、第二章；〈大雅·常武〉第三章、第四章、第五章；〈大雅·瞻卬〉第七章；〈大雅·召旻〉第三章、第四章；〈周頌·振鷺〉；〈周頌·豐年〉；〈周頌·潛〉；〈周頌·載見〉；〈周頌·載芟〉；〈周頌·良耜〉；〈周頌·絲衣〉；〈周頌·般〉；〈魯頌·駉〉第一章、第二章、第三章、第四章；〈魯頌·有駜〉第一章、第二章；〈魯頌·泮水〉第一章、第二章、第六章、第七章、第八章；〈魯頌·閟宮〉第一章、第三章、第四章、第五章、第八章；〈商頌·長發〉第六章；〈商頌·殷武〉第五章、第六章。

216 （漢）毛亨傳、鄭玄箋、（唐）孔穎達疏：《毛詩正義》（臺北：藝文印書館，2001 年 12 月，初版 14 刷，十三經注疏本），卷 1 之 3，頁 6 下。

217 （宋）朱熹：《詩集傳》（臺北：臺灣學生書局，1970 年 10 月，景印初版），卷 1，頁 12 下。

風·黍離〉：

> 彼黍離離，彼稷之苗。行邁靡靡，中心搖搖。（第一
> 章）

周大夫行役在外，悲憫故國宗廟宮室，盡成禾黍農稷，憂傷憤懑之作。此句意謂：那禾黍生長茂盛，那高粱正苗長成苗，這片農野，原是故國宮殿，如今夷為平地，叫我如何不感傷。宋朱熹《詩集傳》說：「離離，垂貌。」[218]主張離離為禾黍低垂貌。裴普賢先生解釋道：「離離，狀其茂盛而有行列也。」認為離離是茂盛而排列整齊貌。兩人均主張「離離」，屬於「視覺摹寫」。再如〈鄭風·野有蔓草〉：

> 野有蔓草，零露漙漙。（第二章）

男女相遇於野田草露之間，野地的蔓草，盈滿露珠。《傳》說：「漙漙，盛貌。」[219]認為漙漙是盛多貌。宋朱熹《詩集傳》曰：「漙漙，亦露多貌。」[220]進一步解釋是露水盛多貌。由此可見，「漙漙」屬於「視覺摹寫」。

218　（宋）朱熹：《詩集傳》（臺北：臺灣學生書局，1970 年 10 月，景印初版），卷 4，頁 1 下。

219　（漢）毛亨《傳》（臺北：藝文印書館，2001 年 12 月，初版 14 刷，十三經注疏本），卷 4 之 4，頁 12 上。

220　（宋）朱熹：《詩集傳》（臺北：臺灣學生書局，1970 年 10 月，景印初版），卷 4，頁 27 下。

以上有關「摹寫」之「視覺摹寫」的分析，《詩經》共544 例。其中〈風〉有 278 例，最多；〈雅〉有 224 例，次之；〈頌〉有 42 例，最少。

三、嗅覺摹寫

「摹寫」之「嗅覺摹寫」，是指在語文中，把鼻子所聞到的各種不同氣味，通過說話人或作者親身的體驗，加以描繪的一種修辭技巧，叫做嗅覺摹寫，又簡稱為摹嗅。[221]

《詩經》「摹寫」之「嗅覺摹寫」，共有 8 例。以〈雅〉最多，〈頌〉居次，〈風〉則無有。例如〈小雅‧信南山〉：

是烝是享，苾苾芬芬，祀事孔明。（第六章）

周王祭祀祖先，以芳香的祭物，進獻祖先。祭祀之事，進行得很完備，於是祖先來饗，甚是歡喜，就回報以大福，使子孫萬壽無疆。宋嚴粲《詩緝》曰：「苾苾芬芬，香氣上達也。」[222] 此處之「苾苾芬芬」，是描寫香氣裊裊，屬於「嗅覺摹寫」。又如〈大雅‧鳧鷖〉：

旨酒欣欣，燔炙芬芬。公尸燕飲，無有後艱。（第五

---

221 蔡師宗陽：《文法與修辭》（臺北：三民書局股份有限公司，2001 年 1月，初版一刷），下冊，頁 67~68。

222 （宋）嚴粲：《詩緝》（臺北：廣文書局，1960 年 11 月，初版），卷22，頁 40 上。

章）

此乃祭畢之次日，又設禮以燕公尸之詩。本句意謂：喝了美酒，很是欣喜，燒烤的肉，味道都很芳香。公尸既接受你的燕飲，保證你日後平安吉利。《毛詩故訓傳》曰：「欣欣然，樂也。」[223] 解釋「欣欣」為歡樂貌。俞樾《羣經平議》亦云：「竊疑經文『熏熏』、『欣欣』，字當互易。」[224] 解「欣欣」為「薰薰」，其說頗為有理。裴普賢先生認為：「欣欣，香氣盛貌。」[225] 可知此處之「欣欣」，是在描寫香氣，屬於「嗅覺摹寫」。又如〈周頌・載芟〉：

有飶其香，邦家之光。有椒其馨，胡考之寧。

此乃烝或嘗祭宗廟之詩。《傳》曰：「飶，芬香也。」[226] 釋「飶」字，為芬香貌。《傳》又云：「椒，猶飶也。」[227] 是「椒」之義，亦芬香也。本句意謂：這種豐收的成果，就是邦家的光榮。這種芬香的酒醴，正是高壽的享受。眼前豐收

223　（漢）毛亨《傳》（臺北：藝文印書館，2001 年 12 月，初版 14 刷，十三經注疏本），卷 17 之 2，頁 20 下。
224　（清）俞樾：《詩經平議》（臺北：河洛圖書出版社，1975 年 5 月，臺景印初版），卷 11，頁 20 下。
225　裴普賢編著：《詩經評註讀本》（臺北：三民書局股份有限公司，1991 年 8 月，五版），下冊，頁 460。
226　（漢）毛亨《傳》（臺北：藝文印書館，2001 年 12 月，初版 14 刷，十三經注疏本），卷 19 之 4，頁 8 上。
227　（漢）毛亨《傳》（臺北：藝文印書館，2001 年 12 月，初版 14 刷，十三經注疏本），卷 19 之 4，頁 8 上。

的景象，不只在此處，也不獨在今年，而是自古以來皆如此。「有飶其香」、「有椒其馨」，皆是描寫香氣芬芳，屬於「嗅覺摹寫」。又如：

> 〈小雅‧楚茨〉：四章「苾芬孝祀，神嗜飲食。卜爾百福，如幾如式。」
> 〈大雅‧生民〉：八章「卬盛于豆，于豆于登。其香始升，上帝居歆。胡臭亶時。」

上列所陳，皆為有關「摹寫」之「嗅覺摹寫」的分析。《詩經》一書共 8 例，其中〈雅〉有 6 例，〈頌〉，有 2 例，〈風〉則無有。

四、味覺摹寫

「摹寫」之「味覺摹寫」，是指在語文中，把口舌所品嚐的各種不同味道，通過說話人或作者親自的體會，加以描摹的一種修辭技巧，叫做味覺摹寫，又簡稱為摹味。[228]

《詩經》中「摹寫」之「味覺摹寫」，以〈雅〉最多，〈頌〉居次，〈風〉最少。例如〈邶風‧谷風〉：

> 行道遲遲，中心有違。不遠伊邇，薄送我畿。誰謂荼

---

228 蔡師宗陽：《文法與修辭》（臺北：三民書局股份有限公司，2001 年 1月，初版一刷），下冊，頁 68。

苦？其甘如薺。宴爾新昏，如兄如弟。（第二章）

這是婦人為夫所棄所作的詩。此句意謂：我離開時心中無比難過，心情比最苦的荼菜還苦。你卻沉醉在「濃情蜜意」的新婚生活中，叫我如何不傷心呢？「苦」、「甘」二者，皆是描寫味覺感受，屬於「味覺摹寫」。再如〈大雅‧緜〉：

周原膴膴，堇荼如飴。爰始爰謀，爰契我龜。（第三章）

此詩相傳為周公戒君王之詩。宋朱熹《詩集傳》曰：「飴，餳也。」[229]可知「飴」，猶今之糖漿。本句意謂：周民生活的平原，土壤非常肥沃，苦菜也像糖漿一樣甜。於是開始規劃籌備，藉龜紋來占卜吉凶。「飴」字，是描寫味覺感受，屬於「味覺摹寫」。又如〈周頌‧絲衣〉：

兕觥其觩，旨酒思柔。不吳不敖，胡考之休？

這是首繹祭的詩。這例子說明：高舉兕觥旨酒以獻祭，行禮時不喧嘩，不怠慢，就能獲得壽考的美好回報。「旨酒」，意指美味的酒，是描寫味覺感受，屬於「味覺摹寫」。又如：

229　（宋）朱熹：《詩集傳》（臺北：臺灣學生書局，1970 年 10 月，景印初版），卷 16，頁 11 下。

〈小雅・魚麗〉：一章「魚麗于罶，鱨鯊。君子有酒，旨且多。」

〈小雅・魚麗〉：二章「魚麗于罶，魴鱧。君子有酒，多且旨。」

〈小雅・魚麗〉：三章「魚麗于罶，鰋鯉。君子有酒，旨且有。」

〈小雅・桑扈〉：四章「兕觥其觩，旨酒思柔。彼交匪敖，萬福來求。」

〈小雅・頍弁〉：一章「有頍者弁，實維伊何？爾酒既旨，爾殽既嘉。」

〈小雅・頍弁〉：二章「有頍者弁，實維何期？爾酒既旨，爾殽既時。」

〈小雅・頍弁〉：三章「有頍者弁，實維在首？爾酒既旨，爾殽既阜。」

〈小雅・賓之初筵〉：一章「酒既和旨，飲酒孔偕。鐘鼓既設，舉醻逸逸。」

〈商頌・烈祖〉：「亦有和羹，既戒既平。鬷假無言，時靡有爭。」

上述所列，皆屬「摹寫」「味覺摹寫」的分析。《詩經》共記 12 例，其中〈雅〉有 9 例，最多；〈頌〉有 2 例，居次；〈風〉有 1 例，最少。

五、觸覺摹寫

「摹寫」之「觸覺摹寫」，是指在語文中，將肌膚肢體所接觸的種不同感覺，通過說話人或作者本身的體驗，加以描寫的一種修辭技巧，叫做觸覺摹寫，又簡稱摹觸。[230]

《詩經》中「摹寫」之「觸覺摹寫」有 13 例，以〈雅〉最多，〈風〉居次，〈頌〉則無有。例如〈邶風・北風〉：

北風其涼，雨雪其雱。（第一章）

這是詩人見奸邪當道，國是日非，而思與好友同歸田野的詩。這例子說明：沁涼的北風，傾盆的雨雪。余培林先生《詩經正詁》解釋道：「其涼，猶涼涼。」[231]詩中「其涼」二字，是描寫皮膚寒冷的感受，屬於「觸覺摹寫」。例如〈邶風・北風〉：

北風其喈，雨雪其霏。（第二章）

本句意謂：寒冽的北風，紛飛的雨雪。《傳箋通釋》解釋

---

230 蔡師宗陽：《文法與修辭》（臺北：三民書局股份有限公司，2001 年 1 月，初版一刷），下冊，頁 69。

231 余培林：《詩經正詁》（臺北：三民書局股份有限公司，1999 年 3 月，再版），上冊，頁 121。

曰：「喈當作湝，……湝，水寒也。……蓋水寒曰湝，風寒亦為湝，其喈，猶其涼也。」[232]詩中「其喈」猶「其涼」之意。余培林先生認為：「其喈，即喈喈，《說文》引詩作湝湝。」[233]「湝」謂水寒貌。由此可知，「其喈」乃描寫皮膚寒冷之感受，屬於「觸覺摹寫」。例如〈大雅・雲漢〉：

> 旱既大甚，則不可沮。赫赫炎炎，云我無所。（第四章）

此是禳災旱之作。這例子說明：旱災異常熾烈，已經無法阻止。天氣熱得像火烤，使我無處躲藏。清朝陳奐先生《詩毛氏傳疏》解釋曰：「赫赫，盛也，言旱氣之盛也。……炎炎，為熱氣之盛也。」[234]裴普賢先生也認為：「赫赫，旱氣，陽光顯耀貌。炎炎，熱氣。」陳氏、裴氏二人，皆釋「赫赫」為旱氣、「炎炎」為熱氣，兩者均為描寫皮膚炙熱之感受，屬於「觸覺摹寫」。再如：

> 〈豳風・七月〉：一章「一之日觱發，二之日栗烈；無衣無褐，何以卒歲？」

---

232 （清）馬瑞辰：《傳箋通釋》（臺北鼎文書局，1973 年 9 月，初版），卷 4，頁 39 下。

233 余培林：《詩經正詁》（臺北：三民書局股份有限公司，1999 年 3 月，再版），上冊，頁 122。

234 （清）陳奐：《詩毛氏傳疏》（臺北：世界書局，1957 年 1 月，初版），卷 25，頁 13。

〈豳風‧七月〉：二章「七月流火，九月授衣。春日
載陽，有鳴倉庚。」

〈小雅‧大東〉：三章「有冽氿泉，無浸穫薪。」

〈小雅‧大東〉：四章「舟人之子，熊羆是裘。」

〈小雅‧四月〉：二章「秋日淒淒，百卉具腓。亂離
瘼矣，奚其適歸？」

〈小雅‧四月〉：三章「冬日烈烈，飄風發發。民莫
不穀，我獨何害？」

〈大雅‧生民〉：七章「誕我祀如何？或舂或揄，或
簸或蹂；釋之叟叟，烝之浮浮。」

〈大雅‧雲漢〉：五章「旱既大甚，滌滌山川。旱魃
為虐，如惔如焚。」

〈大雅‧烝民〉：六章「人亦有言：『德輶如毛，民
鮮克舉之』。」

　　上述各例，均為「摹寫」之「觸覺摹寫」的分析。《詩
經》全書共 13 例，其中〈風〉有 5 例，〈雅〉有 8 例，
〈頌〉則無有。

六、心覺摹寫

　　「摹寫」之「心覺摹寫」，是指在語文中，將心中所感
受的各種不同情懷，通過說話人或作者親身的體會，加以描
繪的一種修辭技巧，叫做心覺摹寫，也叫思覺摹寫，簡稱為

摹心，又叫摹情。[235]

　　《詩經》中「心覺摹寫」，計有 145 例[236]。以〈雅〉最

---

235 蔡師宗陽：《文法與修辭》（臺北：三民書局股份有限公司，2001 年 1
月，初版一刷），下冊，頁 70。

236 《詩經》中「心覺摹寫」，計有以下 145 例：〈召南・草蟲〉第一章、
第二章、第三章；〈邶風・柏舟〉第四章；〈邶風・終風〉第一章、第
二章；〈邶風・谷風〉第二章；〈邶風・北門〉第一章；〈衛風・伯
兮〉第四章；〈王風・黍離〉第一章、第二章、第三章；〈王風・采
葛〉第一章、第二章、第三章；〈鄭風・子衿〉第一章、第二章、第
三章；〈秦風・黃鳥〉第一章、第二章、第三章；〈秦風・晨風〉第一
章、第二章、第三章；〈秦風・渭陽〉第二章；〈陳風・防有鵲巢〉第
一章、第二章；〈陳風・月出〉第一章、第二章、第三章；〈陳風・澤
陂〉第一章、第二章、第三章；〈檜風・羔裘〉第一章、第二章、第
三章；〈檜風・素冠〉第一章、第二章、第三章；〈檜風・匪風〉第一
章、第二章；〈曹風・蜉蝣〉第一章、第二章、第三章；〈曹風・下
泉〉第一章、第二章、第三章；〈豳風・七月〉第一章、第二章；〈豳
風・東山〉第一章；〈小雅・鹿鳴〉第三章；〈小雅・四牡〉第一章；
〈小雅・采薇〉第二章、第三章、第六章；〈小雅・出車〉第二章、
第五章；〈小雅・杕杜〉第一章、第二章、第四章；〈小雅・蓼蕭〉第
一章、第二章、第三章、第四章；〈小雅・彤弓〉第一章、第二章、
第三章；〈小雅・菁菁者莪〉第一章、第二章、第三章、第四章；〈小
雅・沔水〉第二章；〈小雅・節南山〉第一章、第五章、第六章；〈小
雅・正月〉第一章、第二章、第三章、第八章、第十一章、第十二
章；〈小雅・十月之交〉第八章；〈小雅・雨無正〉第四章；〈小雅・
小旻〉第六章；〈小雅・小宛〉第一章、第四章、第六章；〈小雅・小
弁〉第一章、第二章、第四章、第五章、第六章；〈小雅・何人斯〉
第四章、第六章；〈小雅・大東〉第一章、第二章、第三章；〈小雅・
無將大車〉第一章、第二章、第三章；〈小雅・小明〉第一章、第二
章、第三章；〈小雅・鼓鐘〉第一章、第二章、第三章；〈小雅・裳裳
者華〉第一章；〈小雅・頍弁〉第一章、第二章；〈小雅・車舝〉第四
章、第五章；〈小雅・都人士〉第二章、第三章；〈小雅・黍苗〉第五
章；〈小雅・白華〉第四章、第五章、第六章；〈大雅・蕩〉第六章；
〈大雅・桑柔〉第一章、第四章；〈大雅・雲漢〉第三章、第五章、

多，〈風〉次之，〈頌〉則無有。例如〈邶風・柏舟〉：

　　憂心悄悄，慍於群小。（第四章）

此乃詩人見奸邪當道，國是日非，而思與友人同歸田園之作。這例子說明：詩人仁而不遇，終日憂心不安，因被一群小人所憎恨。《傳》曰：「悄悄，憂貌。」[237]「憂心悄悄」，為憂心貌；「慍於群小」，為憎恨貌。二者皆是描寫內心的感受，屬於「心覺摹寫」。再如〈秦風・黃鳥〉：

　　臨其穴，惴惴其慄。（第一章）

此乃秦國人譏刺穆公以活人殉葬，哀傷三位賢良而作之詩。此句描寫秦國三位賢良殉葬時，臨進墓穴，渾身戰慄之狀。宋朱熹《詩集傳》云：「惴惴，懼貌。」[238]「惴惴」，為恐懼貌，描寫內心的感受，屬於「心覺摹寫」。又如〈陳風・防有鵲巢〉：

　　防有鵲巢，邛有旨苕。誰侜予美？心焉忉忉。（第一章）

第七章；〈大雅・崧高〉第七章；〈大雅・烝民〉第二章；〈大雅・瞻卬〉第六章、第七章；〈大雅・召旻〉第三章。

237　（漢）毛亨：《傳》（臺北：藝文印書館，2001 年 12 月，初版 14 刷，十三經注疏本），卷 2 之 1，頁 7 上。

238　（宋）朱熹：《詩集傳》（臺北：臺灣學生書局，1970 年 10 月，景印初版），卷 6，頁 19 下。

這是憂懼讒言離間所愛之作。本句意謂：鵲鳥築巢於隄防上，香苕生長於高丘，這都是荒謬的謊言。什麼人說這些謊言，欺騙我所愛的人呢？真使我心中憂愁。余培林先生指出：「忉忉，憂貌。」[239]「忉忉」，為憂心貌，描寫內心的感受，屬於「心覺摹寫」。

以上有關「摹寫」之「心覺摹寫」的分析，《詩經》共145 例。其中〈風〉有 53 例，〈雅〉有 92 例，〈頌〉則未見。

綜合上述，茲統計各類數字，列表說明如次：

---

239 余培林：《詩經正詁》（臺北：三民書局股份有限公司，1999 年 3 月，再版），上冊，頁 385。

《詩經》「摹寫」統計表

詩經	摹寫	聽覺		視覺		嗅覺		味覺		觸覺		心覺		合計		百分比	
		篇數	次數	篇數	次數	篇數	次數	篇數	次數	篇數	次數	篇數	次數	篇數	次數	篇數	次數
風	周南	4	6	9	24	0	0	0	0	0	0	0	0	13	30	4%	3.5%
	召南	2	2	9	25	0	0	0	0	0	0	1	6	12	33	3.7%	3.8%
	邶風	4	6	11	26	0	0	1	1	1	2	4	5	21	40	6.4%	4.6%
	鄘風	1	4	6	22	0	0	0	0	0	0	0	0	7	26	2.1%	3%
	衛風	2	5	7	25	0	0	0	0	0	0	1	1	10	31	3.1%	3.6%
	王風	1	2	8	23	0	0	0	0	0	0	2	6	11	31	3.4%	3.6%
	鄭風	2	5	13	39	0	0	0	0	0	0	1	3	16	47	4.9%	5.4%
	齊風	3	5	6	23	0	0	0	0	0	0	0	0	9	28	2.7%	3.2%
	魏風	1	3	2	5	0	0	0	0	0	0	0	0	3	8	0.9%	0.9%
	唐風	1	3	4	13	0	0	0	0	0	0	0	0	5	16	1.5%	1.9%
	秦風	4	6	6	16	0	0	0	0	0	0	3	7	13	29	4%	3.3%
	陳風	2	4	5	14	0	0	0	0	0	0	3	8	10	26	3.1%	3%
	檜風	0	0	2	4	0	0	0	0	0	0	3	8	5	12	1.5%	1.4%
	曹風	0	0	3	6	0	0	0	0	0	0	2	6	5	12	1.5%	1.4%
	豳風	4	9	4	13	0	0	0	0	1	3	2	3	11	28	3.4%	3.2%
雅	小雅	22	48	54	179	2	2	4	8	2	4	27	80	111	321	33.8%	37.1%
	大雅	8	17	19	45	2	4	1	1	3	4	7	12	40	83	12.2%	9.6%
頌	周頌	4	6	8	12	1	2	1	1	0	0	0	0	14	21	4.3%	2.4%
	魯頌	3	6	4	25	0	0	0	0	0	0	0	0	7	31	2.1%	3.6%
	商頌	2	7	2	5	0	0	1	1	0	0	0	0	5	13	1.5%	1.5%
合計		70	144	182	544	5	8	8	12	7	13	56	145	328	866	100%	100%
百分比		21.3%	16.6%	55.5%	62.8%	1.5%	0.9%	2.4%	1.4%	2.1%	1.5%	17.1%	16.7%	100%	100%		

筆者歸納《詩經》之「摹寫」修辭法，可以得到下列幾點認知：

1. 就摹寫數量言，以「視覺摹寫」有 544 例，佔 62.8%，數量最多；「心覺摹寫」計 145 例，佔 16.7%，居次；「聽覺摹寫」共 144 例，佔 16.6%，次之；「觸覺摹寫」有 13 例，佔 1.5%；「味覺摹寫」有 12 例，佔 1.4%；「嗅覺摹寫」有 8 例，佔 0.9%。可見，《詩經》的「摹寫」類型，以「視覺摹寫」最為普遍。如此的「視覺摹寫」修辭技巧，將文章的情景描繪得狀溢目前，躍然紙上，讓《詩經》成為詩歌創作的泉源。

2. 就摹寫性質言，六種「摹寫」兼具的，只有〈小雅〉及〈大雅〉兩部分。由此可知，〈小雅〉多敘事詩，兼有言情、贊頌之作；〈大雅〉多為敘事詩。敘事詩宜於使用「摹寫」手法，將感官所見、聽、觸、嗅、嚐的感覺，具體描述出來，予人鮮明之印象，狀溢目前，生動傳神。

3. 就詩經內容言，以〈風〉、〈雅〉、〈頌〉三者相較，〈雅〉數量最多，達 404 例，佔 46.7%；〈風〉數量居次，有 397 例，佔 45.8%；〈頌〉數量較少，有 65 例，佔 7.5%。顯然，「摹寫」的修辭現象，不獨是〈雅〉詩的特色，也是《詩經》文學的藝術表徵。

4. 就詩經時代言，在「摹寫」修辭中，以〈國風〉運用最多，有 397 例，佔 45.8%；〈小雅〉居次，有 321 例，佔 33.8%；〈大雅〉其次，有 83 例，佔 12.2%；〈魯頌〉再次之，有 31 例，佔 2.1%；〈周頌〉其次，有 21

例，佔 4.3%；〈商頌〉次之，只有 5 例，佔 1.5%。其順序排列，是〈國風〉、〈小雅〉、〈大雅〉、〈魯頌〉、〈周頌〉、〈商頌〉。由上可知，「摹寫」的使用，與三百篇的時代先後關係密切，作品時期愈後，使用「摹寫」之狀況愈明顯，由此可見文學藝術演變之跡。

七、《詩經》摹寫藝術之特質

根據上述的探討分析，吾人可知，《詩經》「摹寫」的藝術特質，具有三項：

（一）形象清晰

可使人物形象清晰地印在讀者的腦海中。例如〈秦風‧蒹葭〉：

> 蒹葭采采，白露未已。（第三章）

此為賢人隱居水濱，而人仰慕思見之詩。這例子說明：蒹葭還很茂盛，白露尚未乾絕。《傳》曰：「采采，猶萋萋也。」[240]解「采采」為萋萋之意。余培林先生進一步說明：「萋萋為茂盛之意。」[241]可知「采采」為茂盛貌，屬於

---

240 （漢）毛亨：《傳》（臺北：藝文印書館，2001 年 12 月，初版 14 刷，十三經注疏本），卷 6 之 4，頁 3 上。
241 余培林：《詩經正詁》（臺北：三民書局股份有限公司，1999 年 3 月，再版），上冊，頁 353。

「視覺摹寫」。

（二）鮮明真實

可以增加對事物敘述的鮮明性和真實感，使讀者彷彿親臨其境，如聞其聲，如見其形。例如〈魯頌·泮水〉：

> 烝烝皇皇，不吳不揚。不告于訩，在泮獻功。（第六章）

這是首頌美僖公征服淮夷的詩。這例子說明：武功強盛，戰果輝煌。凱旋歸來時，沒有任何誼譁輕佻；來泮獻功時，也無訩訩爭功的事。宋朱熹《詩集傳》謂：「烝烝皇皇，盛也。」[242] 釋「烝烝皇皇」為盛貌。余培林先生進一步闡釋曰：「此狀軍勢之盛。」[243] 明確指出「烝烝皇皇」一詞，乃軍勢壯盛貌，屬於「視覺摹寫」。

（三）增強效果

可以渲染氣氛，增強表達效果。例如〈邶風·終風〉：

> 終風且霾，惠然肯來？莫往莫來，悠悠我思。（第二章）

---

242 （宋）朱熹：《詩集傳》（臺北：臺灣學生書局，1970 年 10 月，景印初版），卷 1，頁 19 下。

243 余培林：《詩經正詁》（臺北：三民書局股份有限公司，1999 年 10 月，增訂二版），下冊，頁 608。

此為女子自傷不得於所愛者之詩。這例子說明：天時失常，暴風狂作得天昏地暗，希望他能有心來看我，結果竟然沒來，陷我於無止境的憂思。鄭郁卿先生認為：「此以『悠悠』摹寫心中所感之思念之長。」[244]可知「悠悠我思」乃是描寫內心的感受，屬於「心覺摹寫」。

第五節　引用

　　中國歷史上，首先提及「引用」者，見於《莊子·寓言》曰：「寓言十九，重言十七，巵言日出，和以天倪。……重言十七，所以已言也，是為耆艾。」[245]簡明地指陳「引用」之要旨，堪稱切中肯綮。莊子所謂之「重言」，即今之「引用」修辭格。「引用」的異稱甚多。「引用」[246]又叫做「引證」[247]，也叫做「引語」[248]，又稱為

244　鄭郁卿：〈詩經修辭研究〉，《台北工專學報》第 17 期（1984 年 4 月），頁 598。

245　（周）莊周著、張耿光譯注：《莊子·雜篇》（臺北：臺灣古籍出版有限公司，2004 年，4 版），頁 580。

246　「引用」見陳望道《修辭學發凡》、黃慶萱《修辭學》、沈謙《修辭學》、黃慶萱《高級中學文法與修辭教師手冊》、湖北省中小學教學教材研究室《語文基礎知識》、程希嵐《修辭學新編》、陳正治《修辭學》、倪寶元《修辭》、譚正璧《修辭新例》、張西堂《詩經六論》、洪湛侯《詩經學史》；「引用法」見（日）五十嵐力《作文應用常識修辭學》、（日）諸橋轍次《詩經研究》等書。

247　「引證」參劉煥輝：《修辭學綱要》（南昌：百花洲文藝出版社，1993 年 8 月，第 1 版第 2 次印刷）。

248　「引語」見唐松波、黃建霖《漢語修辭格大辭典》、張弓《現代漢語修辭學》、王德春《修辭學詞典》等書。

「引經」，[249]或稱「事類」，[250]又稱為「援」，[251]也叫做「用事」，[252]也叫做「用典」，[253]又叫做「引話」，[254]又叫做「重言」，[255]也叫做「援引」。[256]一般修辭學著作，以「引用」一詞為最常見。

關於「引用」修辭格的定義，陳望道先生認為：

文中夾插先前的成語或故事的部分，名叫引用辭。[257]

由上述文字，可知「引用」的定義，是指在語文中，援引他

---

249 「引經」參考王德春：《修辭學詞典》（浙江：浙江教育出版社，1987年5月，第1版第1次印刷），頁195。

250 「事類」一詞，參（南朝梁）劉勰《文心雕龍》、王德春《修辭學詞典》。

251 「援」參見王德春《修辭學詞典》、唐松波、黃建霖《漢語修辭格大辭典》等書。

252 「用事」見（明）高琦《文章一貫》、（清）梁章鉅《退庵隨筆》、王德春《修辭學詞典》等書。

253 「用典」：傅隸樸《中文修辭學》、傅隸樸《修辭學》、蔡謀芳《修辭學教本》、用典法：徐芹庭《修辭學發微》、古遠清、孫光萱《詩歌修辭學》、王德春《修辭學詞典》、胡性初《修辭助讀》、趙克勤《古漢語修辭簡論》、黃永武《字句鍛鍊法》、趙克勤《古漢語修辭簡編》；「用典法」：徐芹庭《修辭學發微》、高登偉《第一流的修辭學》、張仁青《駢文學》。

254 「引話」參考唐松波、黃建霖：《漢語修辭格大辭典》（臺北：建宏出版社，1996年1月，初版2刷），頁241。

255 「重言」見《莊子·寓言》、蔡師宗陽《陳騤文則新論》等書。

256 「援引」見（宋）陳騤《文則》、（元）王構《修辭鑑衡》、蔡師宗陽《陳騤文則新論》等書。

257 陳望道：《修辭學發凡》（臺北：文史哲出版社，1989年1月，再版），頁107。

人的話或典故、諺語，以佐證自己見解的一種修辭技巧。至
於「引用」的分類，根據陳望道先生《修辭學發凡》書中的
觀點，將其分為：

一、明引法：說出它是何處成語故事的，是明引法。

二、暗用法：並不說明，單將成語故事編入自己文中
的，是暗用法。[258]

　　筆者對於《詩經》「引用」的例證，以三例詳細解說，
餘例則簡略說明。

一、明引法

　　「明引法」是指在詩文中，說出它是何處成語故事的，
是明引法。[259]《詩經》中「明引法」，計有 48 例。[260]以

258 陳望道：《修辭學發凡》（臺北：文史哲出版社，1989 年 1 月，再版），頁 107。

259 陳望道：《修辭學發凡》（臺北：文史哲出版社，1989 年 1 月，再版），頁 107。

260 運用「明引法」的篇章，計有以下 48 例：〈邶風・簡兮〉第三章；
〈鄭風・女曰雞鳴〉第一章；〈鄭風・溱洧〉第一章、第二章；〈魏風・園有桃〉第一章、第二章；〈魏風・陟岵〉第一章、第二章、第三章；〈秦風・駟驖〉第二章；〈豳風・七月〉第八章；〈小雅・天保〉第四章；〈小雅・正月〉第五章、第六章；〈小雅・十月之交〉第五章；〈小雅・雨無正〉第七章；〈大雅・皇矣〉第五章、第七章；〈大雅・板〉第三章；〈大雅・蕩〉第二章、第三章、第四章、第五章、第六章、第七章、第八章；〈大雅・抑〉第一章、第七章；〈大

〈雅〉最多，〈風〉居次，〈頌〉最少。例如〈大雅・抑〉：

　　人亦有言：「靡哲不愚。」（第一章）

此為告誡同僚之詩。此句意謂：有人曾說過：「沒有一個哲
人，不是像愚人一樣的。」清人方玉潤評此詩曰：「哲愚二
字雙起，先將學者病根剔出，以下方好自砭。」[261]德行當
與威儀配合，現今哲人而愚，乃反常之現象，必須自警修
省。楊勝寬先生認為此處：「引出『靡哲不愚』的時諺，作
為貫串全詩立論措辭的理論綱領。」[262]明確指出「靡哲不
愚」一語，乃引用時諺之性質，屬於「引用」之「明引
法」。又如〈大雅・板〉：

　　先民有言：「詢于芻蕘。」（第三章）

這是臣子諫刺君王的詩。這例子說明：古聖先賢說：「任何
事情，可以多向割草砍柴者諮詢。」明朝朱善《詩解頤》闡

雅・桑柔〉第九章；〈大雅・雲漢〉第一章、第二章、第三章、第四
章、第五章、第六章、第七章、第八章；〈大雅・崧高〉第三章、第
五章；〈大雅・烝民〉第五章、第六章；〈大雅・韓奕〉第一章；〈大
雅・江漢〉第三章、第四章、第五章；〈大雅・常武〉第二章、第六
章；〈大雅・瞻卬〉第三章、第四章。

261　（清）方玉潤：《詩經原始》（臺北縣：藝文印書館，1981 年 2 月，3
　　　版），卷 15，頁 5 上。

262　參考周嘯天編：《詩經鑑賞集成》（臺北：五南圖書出版有限公司，
　　　2002 年 6 月，初版 3 刷），下冊，頁 1045。

釋道：「我所言者，乃今日之急務，汝其可以為笑乎？古人所以詢及芻蕘者，誠以淺近之言，至理存焉。不可以其人之賤而忽之也。況於寮友之言，其可忽而不聽乎？」[263] 芻蕘採薪者，如有一言可取，則不以人廢言，明白引用古聖先賢的言語，藉著訴諸權威，以諫刺君王，屬於「明引法」。再如〈大雅・烝民〉：

人亦有言：「德輶如毛，民鮮克舉之」。（第六章）

此為宣王命仲山甫築城於齊，尹吉甫所作詩之詩。此句意謂：人們常說：「道德輕如鴻羽，但是人們少有舉起它的」。清朝牛運震《詩志》評賞此詩曰：「德輶如毛，奇喻妙語。一則妙情妙語，咀咏蘊藉，風流肆溢，傳出景仰愛慕之神。」[264] 肯定「德輶如毛」的巧妙使用。糜文開先生釋此句為：「蓋人之四善端，『德輶如毛』耳。『民鮮克舉之』，則『異於禽獸者幾希』矣。發揚善性，則『人皆可以為堯舜』矣。」[265] 對照孟子之性善說，則「德輶如毛」猶人之四善端也。詩中引用俗諺俚語，說明道德之易知難行，屬於「明引法」。又如：

以上有關「明引法」的分析，《詩經》共 48 例。其中

263　（明）朱善：《詩解頤》（臺北：世界書局，1988 年 2 月，初版，《景印摛藻堂四庫全書薈要》本），卷 3，頁 40 下。

264　（清）牛運震：《詩志》（清嘉慶年間空山堂刊本），卷 7，頁 21 下。

265　參裴普賢編著：《詩經評註讀本》（臺北：三民書局股份有限公司，1991 年 8 月 5 版），下冊，頁 549。

〈雅〉有 33 例，最多；〈風〉有 14 例，次之；〈頌〉只有 1
例，最少。

二、暗用法

「暗用法」是指在語文中，並不說明，單將成語故事編
入自己文中的，是暗用法。[266]分別舉例說明如下：

《詩經》中「暗用法」，計有 26 例。[267]以〈風〉最
多，〈雅〉次之，〈頌〉最少。例如〈周頌‧思文〉：

> 思文后稷，克配彼天。立我烝民，莫匪爾極。貽我來
> 牟，帝命率育，無此疆爾界，陳常于時夏。

此為祭祀頌美周人始祖后稷之詩。本句意謂：安定我眾民
者，莫非爾之中正之德。其中「立我烝民，莫匪爾極」一
語，暗用〈康衢謠〉所謂：「立我蒸民，莫匪爾極。」[268]屬

---

266 陳望道：《修辭學發凡》（臺北：文史哲出版社，1989 年 1 月，再
版），頁 107。

267 運用「暗用法」的篇章，計有以下 26 例：〈召南‧草蟲〉第三章；
〈衛風‧有狐〉第一章、第二章、第三章；〈鄭風‧女曰雞鳴〉第二
章、第三章；〈鄭風‧狡童〉第一章、第二章；〈齊風‧雞鳴〉第一
章、第二章、第三章；〈齊風‧南山〉第一章；〈豳風‧七月〉第二
章；〈小雅‧鴻雁〉第一章；〈小雅‧沔水〉第一章；〈小雅‧正月〉
第八章；〈小雅‧小旻〉第五章；〈大雅‧皇矣〉第六章、第七章；
〈大雅‧蕩〉第八章；〈周頌‧思文〉；〈商頌‧長發〉第一章。

268 見（清）沈德潛：《古詩源》（臺北：世界書局，1998 年 5 月，2 版 1
刷），頁 1。

於「暗用法」。再如〈大雅‧皇矣〉：

> 帝謂文王：「予懷明德，不大聲以色，不長夏以
> 革，不識不知，順帝之則。」（第七章）

此詩敘述大王、大伯、王季之德，兼及文王伐密、伐崇的事
蹟。本詩意謂：上帝告訴文王：「我眷念你純明的德行，你
不以疾言厲色而自大，你不仗恃楚荊與鞭刑來治理人民，你
不自作聰明，你不玩弄權謀詭計，自然合乎帝王之法則。」
其中「不識不知，順帝之則」一語，暗用〈康衢謠〉所謂：
「不識不知，順帝之則。」[269] 屬於「暗用法」。又如〈大
雅‧蕩〉：

> 文王曰：「咨！咨女殷商。人亦有言：『顛沛之揭，
> 枝葉未有害，本實先撥。』殷鑒不遠，在夏后之
> 世！」（第八章）

此是周召穆公傷周室大壞，厲王無道，民不聊生的詩。本例
意謂：文王說道：「可歎啊！可歎你這個商君。古人曾說：
『樹木僵仆，樹根便蹶起來了。並非枝葉有何傷害，乃是因
為樹心敗壞的緣故。』殷朝的借鏡不算遠，夏朝的教訓在眼
前！」清朝牛運震《詩志》評此章曰：「殷鑒夏以諷周鑒殷

269　（清）沈德潛編：《古詩源》（臺北：世界書局，1998 年 5 月，二版 1
　　刷），卷 1，頁 1。

也。向上推進一層，咄然便住，淒婉欲絕，蘊蓄無盡。」[270]認為「殷鑒不遠，在夏后之世」一句，在於借古喻今。詩中暗用《書·召誥》曰：「我不可不監于有夏，亦不可不監于有殷。」[271]屬於「暗用法」。

　　以上有關「暗用法」的分析，《詩經》共 26 例。其中〈風〉有 16 例，最多；〈雅〉有 7 例，居次；〈頌〉有 3 例，最少。

　　綜合上述分析，茲統計各類數字，列表說明如次：

---

[270] （清）牛運震：《詩志》（清嘉慶年間空山堂刊本），卷 7，頁 6 下。
[271] 舊題（漢）孔安國傳、（唐）孔穎達正義：《尚書正義》（臺北：藝文印書館，2001 年 12 月，初版 14 刷，《十三經注疏》本），卷 15，頁 10 上。

《詩經》「引用」統計表

引用 詩經		明引法		暗用法		合　計		百分比	
		篇數	次數	篇數	次數	篇數	次數	篇數	次數
風	周南	0	0	0	0	0	0	0%	0%
	召南	0	0	1	1	1	1	2.6%	1.4%
	邶風	1	1	0	0	1	1	2.6%	1.4%
	鄘風	0	0	0	0	0	0	0%	0%
	衛風	0	0	1	3	1	3	2.6%	4.2%
	王風	0	0	0	0	0	0	0%	0%
	鄭風	2	6	2	4	4	10	10.2%	14.1%
	齊風	0	0	2	6	2	6	5.1%	8.5%
	魏風	2	5	0	0	2	5	5.1%	7%
	唐風	0	0	0	0	0	0	0%	0%
	秦風	1	1	0	0	1	1	2.6%	1.4%
	陳風	0	0	0	0	0	0	0%	0%
	檜風	0	0	0	0	0	0	0%	0%
	曹風	0	0	0	0	0	0	0%	0%
	豳風	1	1	1	1	2	2	5.1%	2.8%
雅	小雅	4	5	4	4	8	9	20.5%	12.7%
	大雅	12	28	2	3	14	30	35.9%	42.3%
頌	周頌	0	0	1	1	1	1	2.6%	1.4%
	魯頌	1	1	0	0	1	1	2.6%	1.4%
	商頌	0	0	1	1	1	1	2.6%	1.4%
合　計		24	48	15	24	39	71	100%	100%
百分比		61.5%	66.2%	38.5%	33.8%	100%	100%		

筆者歸納《詩經》之「引用」修辭法，可以得到下列幾點認知：

1. 就引用數量言，以「明引」有 47 例，佔 66.2%，數量最多；「暗用」計 24 例，佔 33.8%。可見，《詩經》的「引用」類型，以「明引」最為普遍。如此的「明引」修辭技巧，有助於闡道說理，增強文章的說服力，藉以提振文氣，彰顯主旨。

2. 就引用性質言，兩種「引用」兼具的，有〈國風〉、〈小雅〉、〈大雅〉三部分。由此可知，「引用」修辭，適於《詩經》各種詩體的藝術表達。

3. 就詩經內容言，以〈風〉、〈雅〉、〈頌〉三者相較，〈雅〉數量最多，達 39 例，佔 54.9%；〈風〉數量居次，有 29 例，佔 40.9%；〈頌〉數量較少，有 3 例，佔 4.2%。〈雅〉以敘事詩為主，敘事運用「引用」法，有助於說理敘事，運用之範疇極為廣泛。

4. 就詩經時代言，在「引用」修辭中，以〈大雅〉運用最多，有 30 例，佔 42.3%；〈國風〉其次，有 29 例，佔 40.9%；〈小雅〉其次，有 9 例，佔 12.7%；三〈頌〉再次之，各有 1 例，各佔 1.4%。其順序是〈大雅〉、〈國風〉、〈小雅〉、〈商頌〉、〈魯頌〉、〈周頌〉。「引用」的使用，亦與三百篇之時代先後關係密切，由於「引用」較適於說理性質，以抒情為主之〈國風〉，使用情形便不如〈雅〉詩普遍。

三、《詩經》引用藝術特質

根據上述的探討分析，吾人可知，《詩經》「引用」的藝術特質，具有三項：

（一）簡練活潑，富表現力

在形式上，使語言簡練，生動活潑，富於表現力。例如〈大雅・雲漢〉：

> 王曰：「於乎！何辜今之人？天降喪亂，饑饉薦臻。靡神不舉，靡愛斯牲。圭璧既卒，寧莫我聽！」（第一章）

此乃王之自禱詞，係一篇禳旱文。本句意謂：王乃祈禱曰：「嗚呼！今之人究竟犯了什麼罪呢？上天降下喪亂，饑饉接踵而至，祈禱免除災禍，可說是無神不拜的，不敢吝惜牲禮。現在祭祀的玉器已用盡，難道上天對我們的禱告，一點也不肯聽悉！」清朝方玉潤《詩經原始》解此詩云：「開自為民號冤，哀矜惻怛，其情如見。即此一語，已足上格穹蒼而消災禍也。」[272]詩人引文王之祝禱詞，使人同感其悲天憫人的情懷。清朝牛運震《詩志》釋之曰：「開口沈篤惻

---

272 （清）方玉潤：《詩經原始》（臺北縣：藝文印書館，1981年2月，三版），卷15，頁17上。

怛，便得中興帝王語氣。」[273] 由詩中之自禱詞，文王之中
興帝王氣概，可見一斑。詩中引用周武王的誓詞，說明周之
興起是順應天命，屬於「明引法」。詩人運用此法，文王憂
國憂民之情操，具體生動，狀溢目前。

（二）含蓄深刻，寓啟發性

在內容上，能使表達含蓄深刻，富於啟發性。例如〈小
雅‧天保〉：

> 君曰：「卜爾，萬壽無疆。」（第四章）

這是臣下祝福君上的詩。此句意謂：先王說道：「祝福你，
祝你萬壽壽無期。」元代朱公遷《詩經疏義會通》曰：「此
言祖宗降福之故，必述嘏詞以祝之者，明其出於神意，而非
無徵之言也。將祭而先盡其誠，則致祭而必受其福
矣。」[274] 引用先王之言，信而有徵，心誠則靈，必能廣被
福澤。明白引用君王的言語，屬於「明引法」。唯有賢明之
君主，才能獲得臣下的愛戴，君王之禱詞，簡短而深刻，富
啟發性。

（三）證據確鑿，具說服力

在目的上，引用權威或經典著作或他人言論，使論據確

---

273 （清）牛運震：《詩志》（清嘉慶年間空山堂刊本），卷 7，頁 15 上。
274 （元）朱公遷：《詩經疏義會通》（臺北，臺灣商務印書館股份有限公
司，1983 年，《四庫全書珍本》，初版），卷 9，頁 27 上。

鑿、充分，增強說服力。例如〈秦風・駟驖〉：

> 公曰：「左之！」舍拔則獲。（第二章）

此詩描寫秦君及其愛子田獵的情形。此例意謂：秦公命令曰：「驅車而左！」於是發矢而射，每發必中。宋朝輔廣《詩童子問》解之曰：「『公曰左之，舍拔則獲』射御之精也。」[275]秦君之英勇果斷，由田獵指揮若定，可見一斑。清朝牛運震《詩志》詳析之云：「『公曰左之』，寫得指揮飛動，有聲有色。『舍拔則獲』，寫出迅妙。」[276]運用「明引」法，則秦君之果斷，射藝之精良，生動呈現，頗具說服力。

第六節　小結

由上述之「材料上的辭格」，茲統計各類數字，列表說明如次：

---

[275]（宋）輔廣：《詩童子問》（臺北，臺灣商務印書館股份有限公司，1986 年 3 月，初版，《景印文淵閣四庫全書》本），卷 3，頁 7 上。

[276]（清）牛運震：《詩志》（清嘉慶年間空山堂刊本），卷 2，頁 35 下。

《詩經》「材料上的辭格」統計表

辭格 詩經		譬 喻		借 代		映 襯		摹 寫		引 用		合 計		百分比	
		篇數	次數	篇數	次數	篇數	次數	篇數	次數	篇數	次數	篇數	次數	篇數	次數
風	周南	8	17	5	7	1	1	13	30	0	0	27	55	3.7%	3.2%
	召南	6	10	6	14	2	5	12	33	1	1	27	63	3.7%	3.6%
	邶風	19	44	4	9	9	19	21	40	1	1	54	113	7.5%	6.5%
	鄘風	4	13	7	9	2	5	7	26	0	0	20	53	2.8%	3.1%
	衛風	9	24	4	14	4	10	10	31	1	3	28	82	3.9%	4.7%
	王風	4	14	4	6	2	9	11	31	0	0	21	60	2.9%	3.5%
	鄭風	9	17	8	19	9	21	16	47	4	10	46	114	6.4%	6.6%
	齊風	6	14	0	0	2	6	9	28	2	6	19	54	2.6%	3.1%
	魏風	3	8	5	11	1	6	3	8	2	5	14	38	1.9%	2.2%
	唐風	6	15	3	9	1	4	5	16	0	0	15	44	2.1%	2.5%
	秦風	5	7	1	6	4	12	13	29	1	1	24	55	3.3%	3.2%
	陳風	3	7	1	2	2	5	10	26	0	0	16	40	2.2%	2.3%
	檜風	1	1	1	3	0	0	5	12	0	0	7	16	1%	0.9%
	曹風	7	12	3	4	1	1	5	12	0	0	16	29	2.2%	1.7%
	豳風	6	18	3	7	2	5	11	28	2	2	24	60	3.3%	3.5%
雅	小雅	55	116	6	9	36	80	111	321	8	9	216	535	29.9%	30.9%
	大雅	27	63	9	17	18	39	40	83	14	30	108	232	14.9%	13.4%
頌	周頌	1	2	1	1	2	2	14	21	1	1	19	27	2.6%	1.6%
	魯頌	3	4	2	7	0	0	7	31	1	1	13	43	1.8%	2.5%
	商頌	1	1	2	3	0	0	5	13	1	1	9	18	1.2%	1%
合 計		183	407	75	157	98	230	328	866	39	71	723	1731	100%	100%
百分比		25.3%	23.5%	10.4%	9.1%	13.5%	13.3%	45.4%	50%	5.4%	4.1%	100%	100%		

1. 就修辭分類言，《詩經》「材料上的辭格」內容，又分為「譬喻」、「借代」、「映襯」、「摹寫」、「引用」五類。而五類修辭格中，又各分為若干種。「譬喻」可分「明喻」、「隱喻」、「略喻」、「借喻」、「詳喻」五種；「借代」分為「借事物的材料或工具代事物」、「借事物的標誌或特徵代事物」、「借事物的作者或產地代事物」、「借事物的所在或所屬代事物」、「具體與抽象互相借代」、「部分與全體互相借代」、「特定與普通互相借代」、「原因與結果互相借代」，共八種；「映襯」又分作「對襯」、「雙襯」、「反襯」三種；「摹寫」分為「聽覺摹寫」、「視覺摹寫」、「嗅覺摹寫」、「味覺摹寫」、「觸覺摹寫」、「心覺摹寫」六種；「引用」分為「明引」、「暗用」兩種。《詩經》的文學成就，結合優美的修辭藝術，展現出傲人的奇葩異采。

2. 就修辭數量言，以「摹寫」有 866 例，佔 50％，數量最多；「譬喻」計 407 例，佔 23.5％，居次；「映襯」共 230 例，佔 13.3％，次之；「借代」有 157 例，佔 9.1％；「引用」有 71 例，佔 4.1％，數量最少。可見，《詩經》的「材料上的辭格」類型，以「摹寫」最為普遍。如此的「摹寫」修辭技巧，可以增強事物的鮮明性和真實感，讓人彷彿身歷其境，如聞其聲，如見其形。

3. 就修辭性質言，五種修辭格兼具的，有〈國風〉、〈小雅〉、〈大雅〉、〈周頌〉部分。由此可知，「材料上的辭格」內容，廣泛運用於《詩經》中，成為後世模倣的藝術泉源。

4. 就詩經內容言，以〈風〉、〈雅〉、〈頌〉三者相較，〈風〉數量最多，達 876 例，佔 50.6%；〈雅〉數量居次，有 767 例，佔 44.3%；〈頌〉數量較少，有 88 例，佔 5.1%。顯然，「材料上的辭格」的修辭現象，正是《詩經》文學的重要藝術表徵。

5. 就詩經時代言，在「材料上的辭格」中，以〈國風〉運用最多，有 876 例，佔 50.6%；〈小雅〉其次，有 535 例，佔 30.9%；〈大雅〉其次，有 232 例，佔 13.4%；〈魯頌〉再次之，有 43 例，佔 2.5%；〈周頌〉其次，有 27 例，佔 1.6%；〈商頌〉次之，只有 18 例，佔 1%。由上可知，「材料上的辭格」的使用，與三百篇之時代先後關係密切，作品時期愈後之作品，例如〈國風〉、〈小雅〉、〈大雅〉使用較多，其修辭藝術亦日臻成熟。

第三章

意境上的辭格

所謂「意境上的辭格」，指就主觀心情而行的修辭。[1]本論文之「意境上的辭格」，共有呼告、夸飾、倒反、設問、感歎五種辭格。茲列舉說明如下：

第一節　呼告

「呼告」[2]又叫做「招呼法」[3]，又稱「呼問法」[4]，也叫做「頓呼」[5]，又稱為「呼謂」[6]。「呼告」的異稱，約有上述五種。

本篇論文之「呼告」修辭法，採用黃慶萱先生《修辭學》上的定義及分類。關於「呼告」修辭格的定義，黃慶萱

1　陳望道：《修辭學發凡》（臺北：文史哲出版社，1989 年 1 月，再版），頁 244。

2　「呼告」：參黃慶萱《修辭學》、黃慶萱《高級中學文法與修辭教師手冊》、譚正璧《修辭新例》、蔡謀芳《修辭格教本》、王德春《修辭學詞典》、宋文翰《國文修辭學》、浙江省修辭研究會編《修辭方式例解詞典》、黃民裕《辭格匯編》、陳節《詩經漫談》等書；「呼告法」：見徐芹庭《修辭學發微》、曾忠華《作文津梁》、杜淑貞《現代實用修辭學》等書；「呼告格」：參唐鉞《修辭格》。

3　「招呼法」見（日）五十嵐力：《作文應用常識修辭學》（東京：目黑書店，1911 年 5 月 10 日，初版），頁 222。

4　「呼問法」參考（日）杉本行夫：〈詩經の修辭法〉，《島根大學論集》（人文科學）第 4 號（1954 年 3 月），頁 112、頁 118。

5　「頓呼」：程俊英〈詩之修辭〉；「頓呼法」：（日）諸橋轍次《詩經研究》、王易《修辭學通詮》、陳介白《修辭學講話》、王德春《修辭學詞典》。

6　「呼謂」：參于維杰：〈詩經修辭示例〉，《現代學苑》第 4 卷 5 期（1967 年 5 月 10 日），頁 18；「呼謂法」：見唐圭璋：〈三百篇修詞之研究〉，《國學叢刊》第 2 卷第 4 期（1925 年 10 月），頁 25。

先生認為：

> 　　說話或作文中，先呼叫對方，以引起對方注意，再告訴
> 他要說的事情；甚至突然撇開聽眾或讀者，直接對所敘的人
> 或事物，呼名傾訴，以表達更為強烈的情感：都稱為「呼
> 告」。[7]

由上述文字，可知呼告的定義，是指在語文中，突然所敘對
象之名稱，並對他說話，以表達濃烈情感的一種修辭技巧。
至於呼告的分類，筆者根據黃慶萱先生《修辭學》書中的觀
點，將其分為：

> 　　一、呼人：對面前或不在面前的人，甚至死人，呼名
> 告訴，有時還可能兼具示現性質。
> 　　二、呼物：呼喚事物的名稱而有所傾訴，是一種帶有
> 人性化或人格化的呼告。[8]

　　筆者對於《詩經》「呼告」的例證，以三例詳細解說，
餘例則簡略說明。茲說明如次：

7　黃慶萱：《修辭學》（臺北：三民書局股份有限公司，2004 年 1 月，
　　增訂 3 版 2 刷），頁 513。
8　黃慶萱：《修辭學》（臺北：三民書局股份有限公司，2004 年 1 月，
　　增訂 3 版 2 刷），頁 516~521。

一、呼人

「呼人」是指在詩文中，對面前或不在面前的人，甚至死人，呼名告訴，有時還可能兼具示現性質。[9]

《詩經》中「呼人」，計有 59 例。[10]以〈風〉、〈雅〉數量最多，〈頌〉最少。例如〈邶風・日月〉：

父兮母兮！畜我不卒。胡能有定？報我不述。（第四章）

---

9 黃慶萱：《修辭學》（臺北：三民書局股份有限公司，2004 年 1 月，增訂 3 版 2 刷），頁 516。

10 運用「呼人」修辭格的篇章，計有以下 83 例：〈召南・殷其靁〉第一章、第二章、第三章；〈召南・騶虞〉第一章、第二章；〈邶風・日月〉第四章；〈邶風・雄雉〉第二章、第四章；〈邶風・旄丘〉第一章、第三章、第四章；〈鄘風・柏舟〉第一章、第二章；〈鄘風・載馳〉第五章；〈衛風・氓〉第三章；〈鄭風・將仲子〉第一章、第二章、第三章；〈鄭風・蘀兮〉第一章、第二章；〈鄭風・狡童〉第一章、第二章；〈鄭風・丰〉第三章、第四章；〈鄭風・子衿〉第一章、第二章；〈魏風・伐檀〉第一章、第二章、第三章；〈唐風・有杕之杜〉第一章、第二章；〈小雅・祈父〉第一章、第二章、第三章；〈小雅・節南山〉第一章、第二章、第三章；〈小雅・十月之交〉第五章、第六章；〈小雅・雨無正〉第三章、第四章；〈小雅・巧言〉第一章；〈小雅・巷伯〉第七章；〈小雅・蓼莪〉第一章、第二章；〈小雅・四月〉第一章；〈小雅・小明〉第四章、第五章；〈小雅・鼓鐘〉第一章、第二章、第三章；〈小雅・青蠅〉第一章；〈大雅・卷阿〉第一章、第二章、第三章、第四章、第五章、第六章；〈大雅・蕩〉第二章、第三章、第四章、第五章、第六章、第七章、第八章；〈大雅・抑〉第十章、第十二章；〈大雅・雲漢〉第四章、第八章；〈周頌・臣工〉；〈周頌・臣工〉；〈魯頌・閟宮〉第三章。

此詩藉寫婦人見棄於夫，暗抒已不得於君之情形。這例子說明：父親呀！母親呀！他待我有始無終。何時他才能回心轉意呢？對我如此不講情理。元朝劉瑾《詩傳通釋》曰：「日居月諸，呼日月而訴之；父兮母兮，呼父母而訴之也。猶舜號泣于昊天于父母之意。」[11]主張父兮母兮，猶舜號泣時所呼。裴普賢先生說：「父兮母兮：即父啊母啊！人們遇到痛苦，總是呼天呼父母。」[12]指出父兮母兮，係遇痛苦所呼。屈萬里先生《詩經詮釋》認為：「即父啊！母啊！乃呼天呼父母之意；非謂父母畜我不卒也。」[13]僅云父兮母兮，乃呼天呼父母，未明確指出原因。余培林先生《詩經正詁》書中說：「卒章又曰『父兮母兮』，呼父母而訴，此悲痛之極矣。」[14]謂父兮母兮，是悲痛之極所致。總之，遭受苦痛之際，呼天呼父母，乃出於自然，是人們情感之真情流露。又如〈鄘風・柏舟〉：

> 母也天只！不諒人只！（第一章）

這是貞婦有夫早死，其母欲逼嫁，而自誓不願再嫁之詩。這

11　（元）劉瑾：《詩傳通釋》（臺北：臺灣商務印書館股份有限公司，1972 年，初版，《四庫全書珍本》），卷 2，頁 15 下。

12　裴普賢編著：《詩經評註讀本》（臺北：三民書局股份有限公司，1990年 10 月，五版），上冊，頁 107。

13　屈萬里：《詩經釋義》（臺北：中國文化大學出版部，1993 年 12 月，新 1 版第 4 刷），頁 55。

14　余培林：《詩經正詁》（臺北：三民書局股份有限公司，1999 年 3月，再版），上冊，頁 87。

例子說明：母親啊！天啊！你何苦如此逼我，你太不懂我的心了！清朝牛運震《詩志》評此詩曰：「稱母而不稱父，女子以母為親也。」[15]謂呼母而訴，乃女子與母較親近之故。余培林先生《詩經正詁》推論曰：「母也天只，猶言母啊、天啊，所謂呼天呼父母也。《傳》訓天為父，然《詩經》中父母並舉，父必在母之前，此其例也。且人急時呼母呼天，鮮有呼父者。故其說不可從。」[16]主張呼母而訴，實則概括呼天呼父母而言，強調危急之時，呼母呼天乃人之常情。再如〈鄭風·蘀兮〉：

　　叔兮伯兮！倡予和女。（第一章）

此詩諷喻國家危亡之際，士大夫應登高一呼，率先倡導救亡圖存。這例子說明：叔呀！伯呀！由你們起頭唱，我跟著你們來合唱。宋朝嚴粲《詩緝》解釋道：「此小臣有憂國之心，呼諸大夫而告之。言此蘀葉在柯，風將吹女，不能久矣。天大風則蘀葉無不落，喻國有難則大夫皆不安。」[17]國危臣憂，猶覆巢之下無完卵，故大夫皆不安。余培林先生《詩經正詁》闡釋曰：「叔兮伯兮，《詩緝》引錢氏曰：『叔伯，謂諸大夫也。』」按〈旄丘〉『叔兮伯兮』，指衛大夫，此

15　（清）牛運震：《詩志》（清嘉慶年間空山堂刊本），卷1，頁39下。

16　余培林：《詩經正詁》（臺北：三民書局股份有限公司，1999年3月，再版），上冊，頁131。

17　（宋）嚴粲：《詩緝》（臺北：廣文書局，1960年11月，初版），卷8，頁27下。

當是指鄭大夫。」[18]進一步指明士大夫是指鄭大夫。可見，人於憂傷苦痛時，除了呼母呼天，亦會呼諸他人而告之。

以上有關「呼人」的分析，《詩經》共 83 例。其中〈風〉、〈雅〉各有 40 例，最多；〈頌〉有 3 例，數量最少。

二、呼物

「呼物」是指凡是在語文中，呼喚事物的名稱而有所傾訴，是一種帶有人性化或人格化的呼告。[19]分別舉例說明如下：

《詩經》中「呼物」，計有 59 例。[20]以〈風〉最多，〈雅〉次之，〈頌〉則未見。例如〈邶風・日月〉：

　　日居月諸！東方自出。（第四章）

---

18 余培林：《詩經正詁》（臺北：三民書局股份有限公司，1999 年 3 月，再版），上冊，頁 240。

19 黃慶萱：《修辭學》（臺北：三民書局股份有限公司，2004 年 1 月，增訂 3 版 2 刷），頁 521。

20 運用「呼物」修辭格的篇章，計有以下 59 例：〈周南・麟之趾〉第一章、第二章、第三章；〈邶風・柏舟〉第五章；〈邶風・日月〉第一章、第二章、第三章、第四章；〈鄘風・柏舟〉第一章、第二章；〈衛風・氓〉第三章；〈王風・黍離〉第一章、第二章、第三章；〈鄭風・蘀兮〉第一章、第二章；〈魏風・碩鼠〉第一章、第二章、第三章；〈唐風・鴇羽〉第一章、第二章、第三章；〈豳風・鴟鴞〉第一章；〈小雅・黃鳥〉第一章、第二章、第三章；〈小雅・雨無正〉第一章、第三章；〈小雅・巧言〉第一章；〈小雅・巧言〉第一章；〈小雅・巷伯〉第五章；〈大雅・桑柔〉第一章；〈大雅・雲漢〉第五章、第七章、第八章。

此詩藉寫婦人見棄於夫，暗抒己不得於君之情形。這例子說
明：日呀！月呀！每天都是從東方昇起。日居月諸，《傳》
解釋曰：「日乎月乎。」[21]清代方玉潤《詩經原始》謂：「一
訴不已，乃再訴之；再訴不已，更三訴之；三訴不聽，則惟
有自呼父母而歎其生我之不辰，蓋情極則呼天，疾痛則呼父
母，如舜之泣于昊天，于父母耳。此怨極也。」[22]將呼告之
對象，予以分級說明。裴普賢先生更進一層解說：「此詩之
特點，在每章首句，呼日月而訴之，末章更呼及父母，以見
其無可宣洩之沈痛。《史記・屈原列傳》：『夫天者，人之始
也；父母者，人之本也，人窮則反本。故勞苦倦極，未嘗不
呼天也；疾痛慘怛，未嘗不呼父母也。』等於此詩的說
明。」[23]詩人藉高呼「日居月諸」，表達沈痛的心情。再如
〈魏風・碩鼠〉：

> 碩鼠！碩鼠！無食我黍！三歲貫女，莫我肯顧。逝將
> 去女，適彼樂土。樂土！樂土！爰得我所。（第一
> 章）

21 （漢）毛亨：《傳》（臺北：藝文印書館，2001 年 12 月，初版 14
　　刷，十三經注疏本），卷 2 之 1，頁 13 下。
22 （清）方玉潤：《詩經原始》（臺北縣：藝文印書館，1981 年 2 月，
　　三版），卷 3，頁 7 下。
23 參裴普賢編著：《詩經評註讀本》（臺北：三民書局股份有限公司，
　　1991 年 8 月，五版），上冊，頁 108。並見於糜文開、裴普賢著：《詩
　　經欣賞與研究》（改編版）（臺北：三民書局股份有限公司，1991 年 2
　　月，再版），冊 1，頁 135。

此是民困於重賦貪殘之政，托言大鼠害民，以抒寫己志的詩。這例子說明：碩鼠啊！碩鼠！不要吃我的黍米，小心伺候你三年，但你卻對我不屑一顧。我發誓要離開你，去到一個快樂的地方，到達那裡，我就找到安身之所。清牛運震《詩志》評云：「疊呼碩鼠，疾痛切怨。」[24] 主張疊呼「碩鼠！碩鼠！」係怨痛所致。關於樂土，牛運震《詩志》解釋曰：「何鄉為樂土？無聊癡想。」[25] 謂樂土者，猶如桃花源，並非真有其地。向熹先生認為：「『碩鼠碩鼠，無食我黍！』表示厭惡。」[26] 指高呼「碩鼠！碩鼠！」實因厭惡之極。又如〈小雅・巧言〉：

> 悠悠昊天！曰父母且。（第一章）

此乃諷刺幽王信讒，大夫傷於讒言，故作是詩以抒懷。這例子說明：廣漠高遠的昊天啊！你是下民的父母。宋朝曹粹中評論曰：「昊天，人之父母，所當以生育長養為德。今人無罪辜也，而亂降如此之大，故呼天而訴之，而怪其悠悠也。」[27] 認為詩人呼天而訴之，係因無辜獲罪，心中委曲所致。清朝牛運震《詩志》也贊同曰：「竟呼昊天為父母，便

---

24 （清）牛運震：《詩志》（清嘉慶年間空山堂刊本），卷 2，頁 26 上。
25 （清）牛運震：《詩志》（清嘉慶年間空山堂刊本），卷 2，頁 26 上。
26 向熹著：《詩經語言研究》（成都：四川人民出版社，1987 年 4 月，第 1 版第 1 次印刷），頁 396。
27 （宋）曹粹中撰：《放齋詩說》（上海，上海古籍出版社，2002 年 3 月，第 1 版第 1 次印刷，《續修四庫全書》本），卷 2，頁 5 上。

是責望疾怨之旨。」[28] 亦明指呼天而訴之,乃責望疾怨之情感表現。

以上有關「呼物」的分析,《詩經》共 59 例。其中〈風〉有 40 例,最多;〈雅〉有 19 例,居次;〈頌〉則無有。

綜合上述分析,茲統計各類數字,列表說明如次:

---

28 (清)牛運震:《詩志》(清嘉慶年間空山堂刊本),卷 4,頁 17 上。

《詩經》「呼告」統計表

詩經\\呼告		呼 人		呼 物		合 計		百分比	
		篇數	次數	篇數	次數	篇數	次數	篇數	次數
風	周南	0	0	1	3	1	3	2.1%	2.1%
	召南	2	5	0	0	2	5	4.1%	3.5%
	邶風	3	10	2	10	5	20	10.4%	14.1%
	鄘風	2	4	1	2	3	6	6.3%	4.2%
	衛風	1	1	1	1	2	2	4.1%	1.4%
	王風	0	0	1	3	1	3	2.1%	2.1%
	鄭風	5	15	1	4	6	19	12.5%	13.4%
	齊風	0	0	0	0	0	0	0%	0%
	魏風	1	3	1	12	2	15	4.1%	10.6%
	唐風	1	2	1	3	2	5	4.1%	3.5%
	秦風	0	0	0	0	0	0	0%	0%
	陳風	0	0	0	0	0	0	0%	0%
	檜風	0	0	0	0	0	0	0%	0%
	曹風	0	0	0	0	0	0	0%	0%
	豳風	0	0	1	2	1	2	2.1%	1.4%
雅	小雅	11	21	4	14	15	35	31.3%	24.7%
	大雅	4	19	2	5	6	24	12.5%	16.9%
頌	周頌	1	2	0	0	1	2	2.1%	1.4%
	魯頌	1	1	0	0	1	1	2.1%	0.7%
	商頌	0	0	0	0	0	0	0%	0%
合 計		32	83	16	59	48	142	100%	100%
百分比		66.7%	58.5%	33.3%	41.5%	100%	100%		

　　筆者歸納《詩經》之「呼告」修辭法，可以得到下列幾點認知：

1. 就呼告數量言，以「呼人」有 116 例，佔 80.6%，數量最多；「呼物」計 15 例，佔 10.4%，居次。可見，《詩經》的「呼告」類型，以「呼人」最為普遍。如此的「呼人」修辭技巧，「呼人」修辭於呼告之外，兼具示現之功能將文章的形式與內容的情境，緊密結合，使人狀溢目前。

2. 就呼告性質言，兩種「呼告」兼具的，有〈國風〉、〈小雅〉、〈大雅〉三部分。由此可知，《詩經》運用「呼告」修辭，以引人注意，激發共鳴。

3. 就詩經內容言，以〈風〉、〈雅〉、〈頌〉三者相較，〈風〉數量最多，達 80 例，佔 56.3%；〈雅〉數量居次，有 59 例，佔 41.6%；〈頌〉數量較少，有 3 例，佔 2.1%。顯然，「呼告」的修辭現象，較宜於〈國風〉抒情之作，情感濃烈奔放，〈小雅〉也有不少類似風謠的創作，所以「呼告」之使用，亦頗為普遍。

4. 就詩經時代言，在「呼告」修辭中，以〈國風〉運用最多，有 80 例，佔 56.3%；〈小雅〉其次，有 35 例，佔 24.7%；〈大雅〉其次，有 24 例，佔 16.9%；〈周頌〉再次之，有 2 例，佔 1.4%；〈魯頌〉其次，只有 1 例，佔 0.7%；〈商頌〉則無有。其順序是〈國風〉、〈小雅〉、〈大雅〉、〈周頌〉、〈魯頌〉、〈商頌〉，「呼告」藝術之使用，與《詩經》之時代先後關係密切，作品時期愈後之作品，例如〈國風〉、〈大雅〉、〈小雅〉使用較頻繁。

三、《詩經》呼告藝術特質

根據上述的探討分析，吾人可知，《詩經》「呼告」的藝術特質，具有三項：

（一）簡短精鍊

在形式上，呼告語以濃縮精鍊的語言表達，使人易於牢記、流傳。例如〈小雅・祈父〉：

> 祈父！予，王之爪牙。胡轉予于恤？靡所止居。（第一章）

此詩當是禁衛之長，諫刺君王的詩。這例子說明：祈父啊！我是天子的爪牙，為天子出了不少力，為何反置我於憂患之地，使我無所止息。《傳》曰：「祈父，司馬也。……職掌封圻之兵甲。」[29]解釋呼告之對象，係祈父，職為司馬。余培林先生認為：「按祈，通圻。圻，封畿也。司馬掌封畿之甲兵，故呼之曰圻父。」[30]他又闡釋說：「三章首句皆直呼祈父，情切而意憤也。」[31]疾呼祈父，乃情切意憤所致。呼告

---

29 （漢）毛亨：《傳》（臺北：藝文印書館，2001 年 12 月，初版 14 刷，十三經注疏本），卷 11 之 1，頁 10 下。

30 余培林：《詩經正詁》（臺北：三民書局股份有限公司，1995 年 10 月，初版），下冊，頁 99。

31 余培林：《詩經正詁》（臺北：三民書局股份有限公司，1995 年 10 月，

之言語簡短，易於記誦，便於廣為流傳。

（二）抒發情感

在內容上，增強抒情性，可直接抒發作者對說寫對象的感情。例如〈大雅・蕩〉：

> 咨！咨女殷商。（第二章）

此是周召穆公傷周室大壞，厲王無道，民不聊生的詩。這例子說明：可歎啊！可歎你這個商君。《傳》謂：「咨，嗟也。」[32]明指「咨」猶嗟歎也。清朝牛運震《詩志》評析曰：「七『咨商』，驚怪惋惜，慘然亡國之痛。」[33] 謂詩中使用七次呼告，肇因於國政大壞，心中慘然之亡國痛楚。使用「呼告」法，能直抒情感，擴大語言之感染力。

（三）引起共鳴

在目的上，以引起聽眾或讀者強烈的共鳴。例如〈邶風・旄丘〉：

> 旄丘之葛兮，何誕之節兮！叔兮！伯兮！何多日也！
> （第一章）

初版），下冊，頁100。

32 （漢）毛亨：《傳》（臺北：藝文印書館，2001年12月，初版14刷，十三經注疏本），卷18之1，頁2下。

33 （清）牛運震：《詩志》（清嘉慶年間空山堂刊本），卷7，頁7上。

此是首責衛伯之詩。這例子說明：旄丘上面有葛藤呀，為何蔓延如此長的枝節呀！衛國的叔伯啊！為何拖延這麼久的時日！《毛詩箋》云：「叔伯，字也，呼衛之諸臣。」[34]認為所謂「叔兮！伯兮！」指衛國諸臣。清朝牛運震《詩志》曰：「三『叔兮伯兮』，悚籲疾呼，當令衛人耳熟心動，抵過秦庭七日哭也。」[35]直陳「呼告」之效用，在於悚動人心，引起共鳴。

第二節　夸飾

「夸飾」的異稱甚多。「夸飾」[36]又叫做「誇飾」，[37]也叫做「鋪張」[38]，或稱「揚厲」，[39]又稱為「形容」，[40]也叫

34　（漢）毛亨傳、鄭玄：《毛詩箋》（臺北：藝文印書館，2001 年 12 月，初版 14 刷，十三經注疏本），卷 2 之 2，頁 18 下。

35　（清）牛運震：《詩志》（清嘉慶年間空山堂刊本），卷 1，頁 33 下。

36　「夸飾」見於黃慶萱《修辭學》、傅隸樸《修辭學》、王德春《修辭學詞典》、浙江省修辭研究會編《修辭方式例解詞典》、張春榮《修辭散步》、刑濟眾〈詩經修辭的研究〉、董治安《先秦文獻與秦文學》、蔡師宗陽《應用修辭學》、張西堂《詩經六論》、洪湛侯《詩經學史》等書。

37　「誇飾」：陳正治《修辭學》、黃慶萱《高級中學文法與修辭教師手冊》、胡性初《修辭助讀》、蔡謀芳《修辭格教本》、蔡謀芳《表達的藝術——修辭二十五講》、鄭業建《修辭學》、吳正吉《活用修辭》、蔣祖怡《文章學纂要》、余昭玟《古文閱讀與修辭》、夏傳才《詩經語言藝術》、蔡師宗陽《應用修辭學》；「誇飾法」：曾忠華《作文津梁》、杜淑貞《現代實用修辭學》。

38　「鋪張」：譚正璧《修辭新例》、宋文翰《國文修辭學》、葉龍〈國風與雅歌的修辭研究〉、羅敬之〈談詩經國風的修辭〉、黎運漢、張維耿《現代漢語修辭學》、董季棠《修辭析論》、蔡師宗陽《應用修辭

做「誇張」，[41]也叫做「夸張」，[42]又叫做「加倍舖張法」，[43]
又叫做「飾辭」，[44]也叫做「增語」，[45]也稱「甚言」，也稱為
「激昂」，也稱做「倍寫」，[46]又叫做「語增」，又叫「儒
增」，又稱為「藝增」。[47]

　　梁朝劉勰最早以「夸飾」為篇名，他於《文心雕龍・夸

學》；「舖張法」：徐芹庭《修辭學發微》。

39　「揚厲」：宋文翰《國文修辭學》、浙江省修辭研究會編《修辭方式例
　　解詞典》；「揚厲格」：唐鉞《修辭格》。

40　「形容」見楊樹達《漢文文言修辭學》、沈謙《修辭學》、成偉鈞、唐
　　仲揚、向宏業《修辭通鑑》等書。

41　「誇張」：黎運漢、張維耿《現代漢語修辭學》、宋文翰《國文修辭
　　學》、關紹箕《實用修辭學》、古遠清、孫光萱《詩歌修辭學》、蔣金
　　龍《演講修辭學》、張瓌一《修辭概要》、語法與修辭聯編組《語法與
　　修辭》、程祥徽、田小琳《現代漢語》、曾忠華《作文津梁》、楊樹達
　　《中國修辭學》；「誇張法」：（日）五十嵐力《作文應用常識修辭學》
　　（日）諸橋轍次《詩經研究》、王易《修辭學通詮》、陳介白《修辭學
　　講話》。

42　「夸張」一詞，見湖北省中小學教學教材研究室《語文基礎知識》、
　　程希嵐《修辭學新編》、鄭遠漢《辭格辨異》、倪寶元《修辭》、陳節
　　《詩經漫談》等書，使用之修辭學著作甚多，為節省篇幅，本文不再
　　贅述。

43　所謂「加倍舖張法」，見于維杰：〈詩經修辭示例〉，《現代學苑》第 4
　　卷 5 期（1967 年 5 月 10 日），頁 20。

44　「飾辭」見成偉鈞、唐仲揚、向宏業：《修辭通鑑》（臺北：建宏出版
　　社，1996 年 1 月，初版 1 刷），頁 680。

45　「增語」見（東漢）王充《論衡》、黃麗貞《實用修辭學》、成偉鈞、
　　唐仲揚、向宏業《修辭通鑑》等書。

46　「甚言」、「激昂」、「倍寫」三者，參黃麗貞《實用修辭學》、黎運
　　漢、張維耿《現代漢語修辭學》等書。

47　「語增」、「儒增」、「藝增」三者，見（東漢）王充《論衡》、黃麗貞
　　《實用修辭學》等書。

飾篇》說：「故自天地以降，豫入聲貌，文辭所被，夸飾恒存。」[48]指出古人誇大文飾之狀，誇張是文學創作之手法，值得後世傳承學習。本篇論文之「夸飾」修辭法，採用業師蔡宗陽先生《文法與修辭》上的定義及分類。

　　關於「夸飾」修辭格的定義，蔡師宗陽先生認為：

> 誇飾，又叫夸飾，也叫誇張、鋪張、形容。所謂誇飾，是指在語文中，為了表達強烈的情感或鮮明的意象，故意誇大其詞，遠遠超過事實，運用放大或縮小事物的特徵、作用、形象、數量等方式的一種修辭技巧。[49]

由上述文字，可知「夸飾」的定義，是指在語文中，運用誇張鋪飾的手法，是一種「言過其實」的修辭技巧。至於夸飾的分類，筆者根據蔡師宗陽先生《文法與修辭》書中的觀點，將其就表達方式而言，分為：

　　一、放大夸飾：凡是在語文中，將事物的特徵、作
　　　　用、形象、數量等方式加以擴大。
　　二、縮小夸飾：凡是在語文中，將事物的特徵、作

48　（梁）劉勰著、王更生注譯：《文心雕龍讀本》（臺北：文史哲出版社，1991 年 9 月，初版 4 刷），下冊，頁 156。
49　蔡師宗陽：《文法與修辭》（臺北：三民書局股份有限公司，2001 年 1 月，初版一刷），下冊，頁 115。

用、形象、數量等方式加以縮小。[50]

　　筆者對於《詩經》「夸飾」的例證，以三例詳細解說，餘例則簡略說明。

一、放大夸飾

　　「放大夸飾」是指在詩文中，將事物的特徵、作用、形象、數量等方式加以擴大。[51]《詩經》中「放大夸飾」，計有 160 例。[52]其中以〈雅〉最多，〈風〉居次，〈頌〉最少。

50　蔡師宗陽：《文法與修辭》（臺北：三民書局股份有限公司，2001 年 1 月，初版一刷），下冊，頁 29。

51　蔡師宗陽：《文法與修辭》（臺北：三民書局股份有限公司，2001 年 1 月，初版一刷），下冊，頁 29。

52　運用「放大夸飾」的篇章，計有以下 160 例：〈周南・關雎〉、第二章、第三章；〈召南・鵲巢〉第一章、第二章、第三章；〈召南・摽有梅〉第一章、第二章、第三章；〈召南・騶虞〉第一章、第二章；〈邶風・燕燕〉第一章；〈邶風・簡兮〉第二章；〈邶風・泉水〉第一章；〈邶風・北門〉第二章、第三章；〈鄘風・君子偕老〉第一章、第二章；〈鄘風・定之方中〉第三章；〈衛風・淇奧〉第二章 ；〈衛風・氓〉第五章；〈王風・兔爰〉第一章、第二章、第三章；〈王風・采葛〉第一章 、第二章、第三章；〈鄭風・叔于田〉第一章、第二章、第三章；〈鄭風・子衿〉第三章；〈鄭風・出其東門〉第一章、第二章；〈齊風・敝笱〉第一章、第二章、第三章；〈齊風・載驅〉第三章、第四章；〈齊風・猗嗟〉第二章；〈魏風・伐檀〉第二章；〈唐風・椒聊〉第一章；〈秦風・黃鳥〉第一章、第二章、第三章；〈陳風・宛丘〉第二章、第三章；〈陳風・澤陂〉第一章、第二章、第三章；〈曹風・蜉蝣〉第三章；〈曹風・鳲鳩〉第四章；〈豳風・七月〉第八章；〈小雅・天保〉第二章、第三章、第四章、第六章；〈小雅・南山有臺〉第一章、第二章；〈小雅・蓼蕭〉

例如〈王風・采葛〉：

> 彼采蕭兮。一日不見，如三秋兮。（第二章）

此為男女相思之詩。思慕的那位採蕭女子，我一日不見你，就彷彿已久別三秋。清姚際恆《詩經通論》曰：「『歲』、『月』，一定字樣，四時而獨言秋，秋風蕭瑟，最易懷人，亦見詩人之善言也。」[53]解釋年四季，而獨言秋之因。糜文開先生進一步說明：「我們但憑文學眼光來看，『一日不見，

第四章；〈小雅・彤弓〉第一章、第二章、第三章；〈小雅・菁菁者莪〉第三章；〈小雅・六月〉第五章；〈小雅・鶴鳴〉第二章；〈小雅・無羊〉第一章；〈小雅・節南山〉第一章；〈小雅・雨無正〉第二章；〈小雅・穀風〉第三章；〈小雅・無將大車〉第一章、第二章、第三章；〈小雅・小明〉第一章；〈小雅・楚茨〉第二章、第三章、第四章；〈小雅・信南山〉第六章；〈小雅・甫田〉第一章、第四章；〈小雅・瞻彼洛矣〉第二章、第三章；〈小雅・桑扈〉第二章、第四章；〈小雅・鴛鴦〉第一章、第二章、第三章、第四章；〈小雅・采菽〉第四章；〈小雅・都人士〉第二章；〈大雅・文王〉第四章；〈大雅・緜〉第三章〈大雅・旱麓〉第三章；〈大雅・下武〉第五章、第六章；〈大雅・既醉〉第一章、第二章、第六章、第七章；〈大雅・假樂〉第二章、第三章；〈大雅・桑柔〉第二章；〈大雅・雲漢〉第三章；〈大雅・崧高〉第一章、第八章；〈大雅・韓奕〉第四章；〈大雅・江漢〉第五章、第六章；〈大雅・常武〉第三章、第五章；〈大雅・召旻〉第七章；〈魯頌・駉〉第一章、第二章；〈魯頌・泮水〉第五章、第六章、第七章、第八章；〈魯頌・閟宮〉第一章、第三章、第四章、第五章、第六章；〈商頌・烈祖〉；〈商頌・玄鳥〉；〈商頌・長發〉第四章、第五章。

53 （清）姚際恆：《詩經通論》（臺北縣：廣文書局有限公司，1993 年10 月，三版），頁98。

如三月兮』發展而為『如三秋兮』、『如三歲兮』，只是一種誇張的手法。」[54]明確指出「三秋」一詞，乃運用「誇張」法。「一日不見，如三秋兮」，將一日形容得很漫長，如三年般長久，屬於「放大夸飾」。又如〈小雅・彤弓〉：

> 彤弓弨兮，受言藏之。我有嘉賓，中心貺之。鐘鼓既設，一朝饗之。（第一章）

這是描寫天子歡燕有功諸侯，而賜之弓矢的詩。此詩意謂：將未張弦的朱漆弓，受而藏之。我有嘉賓，便誠心誠意將弓賞賜給他。擺好鐘鼓，即刻歡燕他。宋呂祖謙《呂氏家塾讀詩記》曰：「一朝饗之，言其速也。」[55]指出「一朝饗之」，極言時間之快速。清陳奐《傳疏》云：「一朝，猶終朝也。」詩中「一朝饗之」，將時間形容的很快，如一朝般的短促，屬於「放大夸飾」。再如〈小雅・雨無正〉：

> 周宗既滅，靡所止戾。（第二章）

此乃褻御之臣責正大夫等之作。這例子說明：周之宗社既已

---

54 參裴普賢編著：《詩經評註讀本》（臺北：三民書局股份有限公司，1991 年 8 月，五版），上冊，頁 282。並見於糜文開、裴普賢著：《詩經欣賞與研究》（改編版）（臺北：三民書局股份有限公司，1991 年 2 月，再版），冊 1，頁 360。

55 （宋）呂祖謙：《呂氏家塾讀詩記》（臺北：世界書局，1988 年 2 月，初版，《景印摛藻堂四庫全書薈要》本），卷 19，頁 3 上。

滅亡，無處可得安身。清方玉潤《詩經原始》認為：「曰周
宗既滅者，周之宗室遠去絕跡，不來相依耳，非宗周王國為
人所滅也。」[56]說明作詩之際，周室並未滅亡。余培林先生
《詩經正詁》進一步闡釋：「時周之宗廟（或宗周）未滅，
此由『三事大夫』等語可知，詩言『周宗既滅』者，亦如
〈節南山〉之言『國既卒斬』也，誇詞而已。」[57]直接指出
「周宗既滅」之「夸飾」作用。詩中「周宗既滅」者，為
「周室衰微」之擴大，屬於「放大夸飾」。

　　以上有關「放大夸飾」的分析，《詩經》共 160 例。其
中〈雅〉有 85 例，最多；〈風〉有 55 例，次之；〈頌〉有
22 例，最少。

二、縮小夸飾

　　「縮小夸飾」是指凡是在語文中，將事物的特徵、作
用、形象、數量等方式加以縮小。[58]分別舉例說明如下：

　　《詩經》中「縮小夸飾」，計有 12 例。以〈風〉最多，
〈雅〉次之，〈頌〉則無有。例如〈衛風·河廣〉：

56　（清）方玉潤：《詩經原始》（臺北縣：藝文印書館，1981 年 2 月，
　　三版），卷 10，頁 94 下。

57　余培林：《詩經正詁》（臺北：三民書局股份有限公司，1995 年 10
　　月，初版），下冊，頁 148。

58　蔡師宗陽：《文法與修辭》（臺北：三民書局股份有限公司，2001 年 1
　　月，初版一刷），下冊，頁 29。

誰謂河廣？一葦杭之。誰謂宋遠？跂予望之。（第一
章）

此為滯居在衛國的宋人所作之詩。本句意謂：誰說黃河寬
廣？一根葦草就可以撐過。誰說宋國遙遠？跂起腳跟就可以
看見。宋李樗《毛詩集解》認為：「至於此詩，惟言其甚近
者，蓋言人之於遠者，則憚而不往，至於甚近而不往者，非
有所憚也，義不可也。」[59]指出近而不往之因。裴普賢先生
進一步說明：「『一葦杭之』、『曾不容刀』，如此誇張筆法，
似舉千鈞若鴻毛，奇特而靈活。」[60]肯定「夸飾」法之運
用。他又說：「此乃反誇張的手法，在文學作品中，不求客
觀事物的真實，而以能表達心中意象，使人發生同感共鳴，
覺得比真實更勝，這樣才顯出藝術的價值。」[61]裴先生所謂
「反誇張的手法」，即是指「縮小夸飾」。「一葦杭之」、「跂
予望之」，將黃河比成葦草寬，將宋國喻為眼力所及，屬於
「縮小夸飾」。再如〈衛風‧河廣〉：

誰謂河廣？曾不容刀。誰謂宋遠？曾不崇朝。（第二
章）

---

59 （宋）李樗著：《毛詩集解》（臺北：世界書局，1988 年 2 月，初版，
   《景印摛藻堂四庫全書薈要》本），卷 8，頁 14 下～卷 8，頁 15 上。
60 參裴普賢編著：《詩經評註讀本》（臺北：三民書局股份有限公司，
   1991 年 8 月，五版），上冊，頁 183。
61 見糜文開、裴普賢著：《詩經欣賞與研究》（改編版）（臺北：三民書
   局股份有限公司，1991 年 2 月，再版），冊 1，頁 319。

誰說黃河寬廣？一片小刀都容不下。誰說宋國遙遠？一個早晨即可抵達。明朝黃一正評曰：「不容刀，則又小矣；不崇朝，則又易至矣。」[62]不容刀，極言其小；不崇朝，極言其速。明朝朱道行謂：「廣不容刀，遠不崇朝，極言狹近。」[63]肯定「夸飾法」在本句之運用。又如〈大雅‧靈臺〉：

> 經始靈臺，經之營之。庶民攻之，不日成之。經始勿亟，庶民子來。（第一章）

此詩皆述民樂之辭也。此句意謂：開始規劃建造靈臺，先設計，後營建。百姓都主動來幫忙，工程沒幾天就完成了。剛開始時，文王一再叮囑，交代進度不要太急迫，以免擾民。但是百姓如兒女奉事父母般，都爭先恐後來幫忙，所以完成如此快速。宋代嚴粲《詩緝》謂：「不日，不多日也。今人言不久為不日。」[64]不日，猶言不久。余培林先生說明：「按不日，言其速也。」[65]不日，言時之速也。「不日成之」，屬「縮小夸飾」，全句謂不久就完成了。又如：

---

62 見（清）王鴻緒撰：《欽定詩經傳說彙纂》（臺北：維新書局，1968年1月，初版），卷4，頁46下。

63 參（清）王鴻緒撰：《欽定詩經傳說彙纂》（臺北：維新書局，1968年1月，初版），卷4，頁46下。

64 （宋）嚴粲：《詩緝》（臺北：廣文書局，1960年11月，初版），卷14，頁9上。

65 余培林：《詩經正詁》（臺北：三民書局股份有限公司，1995年10月，初版），下冊，頁358。

〈邶風‧簡兮〉：二章「執轡如組。」

〈鄭風‧大叔于田〉：一章「大叔于田，乘乘馬。執轡如組，兩驂如舞。叔在藪，火烈具舉。襢裼暴虎，獻于公所。將叔無狃，戒其傷女。」

〈曹風‧鳲鳩〉：一章「鳲鳩在桑，其子七兮。淑人君子，其儀一兮。其儀一兮，心如結兮。」

〈小雅‧正月〉：六章「謂天蓋高，不敢不局；謂地蓋厚，不敢不蹐。維號斯言，有倫有脊。哀今之人，胡為虺蜴！」

〈大雅‧雲漢〉：三章「周餘黎民，靡有孑遺。昊天上帝，則不我遺。胡不相畏？先祖於摧。」

　　以上有關「縮小夸飾」的分析，《詩經》共 12 例。其中〈風〉有 8 例，最多；〈雅〉有 4 例，居次；〈頌〉則無有。

　　綜合上述分析，茲統計各類數字，列表說明如次：

《詩經》「夸飾」統計表

夸飾 詩經		放大夸飾		縮小夸飾		合　計		百分比	
		篇數	次數	篇數	次數	篇數	次數	篇數	次數
風	周南	1	2	0	0	1	2	1.3%	1.2%
	召南	3	8	0	0	3	8	4%	4.6%
	邶風	4	5	1	1	5	6	6.7%	3.5%
	鄘風	2	3	0	0	2	3	2.7%	1.7%
	衛風	2	3	1	4	3	7	4%	4.1%
	王風	2	6	0	0	2	6	2.7%	3.5%
	鄭風	3	6	1	2	4	8	5.3%	4.6%
	齊風	3	6	0	0	3	6	4%	3.5%
	魏風	1	1	0	0	1	1	1.3%	0.6%
	唐風	1	1	0	0	1	1	1.3%	0.6%
	秦風	1	6	0	0	1	6	1.3%	3.5%
	陳風	2	5	0	0	2	5	2.7%	2.9%
	檜風	0	0	0	0	0	0	0%	0%
	曹風	2	2	1	1	3	3	4%	1.7%
	豳風	1	1	0	0	1	1	1.3%	0.6%
雅	小雅	21	52	1	2	22	54	29.3%	31.4%
	大雅	13	31	2	2	15	33	20%	19.2%
頌	周頌	0	0	0	0	0	0	0%	0%
	魯頌	3	15	0	0	3	15	4%	8.7%
	商頌	3	7	0	0	3	7	4%	4.1%
合　計		68	160	7	12	75	172	100%	100%
百分比		90.7%	93%	9.3%	7%	100%	100%		

筆者歸納《詩經》之「夸飾」修辭法，可以得到下列幾點認知：

1. 就夸飾數量言，以「放大夸飾」有 160 例，佔 93％，數量最多；「縮小夸飾」計 12 例，佔 7％，居次。可見，《詩經》的「夸飾」類型，以「放大夸飾」最為普遍。如此的「放大夸飾」修辭技巧，運用「夸飾」的手法，使語言生動，凸顯聲貌，加強印象。

2. 就夸飾性質言，兩種「夸飾」兼具的，有〈國風〉、〈小雅〉、〈大雅〉部分。由此可知，「夸飾」宜於抒情及敘事。抒情方面，如〈國風〉多吟詠性情之作，〈小雅〉也有不少類似風謠的創作；敘事方面，如〈小雅〉及〈大雅〉大多為敘事詩。

3. 就詩經內容言，以〈風〉、〈雅〉、〈頌〉三者相較，〈雅〉數量最多，達 87 例，佔 50.6％；〈風〉數量居次，有 63 例，佔 36.6％；〈頌〉數量較少，有 22 例，佔 12.8％。顯然，「夸飾」的修辭現象，是《詩經》一書寫作的特色，也影響到後世的文學表現。

4. 就詩經時代言，在「夸飾」修辭中，以〈國風〉運用最多，有 63 例，佔 36.6％；〈小雅〉其次，有 54 例，佔 31.4％；〈大雅〉其次，有 33 例，佔 19.2％；〈魯頌〉次之，有 15 例，佔 8.7％；〈商頌〉次之，有 7 例，佔 4.1％。其順序是〈國風〉、〈小雅〉、〈大雅〉、〈魯頌〉、〈商頌〉，由上可知，「夸飾」的使用，印證了《詩經》時代之先後關係，作品時期愈後之作品，「夸飾」使用之情形愈普遍，其手法也愈精湛。

三、《詩經》夸飾藝術特質

根據上述的探討分析，吾人可知，《詩經》「夸飾」的藝術特質，具有兩項：

(一)凸顯聲貌

在形式上，寫景狀物極態盡妍，凸顯聲貌。例如〈鄭風·出其東門〉：

> 出其東門，有女如雲。

此詩為男子自述專情於某女子之作。此詩意謂：走出東門，看見美女如雲。清朝牛運震《詩志》說：「『如雲』、『如荼』，寫盡奇麗。」[66]「有女如雲」，屬「放大夸飾」，「雲」形容數量很多，以美女數量龐大，反襯出男子之專情。

(二)加強印象

在內容上，抒情言志則聳動情感，加強印象。例如〈魯頌·閟宮〉：

> 公車千乘，朱英綠縢，二矛重弓。公徒三萬，貝冑朱綬，烝徒增增。戎狄是膺，荊舒是懲，則莫我敢承。

---

66 （清）牛運震：《詩志》（清嘉慶年間空山堂刊本），卷2，頁13上。

> 俾爾昌而熾，俾爾壽而富。黃髮台背，壽胥與試。俾
> 爾昌而大，俾爾耆而艾。萬有千歲，眉壽無有害。
> （第四章）

這是首頌美僖公的詩。本句意謂：擁有公車千輛……步兵有
三萬之眾……享有萬年千壽。清代方玉潤《詩經原始》謂：
「此頌其征伐之勞，能以昌大，皆虛詞溢美，開後世詞賦家
虛夸之漸。」[67]「公車千乘」、「公徒三萬」、「萬有千歲」，
屬「放大夸飾」，皆於數量上極言其多，使讀者情感聳動，
予人深刻之印象。

第三節　倒反

「倒反」的異稱甚多。「倒反」[68]又叫做「反說」，[69]也
叫做「反語」，[70]又稱為「倒辭」，[71]或稱「說反話」，[72]又稱

---

67 （清）方玉潤《詩經原始》（臺北縣：藝文印書館，1981 年 2 月，三版），下冊，卷 18，頁 9 下。

68 「倒反」：黃慶萱《修辭學》、程希嵐《修辭學新編》、陳正治《修辭學》、蔡謀芳《修辭學教本》、蔡謀芳《表達的藝術——修辭二十五講》、浙江省修辭研究會編《修辭方式例解詞典》、唐松波、黃建霖《漢語修辭格大辭典》、葉龍〈國風與雅歌的修辭研究〉、羅敬之〈談詩經國風的修辭〉、吳朝輝〈詩國風修辭藝術探微——以國風最短五篇詩的修辭現象為例〉、譚正璧《修辭新例》、王德春《修辭學詞典》、劉煥輝《修辭學綱要》；「倒反法」：徐芹庭《修辭學發微》。

69 「反說」一詞，見王德春《修辭學詞典》、唐松波、黃建霖《漢語修辭格大辭典》。

70 「反語」：馬鳴春《稱謂修辭學》、胡性初《修辭助讀》、黎運漢、張

為「舛辭」，[73]也叫做「反言」，[74]也叫做「反話」，[75]又叫做「反諷」，[76]又叫做「倒用」。[77]

本篇論文之「倒反」修辭法，採用陳望道先生所著《修辭學發凡》上的定義及分類。

維耿《現代漢語修辭學》、倪寶元《修辭》、王德春《修辭學詞典》、季紹德《古漢語修辭》、谷聲應《現代漢語語法修辭》、浙江省修辭研究會編《修辭方式例解詞典》、華中師範學院中文系現代漢語教研組《現代漢語修辭知識》、黃民裕《辭格匯編》、周靖《現代漢語》（語法修辭）、吳桂海、鮑慶林《語法修辭新編》、錢覺民、李延祐《修辭知識十八講》、宋振華、吳士文、張國慶、王興林《現代漢語修辭學》、王希杰《漢語修辭學》、鄭頤壽《比較修辭》、張弓《現代漢語修辭學》、語法與修辭聯編組《語法與修辭》、譚永祥《修辭精品六十格》、崔紹范《修辭學概要》、駱小所《現代修辭學》、于維杰〈詩經修辭示例〉、趙克勤《古漢語修辭簡論》等書；「反語法」：（日）五十嵐力《作文應用常識修辭學》、（日）諸橋轍次《詩經研究》、（日）杉本行夫〈詩經の修辭法〉、王易《修辭學通詮》、陳介白《修辭學講話》等書。

71 「倒辭」見王德春《修辭學詞典》、宋文翰《國文修辭學》、黃民裕《辭格匯編》等書。

72 「說反話」見王德春：《修辭學詞典》（浙江：浙江教育出版社，1987年5月，第1版第1次印刷），頁141。

73 宋文翰先生說：「倒辭，也叫舛辭。它是使用反面的言辭，來表達心中所欲表的正意的辭格。」見宋文翰：《國文修辭學》（臺北：新陸書局，1971年11月，初版），頁26。

74 蔣金龍：《演講修辭學》（臺北：黎明文化事業股份有限公司，1981年6月，初版），頁156。

75 張瓌一：《修辭概要》（北京：中國青年出版社，1953年11月，第1版第1次印刷），頁170。

76 余昭玟：《古文閱讀與修辭》（高雄：春暉出版社，2000年9月，初版第1刷），頁111。

77 （清）梁章鉅：《退庵隨筆》（臺北：新文豐出版公司，1997年3月，台1版，《叢書集成三編》本），卷30，頁2上。

關於「倒反」修辭格的定義，陳望道先生認為：

> 說者口頭的意思和心裡的意思完全相反的，名叫倒反辭。[78]

由上述文字，可知倒反的定義，是指在語文中，言辭的表面意義，和作者內心真意相反的一種修辭技巧。至於倒反的分類，筆者根據陳望道先生《修辭學發凡》書中的觀點，將其分為：

一、倒辭：或因情深難言，或因嫌忌怕說，便將正意用了倒頭的語言來表現，但又別無嘲弄諷刺等等意思包含在內的，是第一類，我們可以稱為倒辭。

二、反語：第二類是不止語意相反，而且含有嘲弄譏刺等意思的，我們稱為反語。[79]

筆者對於《詩經》「倒反」的例證，以三例詳細解說，餘例則簡略說明。茲說明如下：

---

78 陳望道：《修辭學發凡》（臺北：文史哲出版社，1989 年 1 月，再版），頁 136。

79 陳望道：《修辭學發凡》（臺北：文史哲出版社，1989 年 1 月，再版），頁 136。

一、倒辭

　　「倒辭」是指在詩文中，或因情深難言，或因嫌忌怕說，便將正意用了倒頭的語言來表現，但又別無嘲弄諷刺等等意思包含在內的，我們可以稱為倒辭。[80]

　　《詩經》中「倒辭」，計有 6 例。以〈風〉最多，〈雅〉、〈頌〉均無有。例如〈鄭風・山有扶蘇〉：

> 山有扶蘇，隰有荷華。不見子都，乃見狂且！（第一章）

此詩描寫女子戲弄男子，而心中實摯愛之。這例子說明：山上有扶蘇，水中有荷藥。不見子都來會面，卻見狂夫來搗亂。據高亨先生《詩經今注》解釋說：「此乃女子戲弄她的戀人的短歌，笑罵之中含蘊著愛。」[81]言「狂且」者，實係打情罵俏。余培林先生認為：「由〈狡童〉詩觀之，詩中『狂且』、『狡童』，非真詈罵也，乃表示愛意之反語耳。」[82]指出「狂且」一語，實係表示愛意，屬於「倒辭」。又如

---

80 陳望道：《修辭學發凡》（臺北：文史哲出版社，1989 年 1 月，再版），頁 136。

81 高亨：《詩經今注》（臺北：漢京文化事業有限公司，1984 年 2 月 25 日，初版），頁 117。

82 余培林：《詩經正詁》（臺北：三民書局股份有限公司，1999 年 3 月，再版），上冊，頁 239。

〈鄭風‧山有扶蘇〉：

> 山有橋松，隰有游龍。不見子充，乃見狡童！（第二
> 章）

這例子說明：山上有喬松，水中有游龍。不見子充來會面，
卻見狂夫來搗亂。葉龍先生說：「在女性口中所稱的『狡
童』與『狂且』，並非厭惡，乃是含有情意而帶挑逗性的成
分。這可從〈狡童〉篇所提到的『狡童』，與〈褰裳〉篇所
提到的「狂童」作為旁證。」[83]指出「狡童」一詞，是表面
厭惡，實際深情含帶挑逗性質。余培林先生也說：「狂且、
狡童，乃戲罵之語，唯其如此，反更見情趣；若以為厭惡而
詈罵之語，乃真不識趣者矣。」[84]女子呼「狡童」，意在戲
罵，旨在調情，非真厭惡詈罵之言，屬於「倒辭」。再如
〈鄭風‧褰裳〉：

> 子惠思我，褰裳涉溱。子不我思，豈無他人？狂童之
> 狂也且！（第一章）

此是女子怨斥愛人日久情疏的詩。這例子說明：當你想我
時，你提起衣裳，徒步涉水過溱，急忙跑來看我。當你不想

---

[83] 葉龍：〈國風與雅歌的修辭研究〉，《文學世界》第8卷2期（1964年
6月），頁53。

[84] 余培林：《詩經正詁》（臺北：三民書局股份有限公司，1999年3
月，再版），上冊，頁242。

我時，難道就沒有別的情郎？你這個狂妄的傢伙！朱子曰：「狂童之狂也且，亦謔之之辭。」[85]解釋「狂童」一詞，亦戲謔之語，非厭惡怒罵之辭，屬於「倒辭」。又如：

〈鄭風・狡童〉：一章「彼狡童兮，不與我言兮。維子之故，使我不能餐兮。」

〈鄭風・狡童〉：二章「彼狡童兮，不與我食兮。維子之故，使我不能息兮。」

〈鄭風・褰裳〉：二章「子惠思我，褰裳涉洧。子不我思，豈無他士？狂童之狂也且！」

以上有關「倒辭」的分析，《詩經》共 6 例。其中〈風〉有 6 例，數量最多；〈雅〉及〈頌〉均無有。

二、反語

「反語」是指凡是在語文中，不止語意相反，而且含有嘲弄譏刺等意思的，我們稱為反語。[86]分別舉例說明如下：

《詩經》中的「反語」，計有 40 例。[87]以〈風〉最多，

---

85 （宋）朱熹：《詩集傳》（臺北：臺灣學生書局，1970 年 10 月，景印初版），卷 4，頁 23 上。

86 陳望道：《修辭學發凡》（臺北：文史哲出版社，1989 年 1 月，再版），頁 136。

87 運用「反語」的篇章，計有以下 40 例：〈鄭風・叔于田〉第一章、第二章、第三章；〈鄭風・清人〉第一章、第二章、第三章；〈齊風・猗嗟〉第一章、第二章、第三章；〈魏風・葛屨〉第一章、第二

〈雅〉次之，〈頌〉則無有。例如〈魏風・伐檀〉：

> 不稼不穡，胡取禾三百廛兮？不狩不獵，胡瞻爾庭有
> 縣貆兮？彼君子兮，不素餐兮？（第一章）

這是譏刺在位君子不勞而食之詩。這例子說明：你們既不耕種，也不收割，為何取人家三百廛的穀物呢？你們既不狩逐，也不打獵，為何家院懸掛著豬貆呢？有德的君子，從來不會白吃白喝的。宋范處義《詩補傳》認為：「詩人本以是詩刺貪。」[88] 認為本詩旨在刺貪。清朝牛運震《詩志》評此詩曰：「刺貪詩如此作，真厚真遠。」[89] 既為刺貪詩，然語氣如此含蓄，必有深切之意涵寓於其中。余培林先生進一步闡釋道：「『不素餐兮』乃諷刺之語，謂其真素餐也，舊以為讚美之意，實誤。」[90] 他又進一步說明：「末語『不素餐』、『不素食』、『不素飧』，似有無窮幽怨，亦極盡諷刺之

章；〈魏風・伐檀〉第一章、第二章、第三章；〈唐風・山有樞〉第一章、第二章、第三章；〈陳風・宛丘〉第一章、第二章、第三章；〈陳風・東門之枌〉第二章；〈陳風・衡門〉第二章、第三章；〈陳風・株林〉第一章、第二章；〈豳風・東山〉第二章；〈豳風・狼跋〉第一章、第二章；〈小雅・十月之交〉第六章；〈小雅・巧言〉第五章；〈小雅・何草不黃〉第一章、第二章；〈大雅・蕩〉第五章。

88　（宋）范處義：《詩補傳》（臺北：世界書局，1988 年 2 月，初版，景印摛藻堂《四庫全書薈要》本），卷9，頁8下。

89　（清）牛運震：《詩志》（清嘉慶年間空山堂刊本），卷2，頁26上。

90　余培林：《詩經正詁》（臺北：三民書局股份有限公司，1999 年 3 月，再版），上冊，頁303。

能。」[91]詩中之「不素餐兮」，乃諷刺其真素餐，性質屬於「反語」。再如〈鄭風・叔于田〉：

　　叔適野，巷無服馬；豈無服馬？不如叔也，洵美且武。（第三章）

此是諫刺莊公的詩。這例子說明：叔到野外去，叔一出去，巷裡就好像無人騎馬似的，並非真的無人騎馬，而是雖有騎馬者，沒有像叔那樣美而武的。清牛運震《詩志》謂：「然則叔之高於里巷之人者，徒以飲酒、服馬而已。似美實刺，意旨深婉。」[92]指出本詩為諷刺詩，叔只是飲酒、服馬之徒。糜文開先生進一步說明：「牛運震謂此詩語美實刺，則此為〈國風〉中反諷之篇章矣，反諷之作品，西人稱為Irony。」[93]肯定「反諷」手法之使用，本例屬於「反語」。又如〈豳風・狼跋〉：

　　狼疐其尾，載跋其胡。公孫碩膚，德音不瑕。（第二章）

此為頌美周公的詩。這例子說明：狼後退則自躓其尾，前進

91　余培林：《詩經正詁》（臺北：三民書局股份有限公司，1999 年 3 月，再版），上冊，頁 305。

92　（清）牛運震：《詩志》（清嘉慶年間空山堂刊本），卷 2，頁 3 上。

93　參裴普賢編著：《詩經評註讀本》（臺北：三民書局股份有限公司，1991 年 8 月，五版），上冊，頁 296。

則自躓其頷肉，真是動輒得咎。周公之處境，雖似如此，但因其寬宏大量，故能保持聲譽，沒有一點瑕疵。清代姚際恆《詩經通論》謂：「此反比也，『几几』正『跋』、『疐』之反。章法奇變。」[94]明指本詩使用「反比」法。糜文開先生認為：「此詩乃比體，是一篇解嘲之詩，每章前兩句以公孫比肥狼，嘲笑他身體臃腫，蹣跚而行，步履艱難。下兩句以反比解嘲，說公孫雖胖，而精神抖擻，赤舄健步，其聲几几然；中氣充足，語音洪亮，無可詬病也。」[95]觀詩之文字，表面嘲笑肥胖臃腫，實則頌美精神抖擻，本例屬於「反語」。

以上有關「反語」的分析，《詩經》共 40 例。其中〈風〉有 32 例，最多；〈雅〉有 8 例，居次；〈頌〉沒有任何例證。

綜合上述分析，茲統計各類數字，列表說明如次：

---

94 （清）姚際恆：《詩經通論》（臺北縣：廣文書局有限公司，1993 年10 月，三版），頁 171。

95 參裴普賢編著：《詩經評註讀本》（臺北：三民書局股份有限公司，1991 年 8 月，五版），上冊，頁 570。並見於糜文開、裴普賢著：《詩經欣賞與研究》（改編版）（臺北：三民書局股份有限公司，1991 年 8 月，再版），冊 2，頁 734。

《詩經》「倒反」統計表

詩經 \ 倒反		倒　辭		反　語		合　計		百分比	
		篇數	次數	篇數	次數	篇數	次數	篇數	次數
風	周南	0	0	0	0	0	0	0%	0%
	召南	0	0	0	0	0	0	0%	0%
	邶風	0	0	0	0	0	0	0%	0%
	鄘風	0	0	0	0	0	0	0%	0%
	衛風	0	0	0	0	0	0	0%	0%
	王風	0	0	0	0	0	0	0%	0%
	鄭風	3	6	2	6	5	12	26.3%	26.1%
	齊風	0	0	1	3	1	3	5.3%	6.5%
	魏風	0	0	2	5	2	5	10.5%	10.9%
	唐風	0	0	1	3	1	3	5.3%	6.5%
	秦風	0	0	0	0	0	0	0%	0%
	陳風	0	0	4	12	4	12	21.1%	26.1%
	檜風	0	0	0	0	0	0	0%	0%
	曹風	0	0	0	0	0	0	0%	0%
	豳風	0	0	2	3	2	3	10.5%	6.5%
雅	小雅	0	0	3	7	3	7	15.8%	15.2%
	大雅	0	0	1	1	1	1	5.3%	2.2%
頌	周頌	0	0	0	0	0	0	0%	0%
	魯頌	0	0	0	0	0	0	0%	0%
	商頌	0	0	0	0	0	0	0%	0%
合　計		3	6	16	40	19	46	100%	100%
百分比		15.8%	13%	84.2%	87%	100%	100%		

筆者歸納《詩經》之「倒反」修辭法，可以得到下列幾點認知：

1. 就倒反數量言，以「反語」有 40 例，佔 87%，數量最多；「倒辭」計 6 例，佔 13%，居次。可見，《詩經》的「倒反」類型，以「反語」最為普遍。在「反語」修辭中，以〈陳風〉最多，可見「反語」之運用，典雅莊重的詩文較少，常見於通俗詼諧之作，充滿滑稽諷刺的意味。

2. 就倒反性質言，兩種「倒反」兼具的，只有〈鄭風〉部分。〈鄭風〉多為情詩之作，詩人以「反語」、「倒辭」的細膩筆法，表現出情感的轉折，增強文章的感染力。

3. 就詩經內容言，以〈風〉、〈雅〉、〈頌〉三者相較，〈風〉數量最多，達 39 例，佔 83%；〈雅〉數量居次，有 8 例，佔 17%；〈頌〉則無有。顯然，「倒反」的修辭現象，常用於抒情言志，較不適於敘事說理。

4. 就詩經時代言，在「倒反」修辭中，以〈國風〉運用最多，有 38 例，佔 82.6%；〈小雅〉其次，有 7 例，佔 15.2%；〈大雅〉其次，只有 1 例，佔 2.2%。由上可知，「倒反」的使用，符合三百篇之時代先後關係密切，作品時期愈後之作品，使用之情形愈普遍，其修辭藝術手法也愈高妙。

三、《詩經》倒反藝術特質

根據上述的探討分析，吾人可知，《詩經》「倒反」的藝

術特質，具有三項：

（一）生動活潑

在形式上，使語言活潑自然，生動風趣，具幽默感。例如〈鄭風・狡童〉：

> 彼狡童兮，不與我言兮。維子之故，使我不能餐兮。
> （第一章）

此女子因愛人情好漸疏，內心憂念之詩。這例子說明：那個狡猾的傢伙，不和我說話了。因為這個緣故，使我飯都吃不下。余培林先生認為：「狂且、狡童，乃戲罵之語，唯其如此，反更見情趣；若以為厭惡而詈罵之語，乃真不識趣者矣。」[96] 主張「狡童」一語，乃戲罵之言。夏傳才先生說：「為什麼一首極其質樸的小詩，會有生動感人的藝術魅力，成為千古不朽的傑作呢？這在於它真實而風趣地摹擬一個民間少女的口吻，描述了她的內心獨白，生動地表達了她熾烈而鮮明的愛情，和焦灼痛苦的思念。」[97] 在少女的矜持下，女子表面上罵著「狡童」，其實內心蘊含著深情與思念，詩人巧妙運用「倒辭」手法，使語言生動活潑，韻味無窮。

---

96 余培林：《詩經正詁》（臺北：三民書局股份有限公司，1999 年 3 月，再版），上冊，頁239。

97 參見周嘯天編：《詩經鑑賞集成》（臺北：五南圖書出版有限公司，1994 年 7 月，初版 3 刷），上冊，頁312~313。

（二）諷刺激越

在內容上，使思想深刻雋永，情感激越，具諷刺性。例如〈唐風・山有樞〉：

> 山有漆，隰有栗。子有酒食，何不日鼓瑟？且以喜樂，且以永日。宛其死矣，他人入室。（第三章）

此為規勸友人及時行樂的詩。詩中之「宛」字，據清朝吳昌瑩《經詞衍釋》云：「宛，猶若也。宛與若義相同。」[98] 這例子說明：山上有漆樹，隰地有栗樹，皆不能自用其材，而為他人所用。猶如你有酒食，為何不天天奏樂，為歡行樂，消磨時間呢？一旦枯然死去，別人就登堂入室成主人了。清朝牛運震《詩志》曰：「四鄰謀取其國而不知，勸他曳驅飲樂何益！蓋以為與其為他人守，不如及時行樂之為愈也。特設此反詞寓言，以為悚動耳！細繹乃得之，故曰憂深思遠。」[99] 牛氏所謂「反詞」，即修辭之「反語」法。高葆光先生認為此詩是：「用反面語氣表達沉痛的情感。」[100] 認為詩人運用「反語」手法，能表達深刻雋永，激越沉痛的情感。

98　（清）吳昌瑩：《經詞衍釋》（臺北：世界書局，1956 年 2 月，初版），頁 118。

99　（清）牛運震：《詩志》（清嘉慶年間空山堂刊本），卷 2，頁 28 下。

100　高葆光：《詩經新評價》（臺中：中央書局，1969 年 1 月，中 1 版），頁 82。

第四節　設問

　　語句表現的形式，約有四大形式，分別是：敘事句、表態句、判斷句、詢問句。其中以「詢問句」最引人注意。「詢問句」修辭學上稱為「設問」。「設問」的異稱甚多。「設問」[101]又叫做「答問」，[102]又稱「仮問法」，[103]也叫做「問答」，[104]又稱「問對」，[105]又稱為「反意問語」，[106]又稱為「詰問」，[107]也叫做「詰質」，[108]也叫做「反詞質詰」，[109]

---

101 「設問」：陳望道《修辭學發凡》、黃慶萱《修辭學》、黃慶萱《高級中學文法與修辭教師手冊》、湖北省中小學教學教材研究室《語文基礎知識》、程希嵐《修辭學新編》、陳正治《修辭學》、鄭遠漢《辭格辨異》、倪寶元《修辭》、王德春《修辭學詞典》、宋文翰《國文修辭學》、陳節《詩經漫談》等書；「設問法」：曾忠華《作文津梁》、杜淑貞《現代實用修辭學》。

102 「答問」見（宋）陳騤《文則》、蔡師宗陽《陳騤文則新論》等書。

103 「仮問法」：參考參考（日）杉本行夫：〈詩經の修辭法〉，《島根大學論集》（人文科學）第4號（1954年3月），頁118。

104 「問答」：于維杰〈詩經修辭示例〉、程俊英〈詩之修辭〉；「問答法」：王易《修辭學通詮》、陳介白《修辭學講話》、徐芹庭《古文破題技巧與修辭之研究》、徐芹庭《修辭學發微》、林奉仙《十五國風章節之藝術表現》。

105 「問對」見張西堂：《詩經六論》（上海：商務印書館，1957年9月，初版第1次印刷），頁75。

106 「反意問語」參考傅隸樸：《修辭學》（臺北：正中書局，1969年3月，初版），頁111。

107 「詰問」：宋文翰《國文修辭學》、蔣金龍《演講修辭學》、傅隸樸《修辭學》；「詰問格」：唐鉞《修辭格》。

108 「詰質」見刑濟眾：〈詩經修辭的研究〉，《義安學院院刊》第3卷（1967年），頁38。

又叫做「激問」，[110]又叫做「反問」，[111]也叫做「設疑法」，[112]也稱做「說問法」，[113]也稱為「問語」。[114]

本篇論文之「設問」修辭法，採用業師蔡宗陽先生《修辭學探微》上的定義及分類。

關於「設問」修辭格的定義，蔡師宗陽先生認為：

> 所謂設問，是指在語文中，故意採用詢問語氣，以引起對方注意的一種修辭方法。[115]

由上述文字，可知「設問」的定義，是指在語文中，故意用疑問句的式，以引人注意的一種修辭技巧。至於設問的分類，筆者根據蔡師宗陽先生《文法與修辭》書中的觀點，就設問的內容方面，將其分為：

---

109 「反詞質詰」參錢鍾書：《管錐編》（臺北：書林出版社，1990 年 8 月，初版），頁 74。

110 「激問」參考傅隸樸：《修辭學》（臺北：正中書局，1969 年 3 月，初版），頁 111。

111 「反問」見傅隸樸：《修辭學》（臺北：正中書局，1969 年 3 月，初版），頁 111。

112 「設疑法」見（日）五十嵐力《作文應用常識修辭學》（東京：文泉堂書房，1911 年 5 月 10 日，再版），頁 206；徐芹庭：《修辭學發微》（臺北：臺灣中華書局，1971 年 3 月，初版），頁 107。

113 「說問法」參考（日）諸橋轍次《詩經研究》（東京：目黑書店，1912 年 11 月 25 日，初版），頁 344。

114 「問語」一詞，見張弓《現代漢語修辭學》、王德春《修辭學詞典》、鄭遠漢《辭格辨異》、倪寶元《修辭》等書。

115 蔡師宗陽：《文法與修辭》（臺北：三民書局股份有限公司，2001 年 1 月，初版一刷），下冊，頁 48。

一、提問：凡是指在語文中，提醒下文而自問自答的一種修辭技巧。

二、激問：凡是指在語文中，激發本意，問而不答，而答案在問題的反面的一種修辭技巧，叫做激問。

三、懸問：凡是指在語文中，作者內心確實存有疑惑，而刻意將此疑惑懸示出來詢問讀者的一種修辭技巧，叫做懸問。[116]

筆者對於《詩經》「設問」的例證，以三例詳細解說，餘例則簡略說明。

一、提問

「提問」是指在語文中，提醒下文而自問自答的一種修辭技巧。[117]《詩經》中「提問」，計有 136 例。[118]，以〈風〉

---

116 蔡師宗陽：《文法與修辭》（臺北：三民書局股份有限公司，2001 年 1 月，初版一刷），下冊，頁 48~50。

117 蔡師宗陽：《文法與修辭》（臺北：三民書局股份有限公司，2001 年 1 月，初版一刷），下冊，頁 48。

118 運用「提問」的篇章，計有以下 136 例：〈召南·采蘩〉第一章、第二章；〈召南·采蘋〉第一章、第二章、第三章；〈召南·行露〉第一章；〈召南·何彼襛矣〉第三章；〈邶風·終風〉第二章；〈邶風·谷風〉第二章、第四章；〈邶風·旄丘〉第二章；〈邶風·簡兮〉第四章；〈邶風·北風〉第一章、第二章、第三章；〈鄘風·桑中〉第一章、第二章、第三章；〈衛風·河廣〉第一章、第二章；〈衛風·伯兮〉第二章、第三章；〈王風·大車〉第一章、第二章；〈鄭風·將仲

最多，〈雅〉居次，〈頌〉最少。例如〈召南‧采蘋〉：

> 于以采蘋？南澗之濱；于以采藻？于彼行潦。（第一
> 章）

此詠諸侯或大夫之女將嫁，設蘋、藻以奉祀之詩。這例子說
明：到哪裡去採蘋呢？去那南澗之濱。到哪裡去採藻呢？去

子〉第一章、第二章、第三章；〈鄭風‧叔于田〉第一章、第二章、
第三章；〈鄭風‧東門之墠〉第二章；〈齊風‧南山〉第三章；〈唐
風‧山有樞〉第三章；〈唐風‧綢繆〉第一章、第二章、第三章；〈唐
風‧杕杜〉第一章、第二章；〈唐風‧羔裘〉第一章、第二章；〈唐
風‧無衣〉第一章、第二章；〈唐風‧葛生〉第一章、第二章、第三
章；〈秦風‧終南〉第一章、第二章；〈秦風‧黃鳥〉第一章、第二
章、第三章；〈秦風‧晨風〉第一章、第二章、第三章；〈秦風‧無
衣〉第一章、第二章、第三章；〈秦風‧渭陽〉第一章、第二章；〈陳
風‧株林〉第一章；〈檜風‧羔裘〉第一章、第二章、第三章；〈檜
風‧匪風〉第三章；〈豳風‧伐柯〉第一章；〈小雅‧四牡〉第一章、
第二章、第五章；〈小雅‧伐木〉第一章；〈小雅‧天保〉第一章；
〈小雅‧采薇〉第四章、第五章；〈小雅‧出車〉第四章；〈小雅‧六
月〉第六章；〈小雅‧庭燎〉第一章、第二章、第三章；〈小雅‧沔
水〉第三章；〈小雅‧祈父〉第一章、第二章、第三章；〈小雅‧斯
干〉第六章；〈小雅‧無羊〉第一章；〈小雅‧正月〉第二章；〈小
雅‧雨無正〉第三章；〈小雅‧巧言〉第六章；〈小雅‧何人斯〉第一
章、第二章、第三章、第四章、第七章；〈小雅‧小明〉第一章、第
三章；〈小雅‧楚茨〉第一章；〈小雅‧頍弁〉第一章、第二章、第三
章；〈小雅‧采菽〉第一章；〈小雅‧菀柳〉第三章；〈小雅‧采綠〉
第四章；〈小雅‧緜蠻〉第二章、第三章；〈大雅‧生民〉第七章；
〈大雅‧既醉〉第四章、第六章、第七章、第八章；〈大雅‧公劉〉
第二章；〈大雅‧桑柔〉第十四章；〈大雅‧雲漢〉第六章、第八章；
〈大雅‧韓奕〉第三章；〈大雅‧瞻卬〉第四章；〈周頌‧臣工〉。

那行潦之處。據糜文開先生的闡釋:「三百篇以篇三章,章四句,句四字為基本形式,而一問一答又為民謠本色。本篇可舉為代表作。」[119]已注意到一問一答之形式。余培林先生《詩經正詁》說:「三章皆用問答形式,六問六答,歷述祭品、祭器、祭地、祭者,循序有法。」[120]肯定問答形式於本詩之運用。吳宏一先生《白話詩經》認為:「全詩從頭到尾,都是問答體,一句問,一句答,這和上文所謂『教成而祭』是可以對照的。」[121]認為全詩皆為問答體。作者自問「于以采蘋」、「于以采藻」,自答是「南澗之濱」、「于彼行潦」,屬於自問自答之「提問」。又如〈邶風·旄丘〉:

> 何其處也?必有與也。何其久也?必有以也。(第二章)

這是流亡於衛國的黎國君臣,責怨衛國不肯積極助其復國之詩。此詩意謂:為何衛國還按兵不動呢?想必是要與其他國家共同行動吧。為何時間拖得這麼久呢?必定是有原因有苦衷吧。清朝姚際恆先生《詩經通論》闡釋此詩曰:「『自問自答』,望人情景如畫。」[122]運用兩組「提問」,繪就人情世

---

119 裴普賢編著:《詩經評註讀本》(臺北:三民書局股份有限公司,1991年8月,五版),上冊,頁56。

120 余培林:《詩經正詁》(臺北:三民書局股份有限公司,1999年3月,再版),上冊,頁46。

121 吳宏一:《白話詩經》(臺北:聯經出版事業公司,1997年8月,初版第二刷),冊一,頁100。

122 (清)姚際恆:《詩經通論》(臺北:廣文書局有限公司,1993 年 10

故之現實，也表現出飄泊的苦情。吳宏一先生《白話詩經》說：「第二章自問自答。」[123]明確指出此詩屬「自問自答」性質。余培林先生《詩經正詁》認為：「二章自問自答，表面代衛為解，實則嘲諷之也。」[124]連用二問句，描寫衛國的不積極，也反映出黎國君臣之無奈。作者自問「何其處也」、「何其久也」，自答是「必有與也」、「必有以也」，概括了君臣寄寓他國的飄泊感受，足以引發讀者的共鳴，作者使用「提問」的方式，更加強了表達效果。再如〈陳風·株林〉：

> 胡為乎株林？從夏南。匪適株林，從夏南。（第一
> 章）

此係男女約會失約，起興以載其所見之詩。這例子說明：他為何往株邑之林去呢？是為了去找夏南。他的目的不是去株林，而是去找夏南。明朝姚舜牧《摘訂詩經疑義》云：「胡為株林二句，是問其行；匪適株林二句，是實其事。」[125]指出「株林」二句，是為「設問」性質。清朝牛運震《詩志》說：「自問自答，自駁自解，格法大奇。問得險奇，折

月，三版），頁61。

123 吳宏一：《白話詩經》（臺北：聯經出版事業公司，1997年8月，初版第二刷），冊一，頁236。

124 余培林：《詩經正詁》（臺北：三民書局股份有限公司，1999年3月，再版），上冊，頁112。

125 （明）姚舜牧：《重訂詩經疑問》（臺北：臺灣商務印書館股份有限公司，1986年3月，初版），卷3，頁35下。

得深婉，不曰從夏南之母，而曰從夏南，為尊者諱之也。」[126]明確表示本章詩句，屬於「自問自答」。清朝姚際恆先生《詩經通論》解釋道：「二章一意，意若在疑、信之間，辭已在隱躍之際。詩人之忠厚也，亦詩人之善言也。」[127]「自問自答」之間，辭意若隱若現，溫柔敦厚之風，亦隱然可見。《詩經欣賞與研究》解釋說：「所以國人作詩刺靈公，自作問答：『為什麼去株之林？』說：『不是去株之林，是到夏南家裡去。靈公駕車到株之野便打尖，孔寧儀行父則騎馬到株邑纔早餐。』而不忍直指其國君的淫亂。」[128]也認為本詩採「自問自答」法。周嘯天先生進一步說明：「詩用問答結構，既增強詩的真實感和諷刺味，於簡樸對話中的一逗一演，也自有天然的風韻。」[129]將「提問」之作用，深入闡述。作者自問「胡為乎株林？」自答是「從夏南」，屬於自問自答之「提問」。

　　以上有關「提問」的分析，《詩經》共 136 例。其中〈風〉有 80 例，最多；〈雅〉有 55 例，次之；〈頌〉只有 1 例，最少。

126　（清）牛運震：《詩志》（清嘉慶年間空山堂刊本），卷 2，頁 46 上。

127　（清）姚際恆：《詩經通論》（臺北：廣文書局有限公司，1993 年 10 月，三版），頁 149。

128　糜文開、裴普賢著：《詩經欣賞與研究》（改編版）（臺北：三民書局股份有限公司，1991 年 8 月，再版），冊 2，頁 641。

129　周嘯天編：《詩經鑑賞集成》（臺北：五南圖書出版有限公司，2002 年 6 月，初版 3 刷），上冊，頁 497。

二、激問

　　「激問」是指在語文中，激發本意，問而不答，而答案在問題的反面的一種修辭技巧，叫做激問。[130]

　　《詩經》中「激問」，計有 107 例。[131]以〈風〉最多，〈雅〉次之，〈頌〉則無有。例如〈齊風・南山〉：

---

130 蔡師宗陽：《文法與修辭》（臺北：三民書局股份有限公司，2001 年 1 月，初版一刷），下冊，頁 49。

131 運用「激問」的篇章，計有以下 107 例：〈召南・行露〉第二章、第三章；〈邶風・雄雉〉第三章、第四章；〈邶風・谷風〉第一章、第三章；〈邶風・式微〉第一章、第二章；〈鄘風・相鼠〉第一章、第二章、第三章；〈鄘風・載馳〉第二章、第三章；〈衛風・竹竿〉第一章；〈王風・兔爰〉第一章、第二章、第三章；〈鄭風・褰裳〉第一章、第二章；〈鄭風・風雨〉第一章、第二章、第三章；〈鄭風・子衿〉第一章、第二章；〈齊風・南山〉第一章、第二章、第三章、第四章；〈魏風・園有桃〉第一章、第二章；〈魏風・伐檀〉第一章、第二章、第三章；〈魏風・碩鼠〉第三章；〈唐風・揚之水〉第一章、第二章；〈唐風・杕杜〉第一章、第二章；〈唐風・鴇羽〉第一章、第二章、第三章；〈唐風・有杕之杜〉第一章、第二章；〈唐風・采苓〉第一章、第二章、第三章；〈陳風・衡門〉第二章、第三章；〈豳風・七月〉第一章；〈小雅・常棣〉第八章；〈小雅・南山有臺〉第四章、第五章；〈小雅・沔水〉第一章；〈小雅・正月〉第三章；〈小雅・十月之交〉第五章；〈小雅・小旻〉第三章；〈小雅・小宛〉第五章；〈小雅・小弁〉第三章；〈小雅・巷伯〉第四章；〈小雅・蓼莪〉第三章；〈小雅・菀柳〉第一章、第二章；〈小雅・隰桑〉第一章、第二章、第四章；〈小雅・何草不黃〉第一章、第二章；〈大雅・棫樸〉第四章；〈大雅・文王有聲〉第八章；〈大雅・抑〉第七章；〈大雅・桑柔〉第五章；〈大雅・雲漢〉第三章；〈大雅・瞻卬〉第五章；〈大雅・召旻〉第五章、第六章。

　　既曰歸止，曷又懷止？（第一章）

襄公與妹通姦，行為無異鳥獸，時人作詩以刺之。這例子說
明：文姜既已出嫁了，是為有夫之婦，你為何還對她戀戀不
忘呢？清朝牛運震《詩志》曰：「四章四詰問，婉切得情，
齊、襄、魯、桓一齊閉口。」[132] 運用「設問」法，一針見
血，使作奸犯科者，無言以對。《詩經欣賞與研究》進一步
說明：「〈南山〉詩最令人矚目之處是四章末二句，都用『既
曰○止，曷又○止』的疊詠來嚴辭詰問。」[133] 說明「設
問」法運用得宜，使〈南山〉詩收畫龍點睛之妙。吳宏一先
生《白話詩經》認為：「這首詩在修辭上，還有一個明顯的
特色，那就是每一章的末句，都用沒有答案的設問口氣，
『曷又懷止』、『曷又從止』、『曷又鞠止』、『曷又極止』，顯
然易見，這是作者採用微詞多諷的曲筆。」[134] 指出本詩之
「設問」，旨在微詞諷喻。沈時蓉先生也說：「每章的起興各
有不同，而每章的結尾，詩人卻採用了同一句式──反詰。
『曷又懷止』、『曷又從止』、『曷又鞠止』、『曷又極止』四個
問號觸目驚心。這種詰問法，不需作答，答案已很清楚。它
比直接揭露醜行的語言更含蓄，更有力。在這樣的質問面

132　（清）牛運震：《詩志》（清嘉慶年間空山堂刊本），卷 2，頁 18 上。

133　參糜文開、裴普賢著：《詩經欣賞與研究》（改編版）（臺北：三民書
　　局股份有限公司，1991 年 2 月，再版），冊 1，頁 473。

134　吳宏一：《白話詩經》（臺北：聯經出版事業公司，1998 年 5 月，初版
　　第二刷），冊二，頁 300。

前，被諷刺斥責的齊襄公等人是難以置對的。」[135]這是問而不答的「激問」，但答案在問題的反面意義，這裡答案是「不應懷止」。再如〈唐風・杕杜〉：

> 嗟行之人，胡不比焉？人無兄弟，胡不佽焉？（第一章）

此為無兄弟者，自傷其孤立無援，而求助於人之詩。這例子說明：唉！行路的人，何不親近我呢？何不對我這個無兄弟的人，伸出援手呢？清姚際恆《詩經通論》謂：「兩『胡不』，反問之詞，猶云行人胡不比我佽我耳。」[136]這是問而不答的「激問」，但答案在問題的反面意義，這裡答案是「不比焉」、「不佽焉」。又如〈魏風・伐檀〉：

> 不稼不穡，胡取禾三百廛兮？不狩不獵，胡瞻爾庭有縣貆兮？彼君子兮，不素餐兮？（第一章）

此是譏刺在位君子不勞而食的詩。這例子說明：你們既不耕種，又不收割，為何取人家三百廛的穀物呢？你們既不狩逐，又不打獵，為何看見你家懸著野生的貆呢？真正有品格的君子，絕不會平白無故地享受他人的飲食。清朝牛運震

---

135 周嘯天編：《詩經鑑賞集成》（臺北：五南圖書出版有限公司，2002 年 6 月，初版 3 刷），上冊，頁 356。

136 （清）姚際恆：《詩經通論》（臺北：廣文書局有限公司，1993 年 10 月，三版），頁 133。

《詩志》曰：「兩詰，正使貪人無地。」[137] 運用兩次「設問」法，使貪鄙之人，羞愧得無地自容。吳宏一先生《白話詩經》說明：「『不稼不穡』以下四句，是兩組疑問句。」[138] 指出本詩運用兩次「疑問句」。陸永品先生認為此詩：「是用反詰排句和反語來質問和諷刺剝削者。這就使詩作別具一格，具有一股不可遏止的力量。」[139] 肯定「激問」法之作用，在於增強語言文字之力量。這是問而不答的「激問」，但答案在問題的反面意義，這裡答案是「不應取禾三百廛兮」、「爾庭不應有縣貆兮」、「素餐兮」。

以上有關「激問」的分析，《詩經》共 107 例。其中〈風〉有 70 例，最多；〈雅〉有 37 例，居次；〈頌〉則無有。

三、懸問

「懸問」是指在語文中，凡是指在語文中，作者內心確實存有疑惑，而刻意將此疑惑懸示出來詢問讀者的一種修辭技巧，叫做懸問。[140]

137　（清）牛運震：《詩志》（清嘉慶年間空山堂刊本），卷 2，頁 25 上。
138　吳宏一：《白話詩經》（臺北：聯經出版事業公司，1998 年 5 月，初版第二刷），冊二，頁 368。
139　周嘯天編：《詩經鑑賞集成》（臺北：五南圖書出版有限公司，2002 年 6 月，初版 3 刷），上冊，頁 389。
140　蔡師宗陽：《文法與修辭》（臺北：三民書局股份有限公司，2001 年 1 月，初版一刷），下冊，頁 50。

　　《詩經》中「懸問」，計有 45 例，[141]以〈風〉最多，有 27 次；〈雅〉居次，有 18 例；〈頌〉則無有。例如〈鄘風・君子偕老〉：

　　　　胡然而天也？胡然而帝也？（第二章）

這是首讚美宣姜的詩。這例子說明：為何你如此似天仙呢？為何你如此像上帝呢？宋朝呂祖謙《呂氏家塾讀詩記》謂：「二章之末，云『胡然而天也，胡然而帝也』，問之也。……辭益婉而意益深矣。」[142]言第二章末句，使用「設問」法。高葆光《詩經新評價》也認為：「同時又反詰一句，你是一國夫人，人們拿天帝來尊敬你；可是因為長相的關係嗎？這一語，令人想到，人們尊敬她的原因，絕不是

141　運用「懸問」的篇章，計有以下 45 例：〈邶風・柏舟〉第五章；〈邶風・綠衣〉第一章、第二章；〈邶風・日月〉第一章、第二章、第三章、第四章；〈邶風・式微〉第一章、第二章；〈鄘風・君子偕老〉第二章；〈鄘風・干旄〉第一章、第二章、第三章；〈鄘風・載馳〉第五章；〈王風・君子于役〉第一章、第二章；〈王風・揚之水〉第一章、第二章、第三章；〈魏風・碩鼠〉第一章、第二章；〈秦風・小戎〉第二章；〈陳風・防有鵲巢〉第一章、第二章；〈豳風・東山〉第四章；〈小雅・十月之交〉第三章；〈小雅・雨無正〉第三章；〈小雅・小弁〉第一章；〈小雅・何人斯〉第三章；〈小雅・巷伯〉第二章、第六章；〈小雅・蓼莪〉第五章；〈小雅・四月〉第一章、第二章、第三章、第五章；〈小雅・小明〉第三章；〈大雅・雲漢〉第一章、第四章、第七章、第八章。

142　（宋）呂祖謙：《呂氏家塾讀詩記》（臺北：世界書局，1988 年 2 月，初版，《景印摛藻堂四庫全書薈要》本），卷 5，頁 7 下。

因為她的漂亮。將諷刺之意，微微一露。」[143]指出本詩使用「反詰」法，其所謂「反詰」，亦即「懸問」法。這是問而不答的「懸問」，但答案卻不肯定，因此是「懸問」。「胡然而天也？胡然而帝也？」這很難有肯定的答案。再如〈鄘風‧干旄〉：

> 彼姝者子，何以畀之？（第一章）

此為讚美某衛國大夫的詩。這例子說明：不知哪位賢者有何畀益，以答其禮義之勤。清牛運震《詩志》曰：「三『何以』躊躇有神。」[144]詩中問「何以畀之」？但答案卻不確然，令人躊躇斟酌。這是問而不答的「懸問」，但答案卻不肯定，因此是「懸問」。「何以畀之？」這很難有肯定的答案。又如〈秦風‧小戎〉：

> 方何為期？胡然我念之？（第二章）

此秦大夫遠征西戎，其婦思念之詩。這例子說明：何時才能回來呢？為何令我如此想念呢？清朝牛運震《詩志》闡釋道：「『胡然我念之』自詰自疑，故是深妙處。」[145]指出「胡然我念之」屬「設問」法，是本詩深妙之處。《詩經欣

143　高葆光：《詩經新評價》（臺中：中央書局，1969 年 1 月，中 1 版），頁 76。

144　（清）牛運震：《詩志》（清嘉慶年間空山堂刊本），卷 1，頁 45 下。

145　（清）牛運震：《詩志》（清嘉慶年間空山堂刊本），卷 2，頁 36 下。

賞與研究》一書也說：「末句『胡然我念之』以虛字增加句法疏宕之美。且自問自疑，正是不知如何回答而亦無須回答。」[146]進一步肯定「懸問」之作用，在於使語句跌宕，增益文字之美。這是問而不答的「懸問」，但答案卻不肯定，因此是「懸問」。「胡然我念之？」這很難有肯定的答案。

以上有關「懸問」的分析，《詩經》共 45 例。其中〈風〉有 27 例，〈雅〉有 18 例，〈頌〉則無有。

綜合上述分析，茲統計各類數字，列表說明如次：

---

146 糜文開、裴普賢著：《詩經欣賞與研究》（改編版）（臺北：三民書局股份有限公司，1991 年 2 月，再版），冊 1，頁 583。

《詩經》「設問」統計表

設問 詩經		提 問		激 問		懸 問		合 計		百分比	
		篇數	次數	篇數	次數	篇數	次數	篇數	次數	篇數	次數
風	周南	0	0	0	0	0	0	0	0	0%	0%
	召南	4	12	1	8	0	0	5	20	3.9%	6.9%
	邶風	5	9	3	7	4	9	12	25	9.5%	8.7%
	鄘風	1	6	2	5	3	6	6	17	4.8%	5.9%
	衛風	2	6	1	1	0	0	3	7	2.4%	2.4%
	王風	1	2	1	3	2	5	4	10	3.2%	3.5%
	鄭風	3	7	3	7	0	0	6	14	4.8%	4.9%
	齊風	1	4	1	4	0	0	2	8	1.6%	2.8%
	魏風	0	0	3	16	1	2	4	18	3.2%	6.3%
	唐風	6	13	5	14	0	0	11	27	8.7%	9.4%
	秦風	5	13	0	0	1	2	6	15	4.8%	5.2%
	陳風	1	1	1	4	1	2	3	7	2.4%	2.4%
	檜風	2	5	0	0	0	0	2	5	1.6%	1.7%
	曹風	0	0	0	0	0	0	0	0	0%	0%
	豳風	1	2	1	1	1	1	3	4	2.4%	1.4%
雅	小雅	22	42	13	25	8	14	43	81	34.1%	28.1%
	大雅	7	13	7	12	1	4	15	29	11.9%	10.1%
頌	周頌	1	1	0	0	0	0	1	1	0.8%	0.3%
	魯頌	0	0	0	0	0	0	0	0	0%	0%
	商頌	0	0	0	0	0	0	0	0	0%	0%
合 計		62	136	42	107	22	45	126	288	100%	100%
百分比		49.2%	47.2%	33.3%	37.2%	17.5%	15.6%	100%	100%		

筆者歸納《詩經》之「設問」修辭法，可以得到下列幾點認知：

1. 就設問數量言，以「提問」有 136 例，佔 47.2%，數量最多；「激問」計 107 例，佔 37.2%，居次；「懸問」共 45 例，佔 15.6%，數量最少。可見，《詩經》的「設問」類型，以「提問」最為普遍。如此的「提問」修辭技巧，加強表達的效果，彰顯詩文主旨，使意象豐盈靈動。

2. 就設問性質言，三種「設問」兼具的，只有〈國風〉、〈小雅〉、〈大雅〉部分。可知「設問」宜於抒情說理，〈頌〉詩因多祭祀頌美之辭，限於文體寫作之性質，較少使用「設問」修辭。

3. 就詩經內容言，以〈風〉、〈雅〉、〈頌〉三者相較，〈風〉數量最多，達 177 例，佔 61.5%；〈雅〉數量居次，有 110 例，佔 38.2%；〈頌〉數量較少，僅有一例，佔 0.3%。顯然，問句是《詩經》中大量存在，而又確有特色的一種語言現象。[147]

4. 就詩經時代言，在「設問」修辭中，以〈國風〉運用最多，有 177 例，佔 61.5%；〈小雅〉其次，有 81 例，佔 28.1%；〈大雅〉其次，有 29 例，佔 10.1%；〈周頌〉再次之，有 1 例，佔 0.3%；〈魯頌〉、〈商頌〉均無有。《詩經》「設問」之類型，以「提問」最普遍；而「提

---

[147] 李索：〈詩經問句初探〉，《河北師院學報》（哲學社會科學版）第 3 期（1987 年 9 月 15 日），頁 148。

問」之中，又以〈國風〉運用最廣。蓋一問一答乃〈國風〉民謠之本色。[148]由上可知，「設問」的使用，與三百篇之時代先後關係密切，作品時期愈後之作品，其「設問」藝術愈臻成熟。

四、《詩經》設問藝術特質

根據上述的探討分析，吾人可知，《詩經》「設問」的藝術特質，具有三項：

（一）彰顯主旨

在形式上，使語氣加強，凝聚讀者注意力。例如〈衛風·河廣〉：

> 誰謂河廣？一葦杭之。誰謂宋遠？跂予望之。
> （第一章）
> 誰謂河廣？曾不容刀。誰謂宋遠？曾不崇朝。
> （第二章）

此為宋襄公母歸於衛，思念日篤，所作之詩。這例子說明：誰說黃河寬廣？一根葦草就可撐過。誰說宋國遙遠？跂起腳跟就可看見。誰說黃河寬廣？一片小刀都容不下。誰說宋國

遙遠？一個早晨就到達。清牛運震《詩志》評此詩曰：「硬排四『誰謂』奇情拗調。」[149]認為運用四次「設問」，使語言富於有變化。馮杏實先生說：「兩章短詩，不用比興，劈頭便問，四問四答，結構緊湊，頗具粗獷風格。」[150]他又說：「首章首句『誰謂河廣？』雖是問句，卻滿含否認的意思，急切之情躍然而出。……以下又以問句提起思緒。說宋國遙遠，也是作者感情上不能接受的，因此他故意提出來予以斷然否定，並誇張地跂起腳跟就看得見。」[151]詩中四問四答之形式，使語氣加強，引人注意。作者自問「誰謂河廣」、「誰謂宋遠」，自答是「一葦杭之」、「跂予望之」、「曾不容刀」、「曾不崇朝」，屬於自問自答之「提問」。

(二) 激情感染

在內容上，使情緒激越慷慨，增進文章感染力。例如〈小雅・庭燎〉：

> 夜如何其？夜未央。（第一章）

這是首讚美宣王的詩。這例子說明：現在是夜間什麼時候呢？夜尚未盡。天子便起床，燃火燭以視朝。清牛運震《詩

---

149 （清）牛運震：《詩志》（清嘉慶年間空山堂刊本），卷1，頁54下。

150 周嘯天編：《詩經鑑賞集成》（臺北：五南圖書出版有限公司，2002年6月，初版3刷），上冊，頁229。

151 周嘯天編：《詩經鑑賞集成》（臺北：五南圖書出版有限公司，2002年6月，初版3刷），上冊，頁229。

志》曰：「三『夜如何其』，冷然而入，精神警策。詩有通首平敘而一筆便靈動者，此類是也。」[152]運作「設問」法，能化平鋪直述，為活潑生動之句式。糜文開及裴普賢先生認為：「詩之每章首句都以『夜如何其』的問話，表達君王時刻關心視朝之事，唯恐有所延誤，是詩人設想天子早起等候早朝時的一番問答，以顯示君王勤政之情。」[153]詩人以「夜如何其」的「設問」語，表達宣王勤政之情。余培林《詩經正詁》也說：「每章首句『夜如何其』，皆詩人自為設問之辭。」[154]詩人自為設問，亦即自問自答。作者自問「夜如何其」，自答是「夜未央」，屬於自問自答之「提問」。詩人運用此法，以表達深摯之情感，擴張文章之感染力。

（三）潤色生動

在目的上，使文章警策有力，生動富有變化。例如〈小雅‧無羊〉：

> 誰謂爾無羊？三百維群。誰謂爾無牛？九十其犉。爾羊來思，其角濈濈；爾牛來思，其耳濕濕。（第一章）

---

152 （清）牛運震：《詩志》（清嘉慶年間空山堂刊本），卷3，頁22下。

153 糜文開、裴普賢著：《詩經欣賞與研究》（改編版）（臺北：三民書局股份有限公司，1991年8月，再版），冊2，頁872。

154 余培林：《詩經正詁》（臺北：三民書局股份有限公司，1999年10月，增訂二版），下冊，頁93。

這是首歌詠畜牧有成，牛羊眾多的詩。這例子說明：誰說你沒有羊？單就羊的數量而論，每一群就有三百多隻。誰說你沒有牛？單就身長七尺黃身黑唇的牛而論，就有九十頭之多。你的羊回來時，有數不完的羊角；你的牛回來時，有數不盡的晃動牛耳。清牛運震《詩志》曰：「故作股詰問，發端輕矯。」[155]明確指出本處使用「設問」法。余培林《詩經正詁》也說：「首章言牛羊藩盛強健之狀。以設問開端，頗能引人。」[156]剖析本詩引人之處，在於以「設問」開端。魏耕原先生認為：「起首四句藉『誰』擬設，故意連連發問，然後一一作答，當是民歌樂用的自問自答手法，意在言『牧者有成，而牛羊眾多』（《詩集傳》），故用反詰誇張誇耀牧者『有成』，所以『凋育』、『飄忽』之說似是而非。」[157]作者自問「誰謂爾無羊」、「誰謂爾無牛」，自答是「三百維群」、「九十其犉」，屬於自問自答之「提問」。《詩經》「一問一答」之手法，使文章生動有力，活潑自然，更進而影響後世之民間歌謠。

155　（清）牛運震：《詩志》（清嘉慶年間空山堂刊本），卷3，頁29上。

156　余培林：《詩經正詁》（臺北：三民書局股份有限公司，1999年10月，增訂二版），下冊，頁120。

157　周嘯天編：《詩經鑑賞集成》（臺北：五南圖書出版有限公司，2002年6月，初版3刷），下冊，頁697。

第五節　感歎

　　「感歎」的異稱甚多。「感歎」[158]又叫做「感嘆」[159]，也叫做「詠嘆法」[160]，又稱為「詠歎法」[161]，或稱「詠歎法」[162]，又稱為「感慨」[163]。

　　因此，本篇論文之「感歎」修辭法，採用黃慶萱先生

---

158 「感歎」見黃慶萱《修辭學》、黃慶萱《高級中學文法與修辭教師手冊》、傅隸樸《中文修辭學》、傅隸樸《修辭學》、宋文翰《國文修辭學》、譚正璧《修辭新例》、葉龍〈國風與雅歌的修辭研究〉、吳朝輝〈詩國風修辭藝術探微——以國風最短五篇詩的修辭現象為例〉等書。

159 「感嘆」：王德春《修辭學詞典》、浙江省修辭研究會編《修辭方式例解詞典》、吳正吉《活用修辭》、黃民裕《辭格匯編》、蔣金龍《演講修辭學》、程祥徽、田小琳《現代漢語》、鄭遠漢《辭格辨異》、鄭頤壽《比較修辭》、羅敬之〈談詩經國風的修辭〉、程俊英〈詩之修辭〉；「感嘆法」：徐芹庭《修辭學發微》、杜淑貞《現代實用修辭學》、徐芹庭《古文破題技巧與修辭之研究》；感嘆格：唐鉞《修辭格》

160 「詠嘆法」參考（日）五十嵐力：《作文應用常識修辭學》（東京：文泉堂書房，1911 年 5 月 10 日），頁 209；王德春：《修辭學詞典》（浙江：浙江教育出版社，1987 年 5 月，第 1 版第 1 次印刷），頁 197。「詠嘆」見張西堂：《詩經六論》（上海：商務印書館，1957 年 9 月，初版第 1 次印刷），頁 76；洪湛侯：《詩經學史》（北京：中華書局，2002 年 5 月，第 1 版第 1 次印刷），頁 697。

161 「詠歎法」見王易：《修辭學通詮》（上海：上海書局，1990 年 12 月，初版），頁 97。

162 「詠歎法」參陳介白：《修辭學講話》（臺北：啟明書局，1958 年 12 月，初版），頁 148。

163 「感慨」見刑濟眾：〈詩經修辭的研究〉，《義安學院院刊》第 3 卷（1967 年），頁 37。

《修辭學》上的定義及分類。

關於「感歎」修辭格的定義，黃慶萱先生認為：

> 當一個人遇到可喜、可怒、可哀、可樂之事物，常會
> 以表露情感之呼聲，來強調內心的驚訝或讚歎、傷感
> 或痛惜、歡笑或譏嘲、憤怒或鄙斥、希冀或需要。這
> 種以呼聲表露情感的修辭法，就叫「感歎」。[164]

由上述文字，可知感歎的定義，是指在語文中，用來抒發憤
怒、驚訝、悲傷、痛苦等強烈情感，特別借助感歎方式，以
引起讀者共鳴，增強語言感染力的一種修辭技巧。至於感歎
的分類，筆者根據黃慶萱先生《修辭學》書中的觀點，將其
分為：

一、利用歎詞構成的感歎句：凡是在語文中，利用歎
詞構成的感歎句，來強調內心的驚訝或讚歎、傷
感或痛惜、歡笑或譏嘲、憤怒或鄙斥、呼問或應
諾。這種以呼聲表露情感的修辭法，就叫「利用
歎詞構成的感歎句」。

二、利用語氣助詞構成的感歎句：凡是在語文中，利
用語氣助詞構成的感歎句，這種以呼聲表露情感
的修辭法，就叫「利用語氣助詞構成的感歎

---

164 黃慶萱：《修辭學》（臺北：三民書局股份有限公司，2004 年 1 月，增
訂 3 版 2 刷），頁 37。

句」。

三、利用歎詞、語氣助詞構成的感歎句：凡是在語文
中，利用歎詞、語氣助詞構成的感歎句，這種以
呼聲表露情感的修辭法，就叫「利用歎詞、語氣
助詞構成的感歎句」。[165]

筆者對於《詩經》「感歎」的例證，以三例詳細解說，
餘例則簡略說明。

一、利用歎詞構成的感歎句

「利用歎詞構成的感歎句」是指在語文中，利用歎詞構
成的感歎句，來強調內心的驚訝或讚歎、傷感或痛惜、歡笑
或譏嘲、憤怒或鄙斥、呼問或應諾。這種以呼聲表露情感的
修辭法，就叫「利用歎詞構成的感歎句」。[166]

有關《詩經》之「感歎句」，根據戴璉璋先生[167]之研

---

165 黃慶萱：《修辭學》（臺北：三民書局股份有限公司，2004 年 1 月，增
訂 3 版 2 刷），頁 40~43。

166 黃慶萱：《修辭學》（臺北：三民書局股份有限公司，2004 年 1 月，增
訂 3 版 2 刷），頁 40。

167 戴璉璋，（1932-　　），浙江省麗水縣人。國立臺灣師範大學國文研究
所碩士，曾任國立臺灣師範大學國文系所教授、中研院中國文哲研究
所籌備處主任，現任中研院中國文哲研究所諮詢委員兼任研究員，畢
生致力於古代漢語及中國思想研究。1991 年、1993 年、1997 年，榮
獲國科會傑出研究獎；1989 年、1990 年，榮獲國科會優等研究獎。
著有：《詩經詞類研究》、《詩經語法研究》、《玄智、玄理與文化發
展》等書。

究，《詩經》中的歎詞，有「於」、「於乎」、「於呼」、「抑」
（噫）、「懿」（噫）、「噫嘻」、「嗟」、「嗟嗟」、「于嗟」、「于
嗟乎」、「猗嗟」、「憛」、「咨」等。都是直接表示感歎之情，
可以作為呼歎小句的主要成分。[168]《詩經》中之歎詞，戴
璉璋先生分為十三種；筆者則將之分為十四種，計有：「子
兮」、「於」、「於乎」、「於呼」、「抑」（噫）、「懿」（噫）、「噫
嘻」、「嗟」、「嗟嗟」、「于嗟」、「于嗟乎」、「猗嗟」、「憛」、
「咨」等，亦即將戴璉璋先生的十三種歎詞，再加上歎詞
「子兮」。由此可見，歎詞形式之多元，「感歎」藝術之美
盛，值得加以深入探討。

　　《詩經》中「利用歎詞構成的感歎句」，計有 68 例。以
〈雅〉最多，〈風〉居次，〈頌〉最少。例如〈召南・騶
虞〉：

　　　　彼茁者葭，壹發五豝。于嗟乎！騶虞。（第一章）

此為美騶虞善射之詩。這例子說明：那片茂盛的蘆草，正是
野獸隱藏之處，一箭射去，五隻豬豝都逃不掉。好厲害啊！
騶虞。關於「于」字的解釋，據漢鄭玄《毛詩傳箋》曰：
「于嗟者，美之也。」[169]解釋「于嗟」為美歎聲。余培林

168　見戴璉璋：《詩經詞類研究》（臺北：行政院國家科學委員會研究論文
　　原稿，1971 年），頁 81 下。

169　（漢）毛亨傳、鄭玄箋：《毛詩傳箋》（臺北：藝文印書館，2001 年
　　12 月，初版 14 刷，《十三經注疏》本），卷 1 之 5，頁 14 下。

先生《詩經正詁》說：「于，同吁。」[170]主張「于」意同「吁」字，均屬於歎詞，此例屬於「利用歎詞構成的感歎句」。又如〈唐風・綢繆〉：

今夕何夕？見此良人！子兮！子兮！如此良人何！（第一章）

此是描寫女子初會男子，而一見鍾情的詩。這例子說明：今夜是什麼樣的夜晚呢？竟能與此如意郎君婚配！驚喜啊！真是驚喜啊！有了這樣的際遇，將如何珍惜！如何享受！詩中「子兮」二字，據漢毛亨《毛詩故訓傳》曰：「子兮者，嗟茲也。」[171]解釋「子兮」為「嗟茲」。至若「嗟茲」之意，清王引之《經義述聞》曰：「嗟茲，即嗟嗞，……皆歎辭也。」[172]說明「嗟茲」屬於歎詞。而所謂「嗞」，據《說文解字》解釋曰：「嗞，嗟也。」[173]是為歎詞。余培林先生《詩經正詁》說明：「子者，嗞之叚借。《詩》例用咨，咨亦嗞也。……子兮，猶嗟乎，嗞乎，咨乎。」[174]「子」為

170　余培林：《詩經正詁》（臺北：三民書局股份有限公司，1999 年 3 月，再版），上冊，頁 71。

171　（漢）毛亨傳：《毛詩故訓傳》（臺北：藝文印書館，2001 年 12 月，初版 14 刷，《十三經注疏》本），卷 6 之 2，頁 3 上。

172　（清）王引之：《經義述聞》（臺北：鼎文書局，1973 年 5 月，初版），卷 1184，頁 29 上。

173　（漢）許慎：《說文解字》（臺北：黎明文化事業股份有限公司，1991 年 8 月，增訂八版，第二篇上，頁 25 上。

174　余培林：《詩經正詁》（臺北：三民書局股份有限公司，1999 年 3 月，再版），上冊，頁 320。

「嗞」之叚借，「子兮」之性質，猶如「嗟乎」、「嗞乎」、「咨乎」等歎詞，此例屬於「利用歎詞構成的感歎句」。再如〈大雅・瞻卬〉：

> 懿！厥哲婦，為梟為鴟。（第三章）

此為刺幽王寵嬖褒姒，重用奄人，致朝政大亂的詩。這例子說明：可歎啊！那個詭計多端的婦人，簡直就像鴟鴞一般。「懿」字之意義，據漢鄭玄《毛詩傳箋》曰：「懿，有所痛傷之聲也。」[175] 解釋「懿」為嗟歎聲。唐孔穎達《毛詩正義》云：「懿與噫，字雖異，音義同。」[176] 解釋「懿」同「噫」，皆為歎詞。裴普賢先生《詩經評註讀本》：「懿，通噫，歎聲。」[177] 認為「懿」、「噫」二字相通，均屬於歎詞。又如：

> 〈周南・卷耳〉：一章「嗟！我懷人，寘彼周行。」
> 〈召南・騶虞〉：二章「彼茁者蓬，壹發五豵。于嗟

---

[175] （漢）毛亨傳、鄭玄箋：《毛詩傳箋》（臺北：藝文印書館，2001 年 12 月，初版 14 刷，《十三經注疏》本），卷 18 之 5，頁 9 上。

[176] （漢）毛亨傳、鄭玄箋、（唐）孔穎達疏：《毛詩正義》（臺北：藝文印書館，2001 年 12 月，初版 14 刷，《十三經注疏》本），卷 18 之 5，頁 9 上。

[177] 裴普賢編著：《詩經評註讀本》（臺北：三民書局股份有限公司，1991 年 8 月 5 版），下冊，頁 574。並見於糜文開、裴普賢著：《詩經欣賞與研究》（改編版）（臺北：三民書局股份有限公司，1991 年 8 月再版），冊 3，頁 1501。

乎！騶虞。」

〈魏風・陟岵〉：一章「嗟！予子，行役夙夜無已。」

〈魏風・陟岵〉：二章「嗟！予季，行役夙夜無寐。」

〈魏風・陟岵〉：三章「嗟！予弟，行役夙夜必偕。」

〈唐風・綢繆〉：二章「今夕何夕？見此邂逅！子兮！子兮！如此邂逅何！」

〈唐風・綢繆〉：三章「今夕何夕？見此粲者！子兮！子兮！如此粲者何！」

〈秦風・權輿〉：一章「今也每食無餘。于嗟乎！不承權輿。」

〈秦風・權輿〉：二章「今也每食不飽。于嗟乎！不承權輿。」

〈曹風・蜉蝣〉：一章「心之憂矣，於！我歸處。」

〈曹風・蜉蝣〉：二章「心之憂矣，於！我歸息。」

〈曹風・蜉蝣〉：三章「心之憂矣，於！我歸說。」

〈曹風・下泉〉：一章「愾！我寤嘆，念彼周京。」

〈曹風・下泉〉：二章「愾！我寤嘆，念彼京周。」

〈曹風・下泉〉：三章「愾！我寤嘆，念彼京師。」

〈豳風・七月〉：五章「嗟！我婦子，曰為改歲，入此室處。」

〈豳風・七月〉：七章「嗟！我農夫，我稼既同，上入執宮功。」

〈豳風・九罭〉：二章「鴻飛遵渚。公歸無所，於！女信處。」

〈豳風・九罭〉：三章「鴻飛遵陸。公歸不復，於！

女信宿。」

〈小雅・伐木〉：二章「於！粲洒掃，陳饋八簋。」

〈小雅・沔水〉：一章「嗟！我兄弟，邦人諸友。莫肯念亂，誰無父母？」

〈小雅・十月之交〉：五章「抑！此皇父，豈曰不時？」

〈小雅・小明〉：四章「嗟！爾君子，無恆安處。」

〈小雅・小明〉：五章「嗟！爾君子，無恆安息。」

〈大雅・文王〉：一章「文王在上，於！昭于天，周雖舊邦，其命維新。」

〈大雅・靈臺〉：二章「王在靈沼，於！牣魚躍。」

〈大雅・靈臺〉：三章「於！論鼓鐘，於！樂辟廱。」

〈大雅・靈臺〉：四章「於！論鼓鐘，於！樂辟廱。」

〈大雅・下武〉：五章「於！萬斯年，受天之祜。」

〈大雅・下武〉：六章「於！萬斯年，不遐有佐。」

〈大雅・蕩〉：二章「文王曰：『咨！咨女殷商。』」

〈大雅・蕩〉：三章「文王曰：『咨！咨女殷商。』」

〈大雅・蕩〉：四章「文王曰：『咨！咨女殷商。』」

〈大雅・蕩〉：五章「文王曰：『咨！咨女殷商。』」

〈大雅・蕩〉：六章「文王曰：『咨！咨女殷商。』」

〈大雅・蕩〉：七章「文王曰：『咨！咨女殷商。』」

〈大雅・蕩〉：八章「文王曰：『咨！咨女殷商。』」

〈大雅・抑〉：十章「於呼！小子，未知臧否。」

〈大雅・抑〉：十二章「於呼！小子，告爾舊止。」

〈大雅・桑柔〉：二章「於呼！有哀，國步斯頻。」

〈大雅‧桑柔〉：十四章「嗟！爾朋友，予豈不知而作？」

〈大雅‧雲漢〉：一章「於乎！何辜今之人？」

〈周頌‧清廟〉：「於！穆清廟，肅雝顯相。」

〈周頌‧維天之命〉：「維天之命，於！穆不已。於乎！不顯，文王之德之純。」

〈周頌‧烈文〉：「於乎！前王不忘。」

〈周頌‧昊天有成命〉：「於！緝熙，單厥心，肆其靖之。」

〈周頌‧臣工〉：「嗟嗟！臣工，敬爾在公。王釐爾成，來咨來茹。嗟嗟！
保介，維莫之春。亦又何求？如何新畬？於！皇來牟，將受厥明。」

〈周頌‧噫嘻〉：「噫嘻！成王，既昭假爾。」

〈周頌‧雝〉：「於！薦廣牡，相予肆祀。」

〈周頌‧武〉：「於！皇武王，無競維烈。」

〈周頌‧閔予小子〉：「於乎！皇考，永世克孝。念茲皇祖，陟降庭止。
維予小子，夙夜敬止。於乎！皇王，繼序思不忘。」

〈周頌‧酌〉：「於！鑠王師，遵養時晦。」

〈周頌‧桓〉：「於！昭于天，皇以間之。」

〈周頌‧般〉：「於！皇時周，陟其高山。」

〈商頌‧那〉：「於！赫湯孫，穆穆厥聲。」

〈商頌‧烈祖〉：「嗟嗟！烈祖，有秩斯祜。」

以上有關「利用歎詞構成的感歎句」的分析，《詩經》
共 68 例。其中〈雅〉有 26 例，最多；〈風〉有 24 例，次
之；〈頌〉有 18 例，最少。

二、利用語氣助詞構成的感歎句

「利用語氣助詞構成的感歎句」是指在語文中，利用語
氣助詞構成的感歎句，這種以呼聲表露情感的修辭法，就叫
「利用語氣助詞構成的感歎句」。[178]

關於《詩經》之「句末助詞」，據戴璉璋先生《詩經詞
類研究》分析，包括「哉」、「焉」、「矣」、「只」、「且」、
「居」、「諸」、「乎」、「兮」等，可以表示慨歎語氣。[179]
「猗」、「與」表示贊歎語氣。[180]《詩經》中之「句末助
詞」，戴璉璋先生分為十一種；筆者則認為有十二種，計
有：「只且」、「哉」、「焉」、「矣」、「只」、「且」、「居」、
「諸」、「乎」、「兮」、「猗」、「與」等，亦即將戴璉璋先生的
十一種句末助詞，再加上句末助詞「只且」。《詩經》一書，
由豐富多樣之語氣助詞，構成璀璨繽紛之「感歎」修辭技
巧。

---

178 黃慶萱：《修辭學》（臺北：三民書局股份有限公司，2004 年 1 月，增
訂 3 版 2 刷），頁 42。

179 見戴璉璋：《詩經詞類研究》（臺北：行政院國家科學委員會研究論文
原稿，1971 年），頁 78 上。

180 參考戴璉璋：《詩經詞類研究》（臺北：行政院國家科學委員會研究論
文原稿，1971 年），頁 79 上。

　　《詩經》中「利用語氣助詞構成的感歎句」，計有 513
例。[181]以〈風〉最多，〈雅〉次之，〈頌〉最少。例如〈邶

---

181 運用「利用語氣助詞構成的感歎句」的篇章，計有以下 513 例：〈周
　　南・關雎〉第三章；〈周南・葛覃〉第一章、第二章；〈周南・卷耳〉
　　第四章 ；〈周南・螽斯〉 第一章、第二章、第三章；〈周南・漢廣〉
　　第一章、第二章、第三章；〈召南・殷其靁〉第一章、第二章、第三
　　章；〈召南・摽有梅〉第一章、第二章；〈召南・野有死麕〉第三章；
　　〈召南・何彼襛矣〉第一章、第二章；〈邶風・柏舟〉第五章；〈邶
　　風・綠衣〉第一章、第二章、第三章；〈邶風・燕燕〉第四章；〈邶
　　風・日月〉第一章、第二章、第三章；〈邶風・擊鼓〉第五章；〈邶
　　風・雄雉〉第一章；〈邶風・谷風〉第四章；〈邶風・旄丘〉第一章；
　　〈邶風・簡兮〉第四章；〈邶風・北門〉第一章、第二章、第三章；
　　〈邶風・北風〉第一章、第二章、第三章；〈鄘風・柏舟〉第一章、
　　第二章；〈鄘風・君子偕老〉第三章；〈鄘風・桑中〉第一章、第二
　　章、第三章；〈鄘風・定之方中〉第二章；〈衛風・淇奧〉第一章、第
　　二章、第三章；〈衛風・碩人〉第二章；〈衛風・氓〉第三章、第四
　　章、第五章、第六章；〈衛風・芄蘭〉第一章、第二章；〈衛風・伯
　　兮〉第一章；〈衛風・有狐〉第一章、第二章、第三章；〈王風・黍
　　離〉第一章、第二章、第三章；〈王風・君子于役〉第一章、第二
　　章；〈王風・君子陽陽〉第一章、第二章；〈王風・揚之水〉第一章、
　　第二章、第三章；〈王風・中谷有蓷〉第一章、第二章、第三章；〈王
　　風・采葛〉第一章、第二章、第三章；〈鄭風・緇衣〉第一章、第二
　　章、第三章；〈鄭風・羔裘〉第三章；〈鄭風・遵大路〉第一章、第二
　　章；〈鄭風・山有扶蘇〉第一章；〈鄭風・狡童〉第一章、第二章；
　　〈鄭風・褰裳〉第一章、第二章；〈鄭風・丰〉第一章、第二章；〈鄭
　　風・子衿〉第三章；〈鄭風・野有蔓草〉第一章；〈鄭風・溱洧〉第一
　　章、第二章；〈齊風・雞鳴〉第一章、第二章、第三章；〈齊風・還〉
　　第一章、第二章、第三章；〈齊風・東方之日〉第一章、第二章；〈齊
　　風・甫田〉第三章；〈齊風・猗嗟〉第一章、第二章、第三章；〈魏
　　風・園有桃〉第一章、第二章；〈魏風・陟岵〉第一章、第二章、第
　　三章；〈魏風・十畝之間〉第一章、第二章；〈魏風・伐檀〉第一章、
　　第二章、第三章；〈唐風・山有樞〉第一章、第二章、第三章；〈唐
　　風・椒聊〉第一章、第二章；〈唐風・杕杜〉第一章、第二章；〈唐

風·北風〉：

風·無衣〉第一章、第二章；〈唐風·葛生〉第三章；〈唐風·采苓〉
第一章、第二章、第三章；〈秦風·終南〉第一章；〈秦風·黃鳥〉第
一章、第二章、第三章；〈陳風·宛丘〉第一章；〈陳風·墓門〉第一
章；〈陳風·月出〉第一章、第二章、第三章；〈檜風·素冠〉第一
章、第二章、第三章；〈檜風·匪風〉第一章、第二章；〈曹風·蜉
蝣〉第一章、第二章、第三章；〈曹風·候人〉第一章；〈曹風·鳲
鳩〉第一章；〈豳風·九罭〉第四章；〈小雅·常棣〉第二章、第八
章；〈小雅·伐木〉第一章、第三章；〈小雅·天保〉第五章；〈小
雅·采薇〉第六章；〈小雅·出車〉第一章、第二章、第四章；〈小
雅·魚麗〉第四章、第五章、第六章；〈小雅·蓼蕭〉第一章；〈小
雅·彤弓〉第一章、第二章、第三章；〈小雅·六月〉第六章；〈小
雅·沔水〉第二章、第三章；〈小雅·斯干〉第一章；〈小雅·無羊〉
第四章；〈小雅·節南山〉第八章；〈小雅·正月〉第一章、第八章、
第十一章、第十二章；〈小雅·十月之交〉第五章；〈小雅·小旻〉第
四章；〈小雅·小弁〉第一章、第二章、第四章、第五章、第六章、
第七章；〈小雅·巧言〉第一章、第五章；〈小雅·蓼莪〉第三章；
〈小雅·四月〉第二章；〈小雅·無將大車〉第一章、第三章；〈小
雅·小明〉第一章、第二章、第三章；〈小雅·楚茨〉第四章；〈小
雅·瞻彼洛矣〉第一章、第二章、第三章；〈小雅·裳裳者華〉第一
章、第二章；〈小雅·車舝〉第一章、第四章；〈小雅·采菽〉第五
章；〈小雅·角弓〉第一章、第二章；〈小雅·菀柳〉第一章、第二
章；〈小雅·都人士〉第二章、第三章、第四章、第五章；〈小雅·黍
苗〉第二章；〈小雅·隰桑〉第四章；〈小雅·白華〉第一章、第八
章；〈小雅·漸漸之石〉第一章、第二章、第三章；〈小雅·苕之華〉
第一章；〈大雅·緜〉第八章；〈大雅·旱麓〉第五章；〈大雅·文王
有聲〉第一章、第二章、第三章、第四章、第五章、第六章、第七
章、第八章；〈大雅·生民〉第三章；〈大雅·卷阿〉第二章、第三
章、第四章、第九章；〈大雅·板〉第二章；〈大雅·抑〉第六章；
〈大雅·桑柔〉第一章；〈大雅·雲漢〉第七章；〈大雅·瞻卬〉第六
章、第七章；〈大雅·召旻〉第六章；〈周頌·天作〉；〈周頌·潛〉；
〈周頌·敬之〉；〈周頌·酌〉；〈魯頌·有駜〉第一章、第二章、第三
章；〈商頌·那〉。

其虛其邪？既亟只且！（第一章）

此乃詩人有感於奸邪當道，國是日非，亟思與友人同歸田園
之作。這例子說明：是否走得太緩慢呢？已經急急趕路了
啊！其中，「只且」二字，據唐朝孔穎達《毛詩正義》解釋
曰：「只且，語助也。」[182]說明「只」、「且」二字連用，屬
語助詞性質，此例屬於「利用語氣助詞構成的感歎句」。再
如〈王風・君子陽陽〉：

君子陽陽，左執簧，右招我由房。其樂只且！（第一
章）

這是首描寫室家和樂的詩。這例子說明：得意的君子，左手
拿著笙簧，右手招呼我進房。其樂融融，真開心啊！「只
且」二字，據宋朝朱熹《詩集傳》解釋曰：「只且，語助
聲。」[183]認為「只且」二字，於此處屬語助詞性質。今人
余培林先生《詩經正詁》說明：「只與且皆為句末語詞，合
用之，則語氣較強。」[184]「只」、「且」兩語助詞連用，旨
在增強語氣，增益「感歎」之修辭效用。此例屬於「利用語

182　（漢）毛亨傳、鄭玄箋、（唐）孔穎達疏：《毛詩正義》（臺北：藝文
　　印書館，2001年12月，初版14刷，《十三經注疏》本），卷2之3，
　　頁11下。

183　（宋）朱熹撰：《詩集傳》（臺北：臺灣學生書局，1970年10月，景
　　印初版），卷4，頁4上。

184　余培林：《詩經正詁》（臺北：三民書局股份有限公司，1999年3月，
　　再版），上冊，頁196。

氣助詞構成的感歎句」。又如〈魏風・伐檀〉：

> 坎坎伐檀兮！寘之河之干兮！河水清且漣猗！（第一
> 章）

此為譏刺在位君子不勞而食之詩。這例子說明：砍伐檀樹聲
鏘鏘啊！檀樹放在河岸上啊！河水清清起波浪啊！詩中之
「兮」字，為常見之句末助詞。詩末之「猗」字，據宋朱熹
《詩集傳》曰：「猗與兮同，語詞也。」[185] 認為「猗」是語
助詞。清朝王引之《經傳釋詞》曰：「猗，猶兮也。」[186] 朱
氏、王氏二人，皆主張「猗」意同於「兮」。屈萬里先生
《詩經釋義》進一步解釋：「猗，語詞，聲與兮近，猶今語
之『啊』也。」[187] 說明「猗」、「兮」二字，因聲近而叚
借。裴普賢先生《詩經評註讀本》亦云：「猗，同兮，語
詞。」[188] 證實「猗」、「兮」二字，此處意義相同，皆為語
詞性質。本例屬於「利用語氣助詞構成的感歎句」。

　　以上有關「利用語氣助詞構成的感歎句」的分析，《詩
經》書中佔有 124 篇，共計 513 例。其中〈風〉有 325 例，

185　（宋）朱熹撰：《詩集傳》（臺北：臺灣學生書局，1970 年 10 月，景
　　印初版），卷 5，頁 16 下。

186　（清）王引之著：《經傳釋詞》（臺北：河洛圖書出版社，1980 年 8
　　月，臺影印初版），頁 103。

187　屈萬里：《詩經釋義》（臺北：中國文化大學出版部，1993 年 12 月，
　　新 1 版第 4 刷），頁 144。

188　裴普賢編著：《詩經評註讀本》（臺北：三民書局股份有限公司，1990
　　年 10 月，5 版），上冊，頁 398。

最多；〈雅〉有 178 例，居次；〈頌〉有 10 例，最少。

三、利用歎詞、語氣助詞構成的感歎句

「利用歎詞、語氣助詞構成的感歎句」是指在語文中，利用歎詞、語氣助詞構成的感歎句，這種以呼聲表露情感的修辭法，就叫「利用歎詞、語氣助詞構成的感歎句」。[189]

《詩經》中「利用歎詞、語氣助詞構成的感歎句」，以〈風〉最多，有 19 次；〈雅〉、〈頌〉居次，各有 2 例。例如〈周南・麟之趾〉：

麟之趾，振振公子。于嗟！麟兮！（第一章）

此為頌美公侯子孫眾多，而傑出如麟之詩。這例子說明：麟之趾，就像公的子嗣那樣興旺。啊呀！可讚歎的麟啊！據漢毛亨《毛詩故訓傳》曰：「于嗟，歎辭。」[190] 直釋「于嗟」為歎辭。清朝陳奐《詩毛氏傳疏》認為：「于、吁，古今字，……歎詞，美歎之詞也。」[191]「于」字屬於歎美之辭。這是屬於「利用歎詞、語氣助詞構成的感歎句」。再如

---

189 黃慶萱：《修辭學》（臺北：三民書局股份有限公司，2004 年 1 月，增訂 3 版 2 刷），頁 43。

190 （漢）毛亨傳：《毛詩故訓傳》（臺北：藝文印書館，2001 年 12 月，初版 14 刷，《十三經注疏》本），卷 1 之 3，頁 11 下。

191 （清）陳奐：《詩毛氏傳疏》（臺北：世界書局，1957 年 1 月，初版），卷 1，頁 16。

〈鄭風・大叔于田〉：

> 抑！磬控忌！抑！縱送忌！（第二章）

此詩乃美共叔段田獵之作。這例子說明：啊呀！他時而勒馬
不前呀！啊呀！他時而騁馬狂奔呀！關於「抑」字的解釋，
日本竹添光鴻《毛詩會箋》曰：「蓋抑、噫古同音，故鄭
（玄）轉抑為噫，乃古書假借之例。……則噫亦可為歎美之
聲。」[192] 解釋「抑」、「噫」乃同音假借。屈萬里先生《詩
經釋義》認為：「抑、噫古通，歎詞也。……忌，語助
詞。」[193] 說明「抑」為歎詞，「忌」為語助詞。同一詩句
中，使用「歎詞」及「語助詞」，屬於「利用歎詞、語氣助
詞構成的感歎句」。又如〈秦風・權輿〉：

> 於！我乎，夏屋渠渠，今也每食無餘。（第一章）

此述士初受禮遇而終遭冷落之詩。這例子說明：唉！君王對
於我，剛開始是大設筵席，現在則是每頓飯都沒有剩餘。關
於「於」字之解釋，屈萬里先生《詩經詮釋》解釋為：
「『於！我乎』之『於』字，……當讀如烏，為嘆詞。」[194]

192　（日）竹添光鴻：《毛詩會箋》（臺北：大通書局，1970 年 9 月，初
　　　版），冊 2，頁 11。
193　屈萬里：《詩經詮釋》（臺北：聯經出版事業公司，1983 年，初版），
　　　頁 112。
194　屈萬里：《詩經詮釋》（臺北：聯經出版事業公司，1983 年，初版），

明指「於」字為嘆詞。裴溥言先生也認為：「於，同烏，……今但以為歎辭及語辭，遂無以為鴉烏字者矣。」[195] 認為「於」同於「烏」，且後世「烏」字之使用，漸被「於」字取代。余培林先生《詩經正詁》進一步說明：「《詩經》中凡『於我』、『於汝』句，『於』皆為『烏』之古文，嘆詞。」[196]「於」、「烏」音義皆同，均屬「嘆詞」。有關「乎」字之解釋，向熹先生表示：「乎，語末語氣詞。表示感歎語氣，相當于現代漢語的『啊』。」[197] 詩中「於」字屬於「嘆詞」，「乎」字屬於「語末語氣詞」，此為「利用歎詞、語氣助詞構成的感歎句」。又如：

> 〈周南‧麟之趾〉：二章「麟之定，振振公姓。于嗟！麟兮！」
>
> 〈周南‧麟之趾〉：三章「麟之角，振振公族。于嗟！麟兮！」
>
> 〈邶風‧擊鼓〉：五章「于嗟！闊兮，不我活兮！于嗟！洵兮，不我信兮。」
>
> 〈衛風‧氓〉：三章「于嗟！鳩兮，無食桑葚。于嗟！女兮，無與士耽。」

頁 229。

195 裴溥言著：〈詩經字詞用法舉例〉，《東方雜誌》復刊第 6 卷第 5 期（1972 年 11 月 1 日），頁 54。

196 余培林：《詩經正詁》（臺北：三民書局股份有限公司，1999 年 3 月，再版），上冊，頁 367。

197 向熹編：《詩經詞典》（成都：四川人民出版社，1997 年 7 月，第 1 版第 3 次印刷），頁 237。

〈王風‧中谷有蓷〉：三章「有女仳離，啜其泣矣。
啜其泣矣，嗟！何及矣。」

〈鄭風‧大叔于田〉：三章「抑！釋掤忌！抑！鬯
弓忌！」

〈齊風‧猗嗟〉：一章「猗嗟！昌兮。」

〈齊風‧猗嗟〉：二章「猗嗟！名兮。」

〈齊風‧猗嗟〉：三章「猗嗟！孌兮。」

〈唐風‧杕杜〉：一章「嗟！行之人，胡不比焉？」

〈唐風‧杕杜〉：二章「嗟！行之人，胡不比焉？」

〈秦風‧權輿〉：二章「於！我乎，每食四簋，今也
每食不飽。」

〈大雅‧文王〉：四章「穆穆文王，於！緝熙敬止。」

〈大雅‧召旻〉：七章「於乎！哀哉！維今之人，不
尚有舊。」

〈周頌‧訪落〉：「於乎！悠哉！朕未有艾。」

〈周頌‧賚〉：「我徂維求定，時周之命。於！繹
思。」

　　以上有關「利用歎詞、語氣助詞構成的感歎句」的分
析，《詩經》共 23 例，其中〈風〉有 19 例，〈雅〉、〈頌〉各
有 2 例。

　　綜合上述分析，茲統計各類數字，列表說明如次：

《詩經》「感歎」統計表

感歎　　詩經		歎詞構成者		助詞構成者		歎詞助詞構成者		合　計		百分比	
		篇數	次數	篇數	次數	篇數	次數	篇數	次數	篇數	次數
風	周南	1	1	5	20	1	3	7	24	4.1%	4%
	召南	1	2	4	14	0	0	5	16	2.9%	2.6%
	邶風	0	0	11	27	1	2	12	29	7%	4.8%
	鄘風	0	0	4	17	0	0	4	17	2.3%	2.8%
	衛風	0	0	6	23	1	2	7	25	4.1%	4.1%
	王風	0	0	6	35	1	1	6	24	4.1%	6%
	鄭風	0	0	10	45	1	4	11	47	6.4%	8.1%
	齊風	0	0	5	42	1	3	6	45	3.5%	7.5%
	魏風	1	3	4	39	0	0	5	42	2.9%	6.9%
	唐風	1	6	6	18	1	2	8	26	4.7%	4.3%
	秦風	1	2	2	2	1	2	4	8	2.3%	1%
	陳風	0	0	3	17	0	0	3	17	1.8%	2.8%
	檜風	0	0	2	15	0	0	2	15	1.2%	2.5%
	曹風	2	6	3	8	0	0	5	14	2.9%	2.3%
	豳風	2	4	1	3	0	0	3	7	1.8%	1.2%
雅	小雅	4	5	35	133	0	0	37	134	22.8%	22.8%
	大雅	8	21	11	45	2	2	21	68	12.3%	11.3%
頌	周頌	12	16	4	5	2	2	17	22	10.5%	3.8%
	魯頌	0	0	1	3	0	0	1	3	0.6%	0.5%
	商頌	2	2	1	2	0	0	2	2	1.8%	0.7%
合　計		35	68	124	513	12	23	166	585	100%	100%
百分比		20.5%	11.3%	72.5%	84.9%	7%	3.8%	100%	100%		

筆者歸納《詩經》之「感歎」修辭法，可以得到下列幾點認知：

1. 就感歎數量言，以「利用語氣助詞構成的感歎句」有513 例，佔 84.9%，數量最多；「利用歎詞構成的感歎句」計 68 例，佔 11.3%，居次；「利用歎詞、語氣詞構成的感歎句」共 23 例，佔 3.8%，數量最少。可見，《詩經》的「感歎」類型，以「利用語氣助詞構成的感歎句」最為普遍。如此的「利用語氣助詞構成的感歎句」修辭技巧，蓋因歎詞係人類自然之發音，是對外界刺激之直接反應，所以運用範圍較廣。

2. 就感歎性質言，三種「感歎」兼具的，只有〈國風〉、〈大雅〉、〈周頌〉部分。由此可知，〈國風〉多吟詠性情，勞人思婦之作，故多用「感歎」技巧。而〈大雅〉、〈周頌〉部分，多半是士大夫的作品，敘事贊頌之內容，不乏「感歎」修辭之手法。

3. 就詩經內容言，以〈風〉、〈雅〉、〈頌〉三者相較，〈風〉數量最多，達 368 例，佔 60.9%；〈雅〉數量居次，有 206 例，佔 34.1%；〈頌〉數量較少，有 30 例，佔 5%。顯然，「感歎」的修辭現象，是《詩經》的藝術表徵之一。

4. 就詩經時代言，在「感歎」修辭中，以〈國風〉運用最多，有 368 例，佔 60.9%；〈小雅〉其次，有 138 例，佔 22.8%；〈大雅〉其次，有 68 例，佔 11.3%；〈周頌〉再次之，有 23 例，佔 3.8%；〈商頌〉其次，有 4 例，佔 0.7%；〈魯頌〉次之，只有 3 例，佔 0.5%。其

順序是〈國風〉、〈小雅〉、〈大雅〉、〈周頌〉、〈商頌〉、〈魯頌〉。《詩經》「感歎」之類型，以「利用語氣助詞構成的感歎句」最多；而「利用語氣助詞構成的感歎句」中，又以「兮」字之應用最廣，「兮」字的應用主要在〈國風〉，盛行於黃河中游的兩岸。〈魯頌〉的用「兮」字，可斷定是受〈國風〉的影響。年代最早的〈周頌〉，全無「兮」字的痕跡。[198]由上可知，「感歎」的使用，與三百篇之時代先後關係密切，作品時期愈後之作品，使用之情形愈明顯。

四、《詩經》感歎藝術特質

根據上述的探討分析，吾人可知，《詩經》「感歎」的藝術特質，具有三項：

(一)擴張語言感染

在形式上，用類似呼聲的詞句表達出來，增強語言感染力。例如〈邶風・北門〉：

> 出自北門，憂心殷殷。終窶且貧，莫知我艱。已焉哉！天實為之，謂之何哉！（第一章）

---

198 見糜文開、裴普賢著：《詩經欣賞與研究》（改編版）（臺北：三民書局股份有限公司，1991 年 8 月，再版），冊 4，頁 19。

此是自嘆勞苦，而不能獲報之詩。這例子說明：走出東門，內心無限憂傷。我的居室簡陋而狹窄，沒人知道我的困境。算了吧！實在是天命如此，還有什麼可說的呢！關於「已焉哉」一語，裴普賢先生《詩經評註讀本》解釋說：「已焉哉，意即『算了吧。』」[199]余培林先生《詩經正詁》也認為：「已焉哉，猶今語算了吧。」[200]裴氏、余氏二人均主張「已焉哉」，意即「算了吧」，屬於「感歎」句。清牛運震《詩志》謂：「『終』字、『莫』字，十分蹙眉扼腕，卻用『已焉哉』一筆颺開，慨歎深長，頓挫含蓄。」[201]指出使用「感歎」法之作用，在於深化情感，增加感人的力量。

（二）增強抒情效果

在內容上，抒發強烈的讚嘆、驚訝、憤怒、痛苦、懷念等思想感情，強化抒情效果。例如〈衛風‧氓〉：

> 于嗟！鳩兮，無食桑葚。于嗟！女兮，無與士耽。（第三章）

此乃婦女被棄逐，怨悔而追序與男相識之初，而責其始亂終棄之詩。這例子說明：唉呀！鳩鳥啊！不要貪圖一時之甜

---

199 裴普賢編著：《詩經評註讀本》（臺北：三民書局股份有限公司，1990年10月，5版），上冊，頁156。

200 余培林：《詩經正詁》（臺北：三民書局股份有限公司，1999年3月，再版），上冊，頁120。

201 （清）牛運震：《詩志》（清嘉慶年間空山堂刊本），卷1，頁36上。

頭，而食桑葚；唉呀！女子啊！不要貪圖一時之快樂，而與男子亂來。余培林先生《詩經正詁》說：「于嗟，傷歎之詞。」[202]詩人運用「于嗟」之「感歎」句，加強抒情感人之效果。

（三）引發讀者共鳴

在目的上，能以己之情動人之情，能在感情上引起讀者強烈的共鳴。例如〈商頌‧烈祖〉：

嗟嗟！烈祖，有秩斯祜。

此為祭祀成湯之詩。這例子說明：可讚歎啊！功業彪炳的烈祖，創立了偉大的福澤。《毛詩傳箋》釋曰：「嗟嗟，美歎之深。」[203]詩中使用「嗟嗟」之「感歎」句，抒發作者情感，以引起讀者的共鳴。

第六節　小結

由上述之「意境上的辭格」，茲統計各類數字，列表說明如次：

202　余培林：《詩經正詁》（臺北：三民書局股份有限公司，1999 年 3 月，再版），上冊，頁 172。

203　（漢）毛亨傳、鄭玄：《箋》（臺北：藝文印書館，2001 年 12 月，初版 14 刷，十三經注疏本），卷 20 之 3，頁 9 上。

《詩經》「意境上的辭格」統計表

辭格 詩經		呼 告		夸 飾		倒 反		設 問		感 歎		合 計		百分比	
		篇數	次數	篇數	次數	篇數	次數	篇數	次數	篇數	次數	篇數	次數	篇數	次數
風	周南	1	3	1	2	0	0	0	0	7	24	9	29	2.1%	2.3%
	召南	2	5	3	8	0	0	5	20	5	16	15	49	3.4%	3.9%
	邶風	5	20	5	6	0	0	12	25	12	29	34	80	7.8%	6.4%
	鄘風	3	6	2	3	0	0	6	17	4	17	15	43	3.4%	3.4%
	衛風	2	2	3	7	0	0	3	7	7	25	15	41	3.4%	3.3%
	王風	1	3	2	6	0	0	4	10	7	36	14	55	3.2%	4.4%
	鄭風	6	19	4	8	5	12	6	14	11	49	32	102	7.3%	8.1%
	齊風	0	0	3	6	1	3	2	8	6	45	12	62	2.7%	5%
	魏風	2	15	1	1	2	5	4	18	5	42	14	81	3.2%	6.5%
	唐風	2	5	1	1	1	3	11	27	8	26	23	62	5.2%	5%
	秦風	0	0	1	6	0	0	6	15	4	6	11	27	2.5%	2.1%
	陳風	0	0	2	5	4	12	3	7	3	17	12	41	2.7%	3.3%
	檜風	0	0	0	0	0	0	2	5	2	15	4	20	0.9%	1.6%
	曹風	0	0	3	3	0	0	0	0	5	14	8	17	1.8%	1.3%
	豳風	1	2	1	1	2	3	3	4	3	7	10	17	2.3%	1.3%
雅	小雅	15	35	23	54	3	7	43	81	39	138	122	315	27.8%	25.2%
	大雅	6	24	15	33	1	1	15	29	21	68	58	155	13.2%	12.4%
頌	周頌	1	2	0	0	0	0	1	1	18	23	20	26	4.6%	2.1%
	魯頌	1	1	3	15	0	0	0	0	1	3	5	19	1.1%	1.5%
	商頌	0	0	3	7	0	0	0	0	3	4	6	11	1.4%	0.9%
合 計		48	142	77	172	19	46	126	288	171	604	439	1252	100%	100%
百分比		10.9%	11.3%	17.1%	13.7%	4.3%	3.7%	28.7%	23%	39%	48.2%	100%	100%		

1. 就修辭分類言，《詩經》「意境上的辭格」內容，又分為「呼告」、「夸飾」、「倒反」、「設問」、「感歎」五類。而五類修辭格中，又各分為若干種。「呼告」可分「呼人」、「呼物」兩種；「夸飾」分為「放大夸飾」、「縮小夸飾」，共兩種；「倒反」又分作「倒辭」、「反語」兩種；「設問」分為「提問」、「激問」、「懸問」三種；「感歎」分為「利用歎詞構成的感歎句」、「利用語氣助詞構成的感歎句」、「利用歎詞、語氣詞構成的感歎句」三種。《詩經》詩句優美動人，益以變化無窮之修辭，融鑄出奇幻多變之《詩經》藝術。

2. 就修辭數量言，以「感歎」有 604 例，佔 48.2%，數量最多；「設問」計 288 例，佔 23%，居次；「夸飾」共 172 例，佔 13.7%，次之；「呼告」有 142 例，佔 11.3%，次之；「倒反」有 46 例，佔 3.7%，數量最少。可見，分析《詩經》的「感歎」類型，可分析古人之價值觀，以窺探古人「感歎」之因，歸納古人之作詩習性，以明瞭《詩經》「意境上的辭格」對後世之影響。

3. 就修辭性質言，五種修辭格兼具的，有〈國風〉、〈小雅〉、〈大雅〉部分。由此可知，《詩經》「意境上的辭格」，〈頌〉限於文體性質，較少使用「倒反」、「設問」修辭，此外〈國風〉及〈小雅〉、〈大雅〉部分，則文采斐然，是後世文學之總源泉。

4. 就詩經內容言，以〈風〉、〈雅〉、〈頌〉三者相較，〈風〉數量最多，達 726 例，佔 58%；〈雅〉數量居次，有 470 例，佔 37.5%；〈頌〉數量較少，有 56 例，佔 4.5%。

顯然，「意境上的辭格」的修辭現象，實在是《詩經》文學的藝術表徵。

5. 就詩經時代言，在「意境上的辭格」中，以〈國風〉運用最多，有726例，佔58%；〈小雅〉其次，有315例，佔25.2%；〈大雅〉其次，有155例，佔12.4%；〈周頌〉再次之，有26例，佔2.1%；〈魯頌〉其次，有19例，佔1.5%；〈商頌〉次之，只有11例，佔0.9%，數量最少。由上可知，「意境上的辭格」的使用，與《詩經》之時代先後，具有先後之傳承作用。而作品時期愈後之作品，例如〈國風〉、〈小雅〉、〈大雅〉使用較多，其藝術造詣亦愈高妙。

第四章

詞語上的辭格

所謂「詞語上的辭格」，指一切利用詞語成素的修辭。[1]
本論文之「詞語上的辭格」，共有類疊、節縮、警策三種辭
格。茲列舉說明如下：

| 第一節 | 類疊 |

「類疊」有許多異稱。「類疊」[2]又叫做「複疊」[3]，也
叫做「重疊」[4]，又稱為「疊字」[5]，又叫做「反覆」[6]，又
稱「反復」[7]，也稱為「重複」[8]，或稱「重言」[9]，又叫做

---

1 陳望道：《修辭學發凡》（臺北：文史哲出版社，1989 年 1 月，再版），頁 244。

2 「類疊」：黃慶萱《修辭學》、黃慶萱《高級中學文法與修辭教師手冊》、陳正治《修辭學》、何永清《修辭漫談》、余昭玟《古文閱讀與修辭》、蔡師宗陽《應用修辭學》、蔡師宗陽《文法與修辭》、沈謙《修辭學》等書；「類疊法」：杜淑貞《現代實用修辭學》、曾忠華《作文津梁》等書。

3 「複疊」：陳望道《修辭學發凡》、譚正璧《修辭新例》、宋文翰《國文修辭學》、浙江省修辭研究會編《修辭方式例解詞典》、王德春《修辭學詞典》、黃麗貞《實用修辭學》、董季棠《修辭析論》、羅敬之〈談詩經國風的修辭〉、葉龍〈國風與雅歌的修辭研究〉、張西堂《詩經六論》、洪湛侯《詩經學史》；「複疊法」：王易《修辭學通詮》；「複疊句」：（清）梁章鉅《退庵隨筆》。

4 「重疊」，見浙江省修辭研究會編《修辭方式例解詞典》、關紹箕《實用修辭學》等書。

5 「疊字」，參考浙江省修辭研究會編：《修辭方式例解詞典》（1990 年 9 月，第 1 版第 1 次印刷），頁 40。

6 「反覆」見陳介白《修辭學講話》、蔡師宗陽《文法與修辭》、浙江省修辭研究會編《修辭方式例解詞典》、宋文翰《國文修辭學》。

7 「反復」參程俊英：〈詩之修辭〉，《學衡》第 12 期，1922 年 12 月，頁 10。程俊英先生認為：「反復者，乃反復其字句，使文意加強，而

「疊語法」[10]。

　　關於「類疊」修辭格的定義，黃慶萱先生認為：

> 同一個字、詞、語、句，或接連，或隔離，重複地使
> 用著，以加強語氣，使講話行文具有節奏感的修辭
> 法，叫作「類疊」。[11]

由上述文字，可知「類疊」的定義，是指在語文中，字、
詞、句重複或疊連使用的一種修辭技巧。至於類疊的分類，
筆者根據黃慶萱先生《修辭學》書中的觀點，將其分為：

　　一、疊字：字詞連接的類疊。
　　二、類字：字詞隔離的類疊。
　　三、疊句：語句連接的類疊。
　　四、類句：語句隔離的類疊。[12]

注意加深也。」

8　「重複」見浙江省修辭研究會編《修辭方式例解詞典》、蔡師宗陽
　　《文法與修辭》等書。

9　「重言」見（日）目加田誠《詩經》、浙江省修辭研究會編《修辭方
　　式例解詞典》、王德春《修辭學詞典》等書。

10　「疊語法」參（日）諸橋轍次：《詩經研究》（東京：目黑書店，1912
　　年 11 月 25 日，初版），頁 334~337。

11　黃慶萱：《修辭學》（臺北：三民書局股份有限公司，2004 年 1 月，
　　增訂三版二刷），頁 531。

12　黃慶萱：《修辭學》（臺北：三民書局股份有限公司，2004 年 1 月，
　　增訂三版二刷），頁 532~533。

　　筆者囿於篇幅限制，對於《詩經》「類疊」的例證，詳細解說以三例為限，餘例則簡略說明。

一、疊字

　　「疊字」是指在詩文中，字詞連接的類疊。[13]《詩經》中「疊字」，計有 678 例。[14]以〈雅〉最多，〈風〉居次，

13　黃慶萱：《修辭學》（臺北：三民書局股份有限公司，2004 年 1 月，增訂三版二刷），頁 532。

14　運用「疊字」的篇章，有 678 例：〈周南・關雎〉第一章；〈周南・葛覃〉第一章、第二章；〈周南・卷耳〉第一章；〈周南・螽斯〉第一章、第二章、第三章；〈周南・桃夭〉第一章、第二章、第三章；〈周南・兔罝〉第一章、第二章、第三章；〈周南・芣苢〉第一章、第二章、第三章；〈周南・漢廣〉第二章、第三章；〈周南・麟之趾〉第一章、第二章、第三章；〈召南・采蘩〉第三章；〈召南・草蟲〉第一章、第二章；〈召南・殷其靁〉第一章、第二章、第三章；〈召南・小星〉第一章、第二章；〈召南・野有死麕〉第三章；〈邶風・柏舟〉第一章、第三章、第四章　；〈邶風・燕燕〉第一章、第二章、第三章；〈邶風・終風〉第二章、第四章；〈邶風・凱風〉第一章；〈邶風・雄雉〉第一章、第三章；〈邶風・匏有苦葉〉第三章、第四章；〈邶風・谷風〉第一章、第二章、第三章；〈邶風・簡兮〉第二章；〈邶風・泉水〉第四章；〈邶風・北門〉第一章；〈邶風・新臺〉第一章、第二章；〈邶風・二子乘舟〉第一章、第二章；〈鄘風・君子偕老〉第一章；〈鄘風・鶉之奔奔〉第一章、第二章；〈鄘風・載馳〉第一章、第五章；〈衛風・淇奧〉第一章、第二章；〈衛風・碩人〉第三章、第四章；〈衛風・氓〉第一章、第二章、第四章、第六章；〈衛風・竹竿〉第一章、第四章；〈衛風・伯兮〉第三章；〈衛風・有狐〉第一章、第二章、第三章；〈王風・黍離〉第一章、第二章、第三章；〈王風・君子陽陽〉第一章、第二章；〈王風・兔爰〉第一章、第二章、第三章；〈王風・葛藟〉第一章、第二章、第三章；〈王風・大車〉第一章、第二章；〈王風・丘中有麻〉第一章；〈鄭風・清人〉第一章、第

二章、第三章；〈鄭風・有女同車〉第二章；〈鄭風・風雨〉第一章、第二章；〈鄭風・子衿〉第一章、第二章；〈鄭風・野有蔓草〉第二章；〈鄭風・溱洧〉第一章；〈齊風・雞鳴〉第三章；〈齊風・東方未明〉第三章；〈齊風・南山〉第一章；〈齊風・甫田〉第一章、第二章；〈齊風・盧令〉第一章；〈齊風・敝笱〉第三章；〈齊風・載驅〉第一章、第二章、第三章、第四章；〈魏風・葛屨〉第一章、第二章；〈魏風・十畝之間〉第一章、第二章；〈魏風・伐檀〉第一章、第二章、第三章；〈唐風・蟋蟀〉第一章、第二章、第三章；〈唐風・揚之水〉第一章、第二章、第三章；〈唐風・杕杜〉第一章、第二章；〈唐風・羔裘〉第一章、第二章；〈唐風・鴇羽〉第一章、第二章、第三章；〈秦風・車鄰〉第一章；〈秦風・小戎〉第三章；〈秦風・蒹葭〉第一章、第二章、第三章；〈秦風・終南〉第二章；〈秦風・黃鳥〉第一章、第二章、第三章；〈秦風・晨風〉第一章；〈秦風・渭陽〉第二章；〈秦風・權輿〉第一章；〈陳風・衡門〉第一章；〈陳風・東門之楊〉第一章、第二章；〈陳風・防有鵲巢〉第一章、第二章；〈陳風・澤陂〉第二章；〈檜風・羔裘〉第一章；〈檜風・素冠〉第一章；〈檜風・隰有萇楚〉第一章、第二章、第三章；〈曹風・蜉蝣〉第一章、第二章；〈曹風・下泉〉第四章；〈豳風・七月〉第二章、第八章；〈豳風・鴟鴞〉第四章；〈豳風・東山〉第一章、第二章、第三章、第四章；〈豳風・狼跋〉第一章；〈小雅・鹿鳴〉第一章、第二章、第三章；〈小雅・四牡〉第一章、第二章、第三章、第四章、第五章；〈小雅・皇皇者華〉第一章；〈小雅・常棣〉第一章；〈小雅・伐木〉第一章、第二章、第三章；〈小雅・采薇〉第二章、第四章、第五章、第六章；〈小雅・出車〉第二章、第三章、第五章、第六章；〈小雅・杕杜〉第二章、第三章；〈小雅・南有嘉魚〉第一章、第二章、第四章；〈小雅・蓼蕭〉第二章、第三章、第四章；〈小雅・湛露〉第一章、第二章、第三章、第四章 ；〈小雅・菁菁者莪〉第一章、第二章、第三章、第四章；〈小雅・六月〉第一章、第四章；〈小雅・采芑〉第一章、第二章、第三章、第四章；〈小雅・車攻〉第一章、第三章、第四章、第七章；〈小雅・吉日〉第三章；〈小雅・鴻雁〉第一章、第三章；〈小雅・庭燎〉第一章、第二章；〈小雅・沔水〉第二章；〈小雅・白駒〉第一章、第二章、第三章、第四章；〈小雅・斯干〉第一章、第三章、第五章、第八章；〈小雅・無羊〉第一章、第三章、第四章；〈小雅・節南山〉第一章、第二章、

第四章、第七章;〈小雅·正月〉第一章、第二章、第三章、第四章、第八章、第十一章、第十二章、第十三章;〈小雅·十月之交〉第三章、第七章、第八章;〈小雅·雨無正〉第一章、第四章;〈小雅·小旻〉第二章、第六章;〈小雅·小宛〉第五章、第六章;〈小雅·小弁〉第一章、第二章、第四章、第五章;〈小雅·巧言〉第一章、第四章、第五章;〈小雅·巷伯〉第三章、第四章、第五章;〈小雅·谷風〉第一章、第二章、第三章;〈小雅·蓼莪〉第一章、第二章、第五章、第六章;〈小雅·大東〉第二章、第三章、第四章、第五章;〈小雅·四月〉第二章、第三章、第六章;〈小雅·北山〉第一章、第三章、第四章、第五章、第六章;〈小雅·無將大車〉第二章;〈小雅·小明〉第一章、第二章;〈小雅·鼓鐘〉第一章、第二章、第四章;〈小雅·楚茨〉第一章、第二章、第三章、第六章;〈小雅·信南山〉第一章、第二章、第三章、第六章;〈小雅·甫田〉第一章;〈小雅·大田〉第三章;〈小雅·瞻彼洛矣〉第一章、第二章、第三章;〈小雅·裳裳者華〉第一章、第二章、第三章;〈小雅·桑扈〉第一章、第二章;〈小雅·頍弁〉第一章、第二章;〈小雅·車舝〉第五章;〈小雅·青蠅〉第一章、第二章、第三章;〈小雅·賓之初筵〉第一章、第三章、第四章;〈小雅·采菽〉第二章、第四章、第五章;〈小雅·角弓〉第一章、第三章、第六章、第七章、第八章;〈小雅·都人士〉第一章;〈小雅·黍苗〉第一章、第四章;〈小雅·白華〉第二章、第五章;〈小雅·瓠葉〉第一章;〈小雅·漸漸之石〉第一章、第二章;〈小雅·苕之華〉第二章;〈大雅·文王〉第二章、第三章、第四章;〈大雅·大明〉第一章、第三章、第八章;〈大雅·緜〉第一章、第三章、第五章、第六章、第七章;〈大雅·棫樸〉第一章、第二章、第五章;〈大雅·旱麓〉第一章、第六章;〈大雅·思齊〉第三章;〈大雅·皇矣〉第八章;〈大雅·靈臺〉第二章、第四章;〈大雅·生民〉第四章、第七章;〈大雅·行葦〉第一章、第二章;〈大雅·鳧鷖〉第五章;〈大雅·假樂〉第一章、第二章、第三章;〈大雅·公劉〉第四章;〈大雅·卷阿〉第六章、第七章、第八章、第九章;〈大雅·板〉第一章、第二章、第三章、第四章;〈大雅·蕩〉第一章;〈大雅·抑〉第一章、第六章、第九章、第十一章;〈大雅·桑柔〉第二章、第四章、第九章;〈大雅·雲漢〉第二章、第三章、第四章;〈大雅·崧高〉第二章、第四章、第七章;〈大雅·烝民〉第二章、第四章、第七章、第八章;〈大雅·韓奕〉第一

〈頌〉最少。例如〈小雅・小宛〉：

> 溫溫恭人，如集于木。惴惴小心，如臨于谷。戰戰兢兢，如履薄冰。（第六章）

此詩為同姓兄弟規勸君王的詩。這例子說明：一個溫和敬慎的人，他恭敬而謹慎，好像是棲攀於樹上般；他惴惴小心，好像是身臨深谷般；他的戒慎恐懼，又像履足於薄冰上一般。清朝牛運震《詩志》評曰：「三疊三喻，結得蕭括邃密。」[15]詩人巧妙運用三處「疊字」與「譬喻」，結構綿密，含義邃遠，其畏禍如此，則其危境可知。「溫溫」、「惴惴」、「戰戰」、「兢兢」均屬「疊字」。又如〈小雅・蓼莪〉：

> 蓼蓼者莪，匪莪伊蒿。哀哀父母！生我劬勞。（第一

章、第二章、第四章、第五章；〈大雅・江漢〉第一章、第二章、第六章；〈大雅・常武〉第一章、第三章、第五章；〈大雅・瞻卬〉第七章；〈大雅・召旻〉第二章、第三章；〈周頌・清廟〉；〈周頌・執競〉；〈周頌・臣工〉；〈周頌・有瞽〉；〈周頌・雝〉；〈周頌・載見〉；〈周頌・有客〉；〈周頌・閔予小子〉；〈周頌・敬之〉；〈周頌・載芟〉；〈周頌・良耜〉；〈周頌・絲衣〉；〈周頌・酌〉；〈周頌・桓〉；〈魯頌・駉〉第一章、第二章、第三章、第四章；〈魯頌・有駜〉第一章、第二章；〈魯頌・泮水〉第一章、第二章、第四章、第五章、第六章；〈魯頌・閟宮〉第一章、第三章、第四章、第五章、第八章；〈商頌・那〉；〈商頌・烈祖〉；〈商頌・玄鳥〉；〈商頌・長發〉第一章、第二章、第三章、第四章、第六章；〈商頌・殷武〉第五章、第六章。

15 （清）牛運震：《詩志》（清嘉慶年間空山堂刊本），卷4，頁14下。

章）

此是父母背棄，孝子不得終養，因作此詩追悼之。這例子說明：那茂盛而高大的東西，是莪嗎？不是莪，而是蒿，不是美菜，乃是賤草，我是多麼的使父母失望啊！可憐的父母啊，你們生養我，真是太辛苦了。清朝牛運震《詩志》云：「父母上疊哀哀字，淒絕讀不得。」[16]詩人諱言父母歿，只說生我劬勞，氣咽語塞，悲痛淒絕。「蓼蓼」、「哀哀」均屬「疊字」。再如〈大雅・生民〉：

> 蓺之荏菽，荏菽旆旆，禾役穟穟，麻麥幪幪，瓜瓞唪唪。（第四章）

此是寫后稷生於姜嫄，受命於天，文治武功興盛之詩。這例子說明：后稷生於姜嫄，受命於天，文治武功興盛。清朝牛運震《詩志》曰：「旆旆幪幪，疊字精采。」[17]詩人寫植物枝葉茂盛，巧用「疊字」繪飾，文筆精練純熟，令人讚嘆。「旆旆」、「穟穟」、「幪幪」、「唪唪」均屬「疊字」。

以上有關「類疊」之「疊字」的分析，《詩經》共 678例。其中〈風〉有 223 例，〈雅〉有 373 例，〈頌〉有 82例。

16　（清）牛運震：《詩志》（清嘉慶年間空山堂刊本），卷 4，頁 22 下。
17　（清）牛運震：《詩志》（清嘉慶年間空山堂刊本），卷 6，頁 19 上。

二、類字

「類字」是指在詩文中，字詞隔離的類疊。[18]《詩經》
中「類字」，計有 681 例。[19]以〈雅〉最多，〈風〉居次，

---

18 黃慶萱：《修辭學》（臺北：三民書局股份有限公司，2004 年 1 月，
增訂三版二刷），頁 533。

19 運用「類字」的篇章，計有以下 681 例：〈周南‧葛覃〉第二章、第
三章；〈周南‧卷耳〉第四章；〈召南‧采蘩〉第一章；〈召南‧采
蘋〉第一章；〈召南‧甘棠〉第一章、第二章、第三章；〈召南‧野有
死麕〉第三章；〈邶風‧柏舟〉第一章；〈邶風‧綠衣〉第三章、第四
章；〈邶風‧燕燕〉第二章；〈邶風‧日月〉第四章；〈邶風‧終風〉
第二章、第四章；〈邶風‧擊鼓〉第三章、第五章；〈邶風‧雄雉〉第
四章；〈邶風‧匏有苦葉〉第一章、第二章；〈邶風‧谷風〉第一章、
第二章、第三章、第四章、第五章、第六章；〈邶風‧旄丘〉第一
章、第四章；〈邶風‧簡兮〉第二章、第三章、第四章；〈邶風‧泉
水〉第三章；〈邶風‧北風〉第一章、第二章、第三章；〈鄘風‧牆有
茨〉第一章、第二章、第三章；〈鄘風‧君子偕老〉第一章、第二
章；〈鄘風‧載馳〉第一章、第五章；〈衛風‧淇奧〉第一章、第三
章；〈衛風‧碩人〉第一章、第二章；〈衛風‧氓〉第二章、第六章；
〈衛風‧伯兮〉第一章；〈王風‧君子于役〉第二章；〈鄭風‧將仲
子〉第一章、第二章、第三章；〈鄭風‧大叔于田〉第一章、第二
章、第三章；〈鄭風‧女曰雞鳴〉第一章、第三章；〈鄭風‧山有扶
蘇〉第一章、第二章 ；〈鄭風‧丰〉第一章、第二章；〈鄭風‧東門
之墠〉第一章；〈鄭風‧子衿、第二章、第三章；〈齊風‧雞鳴〉第一
章、第二章；〈齊風‧還〉第一章、第二章、第三章；〈齊風‧著〉第
一章、第二章、第三章；〈齊風‧東方未明〉第一章、第二章、第三
章；〈齊風‧南山〉第一章、第二章、第三章、第四章；〈齊風‧甫
田〉第三章；〈齊風‧猗嗟〉第一章、第二章、第三章；〈魏風‧葛
屨〉第一章；〈魏風‧十畝之間〉第一章、第二章；〈魏風‧伐檀〉第
一章、第二章、第三章；〈唐風‧山有樞〉第一章、第二章、第三
章；〈唐風‧葛生〉第三章；〈唐風‧采苓〉第一章、第二章、第三

章;〈秦風‧車鄰〉第二章、第三章;〈秦風‧小戎〉第二章、第三
章;〈秦風‧終南〉第一章、第二章;〈陳風‧宛丘〉第一章;〈陳
風‧東門之枌〉第一章;〈陳風‧月出〉第一章、第二章、第三章;
〈檜風‧素冠〉第一章、第二章、第三章;〈檜風‧匪風〉第一章、
第二章;〈曹風‧候人〉第四章;〈豳風‧七月〉第一章、第二章、
三章、第四章、第五章、第六章、第七章、第八章;〈豳風‧鴟鴞〉
第一章、第三章、第四章;〈豳風‧東山〉第一章、第二章、第三
章、第四章;〈豳風‧九罭〉第四章;〈小雅‧鹿鳴〉第二章;〈小
雅‧四牡〉第三章、第四章;〈小雅‧常棣〉第八章;〈小雅‧伐木〉
第一章、第三章;〈小雅‧天保〉第三章、第六章;〈小雅‧采薇〉第
一章、第二章、第六章;〈小雅‧出車〉第二章;〈小雅‧杕杜〉第一
章、第二章、第四章;〈小雅‧魚麗〉第四章、第五章、第六章;〈小
雅‧蓼蕭〉第二章、第三章;〈小雅‧湛露〉第四章;〈小雅‧菁菁者
莪〉第四章;〈小雅‧六月〉第三章、第五章;〈小雅‧采芑〉第一
章、第二章、第四章;〈小雅‧車攻〉第一章、第七章;〈小雅‧吉
日〉第一章、第二章、第三章、第四章;〈小雅‧沔水〉第一章、第
二章;〈小雅‧白駒〉第三章;〈小雅‧黃鳥〉第一章、第二章、第三
章;〈小雅‧斯干〉第一章、第二章、第四章、第五章、第六章、第
八章、第九章;〈小雅‧無羊〉第二章、第三章;〈小雅‧節南山〉第
四章、第八章;〈小雅‧正月〉第二章、第四章、第五章、第六章、
第十三章;〈小雅‧十月之交〉第一章、第三章、第四章、第七章、
第八章;〈小雅‧雨無正〉第一章、第四章、第五章;〈小雅‧小旻〉
第一章、第四章、第五章、第六章;〈小雅‧小宛〉第四章、第五
章;〈小雅‧小弁〉第三章、第七章、第八章;〈小雅‧巧言〉第一
章、第六章;〈小雅‧何人斯〉第三章、第四章、第七章、第八章;
〈小雅‧巷伯〉第一章、第二章、第五章;〈小雅‧谷風〉第三章;
〈小雅‧蓼莪〉第三章、第四章;〈小雅‧大東〉第一章、第二章、
第五章;〈小雅‧四月〉第一章、第四章、第五章、第七章;〈小雅‧
北山〉第三章、第四章、第五章、第六章;〈小雅‧鼓鐘〉第四章;
〈小雅‧楚茨〉第一章、第二章、第三章、第四章、第五章、第六
章;〈小雅‧信南山〉第一章、第二章、第四章、第五章、第六章;
〈小雅‧甫田〉第一章、第二章、第三章、第四章;〈小雅‧大田〉
第一章、第二章、第三章、第四章;〈小雅‧裳裳者華〉第三章、第
四章;〈小雅‧桑扈〉第三章;〈小雅‧鴛鴦〉第一章、第三章、第四

章;〈小雅・車舝〉第一章、第五章;〈小雅・賓之初筵〉第二章、第四章、第五章;〈小雅・采菽〉第一章、第二章、第五章;〈小雅・角弓〉第五章、第八章;〈小雅・黍苗〉第二章、第三章;〈小雅・隰桑〉第四章;〈小雅・白華〉第一章、第六章;〈小雅・瓟葉〉第一章、第二章、第三章、第四章;〈小雅・苕之華〉第一章、第三章;〈小雅・何草不黃〉第一章、第二章、第三章;〈大雅・文王〉第一章、第七章;〈大雅・大明〉第四章、第六章;〈大雅・緜〉第三章、第四章、第五章、第六章、第八章、第九章;〈大雅・棫樸〉第一章、第五章;〈大雅・旱麓〉第四章;〈大雅・思齊〉第二章、第三章、第四章;〈大雅・皇矣〉第一章、第二章、第三章、第四章、第五章、第六章、第七章、第八章;〈大雅・靈臺〉第一章、第三章、第四章;〈大雅・文王有聲〉第一章、第二章、第三章、第六章、第七章;〈大雅・生民〉第一章、第二章、第三章、第四章、第五章、第六章、第七章、第八章;〈大雅・行葦〉第一章、第二章、第三章、第四章、第八章;〈大雅・鳧鷖〉第一章、第二章、第三章;〈大雅・假樂〉第一章、第二章、第三章、第四章;〈大雅・公劉〉第一章、第二章、第三章、第四章、第五章、第六章;〈大雅・卷阿〉第一章、第二章、第四章、第五章、第六章;〈大雅・板〉第一章、第二章、第六章、第七章;〈大雅・蕩〉第二章、第三章、第四章、第五章、第六章;〈大雅・抑〉第四章、第五章、第六章、第七章、第八章、第十一章;〈大雅・桑柔〉第二章、第五章、第六章、第十一章、第十五章;〈大雅・雲漢〉第一章、第二章、第三章、第四章、第五章;〈大雅・崧高〉第一章、第二章、第三章、第四章、第六章;〈大雅・烝民〉第一章、第二章、第五章、第六章;〈大雅・韓奕〉第四章、第五章、第六章;〈大雅・江漢〉第一章、第三章、第四章;〈大雅・常武〉第一章、第二章、第三章、第四章、第五章;〈大雅・瞻卬〉第一章、第二章、第三章、第五章、第七章;〈周頌・清廟〉;〈周頌・維天之命〉;〈周頌・我將〉;〈周頌・執競〉;〈周頌・臣工〉;〈周頌・振鷺〉;〈周頌・豐年〉;〈周頌・有瞽〉;〈周頌・潛〉;〈周頌・載見〉;〈周頌・有客〉;〈周頌・載芟〉;〈周頌・良耜〉;〈周頌・絲衣〉;〈周頌・般〉;〈魯頌・駉〉第一章、第二章、第三章、第四章;〈魯頌・泮水〉第一章、第二章、第四章、第六章、第七章、第八章;〈魯頌・閟宮〉第一章、第二章、第三章、第四章、第八章;〈商頌・那〉;〈商頌・烈祖〉;〈商頌・玄鳥〉;〈商頌・

〈頌〉數量最少。例如〈小雅・伐木〉：

> 有酒湑我，無酒酤我。坎坎鼓我，蹲蹲舞我。（第三
> 章）

此是燕朋友故舊之詩，勸人要厚待朋友。這例子說明：我自己醴酒備酒，如果家中無酒，我就去買酒。我坎坎而鼓，我蹲蹲而舞，趁閒暇宴請朋友痛飲一番。牛運震《詩志》評此詩曰：「疊四『我』字，淋漓恣肆。」[20]詩中疊用四「我」字，寫朋友故舊之情，恣肆酣暢，情意真摯。詩中間隔使用四次相同的「我」字，間隔使用兩次相同的「酒」字，屬於「類字」。又如〈小雅・蓼莪〉：

> 父兮生我，母兮鞠我。拊我畜我，長我育我，顧我復
> 我，出入腹我。欲報之德，昊天罔極。（第四章）

此是父母背棄，孝子不得終養，因作此詩追悼之。這例子說明：父親生我母親養我，父母對於我，撫摸我、畜養我、養育我、看顧我，時時刻刻關心我，出入常把我抱在懷中。父母的恩德，如同昊天一般無窮無際，想報答父母的恩德，可說是永遠也報答不完的。清牛運震《詩志》曰：「此申首二

長發〉第二章、第四章、第五章、第六章、第七章；〈商頌・殷武〉
第二章、第四章、第六章。

20 （清）牛運震：《詩志》（清嘉慶年間空山堂刊本），卷3，頁6上。

章劬勞之意。一片血淚在連用九我字。」[21]父母劬勞，全在「我」字，育子之恩，字字血淚，備極沈痛。間隔使用兩次相同的「兮」字，間隔使用九次相同的「我」字，屬於「類字」。再如〈小雅・北山〉：

> 或燕燕居息，或盡瘁事國；或息偃在床，或不已于行。（第四章）
>
> 或不知叫號，或慘慘劬勞；或棲遲偃仰，或王事鞅掌。（第五章）
>
> 或湛樂飲酒，或慘慘畏咎；或出入風議，或靡事不為。（第六章）

此述大夫勞逸不均，勞苦於事，仍無法奉養父母，作此詩以刺幽王。這例子說明：有些人安逸在家休息，有些人盡力事國劬勞成疾；有些人在床上閒躺著，有些人馬不停蹄的在外行役。有些人根本不知有行役的征召，有些人愁眉苦臉的辛勞；有些人游息而仰臥，有些人苦於王事的煩勞。有些人飲酒作樂，有些人擔心害怕惟恐有錯，有些人四處去聊天，有些人任何事都得去做。清姚際恆《詩經通論》曰：「『或』字作十二疊，甚奇；末處無收結，尤奇。」[22]間隔使用十二次相同的「或」字，間隔使用兩次相同的「不」字，間隔使用

21　（清）牛運震：《詩志》（清嘉慶年間空山堂刊本），卷 4，頁 23 上。

22　（清）姚際恆：《詩經通論》（臺北縣：廣文書局有限公司，1993 年 10 月，三版），頁 225。

兩次相同的「事」字,均屬「類字」。

以上有關「類字」的分析,《詩經》共 681 例。其中〈雅〉有 412 例,〈風〉有 178 例,〈頌〉有 91 例。

三、疊句

「疊句」是指在詩文中,語句連接的類疊。[23]計有 93 例。[24]以〈風〉最多,〈雅〉居次,〈頌〉最少。例如〈邶

---

23 黃慶萱:《修辭學》(臺北:三民書局股份有限公司,2004 年 1 月,增訂三版二刷),頁 533。

24 運用「疊句」的篇章,計有以下 93 例:〈周南·關雎〉第三章;〈召南·羔羊〉第一章、第二章、第三章;〈召南·殷其靁〉第一章、第二章、第三章;〈召南·江有汜〉第一章、第二章、第三章;〈邶風·匏有苦葉〉第四章;〈邶風·式微〉第一章、第二章;〈邶風·簡兮〉第一章;〈鄘風·君子偕老〉第二章、第三章;〈鄘風·相鼠〉第一章、第二章、第三章;〈衛風·伯兮〉第三章;〈王風·揚之水〉第一章、第二章、第三章;〈王風·中谷有蓷〉第一章、第二章、第三章;〈王風·葛藟〉第一章、第二章、第三章;〈王風·丘中有麻〉第一章、第二章、第三章;〈鄭風·蘀兮〉第一章、第二章;〈齊風·東方之日〉第一章、第二章;〈魏風·汾沮洳〉第一章、第二章、第三章;〈魏風·園有桃〉第一章、第二章;〈魏風·碩鼠〉第一章、第二章、第三章;〈唐風·綢繆〉第一章、第二章、第三章;〈唐風·采苓〉第一章、第二章、第三章;〈秦風·晨風〉第一章、第二章、第三章;〈曹風·鳲鳩〉第一章、第二章、第三章、第四章;〈豳風·鴟鴞〉第一章;〈豳風·伐柯〉第二章;〈小雅·鹿鳴〉第三章;〈小雅·采薇〉第一章、第二章、第三章;〈小雅·六月〉第三章;〈小雅·黃鳥〉第一章、第二章、第三章;〈小雅·巷伯〉第五章;〈小雅·裳裳者華〉第一章、第二章、第三章、第四章;〈小雅·車舝〉第四章;〈小雅·采菽〉第一章;〈小雅·采綠〉第四章;〈大雅·既醉〉第八章;〈周頌·有瞽〉;〈周頌·有客〉;〈周頌·敬之〉;〈魯

風・匏有苦葉〉：

> 招招舟子，人涉卬否。人涉卬否，卬須我友。（第四
> 章）

此為女子望嫁之詩。這例子說明：船夫頻搖手打招呼，催人
上船渡河。大家都上船了，獨有我不上船。為何我不上船？
因為我要等朋友來一起上船。清牛運震《詩志》云：「人涉
卬否，疊一筆，跌逗風神。」[25]指出疊用「人涉卬否」之作
用，在於跌逗風神。余培林《詩經正詁》認為：「末章『人
涉卬否，卬須我友』寫待友心堅，頗有『衣帶漸寬終不悔』
之概。」[26]疊用「人涉卬否」，側寫待友之誠，情真意切。
重複使用「人涉卬否」，屬於「疊句」。又如〈王風・葛
藟〉：

> 終遠兄弟，謂他人父；謂他人父，亦莫我顧。（第一
> 章）

此乃周室道衰，棄其九族，民有流離失所者，作此詩以自
歎。這例子說明：我自從離開兄弟，漂泊異鄉，生活窘困，
向來求助，我厚顏稱他人為父親。即使稱他人為父親，還是

頌・有駜〉第一章、第二章、第三章；〈魯頌・泮水〉第二章。

25　（清）牛運震：《詩志》（清嘉慶年間空山堂刊本），卷1，頁29下。

26　余培林：《詩經正詁》（臺北：三民書局股份有限公司，1999 年 3
　　月，再版），上冊，頁101。

沒人照顧我。清牛運震《詩志》曰：「中間疊複一筆，〈王詩〉多用此調。」[27] 認為「疊句」形式，乃〈王風〉之特色。裴普賢先生評之曰：「此詩每章加兩句，第五句重疊一下第四句的『謂他人父』，格調遂變。這一重疊，對於感情的表達，有很大的幫助。」[28] 主張疊用「謂他人父」，是在加強情感之表達。詩中重複使用「謂他人父」，屬於「疊句」。又如〈魏風・園有桃〉：

> 心之憂矣，其誰知之？其誰知之？蓋亦勿思！（第一章）

此詩乃士人憂國小政衰，外受侵侮的感時之作。這例子說明：我內心的憂慮，有誰知曉呢？因為大家都不知道，叫我怎能不憂愁！清牛運震《詩志》曰：「『其誰知之』疊一筆淒絕，促急歷亂，幾不成聲。」[29] 詩人疊用「其誰知之」，則士人內心之憂，淒絕慘然，使人感同身受。詩中重複使用「其誰知之」，屬於「疊句」。

　　以上有關「疊句」的分析，《詩經》共 93 例。其中〈風〉有 65 例，〈雅〉有 21 例，〈頌〉有 7 例。

---

27 （清）牛運震：《詩志》（清嘉慶年間空山堂刊本），卷 1，頁 61 下。

28 裴普賢編著：《詩經評註讀本》（臺北：三民書局股份有限公司，1990年 10 月，五版），上冊，頁 279。

29 （清）牛運震：《詩志》（清嘉慶年間空山堂刊本），卷 2，頁 23 上。

四、類句

　　「類句」是指在詩文中，語句隔離的類疊。[30]《詩經》中「類句」，計有 518 例。[31]以〈風〉最多，〈雅〉次之，

30　黃慶萱：《修辭學》（臺北：三民書局股份有限公司，2004 年 1 月，增訂三版二刷），頁 533。

31　運用「類句」的篇章，計有以下 518 例：〈周南‧關雎〉第一章、第二章、第三章、第四章、第五章；〈周南‧葛覃〉第一章、第二章；〈周南‧樛木〉第一章、第二章、第三章；〈周南‧螽斯〉第一章、第二章、第三章；〈周南‧桃夭〉第一章、第二章、第三章；〈周南‧兔罝〉第一章、第二章、第三章；〈周南‧芣苢〉第一章、第二章、第三章；〈周南‧漢廣〉第一章、第二章、第三章；〈周南‧汝墳〉第一章、第二章；〈周南‧麟之趾〉第一章、第二章、第三章；〈召南‧鵲巢〉第一章、第二章、第三章；〈召南‧采蘩〉第一章、第二章；〈召南‧草蟲〉；第一章、第二章、第三章；〈召南‧甘棠〉第一章、第二章、第三章；〈召南‧行露〉第二章、第三章；〈召南‧羔羊〉第一章、第二章、第三章；〈召南‧殷其靁〉第一章、第二章、第三章；〈召南‧摽有梅〉第一章、第二章、第三章；〈召南‧小星〉第一章、第二章；〈召南‧江有汜〉第一章、第二章、第三章；〈召南‧何彼襛矣〉第一章、第二章、第三章；〈召南‧騶虞〉第一章、第二章；〈邶風‧柏舟〉第四章、第五章；〈邶風‧綠衣〉第一章、第二章、第三章、第四章；〈邶風‧燕燕〉第一章、第二章、第三章；〈邶風‧日月〉第一章、第二章、第三章、第四章；〈邶風‧終風〉第三章、第四章；〈邶風‧凱風〉第一章、第二章、第三章、第四章；〈邶風‧雄雉〉第一章、第二章；〈邶風‧谷風〉第二章、第三章、第六章；〈邶風‧式微〉第一章、第二章；〈邶風‧旄丘〉第一章、第三章、第四章；〈邶風‧北門〉第一章、第二章、第三章；〈邶風‧北風〉第一章、第二章、第三章；〈邶風‧新臺〉第一章、第二章、第三章；〈鄘風‧柏舟〉第一章、第二章；〈鄘風‧牆有茨〉第一章、第二章、第三章；〈鄘風‧桑中〉第一章、第二章、第三章；〈鄘風‧鶉之奔奔〉第一章、第二章；〈鄘風‧蝃蝀〉第一章、第二章；〈鄘風‧

干旄〉第一章、第二章、第三章;〈鄘風‧載馳〉第二章、第三章;
〈衛風‧淇奧〉第一章、第二章、第三章;〈衛風‧竹竿〉第二章、
第三章;〈衛風‧芄蘭〉第一章、第二章;〈衛風‧河廣〉第一章、第
二章;〈衛風‧伯兮〉第三章、第四章;〈衛風‧有狐〉第一章、第二
章、第三章;〈衛風‧木瓜〉第一章、第二章、第三章;〈王風‧黍
離〉第一章、第二章、第三章;〈王風‧君子于役〉第一章、第二
章;〈王風‧君子陽陽〉第一章、第二章;〈王風‧揚之水〉第一章、
第二章、第三章;〈王風‧中谷有蓷〉第一章、第二章、第三章;〈王
風‧兔爰〉第一章、第二章、第三章;〈王風‧葛藟〉第一章、第二
章、第三章;〈王風‧采葛〉第一章、第二章、第三章;〈王風‧大
車〉第一章、第二章;〈鄭風‧緇衣〉第一章、第二章、第三章;〈鄭
風‧將仲子〉第一章、第二章、第三章;〈鄭風‧叔于田〉第一章、
第二章、第三章;〈鄭風‧大叔于田〉第一章、第二章、第三章;〈鄭
風‧羔裘〉第一章、第二章、第三章;〈鄭風‧遵大路〉第一章、第
二章;〈鄭風‧有女同車〉第一章、第二章;〈鄭風‧蘀兮〉第一章、
第二章;〈鄭風‧狡童〉第一章、第二章;〈鄭風‧褰裳〉第一章、第
二章;〈鄭風‧丰〉第三章、第四章;〈鄭風‧風雨〉第一章、第二
章、第三章;〈鄭風‧子衿〉第一章、第二章;〈鄭風‧揚之水〉第一
章、第二章;〈鄭風‧野有蔓草〉第一章、第二章;〈鄭風‧溱洧〉第
一章、第二章;〈齊風‧東方之日〉第一章、第二章;〈齊風‧南山〉
第一章、第二章、第三章、第四章;〈齊風‧甫田〉第一章、第二
章;〈齊風‧敝笱〉第一章、第二章、第三章;〈齊風‧載驅〉第一
章、第二章、第三章、第四章;〈魏風‧汾沮洳〉第一章、第二章、
第三章;〈魏風‧園有桃〉第一章、第二章;〈魏風‧陟岵〉第一章、
第二章、第三章;〈魏風‧伐檀〉第一章、第二章、第三章;〈魏風‧
碩鼠〉第一章、第二章、第三章;〈唐風‧蟋蟀〉第一章、第二章、
第三章;〈唐風‧山有樞〉第一章、第二章、第三章;〈唐風‧揚之
水〉第一章、第二章、第三章;〈唐風‧椒聊〉第一章、第二章;〈唐
風‧綢繆〉第一章、第二章、第三章;〈唐風‧杕杜〉第一章、第二
章;〈唐風‧羔裘〉第一章、第二章;〈唐風‧鴇羽〉第一章、第二
章、第三章;〈唐風‧無衣〉第一章、第二章;〈唐風‧有杕之杜〉第
一章、第二章;〈唐風‧葛生〉第一章、第二章、第三章、第四章、
第五章;〈唐風‧采苓〉第一章、第二章、第三章;〈秦風‧車鄰〉第
二章、第三章;〈秦風‧小戎〉第一章、第二章、第三章;〈秦風‧蒹

葭〉第一章、第二章、第三章；〈秦風‧終南〉第一章、第二章；〈秦風‧黃鳥〉第一章、第二章、第三章；〈秦風‧晨風〉第一章、第二章、第三章；〈秦風‧無衣〉第一章、第二章、第三章；〈秦風‧渭陽〉第一章、第二章；〈秦風‧權輿〉第一章、第二章；〈陳風‧宛丘〉第二章、第三章；〈陳風‧衡門〉第二章、第三章；〈陳風‧東門之池〉第一章、第二章、第三章；〈陳風‧東門之楊〉第一章、第二章；〈陳風‧墓門〉第一章、第二章；〈陳風‧防有鵲巢〉第一章、第二章；〈陳風‧株林〉第一章；〈陳風‧澤陂〉第一章、第二章、第三章；〈檜風‧羔裘〉第一章、第二章、第三章；〈檜風‧隰有萇楚〉第一章、第二章、第三章；〈檜風‧匪風〉第一章、第二章；〈曹風‧蜉蝣〉第一章、第二章、第三章；〈曹風‧候人〉第一章、第二章、第三章；〈曹風‧鳲鳩〉第一章、第二章、第三章、第四章；〈曹風‧下泉〉第一章、第二章、第三章；〈豳風‧七月〉第一章、第二章、第三章；〈豳風‧東山〉第一章、第二章、第三章、第四章；〈豳風‧破斧〉第一章、第二章、第三章；〈豳風‧狼跋〉第一章、第二章；〈小雅‧鹿鳴〉第一章、第二章、第三章；〈小雅‧四牡〉第一章、第二章、第三章、第四章、第五章；〈小雅‧皇皇者華〉第二章、第三章、第四章、第五章；〈小雅‧常棣〉第三章、第四章；〈小雅‧伐木〉第二章；〈小雅‧天保〉第一章、第二章、第三章；〈小雅‧采薇〉第一章、第二章、第三章；〈小雅‧出車〉第一章、第二章、第三章、第四章、第五章、第六章；〈小雅‧杕杜〉第一章、第二章、第三章；〈小雅‧魚麗〉第一章、第二章、第三章；〈小雅‧南有嘉魚〉第一章、第二章、第三章、第四章；〈小雅‧南山有臺〉第一章、第二章、第三章、第四章、第五章；〈小雅‧蓼蕭〉第一章、第二章、第三章、第四章；〈小雅‧湛露〉第一章、第二章、第三章；〈小雅‧彤弓〉第一章、第二章、第三章；〈小雅‧菁菁者莪〉第一章、第二章、第三章、第四章；〈小雅‧六月〉第一章、第二章、第三章、第五章；〈小雅‧采芑〉第一章、第二章、第三章、第四章；〈小雅‧鴻雁〉第一章、第二章、第三章；〈小雅‧庭燎〉第一章、第二章、第三章；〈小雅‧沔水〉第一章、第二章、第三章；〈小雅‧鶴鳴〉第一章、第二章；〈小雅‧祈父〉第一章、第二章、第三章；〈小雅‧白駒〉第一章、第二章、第三章、第四章；〈小雅‧黃鳥〉第一章、第二章、第三章；〈小雅‧我行其野〉第一章、第二章、第三章；〈小雅‧斯干〉第六章、第七章；〈小雅‧無羊〉第一章、第二

章、第三章、第四章;〈小雅‧節南山〉第一章、第二章、第三章、第六章;〈小雅‧正月〉第一章、第五章;〈小雅‧雨無正〉第三章、第四章;〈小雅‧小旻〉第一章、第二章;〈小雅‧小弁〉第一章、第二章、第四章、第五章、第六章;〈小雅‧何人斯〉第一章、第二章、第三章、第四章、第五章、第六章;〈小雅‧巷伯〉第一章、第二章、第六章;〈小雅‧谷風〉第一章、第二章、第三章;〈小雅‧蓼莪〉第一章、第二章、第五章、第六章;〈小雅‧大東〉第三章、第七章;〈小雅‧無將大車〉第一章、第二章、第三章;〈小雅‧小明〉第一章、第二章、第三章、第四章、第五章;〈小雅‧鼓鐘〉第一章、第二章、第三章;〈小雅‧楚茨〉第二章、第三章;〈小雅‧瞻彼洛矣〉第一章、第二章、第三章;〈小雅‧裳裳者華〉第一章、第二章、第三章;〈小雅‧桑扈〉第一章、第二章;〈小雅‧鴛鴦〉第一章、第二章、第三章、第四章;〈小雅‧頍弁〉第一章、第二章、第三章;〈小雅‧青蠅〉第一章、第二章、第三章;〈小雅‧賓之初筵〉第一章、第三章、第四章;〈小雅‧魚藻〉第一章、第二章、第三章;〈小雅‧采菽〉第一章、第二章、第三章、第四章、第五章;〈小雅‧菀柳〉第一章、第二章;〈小雅‧都人士〉第一章、第二章、第三章、第四章、第五章;〈小雅‧黍苗〉第二章、第三章;〈小雅‧隰桑〉第一章、第二章、第三章;〈小雅‧白華〉第一章、第四章、第六章、第八章;〈小雅‧緜蠻〉第一章、第二章、第三章;〈小雅‧瓠葉〉第一章、第二章、第三章、第四章;〈小雅‧漸漸之石〉第一章、第二章、第三章;〈小雅‧苕之華〉第一章、第二章;〈小雅‧何草不黃〉第二章、第三章;〈大雅‧文王〉第五章、第六章;〈大雅‧大明〉第四章、第五章;〈大雅‧緜〉第一章、第二章;〈大雅‧旱麓〉第一章、第二章、第三章、第五章、第六章;〈大雅‧皇矣〉第三章、第四章、第五章、第七章;〈大雅‧靈臺〉第三章、第四章;〈大雅‧下武〉第一章、第二章、第三章、第四章、第五章、第六章;〈大雅‧文王有聲〉第一章、第二章、第三章、第四章、第五章、第六章、第七章、第八章;〈大雅‧既醉〉第一章、第二章、第六章、第七章;〈大雅‧鳧鷖〉第一章、第二章、第三章、第四章、第五章;〈大雅‧公劉〉第一章、第二章、第三章、第四章、第五章、第六章;〈大雅‧泂酌〉第一章、第二章、第三章;〈大雅‧卷阿〉第一章、第二章、第三章、第四章、第五章、第六章、第七章、第八章;〈大雅‧民勞〉第一章、第二章、第三章、第四章、第五

〈頌〉最少。例如〈周南・關雎〉：

> 關關雎鳩，在河之洲。窈窕淑女，君子好逑。（第一
> 章）
>
> 參差荇菜，左右流之。窈窕淑女，寤寐求之。（第二
> 章）
>
> 求之不得，寤寐思服。悠哉悠哉！輾轉反側。（第三
> 章）
>
> 參差荇菜，左右采之。窈窕淑女，琴瑟友之。（第四
> 章）
>
> 參差荇菜，左右芼之。窈窕淑女，鐘鼓樂之。（第五
> 章）

這是歌詠君子追求淑女的詩。這例子說明：那文靜而美麗的
淑女，正是高雅君子的理想匹配。對於水中參差不齊的荇
菜，或左或右去尋求它，就如同對於美麗而賢淑的女子，夢
寐以求的去追求她。清牛運震《詩志》評曰：「看他窈窕淑

章；〈大雅・蕩〉第二章、第三章、第四章、第五章、第六章、第七
章、第八章；〈大雅・抑〉第十章、第十二章；〈大雅・桑柔〉第八
章、第十一章、第十二章、第十三章；〈大雅・雲漢〉第二章、第三
章、第四章、第五章、第六章、第七章、第八章；〈大雅・崧高〉第
二章、第三章、第六章；〈大雅・烝民〉第三章、第五章、第六章、
第七章；〈大雅・韓奕〉第二章、第六章；〈大雅・江漢〉第三章、第
四章、第五章、第六章；〈大雅・瞻卬〉第五章、第六章、第七章；
〈魯頌・駉〉第一章、第二章、第三章、第四章；〈魯頌・有駜〉第
一章、第二章、第三章；〈魯頌・泮水〉第一章、第二章、第三章；
〈魯頌・閟宮〉第五章、第六章。

女，一連說了四遍，重疊反復，有津津亹亹之神。」[32]作者
運用「類句」形式，表達君子夢寐以求之狀，回旋往復，念
茲在茲，情感真摯。間隔使用四次相同的「窈窕淑女」，間
隔使用三次相同的「參差荇菜」，均屬「類句」。再如〈周
南・漢廣〉：

> 南有喬木，不可休息。漢有游女，不可求思。漢之廣
> 矣，不可泳思；江之永矣，不可方思。（第一章）
> 翹翹錯薪，言刈其楚。之子于歸，言秣其馬。漢之廣
> 矣，不可泳思；江之永矣，不可方思。（第二章）
> 翹翹錯薪，言刈其蔞。之子于歸，言秣其駒。漢之廣
> 矣，不可泳思；江之永矣，不可方思。（第三章）

此為欣慕游女而不能得者所作的詩。這例子說明：寬廣的漢
水，無法游泳橫渡；綿長的江流，無法以乘筏到達。清方玉
潤《詩經原始》曰：「〈漢廣〉三章疊咏，一字不易，所謂一
唱三嘆，有遺音者矣。終篇忽疊咏江漢，覺烟水茫茫，浩渺
無際。」[33]運用「類句」形式，可收「一唱三嘆」之效，意
味無窮。清牛運震《詩志》亦云：「三疊三唱，不易一字，
妙。有千迴萬轉之致。」[34]肯定「類句」之巧妙使用，前後
呼應，增添無限風韻。間隔使用三次相同的「漢之廣矣，不

32　（清）牛運震：《詩志》（清嘉慶年間空山堂刊本），卷1，頁2上。

33　（清）方玉潤：《詩經原始》（臺北縣：藝文印書館，1981 年 2 月，
　　三版），卷1，頁16下。

34　（清）牛運震：《詩志》（清嘉慶年間空山堂刊本），卷1，頁8上。

可泳思；江之永矣，不可方思。」屬於「類句」。又如〈王風‧君子于役〉：

> 君子于役，不知其期；曷至哉？雞棲于塒；日之夕矣，羊牛下來。君子于役，如之何勿思！（第一章）
> 君子于役，不日不月；曷其有佸？雞棲于桀；日之夕矣，羊牛下括。君子于役，苟無飢渴！（第二章）

此是征人行役在外，而室家思念之詩。這例子說明：夫君行役在外，不知歸期；何時能回來呢？雞禽都歸巢了，牛羊也下山回家了。夫君行役未歸，叫我如何不思念。清牛運震《詩志》曰：「四『君子于役』疊複有情。」[35]運用四次「君子于役」，室家思念之情，狀溢目前。間隔使用四次相同的「君子于役」，間隔使用兩次相同的「日之夕矣」，均屬「類句」。

　　以上有關「類句」的分析，《詩經》共 518 例。其中〈風〉有301例，〈雅〉有207例，〈頌〉有10例。

　　綜合上述，茲統計各類數字，列表說明如次：

《詩經》「類疊」統計表

類疊 詩經		疊字		類字		疊句		類句		合計		百分比	
		篇數	次數	篇數	次數	篇數	次數	篇數	次數	篇數	次數	篇數	次數
風	周南	9	34	2	6	1	1	10	20	22	61	3.6%	3.1%
	召南	5	12	4	6	3	9	12	25	24	52	4%	2.6%
	邶風	12	24	13	35	3	4	13	34	41	97	6.8%	4.9%
	鄘風	3	8	3	9	2	5	7	17	15	39	2.5%	2%
	衛風	6	21	4	14	1	1	7	17	18	53	3%	2.7%
	王風	6	21	1	1	4	12	9	25	20	59	3.3%	3%
	鄭風	6	14	7	23	1	2	16	45	30	84	5%	4.3%
	齊風	7	17	7	21	1	2	5	8	20	48	3.3%	2.4%
	魏風	3	8	3	6	3	11	5	14	14	39	2.3%	2%
	唐風	5	18	3	12	2	9	12	37	22	76	3.6%	3.9%
	秦風	8	16	3	6	1	3	9	25	21	50	3.5%	2.5%
	陳風	4	8	3	5	0	0	8	13	15	26	2.5%	1.3%
	檜風	3	6	2	5	0	0	3	4	8	15	1.3%	0.8%
	曹風	2	3	1	2	1	4	4	7	8	16	1.3%	0.8%
	豳風	4	13	4	27	2	2	4	10	14	52	2.3%	2.6%
雅	小雅	58	241	54	204	9	20	61	153	182	618	30.1%	31.4%
	大雅	26	132	25	208	1	1	23	54	75	395	12.4%	20.1%
頌	周頌	14	30	15	37	3	3	0	0	32	70	5.3%	3.6%
	魯頌	4	35	3	37	2	4	4	10	13	86	2.2%	4.4%
	商頌	5	17	5	17	0	0	0	0	10	34	1.7%	1.7%
合 計		190	678	162	681	40	93	212	518	604	1970	100%	100%
百分比		31.5%	34.4%	26.8%	34.6%	6.6%	4.7%	35.1%	26.3%	100%	100%		

筆者歸納《詩經》之「類疊」修辭法，可以得到下列幾點認知：

1. 就類疊數量言，以「類字」有 681 例，佔 34.6%，數量最多；「疊字」計 678 例，佔 34.4%，居次；「類句」共 518 例，佔 26.3%，次之；「疊句」有 93 例，佔 4.7%，數量最少。可見，《詩經》的「類疊」類型，以「類字」最為普遍。可見，「類字」淵源甚早，《詩經》中即屢用之。[36]清王筠《毛詩重言》曰：「詩以長言詠歎為體，故重言。」[37]《詩經》為言志詠歌之作，故多用「類疊」修辭。「疊字」為《詩經》次常見者。原因無非因為詩中用疊字的現象比較集中，即所謂連用疊字的比較地多，所以比較受人注意。[38]明確肯定「疊字」之語言效用。

2. 就類疊性質言，四種「類疊」兼具的，有〈國風〉、〈小雅〉、〈大雅〉、〈魯頌〉部分；三種「類疊」兼具的，有〈周頌〉；兩種「類疊」兼具的，有〈商頌〉。以〈風〉、〈雅〉、〈頌〉三者相較，由此可知，「類疊」的確是《詩經》的重要特色之一。

3. 就詩經內容言，〈雅〉數量最多，達 1013 例，佔

---

36 沈謙：《修辭學》（臺北：國立空中大學，2000 年 7 月，再版），頁 433。

37 （清）王筠：《毛詩重言》（臺北：藝文印書館，1970 年，初版，《原刻景印百部叢書集成》本），頁 1。

38 陳望道：《修辭學發凡》（臺北：文史哲出版社，1989 年 1 月，再版），頁 174。

51.4%；〈風〉數量居次，有 767 例，佔 38.9%；〈頌〉數量次之，有 190 例，佔 9.7%。顯然，「類疊」的修辭現象，不獨是〈雅〉詩的特色，也是《詩經》文學的藝術表徵。

4. 就詩經時代言，在「類疊」修辭中，以〈國風〉運用最多，有 767 例，佔 38.9%；〈小雅〉其次，有 618 例，佔 31.4%；〈大雅〉其次，有 395 例，佔 20.1%；〈魯頌〉再次之，有 86 例，佔 4.4%；〈周頌〉其次，有 70 例，佔 3.6%；〈商頌〉次之，只有 34 例，佔 1.7%。由上可知，「類疊」的使用，與《詩經》之時代先後關係密切，作品時期愈後之作品，其「類疊」之使用愈明顯。

五、《詩經》類疊藝術之特質

根據上述的探討分析，吾人可知，《詩經》「類疊」的藝術特質，具有三項：

(一) 加強旋律節奏

在形式上，可以增添旋律美，加強節奏感。例如〈王風・中谷有蓷〉：

有女仳離，嘅其嘆矣。嘅其嘆矣，遇人之艱難矣。

（第一章）

此為凶年饑饉，室家相棄，婦人悲嘆，時人因記所見之詩。
這例子說明：山谷中的益母草，因缺乏雨水而乾枯。婦女因
被夫君遺棄，而感慨歎息。為何歎息呢？歎息要覓個如意郎
君確實不易。清人牛運震《詩志》曰：「疊句促節，得欷歔
之神。」[39]重複使用「嘅其嘆矣」，屬於「疊句」。詩人運用
「疊句」法，使旋律自然流暢，增加節奏感。

(二) 增添條理生動

在內容上，可加強敘述的條理性，增添生動性。例如
〈周南·芣苢〉：

> 采采芣苢，薄言采之；采采芣苢，薄言有之。（第一
> 章）
> 采采芣苢，薄言掇之；采采芣苢，薄言捋之。（第二
> 章）
> 采采芣苢，薄言袺之；采采芣苢，薄言襭之。（第三
> 章）

這首為頌美武士的詩。這例子說明：採芣苢啊，採芣苢啊，
趕快摘啊；採芣苢啊，採芣苢啊，趕快採啊。清牛運震《詩
志》曰：「采采薄言，疊說連下，輕倩流逸，寫出少婦遊春
嬉笑成隊光景。」[40]間隔使用六次相同的「薄言采之」，屬

39　（清）牛運震：《詩志》（清嘉慶年間空山堂刊本），卷1，頁59下。
40　（清）牛運震：《詩志》（清嘉慶年間空山堂刊本），卷1，頁6上。

於「類句」。藉間隔使用之「類句」，描繪少婦春遊景象，茉苡叢叢，笑語陣陣，生動自然，引人入勝。

(三) 彰顯重點特色

在目的上，可以突出重點，強調特色。例如〈周頌・敬之〉：

> 敬之！敬之！天維顯思。

此為成王祭於祖廟而自勵之詩。這例子說明：應該敬謹小心些，天道真的是很顯明。清朝牛運震《詩志》評此詩曰：「敬之敬之，疊呼危悚，便覺通篇精神。」[41] 作者疊用兩次「敬之」，如此之「疊句」手法，強調成王自惕自勵之誠，敬謹戒慎之情，令人印象深刻。本例重複使用「敬之」，屬於「疊句」。

第二節　節縮

「節縮」的異稱頗多。「節縮」[42] 又叫做「緊縮」，[43] 也

---

41 （清）牛運震：《詩志》（清嘉慶年間空山堂刊本），卷8，頁13下。

42 「節縮」一詞，見成偉鈞、唐仲揚、向宏業《修辭通鑑》、季紹德《古漢語修辭》、劉煥輝《修辭學綱要》、浙江省修辭研究會編《修辭方式例解詞典》、宋振華、吳士文、張國慶、王興林《現代漢語修辭學》、鄭頤壽《比較修辭》、何永清《修辭漫談》、王德春《修辭學詞典》、倪寶元《修辭》、羅敬之〈談詩經國風的修辭〉等書。

43 「緊縮」參考唐松波、黃建霖《漢語修辭格大辭典》、黃民裕《辭格

叫做「簡縮」，[44]又稱為「摘縮」，[45]或稱「節省」，[46]也叫做
「縮語」，[47]也稱為「節稱」，[48]又稱為「節短」。[49]

　　本篇論文之「節縮」修辭法，採用陳望道先生《修辭學
發凡》上的定義及分類。

　　關於「節縮」修辭格的定義，陳望道先生認為：

> 節短語言文字，叫做節；縮合語言文字，叫做縮。節
> 縮都是音形上的方便手段，於意義並沒有什麼增減。[50]

由上述文字，可知「節縮」的定義，是指在語文中，因為文
字聲音、形式之便利，對語言文字之使用，予以節短或加以
縮合的一種修辭技巧。至於「節縮」的分類，筆者根據陳望
道先生《修辭學發凡》書中的觀點，將其分為：

匯編》等書。

44 「簡縮」參馬鳴春《稱謂修辭學》、王德春《修辭學詞典》等。

45 「摘縮」見傅隸樸《中文修辭學》、傅隸樸《修辭學》等書。

46 「節省」見譚正璧：《修辭新例》（上海：棠棣出版社，1953 年 5
月，3 版），頁 140。

47 「縮語」見浙江省修辭研究會編《修辭方式例解詞典》、王德春《修
辭學詞典》等書。

48 節稱亦稱節短，為語文之整齊美，或簡捷化，而將姓名、書名、字
號、官名、諡號等名詞，節短其稱呼者謂之節稱。參見徐芹庭：《修
辭學發微》（臺北：臺灣中華書局，1971 年 3 月，初版），頁 214。

49 「節短」參見徐芹庭：《修辭學發微》（臺北：臺灣中華書局，1971
年 3 月，初版），頁 214。

50 陳望道：《修辭學發凡》（臺北：文史哲出版社，1989 年 1 月，再
版），頁 178。

> 一、縮合：這類縮成字的聲音，通常就是被縮字的合聲。
>
> 二、節短：節短普通也是急說急讀的結果。[51]

筆者對於《詩經》「節縮」的例證，以三例詳細解說，餘例則簡略說明。

一、縮合

「縮合」是指在詩文中，這類縮成字的聲音，通常就是被縮字的合聲。[52]

《詩經》中「縮合」，以〈風〉最多，〈雅〉居次，〈頌〉則無有。例如〈邶風‧擊鼓〉：

> 爰居爰處，爰喪其馬。于以求之？于林之下。（第三章）

此為征夫欲歸不得，思念家室的詩。這例子說明：百無聊賴，精神不濟，坐躺不安，馬也不知去向，四處尋找，在樹林下找到了。「爰」字，據《詩經欣賞與研究》解釋：「爰，『於焉』之合聲，其義即『於何處』，並可簡為『何

---

51 陳望道：《修辭學發凡》（臺北：文史哲出版社，1989 年 1 月，再版），頁 180。

52 陳望道：《修辭學發凡》（臺北：文史哲出版社，1989 年 1 月，再版），頁 180。

處』」。⁵³主張「爰」乃「於焉」之合聲。裴普言先生也說：
「《詩經》爰字，多訓『於是』，作問句者則訓『於焉』，『於
焉』所以問『在何處』，或略為『何處』，爰即『於焉』之合
聲，猶旃之為『之焉』之合聲。」⁵⁴說法詳盡，屬於「縮
合」之例。又如〈邶風・新臺〉：

> 魚網之設，鴻則離之。燕婉之求，得此戚施。（第三
> 章）

衛宣公納太子伋之妻，國人惡而作是詩以諷。這例子說明：
鴻鳥高翔，竟落入魚網中。美少女本求良偶，竟落入醜陋臃
腫的癩蝦蟆之口。「鴻」字，余培林先生《詩經正詁》認
為：「鴻即苦蠪之合音」。⁵⁵明確指出「鴻」字，乃苦蠪之合
音。而所謂「苦蠪」者，據《廣雅・釋魚》解釋曰：「苦
蠪，蛤蟆也。」⁵⁶可知苦蠪即蛤蟆。《詩經欣賞與研究》也
認為：「鴻，為苦蠪之合聲，苦蠪即蟾蜍，俗名癩蛤蟆。」⁵⁷
說法完整詳實，集前者之大全成，本例屬於「縮合」。再如

---

53 參考糜文開、裴普賢著：《詩經欣賞與研究》（改編版）（臺北：三民
　　書局股份有限公司，1991 年 2 月，再版），冊 1，頁 141。

54 裴普言：〈詩經字詞用法舉例〉，《東方雜誌》，復刊第 6 卷第 5 期
　　（1972 年 11 月 1 日），頁 61。

55 余培林：《詩經正詁》（臺北：三民書局股份有限公司，1999 年 3
　　月，再版），上冊，頁 127。

56 （魏）張揖撰、（清）王念孫疏證：《廣雅疏證・釋魚》（臺北：鼎文
　　書局，1972 年 9 月，初版），卷 10 下，頁 1413。

57 見糜文開、裴普賢著：《詩經欣賞與研究》（改編版）（臺北：三民書
　　局股份有限公司，1991 年 2 月，再版），冊 1，頁 211。

〈魏風·陟岵〉：

> 上慎旃哉！猶來無止。（第一章）

此為行役者思家之詩。這例子說明：希望他處處謹慎，早日
回家，不要在外久留。「旃」字，據《經傳釋詞》解釋曰：
「『之』、『旃』聲相轉，『旃』、『焉』聲相近，旃又為『之
焉』之合聲。」[58]由此可知，「旃」為「之焉」之合聲，本
例屬於「縮合」。又如：

> 〈邶風·凱風〉：三章「爰有寒泉，在浚之下。」
> 〈鄘風·桑中〉：一章「爰采唐矣？沬之鄉矣。」
> 〈鄘風·桑中〉：二章「爰采麥矣？沬之北矣。」
> 〈鄘風·桑中〉：三章「爰采葑矣？沬之東矣。」
> 〈魏風·陟岵〉：二章「上慎旃哉！猶來無棄。」
> 〈魏風·陟岵〉：三章「上慎旃哉！猶來無死。」
> 〈唐風·采苓〉：一章「舍旃舍旃，苟亦無然。」
> 〈唐風·采苓〉：二章「舍旃舍旃。苟亦無然。」
> 〈唐風·采苓〉：三章「舍旃舍旃，苟亦無然。」
> 〈小雅·四月〉：二章「亂離瘼矣，爰其適歸？」

以上有關「縮合」的分析，《詩經》共 18 例。其中

---

58 （清）王引之著：《經傳釋詞》（臺北：河洛圖書出版社，1980 年 8
月，臺影印初版），頁 201。

〈風〉有 17 例，最多；〈雅〉有 1 例，次之；〈頌〉則無有。

二、節短

「節短」是指凡是在語文中，出現急說急讀的結果。[59]

《詩經》中的「節短」，計有 157 例。[60]其中以〈風〉

---

59 陳望道：《修辭學發凡》（臺北：文史哲出版社，1989 年 1 月，再版），頁 180。

60 運用「節短」的篇章，計有以下 157 例：〈周南・關雎〉第一章；〈周南・樛木〉第一章；〈周南・樛木〉第二章；〈周南・樛木〉第三章；〈周南・漢廣〉第一章、第二章、第三章；〈周南・汝墳〉第一章、第二章；〈召南・行露〉第一章；〈召南・羔羊〉第一章、第二章、第三章；〈召南・小星〉第二章；〈召南・江有汜〉第一章、第二章、第三章；〈召南・何彼襛矣〉第二章；〈邶風・燕燕〉第三章；〈邶風・擊鼓〉第一章、第二章；〈邶風・凱風〉第三章；〈邶風・匏有苦葉〉第一章、第二章；〈邶風・谷風〉第三章、第五章；〈邶風・泉水〉第一章、第二章、第三章、第四章；〈鄘風・桑中〉第一章、第二章、第三章；〈鄘風・定之方中〉第一章、第二章；〈鄘風・干旄〉第一章、第二章、第三章；〈鄘風・載馳〉第一章；〈衛風・碩人〉第三章；〈衛風・氓〉第一章、第六章；〈王風・揚之水〉第一章、第二章、第三章；〈王風・葛藟〉第一章、第二章、第三章；〈王風・大車〉第一章、第二章；〈王風・丘中有麻〉第一章、第二章；〈鄭風・清人〉第一章、第二章、第三章；〈鄭風・褰裳〉第一章、第二章；〈鄭風・丰〉第一章、第二章；〈鄭風・溱洧〉第一章、第二章；〈齊風・還〉第一章、第二章；〈齊風・載驅〉第三章、第四章；〈魏風・汾沮洳〉第一章、第二章、第三章；〈魏風・伐檀〉第一章、第二章、第三章；〈唐風・揚之水〉第一章、第二章；〈唐風・采苓〉第一章、第二章、第三章；〈秦風・終南〉第一章、第二章；〈秦風・渭陽〉第一章；〈陳風・衡門〉第二章、第三章；〈陳風・株林〉第一章、第二章；〈檜風・匪風〉第一章、第二章；〈豳風・七月〉第二章；〈豳風・破斧〉第一章、第二章、第三章；〈小雅・天保〉第六章；〈小雅・出車〉第一章、第二章；〈小雅・六月〉第四章；〈小雅・車攻〉第一章；〈小雅・吉日〉第二章、第三章；〈小雅・庭燎〉

最多，〈雅〉次之，〈頌〉最少。茲分別舉例說明如下：例如
〈周南·關雎〉：

關關雎鳩，在河之洲。（第一章）

此為詠君子追求淑女之詩。這例子說明：關關叫著的雎鳩，
在那黃河青草洲上。裴普賢先生解釋說：「河，《詩經》中凡
單言河者，皆謂黃河。」[61]可知，「河」是指黃河。余培林
先生《詩經正詁》也說：「河，黃河。《詩經》中凡單言河
者，皆指黃河而言。」[62]裴氏、余氏二人見解相同，本例屬
於「節短」。再如〈周南·汝墳〉：

遵彼汝墳，伐其條枚。（第一章）

第三章；〈小雅·節南山〉第一章、第二章；〈小雅·正月〉第十章；
〈小雅·何人斯〉第一章；〈小雅·巷伯〉第二章；〈小雅·大東〉第
六章；〈小雅·信南山〉第一章；〈小雅·大田〉第四章；〈小雅·魚
藻〉第一章、第二章、第三章；〈小雅·黍苗〉第四章；〈小雅·漸漸
之石〉第三章；〈大雅·大明〉第二章、第四章；〈大雅·緜〉第一
章、第二章、第九章；〈大雅·棫樸〉第三章；〈大雅·旱麓〉第一
章；〈大雅·皇矣〉第五章；〈大雅·公劉〉第二章、第三章；〈大
雅·雲漢〉第七章；〈大雅·韓奕〉第六章；〈周頌·振鷺〉；〈周頌·
潛〉；〈周頌·般〉；〈魯頌·閟宮〉第五章、第六章、第七章、第八
章；〈商頌·玄鳥〉；〈商頌·殷武〉第二章。

61 見裴普賢編著：《詩經評註讀本》（臺北：三民書局股份有限公司，
1990 年 10 月），上冊，頁 4；糜文開、裴普賢著：《詩經欣賞與研究》
（改編版）（臺北：三民書局股份有限公司，1991 年 2 月，再版），
冊 1，頁 2。

62 余培林：《詩經正詁》（臺北：三民書局股份有限公司，1999 年 3
月，再版），上冊，頁 5。

屈萬里先生《詩經釋義》認為：「此蓋婦人喜夫于歸之詩。」[63]這例子說明：沿著汝水的河岸走，砍伐樹幹和枝條。《詩經欣賞與研究》解釋曰：「汝，水名，源出今河南嵩縣之老君山，東流至潢川縣入淮。」[64]「汝」係指「汝水」。余培林先生《詩經正詁》說：「汝，水名，在今河南省。」[65]進一步指出「汝水」之地理位置，本例屬於「節短」。又如〈秦風・終南〉：

終南何有？有條有梅。（第一章）

此詩乃秦人美其君之作。這例子說明：終南山上有什麼呢？有山楸，也有楠樹。裴普賢先生說：「終南，山名，在今陝西西安南。為秦嶺主峰，亦簡稱南山。」[66]由此可知，「終南」實指「終南山」。余培林先生《詩經正詁》解釋道：「終南，山名，亦稱南山、中南、秦嶺。在陝西省西安之南。」[67]進一步指出「終南山」，是位於陝西省，此例屬於

---

63 屈萬里：《詩經釋義》（臺北：中國文化大學出版部，1993 年 12 月，新 1 版第 4 刷），頁 35。

64 糜文開、裴普賢著：《詩經欣賞與研究》（改編版）（臺北：三民書局股份有限公司，1991 年 2 月，再版），冊 1，頁 39。

65 余培林：《詩經正詁》（臺北：三民書局股份有限公司，1999 年 3 月，再版），上冊，頁 30。

66 見裴普賢編著：《詩經評註讀本》（臺北：三民書局股份有限公司，1990 年 10 月），上冊，頁 461；糜文開、裴普賢著：《詩經欣賞與研究》（改編版）（臺北：三民書局股份有限公司，1991 年 2 月，再版），冊 1，頁 590。

67 余培林：《詩經正詁》（臺北：三民書局股份有限公司，1999 年 3

「節短」。

　　以上有關「節短」的分析，《詩經》共 157 例。其中〈風〉有 108 例，最多；〈雅〉有 34 例，居次；〈頌〉有 15 例，最少。

　　綜合上述分析，茲統計各類數字，列表說明如次：

《詩經》「節縮」統計表

節縮 詩經		縮　合		節　短		合　計		百分比	
		篇數	次數	篇數	次數	篇數	次數	篇數	次數
風	周南	0	0	3	10	3	10	4.7%	5.7%
	召南	0	0	3	7	3	7	4.7%	4%
	邶風	3	5	5	18	8	23	12.7%	13.1%
	鄘風	1	3	4	15	5	18	7.9%	10.3%
	衛風	0	0	2	3	2	3	3.2%	1.7%
	王風	0	0	2	6	2	6	3.2%	3.4%
	鄭風	0	0	3	16	3	16	4.7%	9.1%
	齊風	0	0	2	4	2	4	3.2%	2.3%
	魏風	1	3	2	9	3	12	4.7%	6.9%
	唐風	1	6	2	5	3	11	4.7%	6.3%
	秦風	0	0	2	3	2	3	3.2%	1.7%
	陳風	0	0	2	10	2	10	3.2%	5.7%
	檜風	0	0	1	2	1	2	1.6%	1.1%
	曹風	0	0	0	0	0	0	0%	0%
	豳風	0	0	0	0	0	0	0%	0%
雅	小雅	1	1	11	17	12	18	19.1%	10.3%
	大雅	0	0	7	17	7	17	11.1%	9.7%
頌	周頌	0	0	2	4	2	4	3.2%	2.3%
	魯頌	0	0	1	8	1	8	1.6%	4.6%
	商頌	0	0	2	3	2	3	3.2%	1.7%
合　計		7	18	56	157	63	175	100%	100%
百分比		11.1%	10.3%	88.9%	89.7%	100%	100%		

筆者歸納《詩經》之「節縮」修辭法，可以得到下列幾點認知：

1. 就節縮數量言，以「節短」有 157 例，佔 89.7%，數量最多；「縮合」計 18 例，佔 10.3%，數量最少。可見，《詩經》的「節縮」類型，以「節短」最為普遍。如此的「節短」修辭技巧，是急說急讀的結果。使詩句簡潔精練，新穎有味。

2. 就節縮性質言，兩種「節縮」兼具的，只有〈國風〉、〈小雅〉部分。由此可知，因〈國風〉、〈小雅〉之性質相近，多吟詠性情之作，類似的風謠創作，間亦使用「節縮」修辭，使印象鮮明，富親切感。

3. 就詩經內容言，以〈風〉、〈雅〉、〈頌〉三者相較，〈風〉數量最多，達 156 例，佔 69.6%；〈雅〉數量居次，有 51 例，佔 22.8%；〈頌〉數量較少，有 17 例，佔 7.6%。顯然，「節縮」的修辭現象，是〈風〉詩的一項特色，使內涵曲折深厚，耐人尋味。

4. 就詩經時代言，在「節縮」修辭中，以〈國風〉運用最多，有 125 例，佔 71.4%；〈小雅〉其次，有 18 例，佔 10.3%；〈大雅〉其次，有 17 例，佔 9.7%；〈魯頌〉再次之，有 8 例，佔 4.6%；〈周頌〉其次，有 4 例，佔 2.3%；〈商頌〉次之，只有 3 例，佔 1.7%。由上可知，「節縮」的使用，與三百篇之時代先後關係密切，符合文學藝術的發展歷程。整體而言，《詩經》因多屬四言詩之性質，限於詩句形式，使用「節縮」之狀況，並不如其他辭格普遍。

三、《詩經》節縮藝術特質

根據上述的探討分析，吾人可知，《詩經》「節縮」的藝術特質，具有三項：

（一）簡潔精煉

在形式上，使語言簡潔明快，表現人物性格和特定環境。例如〈邶風・凱風〉：

　　爰有寒泉，在浚之下。（第三章）

此詩當是母氏既逝，孝子深感劬勞恩重，而自責無以報德之作。這例子說明：有個特別清涼的水泉，就在浚邑的旁邊。裴普賢先生認為：「爰，于焉之合聲。」[68]余培林先生也說：「蓋爰乃『於焉』之合音也。」[69]裴氏、余氏二人，均主張「爰」乃『於焉』之合聲，屬於「縮合」。運用「縮合」修辭，使詩文簡潔明快，凸顯人物之特質。

（二）協調音節

在內容上，能協調節拍，使語句結構勻稱。例如〈唐

68　見裴普賢編著：《詩經評註讀本》（臺北：三民書局股份有限公司，1990 年 10 月），上冊，頁 120。
69　余培林：《詩經正詁》（臺北：三民書局股份有限公司，1999 年 3 月，再版），上冊，頁 240。

風・采苓〉：

> 舍旃舍旃，苟亦無然。（第一章）

這是首刺晉獻公聽信讒言之詩。這例子說明：捨棄他們的謊言，千萬不要以為他們的話是對的。《經傳釋詞》曰：「『之』、『旃』聲相轉，『旃』、『焉』聲相近，旃又為『之焉』之合聲。」[70]主張「旃」乃「之焉」之合聲。裴普賢先生也認為：「旃，『之焉』兩字之合聲字」[71]見解與《經傳釋詞》雷同。在本詩第一章中，古韻押元部平聲者，計有「旃」、「旃」、「然」、「言」、「焉」五字。旃為「之焉」的合聲，屬於「縮合」性質，於此詩之中，可收協調節拍，語句勻稱之效。

（三）避繁離沓

在目的上，避免繁冗拖沓，將常說共喻的詞語省言簡舉，達到省便的目的。例如〈鄘風・桑中〉：

> 爰采唐矣？沫之鄉矣。（第一章）

---

70 （清）王引之撰：《經傳釋詞》（臺北：河洛圖書出版社，1980 年 8 月，臺影印初版），頁 201。

71 見裴普賢編著：《詩經評註讀本》（臺北：三民書局股份有限公司，1990 年 10 月），上冊，頁 439；糜文開、裴普賢著：《詩經欣賞與研究》（改編版）（臺北：三民書局股份有限公司，1991 年 2 月，再版），冊 1，頁 565。

此乃男女相悅之詩。這例子說明：你到哪裡去採蒙菜啊？我到沬邦的鄉下採啊。裴普賢先生《詩經評註讀本》曰：「爰，于焉二字之合聲。」[72]認為「爰」乃「于焉」之合聲。《詩經欣賞與研究》細解曰：「證以〈國風·邶風·擊鼓〉：『爰居？爰處？爰喪其馬？』〈凱風〉：『爰有寒泉？在浚之下。』四個爰字均可訓為『在何處』，則〈國風〉爰字可另得一新解。蓋爰乃『於焉』之合音也。」[73]闡釋明白，考證詳實。運用「縮合」修辭，能避繁離沓，達到省便之效。

第三節　警策

「警策」一詞，出現甚早。西晉陸機《文賦》曰：「立片言而居要，乃一篇之警策。」[74] 明確指出「警策」一詞，是言語精簡，而含意深切的修辭方式。「警策」[75]也叫

---

72 裴普賢編著：《詩經評註讀本》（臺北：三民書局股份有限公司，1990年10月），上冊，頁183。

73 參考糜文開、裴普賢著：《詩經欣賞與研究》（改編版）（臺北：三民書局股份有限公司，1991年2月，再版），冊1，頁240。

74 見臧勵龢選註：《漢魏六朝文》（臺北：臺灣商務印書館股份有限公司，臺1版1刷），頁199。

75 「警策」：（西晉）陸機《文賦》、鄭遠漢《辭格辨異》、傅隸樸《中文修辭學》、傅隸樸《修辭學》、蔡謀芳《修辭學教本》、浙江省修辭研究會編《修辭方式例解詞典》、蔡謀芳《表達的藝術──修辭二十五講》、黃民裕《辭格匯編》、唐松波、黃建霖《漢語修辭格大辭典》、王德春《修辭學詞典》、于維杰〈詩經修辭示例〉、季紹德《古漢語修辭》；「警策法」：徐芹庭《修辭學發微》。

做「警句」[76]，又稱為「奇警」[77]，又叫做「精警」[78]。

　　《詩經》一書因成書較早，「警策」修辭發展未臻完善，僅具「格言警策」之類型，缺乏「真理警策」及「奇說警策」之修辭類型，不適用陳望道先生之分類。因此，本篇論文之「警策」修辭法，採用陳望道先生《修辭學發凡》上的定義，至於分類方面，則採用成偉鈞先生主編《修辭通鑑》上之說法。

　　關於「警策」修辭格的定義，陳望道先生認為：

　　　　語簡言奇而含意精切動人的，名為警策辭，也稱警
　　　　句。[79]

由上述文字，可知警策的定義，是指在語文中，運用簡潔而新奇的語言，表達深切、凝煉思想的一種修辭技巧。至於警策的分類，筆者根據成偉鈞先生主編《修辭通鑑》書中之觀

---

76 「警句」：浙江省修辭研究會編《修辭方式例解詞典》、唐松波、黃建霖《漢語修辭格大辭典》、王德春《修辭學詞典》、張瓏一《修辭概要》、張西堂《詩經六論》；「警句法」：（日）五十嵐力《作文應用常識修辭學》、（日）諸橋轍次《詩經研究》、王易《修辭學通詮》、陳介白《修辭學講話》。

77 「奇警」參考張西堂：《詩經六論》（上海：商務印書館，1957 年 9 月，初版第 1 次印刷），頁 76。

78 「精警」見倪寶元《修辭》、譚正璧《修辭新例》、浙江省修辭研究會編《修辭方式例解詞典》、唐松波、黃建霖《漢語修辭格大辭典》、王德春《修辭學詞典》等書。

79 陳望道：《修辭學發凡》（臺北：文史哲出版社，1989 年 1 月，再版），頁 188。

點，將其分為：

一、不借助其他辭格的警策：凡是在語文中，語簡言奇而含意精切動人，不使用其他種辭格的一種修辭技巧，叫做不借助其他辭格的警策。

二、借助其他辭格的警策：凡是在語文中，語簡言奇而含意精切動人，兼用其他種辭格的一種修辭技巧，叫做借助其他辭格的警策。[80]

　　筆者對於《詩經》「警策」的例證，以三例詳細解說，餘例則簡略說明。茲臚列如次：

一、不借助其他辭格的警策

　　「不借助其他辭格的警策」，凡是在語文中，語簡言奇而含意精切動人，不使用其他種辭格的一種修辭技巧，叫做不借助其他辭格的警策。[81]

　　《詩經》中的「不借助其他辭格的警策」，以〈雅〉最多，〈風〉、〈頌〉均無有。例如〈小雅・正月〉：

80　《修辭通鑑》書中謂：「也有人將警策分為兩類：一類是不借助其他辭格的；另一類是借助其他辭格的。」未明確指明分類之主張者，且缺乏警策之定義。分類之主張者，暫提為《修辭通鑑》；定義之部分，則由筆者加以補足。參考成偉鈞主編：《修辭通鑑》（臺北：建宏出版社，1996 年 1 月，初版一版），頁 775。

81　成偉鈞主編：《修辭通鑑》（臺北：建宏出版社，1996 年 1 月，初版一版），頁 775。

> 終其永懷，又窘陰雨。其車既載，乃棄爾輔。載輸爾
> 載，將伯助予。（第九章）

此是大夫刺幽王之詩。這例子說明：此時，你沒辦法只好大
聲喊：「伯伯們，請來幫我的忙吧！」那不是太晚了嗎？裴
普賢先生進一步說明：「『顛倒思予』真如暮鼓晨鐘，與〈小
雅・正月〉『載輸而載，將伯助予』同有臨危思古人之
義。」[82] 所謂「暮鼓晨鐘」，適足以警策人心。余培林先生
《詩經正詁》說：「此言爾所載之物既已墜落，乃請人協
助，亦已遲矣。」[83] 所載之物既墜，方央請人幫助，為時已
遲。本例屬於「不借助其他辭格的警策」。又如〈大雅・大
明〉：

> 殷商之旅，其會如林。矢于牧野：「維予侯興。上帝
> 臨女，無貳爾心！」（第七章）

此蓋追述文武之業，而推本於文母太任、武母太姒之詩。這
例子說明：上帝時刻陪伴你們身旁，你們當同心一志，不可
心存二心。清朝牛運震《詩志》說：「末二句陡下警勸語，
精神悚動。」[84] 所謂「警勸語」，即為「警策」修辭。余培

---

82 糜文開、裴普賢著：《詩經欣賞與研究》（改編版）（臺北：三民書局
股份有限公司，1991 年 2 月，再版），冊 2，頁 633。

83 余培林：《詩經正詁》（臺北：三民書局股份有限公司，1999 年 10
月，增訂二版），下冊，頁 135。

84 （清）牛運震：《詩志》（清嘉慶年間空山堂刊本），卷 6，頁 5 上。

林先生《詩經正詁》說:「二句言上帝監臨汝等,汝等當同心壹志,不得有二心也。」[85]「上帝臨女,無貳爾心」二句,於思想層面上,策勵人應堅貞一志,不得有二心。本例屬於「不借助其他辭格的警策」。再如〈大雅·蕩〉:

> 文王曰:「咨!咨女殷商。人亦有言:『顛沛之揭,枝葉未有害,本實先撥。』殷鑒不遠,在夏后之世!」
> (第八章)

此為召穆公傷周室大壞。厲王無道,天下蕩蕩,無綱紀文章,故作是詩。這例子說明:殷朝的借鏡不遠,只須看夏朝的結局就足以為戒了。裴普賢先生說:「最後以『殷鑒不遠,在夏后之世』的警句來結束全篇等等,形成了一種動人的特殊風格。」[86]末句以「警策」作結,以收激勵人心之效。余培林先生《詩經正詁》說:「末二句『殷鑒不遠,在夏后之世』,為千古警語,亦為詩人作此詩之本心也。」[87]他又說:「句言殷人之借鏡並不在遠,即在夏后之世也。即夏后之亡,足為殷之鑑戒也。」[88]闡述精闢,切中詩旨。可

---

85 余培林:《詩經正詁》(臺北:三民書局股份有限公司,1999 年 10 月,增訂二版),下冊,頁 326。

86 裴普賢編著:《詩經評註讀本》(臺北:三民書局股份有限公司,1991 年 8 月,五版),下冊,頁 501。

87 余培林:《詩經正詁》(臺北:三民書局股份有限公司,1999 年 10 月,增訂二版),下冊,頁 431~432。

88 余培林:《詩經正詁》(臺北:三民書局股份有限公司,1999 年 10 月,增訂二版),下冊,頁 430。

知本詩具有「警策」性質,屬於「不借助其他辭格的警策」。又如:

〈小雅‧都人士〉:一章「彼都人士,狐裘黃黃。其容不改,出言有章。行歸于周,萬民所望。」

以上有關「不借助其他辭格的警策」的分析,《詩經》共 4 例。其中〈雅〉有 4 例,最多;〈風〉、〈頌〉均無有。

二、借助其他辭格的警策

「借助其他辭格的警策」,凡是在語文中,語簡言奇而含意精切動人,兼用其他種辭格的一種修辭技巧,叫做借助其他辭格的警策。[89]含意深切的思想,須由精煉簡賅的語言予以表達。「為了生動、形象,警策之語,有時可以借助比喻、比擬、排比、對偶等修辭格,使警策之語的思想內容與語言形式,達到高度的協調統一。」[90]分別舉例說明如下:

《詩經》中「借助其他辭格的警策」,計有 8 例。〈風〉、〈雅〉各有 4 例,〈頌〉則無有。例如〈大雅‧既

---

[89] 成偉鈞編:《修辭通鑑》書中,謂:「也有人將警策分為兩類:一類是不借助其他辭格的;另一類是借助其他辭格的。」未明確指明分類之主張者,且缺乏警策之定義。分類之主張者,暫提為《修辭通鑑》;定義之部分,則由筆者加以補足。參考成偉鈞主編:《修辭通鑑》(臺北:建宏出版社,1996 年 1 月,初版一版),頁 775。

[90] 成偉鈞主編:《修辭通鑑》(臺北:建宏出版社,1996 年 1 月,初版一版),頁 775。

醉〉：

> 既醉以酒，既飽以德。君子萬年，介爾景福。（第一
> 章）

此為君臣宴畢，飲燕于寢，而羣臣頌君之詩。這例子說明：
既然多蒙君子醉之以美酒，又飽之以教益。明朝輔廣《詩童
子問》曰：「但言德者，蓋德寓於物，言德則可以該
之。」[91]單言「德」者，以其兼該萬物也。清朝牛運震《詩
志》說：「兩『既』字緊接前詩，感激殊深。」[92]詩中兩
「既」字，謂物質與精神層面皆飽足。余培林先生也認為：
「飽德一詞，高雅脫俗。」[93]詩用「德」字，境界更不凡。
本詩借助「類疊」修辭之「類字」，詩中隔句疊用兩個
「既」字，寓德教於萬物，藉此凸顯德之重要，發人深省。
本例屬於「借助其他辭格的警策」。再如〈唐風・山有樞〉：

> 山有樞，隰有榆。子有衣裳，弗曳弗婁；子有車馬，
> 弗馳弗驅。宛其死矣，他人是愉。（第一章）

這是首規勸友人及時行樂的詩。這例子說明：你一旦死去，

---

91 （明）輔廣：《詩童子問》（臺北：臺灣商務印書館股份有限公司，
　　1986 年 3 月，景印文淵閣《四庫全書》本），卷 6，頁 18 下。
92 （清）牛運震：《詩志》（清嘉慶年間空山堂刊本），卷 6，頁 22 上。
93 余培林：《詩經正詁》（臺北：三民書局股份有限公司，1999 年 10
　　月，增訂二版），下冊，頁 388。

則衣裳車馬，他人享其樂。清朝牛運震《詩志》說：「危言忠告，如晨鐘警夢。」[94]牛氏之「晨鐘警夢」，亦猶「警策」也。余培林先生認為：「夫才也、材也、財也，其所貴者在乎用，有才、材、財而不能用，是暴殄天物，其罪尤大於無才、材、財也。」[95]人材與錢財，皆貴適用得宜，若不及時善用，則無異暴殄天物。詩中之「宛」字，清朝吳昌瑩《經詞衍釋》曰：「宛，猶若也。宛與若義相同。」[96]借助「譬喻」修辭之「明喻」，使「警策」之內容具體鮮明，譬喻自然深切，達到規諫勸喻的目的。本例屬於「借助其他辭格的警策」。又如〈小雅·何人斯〉：

彼何人斯？胡逝我陳？我聞其聲，不見其身。不愧于人，不畏于天？（第三章）

此述詩人與友本情同手足，後反側而維暴是從，共同加害於詩人，詩人作此詩以責之。這例子說明：對人作了虧心事，尚不知愧恥，難道不怕上天的譴責嗎？清朝牛運震《詩志》曰：「指出愧、畏二義打動良心，欲其自捫審也。前後含蓄，此二語特為警痛。」[97]認為此處為「警策」性質。余培

---

94 （清）牛運震：《詩志》（清嘉慶年間空山堂刊本），卷2，頁27下。

95 余培林：《詩經正詁》（臺北：三民書局股份有限公司，1999年10月，增訂二版），下冊，頁314。

96 （清）吳昌瑩：《經詞衍釋》（臺北：世界書局，1956年2月，初版），頁118。

97 （清）牛運震：《詩志》（清嘉慶年間空山堂刊本），卷4，頁19上。

林先生《詩經正詁》說：「三章言其行愧於天人。」[98]言所「愧」、「畏」者，在於「天」、「人」也。本詩借助「類疊」修辭之「類字」，詩中隔句疊用兩個「不」字，強調待人處事，必須本諸良心，才能無愧於天地之間。本例屬於「借助其他辭格的警策」。又如：

> 〈唐風‧山有樞〉：二章「山有栲，隰有杻。子有廷內，弗洒弗掃；子有鐘鼓，弗鼓弗考。宛其死矣，他人是保。」
>
> 〈唐風‧山有樞〉：三章「山有漆，隰有栗。子有酒食，何不日鼓瑟？且以喜樂，且以永日。宛其死矣，他人入室。」
>
> 〈陳風‧墓門〉：二章「墓門有梅，有鴞萃止。夫也不良，歌以訊之。訊予不顧，顛倒思予。」
>
> 〈小雅‧谷風〉：一章「習習谷風，維風及雨。將恐將懼，維予與女；將安將樂，女轉棄予。」
>
> 〈小雅‧谷風〉：二章「習習谷風，維風及頹。將恐將懼，寘予于懷；將安將樂，棄予如遺。」

　　以上有關「借助其他辭格的警策」的分析，《詩經》共8例。其中〈風〉有9例，最多；〈雅〉有5例，居次；〈頌〉則未見。

　　綜合上述分析，茲統計各類數字，列表說明如次：

---

[98] 余培林：《詩經正詁》（臺北：三民書局股份有限公司，1999年10月，增訂二版），下冊，頁185。

《詩經》「警策」統計表

警策 \ 詩經	不借助其他辭格		借助其他辭格		合　計		百分比	
	篇數	次數	篇數	次數	篇數	次數	篇數	次數
風　周南	0	0	0	0	0	0	0%	0%
召南	0	0	0	0	0	0	0%	0%
邶風	0	0	0	0	0	0	0%	0%
鄘風	0	0	0	0	0	0	0%	0%
衛風	0	0	0	0	0	0	0%	0%
王風	0	0	0	0	0	0	0%	0%
鄭風	0	0	0	0	0	0	0%	0%
齊風	0	0	0	0	0	0	0%	0%
魏風	0	0	0	0	0	0	0%	0%
唐風	0	0	1	3	1	3	11.1%	25%
秦風	0	0	0	0	0	0	0%	0%
陳風	0	0	1	1	1	1	11.1%	8.3%
檜風	0	0	0	0	0	0	0%	0%
曹風	0	0	0	0	0	0	0%	0%
豳風	0	0	0	0	0	0	0%	0%
雅　小雅	2	2	2	3	5	6	44.4%	41.7%
大雅	2	2	1	1	5	6	33.3%	25%
頌　周頌	0	0	0	0	0	0	0%	0%
魯頌	0	0	0	0	0	0	0%	0%
商頌	0	0	0	0	0	0	0%	0%
合　計	4	4	5	8	9	12	100%	100%
百分比	44.4%	33.3%	55.6%	66.7%	100%	100%		

筆者歸納《詩經》之「警策」修辭法，可以得到下列幾點認知：

1. 就警策數量言，以「借助其他辭格的警策」有 8 例，佔66.7%，數量最多；「不借助其他辭格的警策」計 4 例，佔 33.3%，居次。可見，《詩經》的「警策」類型，以「借助其他辭格的警策」最為普遍。由此可知，一般修辭藝術，獨用者較少，常以「兼格修辭」形態出現，故較多「借助其他辭格的警策」修辭。《詩經》一書因融合多種修辭技巧，因此成為千古傳頌的藝術傑作。

2. 就警策性質言，兩種「警策」兼具的，只有〈小雅〉、〈大雅〉部分。因《詩經》以四言為主，詩句簡短有力，含意精確動人，使「警策」成為《詩經》的特色之一。

3. 就詩經內容言，以〈風〉、〈雅〉、〈頌〉三者相較，〈雅〉數量最多，達 8 例，佔 66.7%；〈風〉數量居次，有 4 例，佔 33.3%；〈頌〉則無有。顯然，「警策」的修辭現象，較適於詩敘事說理的文體，因此〈雅〉、〈風〉常見「警策」修辭之使用。

4. 就詩經時代言，在「警策」修辭中，以〈小雅〉運用最多，有 5 例，佔 41.7%；〈國風〉其次，有 4 例，佔33.3%；〈大雅〉次之，有 3 例，佔 25%；〈頌〉則未見。由上可知，「警策」的使用，與三百篇之時代先後關係密切，《詩經》中使用「警策」之狀況，並不如其他辭格普遍。然「警策」修辭數量雖少，其含意深切的思想，精煉簡賅的語言，仍反映周人之思想軌跡，使

《詩經》「警策」具有不可磨滅的藝術光輝。

三、《詩經》警策藝術特質

根據上述的探討分析，吾人可知，《詩經》「警策」的藝術特質，具有兩項：

（一）言簡意賅

在形式上，可以使文章言簡意賅。例如〈唐風·山有樞〉：

> 山有栲，隰有杻。子有廷內，弗洒弗掃；子有鐘鼓，弗鼓弗考。宛其死矣，他人是保。（第二章）

此為規勸友人及時行樂之詩。這例子說明：高山有樗木，隰地有杻樹，皆不能自用其材，而為他人所用，猶如你有廷堂，不洒不掃，你有鐘鼓，不敲不奏，一旦枯然死去，別人就佔有你的宮殿。清朝牛運震《詩志》說：「『他人是保』，正以己之不能保也。反映更警切。」[99] 詩人以「他人是保」一語，警醒多少夢中人，用字簡賅，而含義深切。

---

99 （清）牛運震：《詩志》（清嘉慶年間空山堂刊本），卷 2，頁 28 上。

（二）提振氣勢

在內容上，可使文章氣勢就此振揚。例如〈唐風·山有樞〉：

> 山有漆，隰有栗。子有酒食，何不日鼓瑟？且以喜
> 樂，且以永日。宛其死矣，他人入室。（第三章）

這例子說明：一旦枯然死去，別人就登堂入室變成主人。清朝牛運震《詩志》說：「『宛其死矣』即前篇『職思其外』、『職思其憂』之注腳也。喚醒愚人多少。」[100]詩人陡下「宛其死矣」一語，直陳「他人入室」之後果，用語警切，悚動人心，而文勢亦為之振揚。

第四節　小結

由上述之「詞語上的辭格」，茲統計各類數字，列表說明如次：

100　（清）牛運震：《詩志》（清嘉慶年間空山堂刊本），卷 2，頁 28上。

《詩經》「詞語上的辭格」統計表

辭格＼詩經		類　疊		節　縮		警　策		合　計		百分比	
		篇數	次數	篇數	次數	篇數	次數	篇數	次數	篇數	次數
風	周南	26	61	3	10	0	0	25	71	3.7%	3.3%
	召南	24	52	3	7	0	0	27	59	4%	2.7%
	邶風	41	97	8	23	0	0	49	120	7.3%	5.6%
	鄘風	15	39	5	18	0	0	20	57	3%	2.6%
	衛風	18	53	2	3	0	0	20	56	3%	2.6%
	王風	20	59	2	6	0	0	22	65	3.3%	3%
	鄭風	30	84	3	16	0	0	33	100	4.9%	4.6%
	齊風	20	48	2	4	0	0	22	52	3.3%	2.4%
	魏風	14	39	3	12	0	0	17	51	2.5%	2.4%
	唐風	22	76	3	11	1	3	26	90	3.7%	4.2%
	秦風	21	50	2	3	0	0	23	53	3.4%	2.4%
	陳風	15	26	2	10	1	1	18	37	2.5%	1.7%
	檜風	8	15	1	2	0	0	9	17	1.3%	0.8%
	曹風	8	16	0	0	0	0	8	16	1.2%	0.7%
	豳風	14	52	0	0	0	0	14	52	2.1%	2.4%
雅	小雅	182	618	12	18	4	5	198	641	29.3%	30%
	大雅	75	395	7	17	3	3	85	415	12.6%	19.2%
頌	周頌	32	70	2	4	0	0	34	74	5%	3.4%
	魯頌	13	86	1	8	0	0	14	94	2.1%	4.3%
	商頌	10	34	2	3	0	0	12	37	1.8%	1.7%
合　計		604	1970	63	175	9	12	676	2157	100%	100%
百分比		89.4%	91.3%	9.3%	8.1%	1.3%	0.6%	100%	100%		

1. 就修辭分類言，《詩經》「詞語上的辭格」內容，又分為「類疊」、「節縮」、「警策」三類。而三類修辭格中，又各分為若干種。「類疊」可分「疊字」、「類字」、「疊句」、「類句」四種；「節縮」分為「縮合」、「節短」兩種；「警策」又分作「不借助其他辭格的警策」、「借助其他辭格的警策」兩種。《詩經》之「詞語上的辭格」，擁有如此多元之形式，因而締造多采多姿的《詩經》修辭藝術。

2. 就修辭數量言，以「類疊」有 1970 例，佔 91.3%，數量最多；「節縮」計 175 例，佔 8.1%，居次；「警策」共 12 例，佔 0.6%，數量最少。可見，《詩經》的「詞語上的辭格」類型，以「類疊」最為普遍。如此的「類疊」修辭技巧，同一詩意、同一句義的複查疊詠，為《詩經》「重章」藝術之大宗。無怪乎後人研究《詩經》，常以「一唱三嘆」來總括《詩經》之「重章」藝術。[101]

3. 就修辭性質言，三種修辭格兼具的，包括〈國風〉、〈小雅〉、〈大雅〉三部分。由此可知，「詞語上的辭格」分類，已涵括《詩經》大部分的內容，在「抒情」、「敘事」、「說理」上助益頗大，造就成就斐然的《詩經》修辭藝術。

4. 就詩經內容言，以〈風〉、〈雅〉、〈頌〉三者相較，〈雅〉數量最多，達 1056 例，佔 49%；〈風〉數量居

---

101 朱孟庭撰：《詩經重章藝術研究》（臺北：臺灣師範大學國文研究所碩士論文，1996 年 6 月），頁 276。

次，有896例，佔41.5%；〈頌〉數量較少，有205例，佔9.5%。顯然，「詞語上的辭格」的修辭現象，是《詩經》文學的重要藝術表徵。

5. 就詩經時代言，在「詞語上的辭格」中，以〈國風〉運用最多，有896例，佔41.5%；〈小雅〉其次，有641例，佔30%；〈大雅〉其次，有415例，佔19.2%；〈魯頌〉再次之，有94例，佔4.3%；〈周頌〉其次，有74例，佔3.4%；〈商頌〉次之，只有37例，佔1.7%。由上可知，「詞語上的辭格」的使用，與三百篇之時代先後關係密切，作品時期愈後，其修辭藝術技巧愈純熟，其使用亦愈見普遍。

第
五
章

章句上的辭格

　　所謂「章句上的辭格」，指一切利用章句結構的修辭。[1]
本論文之「章句上的辭格」，共有對偶、排比、層遞、頂
針、倒裝五種辭格。茲列舉說明如下：

第一節　對偶

　　「對偶」的異稱甚多。「對偶」[2]又叫做「駢麗」，[3]也叫
做「麗辭」，[4]又稱為「對仗」，[5]或稱「對子」，[6]又稱「對

1　陳望道：《修辭學發凡》（臺北：文史哲出版社，1989 年 1 月，再
　　版），頁 244。
2　「對偶」見（唐）上官儀《詩苑類格》、（唐）元兢《詩髓腦》、（唐）
　　崔融《唐朝新定詩格》、（唐）皎然《詩議》、（唐）弘法大師《文鏡秘
　　府論》、（宋）陳騤《文則》、（元）王構《修辭鑑衡》、（清）梁章鉅
　　《退庵隨筆》、（日）佐佐政一《修辭法講話》、陳望道《修辭學發
　　凡》、浙江省修辭研究會編《修辭方式例解詞典》、黃慶萱《修辭
　　學》、張西堂《詩經六論》、陳節《詩經漫談》、洪湛侯《詩經學史》；
　　「對偶法」參考（日）五十嵐力《作文應用常識修辭學》、（日）杉本
　　行夫〈詩經の修辭法〉、徐芹庭《修辭學發微》、王易《修辭學通
　　詮》、陳介白《修辭學講話》、徐芹庭《古文破題技巧與修辭之研究》
　　等書。
3　「駢麗」見黃麗貞《實用修辭學》、蔡師宗陽《文法與修辭》等書。
4　「麗辭」參考（南朝梁）劉勰《文心雕龍・麗辭》、黃麗貞《實用修
　　辭學》、蔡師宗陽《文法與修辭》等。
5　「對仗」參浙江省修辭研究會編《修辭方式例解詞典》、王了一《中
　　國詩律研究》、傅隸樸《中文修辭學》、傅隸樸《修辭學》、黃麗貞
　　《實用修辭學》。
6　「對子」見於黃麗貞《實用修辭學》，他認為：「對偶也叫做『駢
　　麗』、『麗辭』、『對仗』，民間俗稱為『對子』」，見黃麗貞：《實用修辭
　　學》（臺北：國家出版社，2000 年 4 月，初版 2 刷），頁 290。另見於
　　蔡師宗陽：《文法與修辭》（臺北：三民書局股份有限公司，2001 年 1

句」，[7]又稱為「儷辭」，[8]也叫做「對耦法」，[9]又叫做「排偶」。[10]

本篇論文之「對偶」修辭法，是採用業師蔡宗陽先生《文法與修辭》上的定義及分類。

關於「對偶」修辭格的定義，蔡師宗陽先生認為：

> 對偶，又叫對仗，也叫做駢麗、麗辭、對子、儷辭。凡是在語文中，兩兩相對，字數相似、句法相似、詞性相同、平仄相對、意義相關的一種修辭技巧，叫做對偶。[11]

由上述文字，可知對偶的定義，是指在語文中上下兩句，字數、語句相等，句法結構相似，平仄相對的一種修辭技巧。至於對偶的分類，根據蔡師宗陽先生《文法與修辭》書中的

月，初版 1 刷），下冊，頁 96。

7 「對句」見（日）目加田誠：《詩經》（東京：日本評論社，1943 年 3 月 15 日，第 1 刷），頁 268。

8 「儷辭」：唐鉞《修辭格》、宋文翰《國文修辭學》、浙江省修辭研究會編《修辭方式例解詞典》、蔡師宗陽《文法與修辭》、黃永武《字句鍛鍊法》；「儷辭法」：高登偉《第一流修辭法》；「儷辭格」：唐鉞《修辭格》。

9 「對耦法」見張嚴：《修辭論說與方法》（臺北：臺灣商務印書館，1975 年 10 月，初版），頁 118。

10 「排偶」見蔡謀芳《表達的藝術——修辭二十五講》、張先亮〈論排偶〉、刑濟眾〈詩經修辭的研究〉等書。

11 蔡師宗陽：《文法與修辭》（臺北：三民書局股份有限公司，2001 年 1 月，初版一刷），下冊，頁 96。

觀點，就句型方面而言，將其分為：

> 一、句中對：凡是在語文中，同一句上下兩個詞語互
> 相對偶的一種修辭技巧，叫做句中對，也叫當句
> 對，又叫自對、就句對、四柱對。

> 二、單句對：凡是在語文中，上下兩句，字數相對、
> 詞性相同、平仄相反的一種修辭技巧，叫做單句
> 對。

> 三、隔句對：凡是在語文中，第一句對第三句，第二
> 句對第四句的一種修辭技巧，叫做隔句對，又叫
> 扇對、雙句對、複句對。

> 四、長偶對：凡是在語文中，奇句與奇句相對，偶句
> 與偶句相對的一種修辭技巧，叫做長偶對，又叫
> 長對。[12]

　　《詩經》因成書較早，周代詩人，不重逐字的詞性相對，更不講求平仄的互換，所以其中也有些只是似是而非的對仗而已。[13]因此，《詩經》「對偶」之類型未臻完善，缺乏「長偶對」[14]之範例，僅具備「句中對」、「單句對」、「隔句

12　蔡師宗陽：《文法與修辭》（臺北：三民書局股份有限公司，2001 年 1
　　月，初版一刷），下冊，頁 96~98。

13　見糜文開、裴普賢著：《詩經欣賞與研究》（改編版）（臺北：三民書
　　局股份有限公司，1991 年 8 月，再版），冊 3，頁 1469。

14　《詩經》書中，有些類似「長偶對」之例，雖未臻完善，亦於此列舉
　　說明。例如：〈鄭風・女曰雞鳴〉第三章、〈小雅・大東〉第四章、
　　〈大雅・皇矣〉第二章、〈大雅・韓奕〉第三章等。參考糜文開、裴

對」三種。茲分別說明如下：

一、句中對

「句中對」是指在詩文中，同一句上下兩個詞語互相對偶的一種修辭技巧，叫做句中對，也叫當句對，又叫自對、就句對、四柱對。[15]

《詩經》中「句中對」，計有 60 例。[16]以〈雅〉及〈風〉最多，〈頌〉最少。例如〈衛風・碩人〉：

普賢著：《詩經欣賞與研究》（改編版）（臺北：三民書局股份有限公司，1991 年 8 月，再版），冊 3，頁 1474。

15 蔡師宗陽：《文法與修辭》（臺北：三民書局股份有限公司，2001 年 1 月，初版一刷），下冊，頁 96。

16 運用「句中對」的篇章，計有以下 60 例：〈邶風・柏舟〉第五章；〈邶風・綠衣〉第一章、第二章；〈邶風・日月〉第一章、第二章、第三章、第四章；〈邶風・終風〉第一章；〈衛風・碩人〉第二章；〈衛風・氓〉第一章、第四章、第五章；〈衛風・竹竿〉第四章；〈鄭風・清人〉第一章、第二章、第三章；〈鄭風・羔裘〉第二章；〈鄭風・蘀兮〉第一章、第二章；〈鄭風・出其東門〉第一章；〈齊風・東方未明〉第三章；〈唐風・揚之水〉第一章、第二章；〈唐風・羔裘〉第一章、第二章；〈秦風・終南〉第一章、第二章；〈豳風・九罭〉第一章；〈小雅・鹿鳴〉第一章；〈小雅・常棣〉第五章；〈小雅・采薇〉第四章；〈小雅・出車〉第六章；〈小雅・六月〉第六章；〈小雅・車攻〉第四章、第八章；〈小雅・斯干〉第六章；〈小雅・十月之交〉第七章；〈小雅・小宛〉第四章、第五章；〈小雅・蓼莪〉第一章、第二章；〈小雅・小明〉第三章；〈小雅・鼓鐘〉第三章；〈大雅・緜〉第一章、第四章；〈大雅・行葦〉第三章；〈大雅・抑〉第一章、第四章；〈大雅・桑柔〉第四章；〈大雅・雲漢〉第二章；〈大雅・烝民〉第四章；〈大雅・韓奕〉第二章、第六章；〈大雅・召旻〉第五章；〈周頌・敬之〉；〈魯頌・閟宮〉第四章、第七章。

> 手如柔荑，膚如凝脂，領如蝤蠐，齒如瓠犀，螓首蛾
> 眉。（第二章）

此乃衛人頌美莊姜初嫁時的詩。此例意謂：她的顴額像螓蟬
般方正，她的眉毛像蛾鬚般彎細。詩中以「螓」對「蛾」，
以「首」對「眉」。「螓首蛾眉」，屬於「句中對」。又如〈衛
風‧竹竿〉：

> 淇水滺滺，檜楫松舟。駕言出遊，以寫我憂。（第四
> 章）

這是衛國男子愛戀之女子已嫁，思之而不得所作之詩。這例
子說明：檜木所為之樂，松木所造之舟。裴普賢先生說：
「而『檜楫松舟』句以『檜楫』對『松舟』，更為句內
對。」[17] 裴普賢先生所謂之「句內對」，即為「句中對」。詩
中以「檜」對「松」，以「楫」對「舟」。「檜楫松舟」，屬於
「句中對」。再如〈小雅‧鹿鳴〉：

> 我有嘉賓，鼓瑟吹笙。（第一章）

此為天子燕群臣之詩。所謂「鼓瑟吹笙」者，意即敲擊瑟
樂，吹奏笙樂。詩中以「鼓」對「吹」，以「瑟」對「笙」。

---

17 參糜文開、裴普賢著：《詩經欣賞與研究》（改編版）（臺北：三民書
　局股份有限公司，1991年2月，再版），冊1，頁311。

「鼓瑟吹笙」，屬於「句中對」。

以上有關「句中對」的分析，《詩經》共 60 例。其中〈雅〉、〈風〉各有 28 例，最多；〈頌〉有 4 例，最少。

二、單句對

「單句對」是指凡是在語文中，上下兩句，字數相對、詞性相同、平仄相反的一種修辭技巧，叫做單句對。[18]《詩經》中「單句對」，計有 262 例。[19]以〈雅〉最多，〈風〉次

---

18 蔡師宗陽：《文法與修辭》（臺北：三民書局股份有限公司，2001 年 1 月，初版一刷），下冊，頁 97。

19 運用「單句對」的篇章，計有以下 262 例：〈周南・葛覃〉第二章；〈周南・葛覃〉第三章；〈周南・卷耳〉第四章；〈召南・草蟲〉第一章；〈召南・野有死麕〉第二章；〈召南・何彼襛矣〉第二章；〈召南・何彼襛矣〉第三章；〈邶風・柏舟〉第四章；〈邶風・終風〉第四章；〈邶風・匏有苦葉〉第一章、第二章；〈邶風・谷風〉第三章；〈邶風・簡兮〉第三章、第四章；〈邶風・泉水〉第二章、第三章；〈邶風・北風〉第三章；〈鄘風・君子偕老〉第二章；〈鄘風・鶉之奔奔〉第一章、第二章；〈衛風・淇奧〉第一章、第二章、第三章；〈衛風・碩人〉第二章、第四章；〈衛風・氓〉第二章、第六章；〈衛風・竹竿〉第二章、第三章；〈衛風・木瓜〉第一章、第二章、第三章；〈王風・大車〉第三章；〈鄭風・大叔于田〉第二章、第三章；〈鄭風・女曰雞鳴〉第一章；〈鄭風・山有扶蘇〉第一章、第二章；〈鄭風・丰〉第三章、第四章；〈鄭風・東門之墠〉第一章；〈鄭風・子衿〉第一章、第二章；〈鄭風・溱洧〉第一章；〈齊風・雞鳴〉第一章；〈齊風・南山〉第一章、第二章；〈齊風・載驅〉第二章、第三章、第四章；〈齊風・猗嗟〉第三章；〈唐風・山有樞〉第一章、第二章、第三章；〈唐風・葛生〉第四章、第五章；〈秦風・車鄰〉第二章、第三章；〈秦風・小戎〉第二章、第三章；〈秦風・晨風〉第一章、第二章、第三章；〈陳風・宛丘〉第一章；〈陳風・防有鵲巢〉第

一章；〈檜風・羔裘〉第一章、第二章；〈檜風・匪風〉第一章、第二章；〈豳風・七月〉第一章、第五章、第六章、第七章；〈豳風・鴟鴞〉第三章；〈豳風・東山〉第二章、第三章；〈小雅・伐木〉第一章；〈小雅・天保〉第六章；〈小雅・采薇〉第五章；〈小雅・出車〉第五章、第六章；〈小雅・南山有臺〉第一章、第二章、第三章、第四章、第五章；〈小雅・車攻〉第六章、第八章；〈小雅・吉日〉第一章、第四章；〈小雅・斯干〉第一章、第二章、第六章；〈小雅・無羊〉第三章；〈小雅・十月之交〉第三章；〈小雅・雨無正〉第二章、第四章；〈小雅・小旻〉第五章、第六章；〈小雅・小弁〉第三章、第七章、第八章；〈小雅・何人斯〉第三章；〈小雅・巷伯〉第五章；〈小雅・谷風〉第三章；〈小雅・蓼莪〉第三章、第四章、第五章、第六章；〈小雅・大東〉第一章、第六章；〈小雅・四月〉第八章；〈小雅・北山〉第三章；〈小雅・楚茨〉第一章、第二章、第四章、第五章；〈小雅・信南山〉第二章、第三章、第四章；〈小雅・甫田〉第四章；〈小雅・大田〉第三章；〈小雅・頍弁〉第一章、第二章、第三章；〈小雅・車牽〉第五章；〈小雅・賓之初筵〉第五章；〈小雅・采菽〉第三章；〈小雅・黍苗〉第二章、第三章、第五章；〈小雅・白華〉第一章、第五章、第六章；〈小雅・緜蠻〉第一章、第二章、第三章；〈小雅・何草不黃〉第二章；〈大雅・大明〉第一章、第四章；〈大雅・緜〉第五章；〈大雅・旱麓〉第三章、第四章；〈大雅・思齊〉第三章、第四章；〈大雅・皇矣〉第六章；〈大雅・靈臺〉第二章、第三章、第四章；〈大雅・文王有聲〉第六章；〈大雅・生民〉第一章、第六章、第七章；〈大雅・行葦〉第二章；〈大雅・鳧鷖〉第一章、第二章、第三章、第五章；〈大雅・假樂〉第二章、第三章；〈大雅・公劉〉第一章、第四章、第六章；〈大雅・卷阿〉第二章、第五章、第六章、第九章；〈大雅・板〉第四章；〈大雅・蕩〉第三章、第五章、第六章；〈大雅・抑〉第六章、第八章、第十一章；〈大雅・桑柔〉第十三章；〈大雅・崧高〉第一章、第八章；〈大雅・烝民〉第五章、第七章、第八章；〈大雅・韓奕〉第四章、第五章、第六章；〈大雅・常武〉第二章、第五章；〈大雅・瞻卬〉第二章、第七章；〈周頌・我將〉；〈周頌・時邁〉；〈周頌・執競〉；〈周頌・振鷺〉；〈周頌・雝〉；〈周頌・載見〉；〈周頌・有客〉；〈周頌・載芟〉；〈周頌・良耜〉；〈周頌・絲衣〉；〈魯頌・駉〉第一章、第二章、第三章、第四章；〈魯頌・泮水〉第二章、第三章、第七章；〈魯頌・閟宮〉第一

之，〈頌〉最少。例如〈豳風‧七月〉：

> 晝爾于茅，宵爾索綯；亟其乘屋，其始播百穀。（第
> 七章）

此描寫豳國農民生活，及上下和諧情形的詩。這例子說明：白天整理茅草，晚上絞捻繩索。清代王引之《經義述聞》曰：「索者，糾繩之名。綯，即繩也。索綯，猶言糾繩。于茅、索綯，文正相對。」[20]詩中「晝」與「宵」相對，以「于茅」和「索綯」對言。「晝爾于茅」對「宵爾索綯」，屬於「單句對」。再如〈小雅‧大東〉：

> 有饛簋飧，有捄棘匕。（第一章）

此是東國困於役而傷於財，譚大夫作是詩以刺亂。這例子說明：滿盤的禾黍熟食，都被曲勺盛取盡了。唐朝孔穎達《毛詩正義》謂：「此言君子、小人，在位與庶民相對。君子則行其道，小人則供其役。」[21]本詩第一章，以「君子」與「小人」對言。以「有饛簋飧」對「有捄棘匕」，屬於「單

章、第三章、第四章、第八章；〈商頌‧那〉；〈商頌‧長發〉第二章、第四章、第五章；〈商頌‧殷武〉第二章、第五章、第六章。

20 （清）王引之：《經義述聞》（臺北：鼎文書局，1973 年 5 月，初版），卷 1184，頁 37 上。

21 （漢）毛亨傳、鄭玄箋、（唐）孔穎達疏：《毛詩正義》（臺北：藝文印書館，2001 年 12 月，初版 14 刷，《十三經注疏》本），卷 13 之 1，頁 8 上。

句對」。又如〈大雅‧崧高〉：

　　　　其詩孔碩，其風肆好。（第八章）

此乃宣王之舅申伯出封于謝，尹吉甫作詩以送之。這例子說明：其詩篇幅甚大，用意也極良善。據日人竹添光鴻《毛詩會箋》說：「『肆好』與其詩『孔碩』相對成文。」[22]指出「肆好」與「孔碩」間，明確的對應關係。傅孟真《詩經講義稿》認為在古代：「風乃詩歌之泛名。」[23]由此可知，「詩」字與「風」字，亦兩相成對。「其詩孔碩」對「其風肆好」，屬於「單句對」。

　　以上有關「單句對」的分析，《詩經》共 262 例。其中〈雅〉有 133 例，最多；〈風〉有 89 例，居次；〈頌〉有 40 例，最少。

三、隔句對

　　「隔句對」，是指在語文中，第一句對第三句，第二句對第四句的一種修辭技巧，叫做隔句對，又叫扇對、雙句對、複句對。[24]

---

22 （日）竹添光鴻撰：《毛詩會箋》（臺北：大通書局，1970 年 9 月，初版），頁 47。

23 傅孟真：《傅斯年全集‧詩經講義稿》（臺北：聯經出版事業公司，1980 年 9 月，初版），頁 300。

24 蔡師宗陽：《文法與修辭》（臺北：三民書局股份有限公司，2001 年 1

　　《詩經》中「隔句對」，計有 81 例。[25]以〈雅〉最多，
有 57 次；〈風〉居次，有 21 例；〈頌〉則有 3 例。例如〈周
南・漢廣〉：

　　南有喬木，不可休息。漢有游女，不可求思。（第一
　　章）

月，初版一刷），下冊，頁 97。

25 運用「隔句對」的篇章，計有以下 81 例：〈周南・漢廣〉第一章、第
二章、第三章；〈召南・采蘋〉第二章；〈召南・行露〉第二章、第三
章；〈邶風・柏舟〉第三章；〈邶風・擊鼓〉第五章；〈邶風・谷風〉
第四章；〈邶風・旄丘〉第二章；〈衛風・氓〉第二章；〈衛風・氓〉
第三章；〈衛風・河廣〉第二章；〈齊風・南山〉第四章；〈魏風・葛
屨〉第一章；〈唐風・山有樞〉第一章、第二章；〈陳風・衡門〉第二
章、第三章；〈豳風・伐柯〉第一章；〈小雅・采薇〉第六章；〈小
雅・出車〉第四章；〈小雅・湛露〉第一章；〈小雅・鴻雁〉第三章；
〈小雅・斯干〉第七章；〈小雅・無羊〉第一章；〈小雅・節南山〉第
五章；〈小雅・正月〉第六章；〈小雅・雨無正〉第一章、第二章；
〈小雅・小旻〉第二章；〈小雅・小宛〉第二章、第三章、第六章；
〈小雅・巧言〉第一章、第二章、第三章、第四章；〈小雅・谷風〉
第一章、第二章；〈小雅・大東〉第七章；〈小雅・四月〉第七章；
〈小雅・北山〉第二章；〈小雅・甫田〉第四章；〈小雅・裳裳者華〉
第四章；〈小雅・車舝〉第三章；〈小雅・賓之初筵〉第三章；〈小
雅・魚藻〉第一章、第二章、第三章；〈小雅・采菽〉第三章、第五
章；〈小雅・角弓〉第二章；〈小雅・都人士〉第五章；〈小雅・采
綠〉第三章；〈小雅・黍苗〉第四章；〈大雅・思齊〉第一章；〈大
雅・皇矣〉第六章；〈大雅・生民〉第四章、第六章；〈大雅・卷阿〉
第九章、第十章；〈大雅・板〉第二章、第八章；〈大雅・抑〉第一
章、第五章、第十章；〈大雅・桑柔〉第十一章、第十二章；〈大雅・
瞻卬〉第二章；〈大雅・召旻〉第五章、第六章；〈周頌・烈文〉；〈周
頌・閔予小子〉；〈周頌・載芟〉。

此係戀慕游女而不能得者之作。這例子說明：南方的喬木枝葉稀疏，無法乘蔭休息。就像被漢水阻隔的游女，無法接近追求。「南有喬木」對「漢有游女」，「不可休息」對「不可求思」，屬於「隔句對」。再如〈召南‧采蘋〉：

> 于以盛之？維筐及筥；于以湘之？維錡及釜。（第二章）

此詠諸侯或大夫之女將嫁，設蘋、藻以奉祭祀的詩。這例子說明：用何器皿來盛裝？是用筐和筥；用何器具來烹煮？是用錡和釜。「于以盛之」對「于以湘之」，「維筐及筥」對「維錡及釜」，屬於「隔句對」。又如〈豳風‧伐柯〉：

> 伐柯如何？匪斧不克。取妻如何？匪媒不得。（第一章）

這是篇頌美周公的詩。這例子說明：如何製作斧柄呢？非用斧頭砍斫不可。如何娶妻婚配呢？非託媒妁辦不得。湯華泉說：「比照前段『伐柯』、『取妻』的對仗，後兩句也許可以換成：『取妻取妻，就在眼前。』」[26]認為詩中「伐柯」與「取妻」相對。則「伐柯如何」對「取妻如何」，「匪斧不克」對「匪媒不得」，屬於「隔句對」。

---

26 周嘯天編：《詩經鑑賞集成》（臺北：五南圖書出版有限公司，2002年6月，初版3刷），下冊，頁560。

　　以上有關「隔句對」的分析，《詩經》共 81 例。其中〈雅〉有 57 例，〈風〉有 21 例，〈頌〉有 3 例。

　　綜合上述分析，茲統計各類數字，列表說明如次：

《詩經》「對偶」統計表

對偶 詩經		句中對		單句對		隔句對		合　計		百分比	
		篇數	次數	篇數	次數	篇數	次數	篇數	次數	篇數	次數
風	周南	0	0	2	3	1	4	3	7	1.5%	1.7%
	召南	0	0	3	4	2	3	5	7	2.4%	1.7%
	邶風	4	8	7	12	4	4	15	24	7.3%	6%
	鄘風	0	0	2	3	0	0	2	3	1%	0.7%
	衛風	3	5	5	16	2	3	10	24	4.9%	6%
	王風	0	0	1	1	0	0	1	1	0.5%	0.3%
	鄭風	4	7	7	13	0	0	11	20	5.4%	5%
	齊風	1	1	4	7	1	1	6	9	2.9%	2.2%
	魏風	0	0	0	0	1	1	1	1	0.5%	0.3%
	唐風	2	4	2	5	1	2	5	11	2.4%	2.7%
	秦風	1	2	3	7	0	0	4	9	2%	2.2%
	陳風	0	0	2	2	1	2	3	4	1.5%	1%
	檜風	0	0	2	4	0	0	2	4	1%	1%
	曹風	0	0	0	0	0	0	0	0	0%	0%
	豳風	1	1	3	12	1	1	5	14	2.4%	3.5%
雅	小雅	12	16	33	75	26	38	71	129	34.8%	32%
	大雅	8	12	22	58	10	19	40	89	19.6%	22.1%
頌	周頌	1	1	9	17	3	3	13	21	6.4%	5.2%
	魯頌	1	3	3	16	0	0	4	19	2%	4.7%
	商頌	0	0	3	7	0	0	3	7	1.5%	1.7%
合　計		38	60	113	262	53	81	204	403	100%	100%
百分比		18.6%	14.9%	55.4%	65%	26%	20.1%	100%	100%		

　　筆者歸納《詩經》之「對偶」修辭法，可以得到下列幾點認知：

1. 就對偶數量言，以「單句對」有 262 例，佔 65%，數量最多；「隔句對」計 81 例，佔 20.1%，居次；「句中對」計 60 例，佔 14.9%，數量最少。可見，《詩經》的「對偶」類型，以「單句對」最為普遍。沈謙先生《修辭學》認為：「單句對是對偶中最普遍常見的。不只是近體詩中的基本句式，而且在古今語文中也時時可見。」[27]可見，「單句對」不僅常見於一般詩文，亦廣泛運用於《詩經》三百篇中。

2. 就對偶性質言，三種「對偶」兼具的，有〈國風〉、〈小雅〉及〈大雅〉、〈周頌〉。兩種「對偶」兼具的，只有〈魯頌〉。由此可知，「應用對偶，可以使詩句勻稱，意思突出。」[28]《詩經》由於成書較早，嚴格之「對偶」形態並不多，但仍具「對偶」之發展雛形，從而影響到後世之文學。

3. 就詩經內容言，以〈風〉、〈雅〉、〈頌〉三者相較，〈雅〉數量最多，達 218 例，佔 54.1%；〈風〉數量居次，有 138 例，佔 34.2%；〈頌〉數量較少，有 47 例，佔 11.7%。顯然，「對偶」的修辭現象，是順乎自然的趨勢，非矯情為之，清朝梁章鉅《退庵隨筆》曰：「然

---

27 沈謙：《修辭學》（臺北縣：國立空中大學，2000 年 7 月，再版），頁 458。

28 向熹：《詩經語言研究》（成都：四川人民出版社，1987 年 4 月，第 1 版第 1 次印刷），頁 390。

在古人都非有意為之，亦大抵趁韻之故，遂開後人法門耳。」[29]《詩經》因形式整齊，自然形成「對偶」藝術，可謂佳句天成，為情造文，詩句生動自然，毫無虛矯之氣。

4. 就詩經時代言，在「對偶」修辭中，以〈國風〉運用最多，有 138 例，佔 34.2%；〈小雅〉其次，有 129 例，佔 32%；〈大雅〉其次，有 89 例，佔 22.1%；〈周頌〉再次之，有 21 例，佔 5.2%；〈魯頌〉其次，有 19 例，佔 4.7%；〈商頌〉次之，只有 7 例，佔 1.7%。由上可知，「對偶」的使用，與三百篇之時代先後關係密切，作品時期愈後之作品，例如〈國風〉、〈小雅〉、〈大雅〉使用較多。整體而言，《詩經》因多屬四言詩之性質，詩句形式簡短，使用「對偶」之狀況，頗為普遍常見。王俊瑜先生〈詩經的修辭〉說：「三百篇裡對句很多。對句在修辭上的功用，是潤色文章，醫治枯燥的。」[30]認為「對偶」運用得宜，能收畫龍點睛，妙筆生花之效，極力肯定「對偶」在《詩經》中的藝術價值。

四、《詩經》對偶藝術特質

根據上述的探討分析，吾人可知，《詩經》「對偶」的藝

---

29 （清）梁章鉅：《退庵隨筆》（臺北：新文豐出版公司，1997 年 3 月，台一版，《叢書集成三編》本），卷 30，頁 2 下。

30 王俊瑜：〈詩經的修辭〉，《天津益世報》，第 12 版，民國 25 年 9 月 24 日。

術特質，具有三項：

（一）對仗工整，錦心繡口

在形式上，使結構嚴謹，緊湊縝密。例如〈鄭風・大叔于田〉：

> 抑磬控忌，抑縱送忌。（第二章）

這是首頌美共叔段田獵的詩。這例子說明：時而勒馬不前，時而縱馬狂奔。清姚際恆《詩經通論》曰：「『抑磬控忌，抑縱送忌』詞調工絕。」[31] 姚氏所謂「詞調工絕」，意指結構嚴謹，對仗工整，錦心繡口之作。「抑磬控忌」對「抑縱送忌」，屬於「單句對」。

（二）生動美觀，自然成趣

在內容上，使行文條理清晰，和諧明暢。例如〈衛風・碩人〉：

> 巧笑倩兮，美目盼兮。（第二章）

此是莊姜初嫁時，衛人頌美之詩。這例子說明：她的雙頰一笑百媚，她的眼眸黑白分明。清姚際恆《詩經通論》曰：

31　（清）姚際恆：《詩經通論》（臺北縣：廣文書局有限公司，1993 年10 月，三版），頁 102。

「千古頌美人者無出其右，是為絕唱。」[32]主張本詩為千古詠美人之祖。清朝方玉潤《詩經原始》闡釋道：「千古頌美人者，無出此二句，絕唱也。」[33] 姚氏、方氏兩人之見解雷同。「巧笑倩兮」對「美目盼兮」，屬於「單句對」。古人之詩作，信手拈來，美言佳句，自然成趣。

（三）節奏鏗鏘，意境高遠

在目的上，使音律抑揚跌宕，增強節奏美感。例如〈檜風‧羔裘〉：

> 羔裘逍遙，狐裘以朝。（第一章）

此乃思念某大夫，憂戚其逍遙遊樂，不佐君輔政之作。這例子說明：燕樂遊憩時，你身著理政的朝服；臨朝理政時，你身穿燕居的便服。余培林先生解釋道：「逍遙，《傳》：『羔裘以遊燕。』以遊燕釋逍遙，是也。唯此對下文『以朝』而言。」[34]「逍遙」與「以朝」相對，「羔裘逍遙」對「狐裘以朝」，屬於「單句對」。其中「遙」、「朝」二字，古韻均為宵部平聲。詩人藉大夫穿著不得體，寫大夫之不振作，使人

---

32 （清）姚際恆：《詩經通論》（臺北縣：廣文書局有限公司，1993 年 10 月，三版），頁 102。

33 （清）方玉潤：《詩經原始》（臺北縣：藝文印書館，1981 年 2 月，三版），卷 13，頁 23 下。

34 余培林：《詩經正詁》（臺北：三民書局股份有限公司，1999 年 10 月，增訂二版），上冊，頁 396。

見微知著。詩中音律和諧，抑揚跌宕，含意深遠，富節奏美感。

第二節　排比

　　「排比」的異稱甚多。「排比」[35]又叫做「排迭」，[36]也叫做「排語」，[37]又稱為「排疊式」，[38]或稱「排疊」，[39]又稱為「排句」。[40]

　　關於「排比」修辭格的定義，黃慶萱先生認為：

　　　用三個或三個以上結構相似、語氣一致、字數大致相等的語句，表達出同範圍、同性質的意象，叫做「排

35　「排比」：浙江省修辭研究會編《修辭方式例解詞典》、蔡師宗陽《文法與修辭》、黃慶萱《修辭學》、黃慶萱《高級中學文法與修辭教師手冊》、湖北省中小學教學教材研究室《語文基礎知識》、程希嵐《修辭學新編》、陳正治《修辭學》、鄭遠漢《辭格辨異》、倪寶元《修辭》、張瓌一《修辭概要》、陳節《詩經漫談》、洪湛侯《詩經學史》等書；「排比法」：徐芹庭《修辭學發微》、曾忠華《作文津梁》、杜淑貞《現代實用修辭學》。

36　「排迭」見浙江省修辭研究會編《修辭方式例解詞典》、王德春《修辭學詞典》、蔡師宗陽《文法與修辭》等書。

37　「排語」參蔡師宗陽《文法與修辭》（臺北：三民書局股份有限公司，2001年1月，初版一刷），下冊，頁103。

38　「排疊式」參考張弓：《現代漢語修辭學》（河北：河北教育出版社，1993年6月，第1版第1次印刷），頁122。

39　「排疊」見張弓《現代漢語修辭學》、譚永祥《修辭精品六十格》、鄭業建《修辭學》等書。

40　「排句」：宋文翰《國文修辭學》、蔣金龍《演講修辭學》；「排句格」：唐鉞《修辭格》。

比」。[41]

由上述文字，可知排比的定義，是指在語文中，用三個或三個以上結構相同或相似的詞句，逐一成串排列的一種修辭技巧。至於排比的分類，筆者根據蔡師宗陽先生《文法與修辭》及張先亮先生《修辭方式例解詞典》書中的觀點，將其分為：詞組排比、單句排比、複句排比、段落排比四種。然因《詩經》並無「詞組排比」[42]之範例，故本篇「排比」類型，分為下列三種：

一、單句排比：凡是在語文中，用三個或三個以上結構相同或相似的單句，表達相同性質、相同範圍的意象的一種修辭技巧，叫做單句排比。[43]

二、複句排比：凡是在語文中，用三個或三個以上結構相同或相似的複句，表達相同性質、相同範圍的意象的一種修辭技巧，叫做複句排比。[44]

---

41 黃慶萱：《修辭學》（臺北：三民書局股份有限公司，2004 年 1 月，增訂 3 版 2 刷），頁 651。

42 「詞組排比」，謂凡是在語文中，用三個或三個以上結構相同或相似的詞組，表達相同性質、相同範圍的意象的一種修辭技巧，叫做詞組排比。例如：《論語‧子罕》：「子絕四：毋意、毋必、毋固、毋我。」參考蔡師宗陽：《文法與修辭》（臺北：三民書局股份有限公司，2001 年 1 月，初版一刷），下冊，頁 104。

43 蔡師宗陽：《文法與修辭》（臺北：三民書局股份有限公司，2001 年 1 月，初版一刷），下冊，頁 104。

44 蔡師宗陽：《文法與修辭》（臺北：三民書局股份有限公司，2001 年 1 月，初版一刷），下冊，頁 105。

三、段落排比：由三個或三個以上結構相似，內容相

　　　　近的段組成，段落的開頭或結尾常用相同的句子

　　　　提領。[45]

　　筆者囿於篇幅限制，對於《詩經》「排比」的例證，詳
細解說以三例為限，餘例則簡略說明。

一、單句排比

　　「單句排比」是指在詩文中，用三個或三個以上結構相
同或相似的單句，表達相同性質、相同範圍的意象的一種修
辭技巧，叫做單句排比。[46]

　　《詩經》中「單句排比」，計有 39 例。[47]以〈雅〉最多，
〈風〉居次，〈頌〉最少。例如〈秦風・小戎〉：

---

[45] 浙江省修辭研究會：《修辭方式例解詞典》（杭州：浙江教育出版社，
　　1990 年 9 月，第 1 版第 1 次印刷），頁 168。

[46] 蔡師宗陽：《文法與修辭》（臺北：三民書局股份有限公司，2001 年 1
　　月，初版一刷），下冊，頁 104。

[47] 運用「單句排比」的篇章，計有以下 39 例：〈衛風・碩人〉第一章、第二
　　章；〈齊風・猗嗟〉第一章、第二章、第二章；〈秦風・小戎〉第一章、第二
　　章、第三章；〈豳風・七月〉第五章；〈豳風・鴟鴞〉第三章、第四章；〈小
　　雅・天保〉第三章、第六章；〈小雅・斯干〉第四章、第六章、第八章、第
　　九章；〈小雅・無羊〉第二章；〈小雅・蓼莪〉第四章；〈小雅・北山〉第四
　　章、第五章、第六章；〈小雅・楚茨〉第一章；〈小雅・何草不黃〉第一章；
　　〈大雅・大明〉第八章；〈大雅・緜〉第四章、第六章、第九章；〈大雅・皇
　　矣〉第七章、第八章；〈大雅・文王有聲〉第一章；〈大雅・生民〉第五章；
　　〈大雅・行葦〉第五章；〈大雅・公劉〉第三章；〈大雅・板〉第六章、第七
　　章；〈大雅・蕩〉第二章；〈大雅・韓奕〉第五章；〈周頌・載芟〉。

> 小戎俴收，五楘梁輈，游環脅驅，陰靷鋈續，文茵暢
> 轂，駕我騏馵。（第一章）

此為秦大夫遠征西戎，其婦思念之詩。這例子說明：兵車輕
淺便捷，車轅外覆著皮革，游環皮帶驅策驂馬，白色鐵環把
靷條接，虎皮車席長車轂，駕馭青花駿和白腳馵。清朝牛運
震《詩志》曰：「小戎俴收五句，一連說車，卻用『駕我騏
馵』一語承住，結構有氣勢，不是排板鋪敘也。」[48]裴普賢
先生進一步說明：「首章『小戎俴收』五句，連說兵車之裝
備，而卻用『駕我騏馵』一語承住，結構始無平排鋪敘之呆
板，而頗具氣勢。」[49]將《詩志》中之義蘊，闡釋得淋漓盡
致，說法與牛運震雷同，明顯承襲自牛運震《詩志》。詩中
「小戎俴收」、「五楘梁輈」、「游環脅驅」、「陰靷鋈續」、「文
茵暢轂」、「駕我騏馵」，皆是結構相似的單句，屬於「單句
排比」。又如〈大雅·緜〉：

> 予曰有疏附，予曰有先後，予曰有奔奏，予曰有禦
> 侮。（第九章）

這是追述大王始遷岐周以開王業，文王因之以受天命的詩。
這例子說明：這個說：「我能使疏遠者來歸附」，那個說：

---

48 （清）牛運震：《詩志》（清嘉慶年間空山堂刊本），卷2，頁36上。
49 糜文開、裴普賢著：《詩經欣賞與研究》（改編版）（臺北：三民書局
　　股份有限公司，1991年2月，再版），冊1，頁583。

「我能使爭奪者知禮讓」，這個說：「我能為你奔走服務」，那個說：「我能為你抵禦外侮」。清朝牛運震《詩志》曰：「硬排四『予曰』，古拗橫肆，結法大奇。」[50]以四句「排比」作結，肆筆直收，饒富奇姿。馬持盈先生認為：「連續有四個『予曰』，皆形容人民受感動之後，而紛紛自動的報奮勇，說是能替文王服務的意思。」[51]因文王盛德，人民爭相為之效勞，應和聲此起彼落，四句「排比」，寫盡當時熱絡之狀。「予曰有疏附」、「予曰有先後」、「予曰有奔奏」、「予曰有禦侮」，皆是結構相同的單句，屬於「單句排比」。再如〈大雅‧蕩〉：

> 曾是彊禦，曾是掊克；曾是在位，曾是在服。（第二章）

此是厲王無道，周室大壞，天下動蕩無綱，召穆公憂傷之作。這例子說明：竟如此暴虐無道，竟如此剝削聚斂，竟使惡人在位，竟使貪夫居官。「曾是彊禦」、「曾是掊克」、「曾是在位」、「曾是在服」，皆是結構相同的單句，屬於「單句排比」。

　　以上有關「單句排比」的分析，《詩經》共 39 例。其中〈雅〉有 27 例，最多；〈風〉有 11 例，次之；〈頌〉有 1

50　（清）牛運震：《詩志》（清嘉慶年間空山堂刊本），卷 6，頁 7 下。
51　馬持盈註譯：《詩經今註今譯》（臺北：臺灣商務印書館股份有限公司，1988 年 10 月，修訂四版），448 頁。

例，最少。

二、複句排比

「複句排比」是指在語文中，用三個或三個以上結構相同或相似的複句，表達相同性質、相同範圍的意象的一種修辭技巧，叫做複句排比。[52]分別舉例說明如下：

《詩經》中「複句排比」，計有 5 例。以〈雅〉最多，〈風〉次之，〈頌〉則無有。例如〈鄭風·女曰雞鳴〉：

> 「知子之來之，雜佩以贈之。知子之順之，雜佩以問之。知子之好之，雜佩以報之。」（第三章）

此乃歌詠夫婦和樂敬愛的詩。這例子說明：知道你對我是真心體貼，所以回贈你雜佩；知道你對我是真心依順，所以慰贈你雜佩；知道你對我是真心喜歡，所以報贈你雜佩。「知子之來之，雜佩以贈之」、「知子之順之，雜佩以問之」、「知子之好之，雜佩以報之」，是由三個句子構成的平行複句，屬於「複句排比」。再如〈小雅·大東〉：

> 東人之子，職勞不來；西人之子，粲粲衣服；舟人之子，熊羆是裘；私人之子，百僚是試。（第四章）

---

52 蔡師宗陽：《文法與修辭》（臺北：三民書局股份有限公司，2001 年 1月，初版一刷），下冊，頁 105。

此乃東國困於役而傷於財，時人作是詩以刺亂。這例子說明：東國的子弟，工作辛勞得不到任何慰藉；西國的子弟，衣著鮮艷奪目；周室王族子弟，身穿名貴熊羆皮裘；顯要貴族子弟，教育栽培當大官。「東人之子，職勞不來」、「西人之子，粲粲衣服」、「舟人之子，熊羆是裘」、「私人之子，百僚是試」，是由四個句子構成的平行複句，屬於「複句排比」。又如〈大雅‧皇矣〉：

> 作之屏之，其菑其翳；脩之平之，其灌其栵；啟之辟之，其檉其椐；攘之剔之，其檿其柘。（第二章）

此詩敘大王、大伯、王季之德，兼述文王伐密、伐崇之事。這例子說明：太王居岐之後，大肆舉行拓荒工作，將枯木亂草拔除，將灌木修剪整齊，將河柳、椐木都加以開發，將山桑、柘樹都加以剔除，只保留美材讓其生長。「作之屏之，其菑其翳」、「脩之平之，其灌其栵」、「啟之辟之，其檉其椐」、「攘之剔之，其檿其柘」，是由四個句子構成的平行複句，屬於「複句排比」。又如：

> 〈大雅‧生民〉：三章「誕寘之隘巷，牛羊腓字之；誕寘之平林，會伐平林；誕寘之寒冰，鳥覆翼之。」
> 〈大雅‧韓奕〉：三章「其殽維何？炰鼈鮮魚。其蔌維何？維筍及蒲。其贈維何？乘馬路車。」

以上有關「複句排比」的分析，《詩經》共 5 例。其中

〈雅〉有四例，最多；〈風〉有 1 例，居次；〈頌〉則無有。

三、段落排比

「段落排比」，是指在語文中，由三個或三個以上結構相似，內容相近的段組成，段落的開頭或結尾常用相同的句子提領。[53]

《詩經》中「段落排比」，計有 106 例。[54]以〈風〉最

---

[53] 浙江省修辭研究會：《修辭方式例解詞典》（杭州：浙江教育出版社，1990 年 9 月，第 1 版第 1 次印刷），頁 168。

[54] 運用「段落排比」的篇章，計有以下 106 例：〈周南・樛木〉第一章、第二章、第三章；〈周南・螽斯〉 第一章、第二章、第三章；〈周南・桃夭〉第一章、第二章、第三章；〈周南・兔罝〉第一章、第二章、第三章；〈周南・芣苢〉第一章、第二章、第三章；〈周南・麟之趾〉第一章、第二章、第三章；〈召南・鵲巢〉第一章、第二章、第三章；〈召南・草蟲〉第一章、第二章、第三章；〈召南・采蘋〉第一章、第二章、第三章；〈召南・甘棠〉第一章、第二章、第三章；〈召南・羔羊〉第一章、第二章、第三章；〈召南・殷其靁〉第一章、第二章、第三章；〈召南・摽有梅〉第一章、第二章、第三章；〈召南・江有汜〉第一章、第二章、第三章；〈邶風・燕燕〉第一章、第二章、第三章；〈邶風・日月〉第一章、第二章、第三章、第四章；〈邶風・北門〉第一章、第二章、第三章；〈邶風・北風〉第一章、第二章、第三章；〈邶風・新臺〉第一章、第二章、第三章；〈鄘風・牆有茨〉第一章、第二章、第三章；〈鄘風・桑中〉第一章、第二章、第三章；〈鄘風・相鼠〉第一章、第二章、第三章；〈鄘風・干旄〉第一章、第二章、第三章；〈衛風・考槃〉第一章、第二章、第三章；〈衛風・有狐〉第一章、第二章、第三章；〈衛風・木瓜〉第一章、第二章、第三章；〈王風・黍離〉第一章、第二章、第三章；〈王風・揚之水〉第一章、第二章、第三章；〈王風・中谷有蓷〉第一章、第二章、第三章；〈王風・兔爰〉第一章、第二章、第三章；〈王風・葛藟〉第一章、第二章、第三章；〈王風・采葛〉第一章、第二章、第三章；〈王風・丘中有麻〉第一章、第二章、第三章；〈鄭風・

緇衣〉第一章、第二章、第三章；〈鄭風・將仲子〉第一章、第二章、第三章；〈鄭風・叔于田〉第一章、第二章、第三章；〈鄭風・清人〉第一章、第二章、第三章；〈鄭風・羔裘〉第一章、第二章、第三章；〈鄭風・風雨〉第一章、第二章、第三章；〈齊風・還〉第一章、第二章、第三章；〈齊風・著〉第一章、第二章、第三章；〈齊風・敝笱〉第一章、第二章、第三章；〈齊風・載驅〉第一章、第二章、第三章、第四章；〈魏風・汾沮洳〉第一章、第二章、第三章；〈魏風・陟岵〉第一章、第二章、第三章；〈魏風・伐檀〉第一章、第二章、第三章；〈魏風・碩鼠〉第一章、第二章、第三章；〈唐風・蟋蟀〉第一章、第二章、第三章；〈唐風・山有樞〉第一章、第二章、第三章；〈唐風・綢繆〉第一章、第二章、第三章；〈唐風・鴇羽〉第一章、第二章、第三章；〈唐風・葛生〉第一章、第二章、第三章；〈唐風・采苓〉第一章、第二章、第三章；〈秦風・蒹葭〉第一章、第二章、第三章；〈秦風・黃鳥〉第一章、第二章、第三章；〈秦風・晨風〉第一章、第二章、第三章；〈秦風・無衣〉第一章、第二章、第三章；〈陳風・東門之池〉第一章、第二章、第三章；〈陳風・月出〉第一章、第二章、第三章；〈陳風・澤陂〉第一章、第二章、第三章；〈檜風・羔裘〉第一章、第二章、第三章；〈檜風・素冠〉第一章、第二章、第三章；〈檜風・隰有萇楚〉第一章、第二章、第三章；〈曹風・蜉蝣〉第一章、第二章、第三章；〈曹風・候人〉第一章、第二章、第三章；〈曹風・鳲鳩〉第一章、第二章、第三章、第四章；〈曹風・下泉〉第一章、第二章、第三章；〈豳風・破斧〉第一章、第二章、第三章；〈小雅・鹿鳴〉第一章、第二章、第三章；〈小雅・四牡〉第一章、第二章、第三章、第四章、第五章；〈小雅・皇皇者華〉第二章、第三章、第四章、第五章；〈小雅・采薇〉第一章、第二章、第三章；〈小雅・杕杜〉第一章、第二章、第三章、第四章；〈小雅・魚麗〉第一章、第二章、第三章；〈小雅・魚麗〉第四章、第五章、第六章；〈小雅・南有嘉魚〉第一章、第二章、第三章、第四章；〈小雅・南山有臺〉第一章、第二章、第三章、第四章、第五章；〈小雅・蓼蕭〉第一章、第二章、第三章、第四章；〈小雅・湛露〉第一章、第二章、第三章、第四章；〈小雅・彤弓〉第一章、第二章、第三章；〈小雅・菁菁者莪〉第一章、第二章、第三章、第四章；〈小雅・采芑〉第一章、第二章、第三章；〈小雅・鴻雁〉第一章、第二章、第三章；〈小雅・庭燎〉第一章、第二章、第三章；〈小雅・祈父〉第一章、第二章、第三章；〈小雅・黃鳥〉第一章、第二章、第三章；〈小雅・我行其野〉第一章、第二章、第三

多，有 68 例；〈雅〉居次，有 36 例；〈頌〉最少，有 2 例。
例如〈周南‧螽斯〉：

> 螽斯羽，詵詵兮。宜爾子孫，振振兮。（第一章）
> 螽斯羽，薨薨兮。宜爾子孫，繩繩兮。（第二章）
> 螽斯羽，揖揖兮。宜爾子孫，蟄蟄兮。（第三章）

此乃君子追求淑女的詩。本句意謂：螽斯鼓動翅膀，發聲詵
詵，祝福你子孫興旺滿堂。螽斯鼓動翅膀，發聲薨薨，祝福
你子孫延綿不斷。螽斯鼓動翅膀，發聲揖揖，祝福你子孫繁
衍眾多。余培林先生《詩經正詁》說：「全詩三章，每章四
句，形式複疊。」[55]明確指出此三章，具有複疊之形式。其
中「螽斯羽，詵詵兮。宜爾子孫，振振兮」、「螽斯羽，薨薨

章；〈小雅‧谷風〉第一章、第二章、第三章；〈小雅‧無將大車〉第
一章、第二章、第三章；〈小雅‧小明〉第一章、第二章、第三章；
〈小雅‧鼓鐘〉第一章、第二章、第三章；〈小雅‧瞻彼洛矣〉第一
章、第二章、第三章；〈小雅‧裳裳者華〉第一章、第二章、第三
章；〈小雅‧頍弁〉第一章、第二章、第三章；〈小雅‧青蠅〉第一
章、第二章、第三章；〈小雅‧魚藻〉第一章、第二章、第三章；〈小
雅‧都人士〉第二章、第三章、第四章；〈小雅‧隰桑〉第一章、第
二章、第三章；〈小雅‧緜蠻〉第一章、第二章、第三章；〈小雅‧瓠
葉〉第一章、第二章、第三章、第四章；〈小雅‧漸漸之石〉第一
章、第二章、第三章；〈大雅‧鳧鷖〉第一章、第二章、第三章、第
四章、第五章；〈大雅‧洞酌〉第一章、第二章、第三章；〈大雅‧民
勞〉第一章、第二章、第三章、第四章、第五章；〈魯頌‧駉〉第一
章、第二章、第三章、第四章；〈魯頌‧有駜〉第一章、第二章、第
三章。

55 余培林：《詩經正詁》（臺北：三民書局股份有限公司，1999 年 3
月，再版），上冊，頁 17。

兮。宜爾子孫，繩繩兮」、「螽斯羽，揖揖兮。宜爾子孫，蟄
蟄兮」，是由三個段落構成的平行複句，此例屬於「段落排
比」。又如〈衛風・木瓜〉：

投我以木瓜，報之以瓊琚。匪報也，永以為好也。
（第一章）

投我以木桃，報之以瓊瑤。匪報也，永以為好也。
（第二章）

投我以木李，報之以瓊玖。匪報也，永以為好也。
（第三章）

此乃友人相贈答之詩。本句意謂：他送給我木瓜，我回贈以
玉佩，並非僅止於物質的報答，乃是為了永久情意的友好。
他送給我木桃，我回贈以美玉，並非僅止於物質的報答，乃
是為了永久情意的友好。他送給我木李，我回贈以美石，並
非僅止於物質的報答，乃是為了永久情意的友好。余培林先
生《詩經正詁》說：「全詩三章，每章四句，形式複
疊。」[56]具體指出此三章，具有複疊之形式。「投我以木
瓜，報之以瓊琚。匪報也，永以為好也」、「投我以木桃，報
之以瓊瑤。匪報也，永以為好也」、「投我以木李，報之以瓊
玖。匪報也，永以為好也」，是由三個段落構成的平行複
句，此例屬於「段落排比」。例如〈小雅・魚藻〉：

---

56 余培林：《詩經正詁》（臺北：三民書局股份有限公司，1999 年 3
月，再版），上冊，頁 189。

魚在在藻，有頒其首。王在在鎬，豈樂飲酒。

（第一章）

魚在在藻，有莘其尾。王在在鎬，飲酒樂豈。

（第二章）

魚在在藻，依于其蒲。王在在鎬，有那其居。

（第三章）

此天子燕諸侯，諸侯頌美之詩。這例子說明：魚在何處呢？
魚游水草間，頒然而大頭。王在何處呢？王在京城裡，飲酒
而作樂。魚在何處呢？魚游水草間，體長而肥美。王在何處
呢？王在京城裡，飲酒而作樂。魚在何處呢？魚游水草間，
依偎著蒲草。王在何處呢？王在京城裡，住得安然舒適。余
培林先生《詩經正詁》說：「全詩三章，每章四句，形式複
疊。」[57] 顯然此三章詩句，具有複疊之形式。「魚在在藻，
有頒其首。王在在鎬，豈樂飲酒」、「魚在在藻，有莘其尾。
王在在鎬，飲酒樂豈」、「魚在在藻，依于其蒲。王在在鎬，
有那其居」，是由三個段落構成的平行複句，此例屬於「段
落排比」。

以上有關「段落排比」的分析，《詩經》共 106 例。其
中〈風〉有 68 例，〈風〉有 36 例，〈頌〉有 2 例。

綜合上述分析，茲統計各類數字，列表說明如次：

---

57 余培林：《詩經正詁》（臺北：三民書局股份有限公司，1995 年 10
月，初版），下冊，頁 275。

《詩經》「排比」統計表

排比／詩經	單句排比		複句排比		段落排比		合　計		百分比	
	篇數	次數	篇數	次數	篇數	次數	篇數	次數	篇數	次數
周南	0	0	0	0	6	6	6	6	4.5%	4%
召南	0	0	0	0	8	8	8	8	6%	5.3%
邶風	0	0	0	0	5	5	5	5	3.7%	3.3%
鄘風	0	0	0	0	4	4	4	4	3%	2.7%
衛風	2	2	0	0	3	3	5	5	3.7%	3.3%
王風	0	0	0	0	7	7	7	7	5.2%	4.7%
鄭風	0	0	1	1	6	6	7	7	5.2%	4.7%
風　齊風	1	3	0	0	4	4	5	7	3.7%	4.7%
魏風	0	0	0	0	4	4	4	4	3%	2.7%
唐風	0	0	0	0	6	6	6	6	4.5%	4%
秦風	1	3	0	0	4	4	5	7	3.7%	4.7%
陳風	0	0	0	0	3	3	3	3	2.2%	2%
檜風	0	0	0	0	3	3	3	3	2.2%	2%
曹風	0	0	0	0	4	4	4	4	3%	2.7%
豳風	2	3	0	0	1	1	3	4	2.2%	2.7%
雅　小雅	7	13	1	1	32	33	40	47	29.9%	31.3%
大雅	10	14	3	3	3	3	16	20	11.9%	13.3%
頌　周頌	1	1	0	0	0	0	1	1	0.8%	0.6%
魯頌	0	0	0	0	2	2	2	2	1.5%	1.3%
商頌	0	0	0	0	0	0	0	0	0%	0%
合　計	24	39	5	5	105	106	134	150	100%	100%
百分比	17.9%	26%	3.7%	3.3%	78.4%	70.7%	100%	100%		

　　筆者歸納《詩經》之「排比」修辭法，可以得到下列幾點認知：

1. 就排比數量言，以「段落排比」有 106 例，佔 70.7%，數量最多；「單句排比」計 39 例，佔 26%，居次；「複句排比」共 5 例，佔 3.3%，數量最少。可見，《詩經》的「排比」類型，以「段落排比」最為普遍。如此的「段落排比」修辭技巧，於整齊規律中，寓有靈活變化，藉以加強印象，而不流於刻板呆滯，使《詩經》成為千古不朽的藝術傑作。

2. 就排比性質言，三種「排比」兼具的，只有〈小雅〉及〈大雅〉。由此可知，〈雅〉詩多敘事贊頌之作，流行於中原一帶，而為王朝崇尚之正聲，多半是士大夫的作品，作詩態度嚴謹規矩，運用「排比」手法，義正辭嚴，說理透闢，深具說服力。

3. 就詩經內容言，以〈風〉、〈雅〉、〈頌〉三者相較，〈風〉數量最多，達 80 例，佔 53.3%；〈雅〉數量居次，有 67 例，佔 44.7%；〈頌〉數量較少，有 3 例，佔 2%。〈風〉詩具有民歌性質，運用「排比」修辭，別具明朗活潑之意味。琅琅上口，便於記誦。

4. 就詩經時代言，在「排比」修辭中，以〈國風〉運用最多，有 80 例，佔 53.3%；〈小雅〉其次，有 47 例，佔 31.3%；〈大雅〉其次，有 20 例，佔 13.3%；〈魯頌〉再次之，有 2 例，佔 1.3%；〈周頌〉其次，有 1 例，佔 1.7%；〈商頌〉次之，則無有。由上可知，「排比」的使用，與三百篇之時代先後關係密切，作品時期愈後之

作品，例如〈國風〉、〈小雅〉、〈大雅〉使用較多。整體而言，《詩經》因多屬四言詩之性質，使用之「排比」修辭，較其他辭格普遍。如此可使形式井然，增強文氣，充滿節奏感與旋律美。

四、《詩經》排比藝術特質

根據上述的探討分析，吾人可知，《詩經》「排比」的藝術特質，具有三項：

（一）敘事寫人，清晰鮮明

在形式上，適於配合表現的內容，語意暢達，層次鮮明清楚。例如〈召南・摽有梅〉：

> 摽有梅，其實七兮。求我庶士，迨其吉兮。
> （第一章）
> 摽有梅，其實三兮。求我庶士，迨其今兮。
> （第二章）
> 摽有梅，頃筐墍之。求我庶士，迨其謂之。
> （第三章）

此是女子逾齡望嫁之詩。這例子說明：梅子已熟落，樹上還有七成梅子。有意向我求婚的男子，要趁良辰吉時啊。梅子已熟落，樹上還有三成梅子。有意向我求婚的男子，趁著今天就好。梅子全熟落，從地上拾到頃筐裡。有意向我求婚的

男子，只要說句話就行了。余培林先生認為：「全詩三章，每章四句，形式複疊，皆述女子望嫁之情切。」[58]女子逾齡望嫁，自是急切萬分，形式複疊，清晰表現女子之迫切心情。「摽有梅，其實七兮。求我庶士，迨其吉兮」、「摽有梅，其實三兮。求我庶士，迨其今兮」、「摽有梅，頃筐塈之。求我庶士，迨其謂之」，是由三個段落構成的平行複句，此例屬於「段落排比」。詩人運用「排比」兼「層遞」，層層遞進，猶如時間之推移，將女子渴望成家之焦灼心情，表現得生動淋漓。

(二)抒情繪景，淋漓盡致

在內容上，可以抒發強烈的感情，增強文章的氣勢或感染力。例如〈邶風·燕燕〉：

> 燕燕于飛，差池其羽。之子于歸，遠送于野。瞻望弗及，泣涕如雨。（第一章）
> 燕燕于飛，頡之頏之。之子于歸，遠于將之。瞻望弗及，佇立以泣。（第二章）
> 燕燕于飛，下上其音。之子于歸，遠送于南。瞻望弗及，實勞我心。（第三章）

此當是衛國君王送女弟適他國的詩。這例子說明：比翼雙飛

---

58 余培林：《詩經正詁》（臺北：三民書局股份有限公司，1999 年 3 月，再版），上冊，頁 84。

的燕子，牠們的翅膀相互交錯。現在你要出嫁他國了，我遠遠的送你到郊野，等到你的影子看不見了，我的眼淚不禁奪眶而出，好似下雨一般。比翼雙飛的燕子，牠們的飛翔忽高忽低。現在你要出嫁他國了，我遠遠的送你一程，等到你的影子看不見了，我呆立原地，傷心落淚。比翼雙飛的燕子，牠們的鳴聲忽上忽下。現在你要出嫁他國了，我遠遠的送你到城南，等到你的影子看不見了，我的心傷痛欲絕。余培林先生認為：「全詩四章，每章六句，前三章複疊，全寫離別時傷痛之情。」[59]詩中三章，具備複疊之形式。「燕燕于飛，差池其羽。之子于歸，遠送于野。瞻望弗及，泣涕如雨」、「燕燕于飛，頡之頏之。之子于歸，遠于將之。瞻望弗及，佇立以泣」、「燕燕于飛，下上其音。之子于歸，遠送于南。瞻望弗及，實勞我心」，是由三個段落構成的平行複句，此例屬於「段落排比」。衛國君王之女，從小備受寵愛，一旦遠適他國，心中自是傷痛不捨，詩中藉「排比」抒發強烈之情感，使文氣大增。

（三）說理透徹，具體深刻

在目的上，在議論、說明文中，使論點闡發更嚴密、透徹，條理分明。例如〈衛風‧有狐〉：

> 有狐綏綏，在彼淇梁。心之憂矣，之子無裳。

---

59 余培林：《詩經正詁》（臺北：三民書局股份有限公司，1999 年 3 月，再版），上冊，頁 84。

（第一章）

有狐綏綏，在彼淇厲。心之憂矣，之子無帶。

（第二章）

有狐綏綏，在彼淇側。心之憂矣，之子無服。

（第三章）

此乃婦人思念行役在外的夫君的詩。這例子說明：在那淇河橋上，有隻野狐緩慢行走。我心中憂愁，擔心你沒有衣裳穿。在那淇河橋邊，有隻野狐緩慢行走。我心中憂愁，擔心你沒有帶子用。在那淇河橋側，有隻野狐緩慢行走。我心中憂愁，擔心你沒有衣服穿。余培林先生認為：「全詩三章，每章四句，形式複疊，皆寫思念征夫之情。」[60]明確指出詩中三章，具備複疊之形式。「有狐綏綏，在彼淇梁。心之憂矣，之子無裳」、「有狐綏綏，在彼淇厲。心之憂矣，之子無帶」、「有狐綏綏，在彼淇側。心之憂矣，之子無服」，是由三個段落構成的平行複句，此例屬於「段落排比」。婦人思夫之情，藉由「排比」形式，透徹地表達出來，具體生動，令人印象深刻。

---

60 余培林：《詩經正詁》（臺北：三民書局股份有限公司，1999 年 3 月，再版），上冊，頁 187。

第三節｜層遞

　　「層遞」的異稱甚多。「層遞」[61]又叫做「繼踵」，[62]也叫做「漸層法」，[63]又稱為「層疊法」，[64]或稱「逐累進境法」，[65]又稱為「深進法」，[66]也叫做「層進」，[67]也叫做「層層遞進」，[68]又叫做「遞進」，[69]又叫做「連鎖」，[70]也叫做

61　「層遞」參考浙江省修辭研究會編《修辭方式例解詞典》、王德春《修辭學詞典》、陳正治《修辭學》、胡性初《修辭助讀》、鄭頤壽《比較修辭》、沈謙《修辭學》、蔣金龍《演講修辭學》、陳望道《修辭學發凡》、洪湛侯《詩經學史》等書；「層遞法」見徐芹庭《修辭學發微》、曾忠華《作文津梁》、杜淑貞《現代實用修辭學》、張西堂《詩經六論》等書。

62　「繼踵」一詞，見於（宋）陳騤、蔡師宗陽《陳騤文則新論》等書。

63　「漸層」：（日）佐佐政一《修辭通論》、（日）吉田文子〈詩經疊詠體における漸層表現について〉、劉儀芬《國風之修辭》；「漸層法」：（日）五十嵐力《作文應用常識修辭學》、（日）諸橋轍次《詩經研究》、（日）杉本行夫〈詩經の修辭法〉、王易《修辭學通詮》、陳介白《修辭學講話》。

64　譚正璧先生說：「層遞法，在有的修辭學書上，也叫做層疊法。」見譚正璧：《修辭新例》（上海：棠棣出版社，1953 年 5 月，初版），頁175。

65　「逐累進境法」見謝无量《詩經研究》、胡子成《詩經研究》等書。

66　「深進法」，參唐圭璋〈三百篇修詞之研究〉、于維杰〈詩經修辭示例〉。

67　「層進」一詞，見於葉龍〈國風與雅歌的修辭研究〉、黃振民《詩經研究》、羅敬之〈談詩經國風的修辭〉。

68　「層層遞進」參考夏傳才：《詩經語言藝術新編》（北京：語文出版社，1998 年 1 月，第版第次印刷），頁 49。

69　「遞進」見王希杰《漢語修辭學》、蔣希文《修辭淺說》、浙江省修辭研究會編《修辭方式例解詞典》等書。

「聯鎖」。[71]

關於「層遞」的分類，眾說紛紜，各有千秋。沈謙先生《修辭學》說：「黃慶萱《修辭學》則分類最為詳備。」[72] 蔡師宗陽也認為：「各家分類，以黃慶萱先生最為完備。」[73] 因此，本篇論文於「層遞」修辭法，係採用黃慶萱先生在《修辭學》上的定義及分類。

黃慶萱先生《修辭學》一書，將「層遞」修辭法分為：「單式層遞」、「複式層遞」兩大類，每大類又各有三細目。[74]第一類「單式層遞」，分為前進式、後退式、比較式三種；第二類「複式層遞」，分為反復式、並立式、雙遞式三種。

關於「層遞」修辭格的定義，黃慶萱先生認為：

> 凡要說的有兩個以上的事物，這些事物又有大小輕重等比例，而且比例又有一定秩序，於是說話行文時，依序層層遞進的，叫「層遞」。[75]

---

70 「連鎖」參傅隸樸《中文修辭學》、傅隸樸《修辭學》。

71 黃永武：《字句鍛鍊法》（臺北：臺灣商務印書館股份有限公司，2000年3月，2版第3次印刷），頁63。

72 沈謙：《修辭學》（臺北縣：國立空中大學，2000年7月，再版），頁520。

73 蔡師宗陽：《應用修辭學》（臺北：萬卷樓圖書有限公司，2001年5月，初版），頁202。

74 參黃慶萱：《修辭學》（臺北：三民書局股份有限公司，2000年10月，增訂二版十刷），頁488~490。

75 黃慶萱：《修辭學》（臺北：三民書局股份有限公司，2000年10月，增訂二版十刷），頁481。

由上述文字，可知層遞的定義，是指在語文中，用三種以上的事物，表達在數量上的比例差異，依序逐層遞升或遞降的一種修辭技巧。至於層遞的分類，筆者根據黃慶萱先生《修辭學》書中的觀點，並融入個人之見解，將其分為：

一、單式層遞：是指在詩文中，運用一組層遞，作同比例推移的一種修辭技巧。分為前進式、後退式、比較式三種。

（一）前進式：凡層遞排列的次序是從淺到深，從低到高，從小到大，從輕到重，從前到後，從始到終的，屬前進式。

（二）後退式：凡層遞排列的次序是從深到淺，從高到低，從大到小，從重到輕，從後到前，從終到始的，屬後退式。

（三）比較式：舉凡數量之比較，程度之差池，都屬比較式。

二、複式層遞：是指在詩文中，運用兩組或兩組以上的層遞，作同比例推移的一種修辭技巧。分為反復式、並立式、雙遞式三種。

（一）反復式：把前進式跟後退式的層遞一前一後連接起來，屬複式層遞中的反復式。

（二）並立式：把兩種同性質的層遞並列起來，屬複式層遞中的並立式。

（三）雙遞式：當甲乙兩現象有因果關聯時，乙現象於是視甲現象的層遞也自成層遞狀態，屬

複式層遞中的雙遞式。[76]

　　筆者囿於篇幅限制，對於《詩經》「層遞」的例證，詳細解說以三例為限，餘例則簡略說明。茲說明如下：

一、單式層遞

　　「單式層遞」是指在詩文中，運用一組層遞，作同比例推移的一種修辭技巧。分為前進式、後退式、比較式三種。

（一）前進式

　　「單式層遞」之「前進式」，謂凡層遞排列的次序是從淺到深，從低到高，從小到大，從輕到重，從前到後，從始到終的一種修辭技巧。[77]

　　《詩經》中「單式層遞」之「前進式」，計有 32 例。[78]

---

76 見黃慶萱：《修辭學》（臺北：三民書局股份有限公司，2000 年 10 月，增訂二版十刷），頁 488~490。黃慶萱先生《修辭學》一書，於 2004 年 1 月，完成增訂三版。書中將「層遞」分為單式、複式兩大類，單式分「前進式」、「後退式」、「比較式」三種；複式分「反復式」、「並立式」、「遞對式」、「雙遞式」四種。因《詩經》「層遞」修辭缺乏「遞對式」之例，故筆者採黃氏舊說分類。

77 黃慶萱：《修辭學》（臺北：三民書局股份有限公司，2000 年 10 月，增訂二版十刷），頁 488。

78 運用「單式層遞」之「前進式」的篇章，計有以下 32 例：〈周南・桃夭〉第一章、第二章、第三章；〈周南・兔罝〉第一章、第二章、第三章；〈召南・采蘋〉第一章、第二章、第三章；〈召南・江有汜〉第一章、第二章、第三章；〈邶風・燕燕〉第一章、第二章、第三章；

以〈風〉最多，〈雅〉居次，〈頌〉則未見。例如〈周南·桃夭〉：

> 桃之夭夭，灼灼其華。之子于歸，宜其室家。
>
> （第一章）
>
> 桃之夭夭，有蕡其實。之子于歸，宜其家室。
>
> （第二章）
>
> 桃之夭夭，其葉蓁蓁。之子于歸，宜其家人。
>
> （第三章）

〈鄘風·牆有茨〉第一章、第二章、第三章；〈衛風·淇奧〉第一章、第二章、第三章；〈衛風·伯兮〉第二章、第三章、第四章；〈王風·葛藟〉第一章、第二章、第三章；〈王風·采葛〉第一章、第二章、第三章；〈鄭風·大叔于田〉第一章、第二章、第三章；〈鄭風·風雨〉第一章、第二章、第三章；〈鄭風·子衿〉第一章、第二章、第三章；〈齊風·猗嗟〉第一章、第二章、第三章；〈唐風·山有樞〉第一章、第二章、第三章；〈唐風·綢繆〉第一章、第二章、第三章；〈唐風·采苓〉第一章、第二章、第三章；〈秦風·蒹葭〉第一章、第二章、第三章；〈秦風·晨風〉第一章、第二章、第三章；〈秦風·無衣〉第一章、第二章、第三章；〈陳風·月出〉第一章、第二章、第三章；〈陳風·澤陂〉第一章、第二章、第三章；〈檜風·羔裘〉第一章、第二章、第三章；〈檜風·隰有萇楚〉第一章、第二章、第三章；〈小雅·南山有臺〉第一章、第二章、第三章、第四章、第五章；〈小雅·四月〉第一章、第二章、第三章；〈小雅·瞻彼洛矣〉第一章、第二章、第三章；〈小雅·賓之初筵〉第三章、第四章；〈小雅·都人士〉第一章、第二章、第三章、第四章、第五章；〈小雅·瓠葉〉第一章、第二章、第三章、第四章；〈小雅·漸漸之石〉第一章、第二章、第三章；〈大雅·板〉第二章、第四章、第五章。

此詩藉桃樹起興，祝賀友人嫁女兒。首章的「灼灼其華」，寫婚禮的盛況；二章的「有蕡其實」，襯托其婦德；三章的「其葉蓁蓁」，象徵子孫眾多。桃樹的生長由「華」而「實」而「葉」，順序由先而後，屬於「前進式」之「單式層遞」。關於桃樹的生長歷程，據《中國高等植物圖鑑》記載：「花單生，先葉開放。」[79]桃樹之生長，是先開花後長葉的。《全國中草藥匯編》也說：「春季先葉開花，一朵側生，花梗甚短。」[80]春天時，桃樹先花後葉，依次生長。薛聰賢先生認為：「桃是落葉灌木或小喬木。冬季落葉，春季開花，腋出，花色有白、紅或粉紅。」[81]又說：「花盛開時，新葉未萌發，仍處於休眠狀態，只見枝條綴滿嬌豔的花朵，頗為壯觀，花期正春季三至四月間，正所謂『桃花舞春風』，果實成熟可食用。」[82]具體說明，桃樹是先花後葉之植物。所以，錢鍾書先生認為：「此重章之循序漸進者，〈桃夭〉由『華』而『葉』而『實』，亦然。」[83]指出詩中的漸進關係，這分析是正確的。然而，桃樹由花結實，其階段一氣呵成，無法判然分割，錢鍾書先生所謂由華而葉而實，其

---

79 中國科學院植物研究所主編：《中國高等植物圖鑑》（北京：科學出版社，1987 年 12 月，第 1 版第 5 次印刷），冊 2，頁 304。

80 《全國中草藥匯編》編寫組編：《全國中草藥匯編》（北京：人民衛生出版社，1988 年 2 月，第 1 版第 4 次印刷），上冊，頁 662。

81 薛聰賢編著：《臺灣蔬果實用百科》（彰化縣：薛聰賢出版，2001 年 5 月 20 日，初版），冊 3，頁 32。

82 薛聰賢編著：《臺灣花卉實用圖鑑》（第 8 輯）（彰化縣：薛聰賢出版，1999 年 6 月 6 日，增訂再版），頁 37。

83 錢鍾書：《管錐編》（臺北：書林出版有限公司，1990 年 8 月版），冊 1，頁 75。

順序實有待商榷。許琇禎先生也說：「桃樹的生長歷程，是由花、實而葉，故在層遞的次序上，不同於其他植物的『葉、花、實』」。[84]由此可知，桃樹的生長順序，是先開花，次結果，再長葉，「華」、「實」、「葉」形成三個由先而後的層次。由於桃花、桃實、桃葉的意象層遞，將女子成婚、為婦、為母之「宜」烘托的淋漓盡致。[85]故而清朝牛運震《詩志》說：「華、實、葉三層，句法三變。」[86]說明華、實、葉三階段，形成三個層遞次序。全詩三章，文句三易，「灼灼其華」、「有蕡其實」、「其葉蓁蓁」，是由三個單句構成的層遞，構成「前進式」的「單式層遞」。又如〈唐風‧山有樞〉：

> 山有樞，隰有榆。子有衣裳，弗曳弗婁；子有車馬，弗馳弗驅。宛其死矣，他人是愉。（第一章）
> 山有栲，隰有杻。子有廷內，弗洒弗掃；子有鐘鼓，弗鼓弗考。宛其死矣，他人是保。（第二章）
> 山有漆，隰有栗。子有酒食，何不日鼓瑟？且以喜樂，且以永日。宛其死矣，他人入室。（第三章）

此詩主要是勸人及時行樂。否則，衣裳車馬財物，將會淪為

---

84 許琇禎：〈詩經‧國風層遞藝巧析論〉，《孔孟月刊》第 32 卷 8 期（1994 年 4 月 28 日），頁 9。

85 許琇禎：〈詩經‧國風層遞藝巧析論〉，《孔孟月刊》第 32 卷 8 期（1994 年 4 月 28 日），頁 6。

86 （清）牛運震：《詩志》（清嘉慶年間空山堂刊本），卷 1，頁 6 上。

「他人是愉」，謂他人享其樂；「他人是保」，指他人居而有之；「他人入室」，是他人佔有之也。余培林先生認為：「『是愉』、『是保』、『入室』，義雖相同，而深淺有別，此又詩之序也。」[87]外力的入侵，是由「他人是愉」而「他人是保」至「他人入室」，入侵程度由淺而深，屬「前進式」之「單式層遞」。宋朝謝枋得《詩傳注疏》更進一步指出：「始言『他人是愉』，中言『他人是保』，末言『他人入室』，一節悲一節，此亦憂深思遠也。」[88]詩人的憂傷由淺漸深，具有層遞的關係。全詩三章，文句三易，句法靈活生動，層次條理分明，將層遞之妙用，發揮得淋漓盡致。再如〈小雅・四月〉：

> 四月維夏，六月徂暑。先祖匪人，胡寧忍予？
> （第一章）
> 秋日淒淒，百卉具腓。亂離瘼矣，奚其適歸。
> （第二章）
> 冬日烈烈，飄風發發。民莫不穀，我獨何害？
> （第三章）

此是詩人身遭災禍，憂傷感慨之作。詩中描述遭禍的時期，首章之「四月維夏」，時值夏季；二章的「秋日淒淒」，正逢

---

87 余培林：《詩經正詁》（臺北：三民書局股份有限公司，1999 年 3 月，再版），上冊，頁 314。

88 （宋）謝枋得：《詩傳注疏》（北京：學苑出版社，2002 年 12 月，第 1 版第 1 次印刷，《詩經要籍集成》本），卷上，頁 20。

秋季、三章敘「冬日烈烈」，描寫冬季。罹禍期間由「夏」歷「秋」至「冬」，時序由先而後，屬「前進式」之「單式層遞」。「夏」、「秋」、「冬」三季，屬遞升關係。明朝朱善《詩解頤》說：「以詩考之，由夏而秋，由秋而冬，則見其經歷之久。」[89]歲經三季，時移境遷，可見歷時已久。清朝方玉潤《詩經原始》曰：「自夏徂秋，由秋而冬，歷時三序。」[90]一年四季，時序由夏而秋而冬，先後井然。裴普賢先生也認為：「前三章以夏、秋、冬時令之變化，說明歲月之流轉；由盛暑而蕭秋而嚴冬。而詩人之遭遇，也正如時令之遞進。」[91]詩中藉時令之遞進，影射詩人之遭遇，日益迫蹙。本詩的內容，隨著時序的流轉變化，由前而後，慢慢地遞升。「四月維夏」、「秋日淒淒」、「冬日烈烈」，是由三個單句構成的層遞，構成「前進式」的「單式層遞」。

　　以上有關「單式層遞」「前進式」的分析，《詩經》共32 例。其中〈風〉有 24 例，〈雅〉有 7 例，〈頌〉則無有。

（二）後退式

　　「單式層遞」之「後退式」，謂凡層遞排列的次序是從深到淺，從高到低，從大到小，從重到輕，從後到前，從終

89　（明）朱善《詩解頤》（北京：學苑出版社，2002 年 12 月，《詩經要籍集成》本），卷 2，頁 36 上。

90　（清）方玉潤《詩經原始》（臺北縣：藝文印書館，1981 年 2 月，三版），卷 2，頁 22 上。

91　裴普賢編著：《詩經評註讀本》（臺北：三民書局股份有限公司，1991 年 8 月，五版），下冊，頁 255。

到始的一種修辭技巧。[92]

　　《詩經》中「單式層遞」之「後退式」，計有 9 例。[93]
以〈雅〉最多，〈風〉居次，〈頌〉則未見。例如〈召南·甘
棠〉：

> 蔽芾甘棠，勿翦勿伐，召伯所茇。（第一章）
> 蔽芾甘棠，勿翦勿敗，召伯所憩。（第二章）
> 蔽芾甘棠，勿翦勿拜，召伯所說。（第三章）

此是南國之人，藉勿砍召穆公虎曾憩之樹，以感念其德。後
人愛護甘棠樹，希望樹木「勿伐」、「勿敗」、「勿拜」，傷害
程度由重而輕，屬於「後退式」之「單式層遞」。宋朝朱熹
《詩集傳》曰：「勿拜，則非特勿伐而已，愛之愈久，而愈
深也。」[94]指出「勿拜」與「勿伐」之深淺關係。清代方玉
潤《詩經原始》云：「他詩鍊字，一層深一層，此詩一層輕

92　黃慶萱：《修辭學》（臺北：三民書局股份有限公司，2000 年 10 月，
　　增訂二版十刷），頁 489。

93　運用「單式層遞」之「後退式」的篇章，計有以下 9 例：〈召南·甘
　　棠〉第一章、第二章、第三章；〈齊風·著〉第一章、第二章、第三
　　章；〈秦風·黃鳥〉第一章、第二章、第三章；〈小雅·杕杜〉第一
　　章、第二章、第三章、第四章；〈小雅·黃鳥〉第一章、第二章、第
　　三章；〈小雅·斯干〉第三章、第四章、第五章；〈大雅·既醉〉第四
　　章、第六章、第七章、第八章；〈大雅·民勞〉第一章、第二章、第
　　三章、第四章、第五章；〈大雅·雲漢〉第三章、第四章、第五章、
　　第六章。

94　（宋）朱熹《詩集傳》（臺北：臺灣學生書局，1970 年 10 月，景印
　　初版），卷 1，頁 19 下。

一層，然以輕而愈見其珍重耳。」[95]點出詩中具有「層遞」現象。朱守亮《詩經評釋》闡釋此詩曰：「詩則首章言勿伐，伐謂伐其枝幹也。二章言勿敗，敗謂拔折之也。則勿敗，非特勿伐而已，是敗輕於伐。三章言勿拜，拜謂低屈之也。則勿拜，非特勿拜而已，是拜又輕於敗。所謂愛之愈久，而愈深也，此朱熹所及言也。」[96]與朱熹所說，意正相符，並加以引申說明。由「層遞」之運用，由人民對樹的愛護，則百姓對召公的愛戴，可見一斑。「勿翦勿伐」、「勿翦勿敗」、「勿翦勿拜」，是由三個單句構成的層遞，屬於「單式層遞」之「後退式」。又如〈小雅・杕杜〉：

> 有杕之杜，有睆其實。王事靡盬，繼嗣我日。日月陽
> 止，女心傷止，征夫遑止。（第一章）
> 有杕之杜，其葉萋萋。王事靡盬，我心傷悲。卉木萋
> 止，女心悲止，征夫歸止。（第二章）
> 陟彼北山，言采其杞。王事靡盬，憂我父母。檀車幝
> 幝，四牡痯痯，征夫不遠。（第三章）
> 匪載匪來，憂心孔疚。期逝不至，而多為恤。卜筮偕
> 止，會言近止，征夫邇止。（第四章）

此詩乃征人思歸之作。征夫「遑止」，閒暇且歸也；「歸

---

95 （清）方玉潤《詩經原始》（臺北縣：藝文印書館，1981 年 2 月，第 3 版），卷 2，頁 7 上。

96 朱守亮：《詩經評釋》（臺北：台灣學生書局，1994 年 9 月，第 3 版），上冊，頁 77。

止」，始歸也；「不遠」，歸期不遠也；「邇止」，歸期近也。順序由遠而近，屬於「後退式」之「單式層遞」。余培林先生認為：「一章曰『遑止』，二章曰『歸止』（始歸也），三章曰『不遠』，四章曰『邇止』，層層遞進，愈後愈急。」[97] 征夫不言己之思婦，反言婦之思己，情感含蓄深化，時間愈迫，思念愈殷，正烘托出詩人心情的轉折變化。「征夫遑止」、「征夫歸止」、「征夫不遠」、「征夫邇止」，是由四個單句構成的層遞，屬於「單式層遞」之「後退式」。再如〈小雅·斯干〉：

> 約之閣閣，椓之橐橐，風雨攸除，鳥鼠攸去，君子攸芋。（第三章）
> 如跂斯翼，如矢斯棘，如鳥斯革，如翬斯飛。君子攸躋。（第四章）
> 殖殖其庭，有覺其楹。噲噲其正，噦噦其冥。君子攸寧。（第五章）

此詩記載宣王建築宮室之事。作者描述宮室的構築，於第三章寫「君子攸芋」，第四章載「君子攸躋」，第五章敘「君子攸寧」。宋朝濮一之曰：「此以下，由外而內，由垣牆而堂寢，次第當然也。」[98] 明確指出本詩之中，具由外而內之

---

97 余培林：《詩經正詁》（臺北：三民書局股份有限公司，1999 年 10 月，增訂二版），下冊，頁 43。

98 轉引自裴普賢編著：《詩經評註讀本》（臺北：三民書局股份有限公司，1991 年 8 月，五版），下冊，頁 132。

「層遞」關係。清方玉潤《詩經原始》云：「此下三章皆築室事，先垣、次堂、次室，層次井然。須玩他鍊字有法：垣則曰攸芋，堂則曰攸躋，室則曰攸寧。——分貼細膩處。」[99] 描述築室事，僅易數字，自具層次，遣詞用字，簡潔精煉。裴普賢先生認為：「三章寫牆垣堅固，則謂『君子攸芋』，四章寫房屋氣勢，則謂『君子攸躋』，五章寫內室居寢，則謂『君子攸寧』。」[100] 敘述次第由外而內，將宮室建築詳盡描繪。其中「君子攸芋」、「君子攸躋」、「君子攸寧」，是由三個單句構成的層遞，屬於「單式層遞」之「後退式」。

　　以上有關「單式層遞」「後退式」的分析，《詩經》共 9 例。其中〈風〉有 3 例，〈雅〉有 6 例，〈頌〉則無有。

（三）比較式

　　「單式層遞」之「比較式」指舉凡數量之比較，程度之差池的一種修辭技巧。[101] 例如〈小雅・巷伯〉：

　　彼譖人者，誰適與謀？取彼譖人，投畀豺虎；豺虎不食，投畀有北；有北不受，投畀有昊。（第六章）

99　（清）方玉潤《詩經原始》（臺北縣：藝文印書館，1981 年 2 月，三版），卷 10，頁 26 下~27 上。

100　裴普賢編著：《詩經評註讀本》（臺北：三民書局股份有限公司，1991 年 8 月，五版），下冊，頁 138。

101　黃慶萱：《修辭學》（臺北：三民書局股份有限公司，2000 年 10 月，增訂二版十刷），頁 489。

此為傷於讒言之寺人,作此詩以刺讒人,並警朝中之卿大夫
也。這例子說明:寺人憎恨讒人,欲將此惡投諸「豺虎」、
「有北」、「有昊」。「豺虎」,言殘暴的豺虎猛獸;「有北」,
謂北方寒冷不毛之地;「有昊」,指昊天。敘述由小而大,屬
於「比較式」之「單式層遞」。朱守亮《詩經評釋》認為:
「六章『取彼讒人』下,著三投字,奇想奇筆,故作動心駭
目,悲憤痛絕語也。」[102]詩句中,表現出寺人的痛苦,導
源於人禍。人禍令人深惡痛絕,想將讒人投於豺虎猛獸、北
方寒冷不毛之地、昊天,讓他們受到懲罰制裁。讒人的處境
愈益惡劣,象徵寺人的日益痛苦,層層遞進,也間接反映出
當時的社會亂象。以上屬於「單式層遞」之「比較式」。又
如〈大雅・崧高〉:

> 崧高維嶽,駿極于天。維嶽降神,生甫及申。維申及
> 甫,維周之翰。四國于蕃,四方于宣。(第一章)

此乃尹吉甫送申伯出封于謝之詩。甫侯和申伯乃是「周之
翰」,指周家的棟樑;「四國于蕃」,謂四方之國的屏藩;「四
方于宣」,是四方之民的垣牆蔽障。範圍由小而大,事物的
大小是相對的,是據前後的大小比較而出的,屬於「比較
式」之「單式層遞」。又如〈大雅・江漢〉:

---

102 朱守亮:《詩經評釋》(臺北:台灣學生書局,1994 年 9 月,三版),
下冊,頁 592。

> 江漢湯湯，武夫洸洸。經營四方，告成于王。四方既
> 平，王國庶定。時靡有爭，王心載寧。（第二章）

此乃召穆公虎記其平淮夷之詩。召穆公平定「四方」，指天
下各地；「王國」，即國家；「王心」，謂宣王之心。詩人以層
層加深的手法，反映出召穆公平定淮夷，是有其先後層次
的，是極為精明幹練的，範疇由大而小，屬於「比較式」之
「單式層遞」。

　　以上有關「單式層遞」「比較式」的分析，《詩經》共 3
例。其中〈雅〉有 3 例，〈風〉、〈頌〉均無有。

二、複式層遞

　　「複式層遞」是指在詩文中，運用兩組或兩組以上的層
遞，作同比例推移的一種修辭技巧。分為反復式、並立式、
雙遞式三種。分別舉例說明如下：

（一）反復式

　　「複式層遞」之「反復式」是將前進式跟後退式的層
遞，一前一後連接起來的一種修辭技巧。[103]
　　《詩經》中「複式層遞」之「反復式」，以〈風〉最
多，〈雅〉、〈頌〉則無有。例如〈鄘風・干旄〉：

103　黃慶萱：《修辭學》（臺北：三民書局股份有限公司，2000 年 10 月，
　　　增訂二版十刷），頁489。

> 孑孑干旄，在浚之郊。素絲紕之，良馬四之。彼姝者
> 子，何以畀之？（第一章）
> 孑孑干旟，在浚之都。素絲組之，良馬五之。彼姝者
> 子，何以予之？（第二章）
> 孑孑干旌，在浚之城。素絲祝之，良馬六之。彼姝者
> 子，何以告之？（第三章）

這是頌美某衛國大夫的詩。大夫的封地由「郊」而「都」而
「城」，距離上由遠而近，屬於「後退式」之「單式層遞」；
良馬的匹數，由「四」而「五」而「六」，數量上由少而
多，屬於「前進式」之「單式層遞」。將「後退式」與「前
進式」的層遞，一後一前連接起來，屬於「反復式」之「複
式層遞」。清朝姚際恆《詩經通論》曰：「『郊』、『都』、
『城』，由遠而近也；『四』、『五』、『六』，由少而多也。詩
人章法自是如此，不可泥。」[104] 將詩中豐富的層遞現象，
闡述得淋漓盡致。再如〈王風・中谷有蓷〉：

> 中谷有蓷，暵其乾矣。有女仳離，嘅其嘆矣。嘅其嘆
> 矣，遇人之艱難矣。（第一章）
> 中谷有蓷，暵其脩矣。有女仳離，條其歗矣。條其歗
> 矣，遇人之不淑矣。（第二章）

---

104 （清）姚際恆：《詩經通論》（臺北縣：廣文書局有限公司，1993 年
10 月，三版），頁 78。

> 中谷有蓷，暵其濕矣。有女仳離，啜其泣矣。啜其泣
> 矣，何嗟及矣。（第三章）

此是詩人敘述棄婦之痛的詩。此詩藉益母草的乾枯，象徵婦
人遭棄的窘境，益母草失去水分，由「乾」漸「脩」至
「濕」，生命力由深而淺，屬於「後退式」之「單式層遞」；
敘棄婦的悲嘆，先「嘅其嘆矣」次「條其歔矣」而「啜其泣
矣」，悲痛由淺而深，屬於「前進式」之「單式層遞」；述艱
困情形，首章寫「遇人之艱難矣」，次章寫「遇人之不淑
矣」，末章寫「何嗟及矣」，困頓之情由輕而重，屬於「前進
式」之「單式層遞」。將「後退式」、「前進式」與「前進
式」的層遞，一後一前連接起來，屬於「反復式」之「複式
層遞」。宋蘇轍曰：「故其以艱難而見棄者，則嘆之，嘆之
者，知其不得已也。以不善而見棄者，則條條然而歔，歔
者，怨之深矣。及其無故而見棄也，則泣而已，泣者，窮之
甚也。」[105]詳細剖析「嘆」、「歔」、「泣」三者之先後次
序。清姚際恆《詩經通論》曰：「先言『艱難』，夫貧也；再
言『不淑』，夫死也。《禮》，『問死曰：如何不淑』。末更無
可言，故變文曰：『何嗟及矣』。」[106]指出「艱難」、「不
淑」、「何嗟及矣」具有層遞關係。朱守亮《詩經評釋》認

---

105 （宋）蘇轍：《詩集傳》（江蘇：書目文獻出版社，1990 年 6 月，影印
　　南宋淳熙七年蘇詡筠州公使庫刻本），卷 4，頁 4 下。
106 （清）姚際恆：《詩經通論》（臺北縣：廣文書局有限公司，1993 年
　　10 月，三版），頁 96。

為：「詩則層層逼進，一步緊一步。」[107]肯定「層遞」之緊
湊手法。余培林先生進一步說明：「此詩最足稱道者，乃在
其層次清楚，一章曰『暵其乾矣』，已乾也；二章曰『暵其
脩矣』，將乾也；三章曰『暵其濕矣』，欲乾也，此由深而漸
淺。嘅其嘆矣，條其歗矣，啜其泣矣，此由淺而漸深。一章
曰遇人艱難，二章曰遇人之不淑，三章變言何嗟及矣，此亦
由輕而漸重。三章文字，如階梯然。」[108]「層遞」法之運
用，使本詩秩序井然，為人稱道。林奉仙先生也說：「『歗』
和『嘯』同，號叫的意思。寫婦人遭遣棄後，先嘅嘆，繼而
號叫，最後啜泣，一章比一章哀傷。」[109]亦明確指出本詩
具有「層遞」現象。朱孟庭先生認為：「極有層次地表現出
主人公由憂，而憤，而悲傷的情緒變化。」[110]棄婦之情
緒，由憂而憤而悲，多層次的鋪陳，將婦人的悲苦娓娓道
出，亦反映出當時不平等的社會現象。此例屬於「複式層
遞」之「反復式」。又如〈鄭風·將仲子〉：

> 將仲子兮，無踰我里，無折我樹杞。豈敢愛之？畏我
> 父母。仲可懷也；父母之言，亦可畏也。（第一章）

107 朱守亮：《詩經評釋》（臺北：台灣學生書局，1994年9月，三版），
　　上冊，頁215。
108 余培林：《詩經正詁》（臺北：三民書局股份有限公司，1999年3月，
　　再版），上冊，頁201。
109 林奉仙：《十五國風章節之藝術表現》（臺北：臺灣師範大學國文研究
　　所碩士論文，1989年5月），頁91。
110 朱孟庭：《詩經重章藝術研究》（臺北：臺灣師範大學國文研究所碩士
　　論文，1996年6月），頁91。

> 將仲子兮，無踰我牆，無折我樹桑。豈敢愛之？畏我
> 諸兄。仲可懷也；諸兄之言，亦可畏也。（第二章）
> 將仲子兮，無踰我園，無折我樹檀。豈敢愛之？畏人
> 之多言。仲可懷也；人之多言，亦可畏也。（第三
> 章）

這是首女子拒絕男子暴力求愛的詩。男子與女子的距離，由
「里」而「牆」而「園」，範圍由遠而近，屬於「後退式」
之「單式層遞」；而「父母」、「諸兄」、「人」等身份，關係
由近而遠，屬於「前進式」之「單式層遞」。將「後退式」
與「前進式」的層遞，一後一前連接起來，屬於「反復式」
之「複式層遞」。明人徐常吉曰：「由踰里而牆而園，仲之來
也，以漸而迫；由畏父母而諸兄而眾人，女之畏也，以漸而
遠。」[111]點出詩中具兩種「層遞」關係，寫法生動多變。
余培林先生認為：「踰里、踰牆、踰園，此由遠而近；父
母、諸兄、鄰人，此由近而遠，三百篇中之章節複疊者，往
往皆有其層次焉。」[112]說法承襲徐常吉之說，並加以淺顯

---

111 （明）徐常吉：《毛詩翼說》，原書已亡佚。劉毓慶〈從朱熹到徐常
　　吉──詩經文學研究軌跡探尋〉說：「此書清初尚存，朱彝尊《經義
　　考》有著錄，今未之見。但明代晚期的《詩》學著述中，徵引其說者
　　頗夥。輯各家徵引，不下數百條。」本文所引徐常吉語，係據（明）
　　張以誠《毛詩微言》一書摘引。見（明）張以誠：《毛詩微言》（臺南
　　縣：莊嚴文化事業有限公司，1997 年 2 月，初版 1 刷，《四庫全書存
　　目叢書》本），卷 4，頁 2 上。
112 余培林：《詩經正詁》（臺北：三民書局股份有限公司，1999 年 3 月，
　　再版），上冊，頁 219。

之說明。沈謙先生也認為：「以『父母之言』、『諸兄之言』、『人之多言』之亦可畏也，層層遞進的方式，充分顯現了女主角的無可奈何與不得已。」[113]除了剖析「層遞」現象，進一步點出「層遞」之效用。詩中強調出婚姻的自主性，古代女子受制於禮教約束，面對男子的暴力求愛，心中的忐忑掛慮，不言可喻。屬於「複式層遞」之「反復式」。又如：

> 〈召南‧摽有梅〉：一章「摽有梅，其實七兮。求我庶士，迨其吉兮」，二章「摽有梅，其實三兮。求我庶士，迨其今兮」，三章「摽有梅，頃筐墍之。求我庶士，迨其謂之」。

> 〈衛風‧有狐〉：一章「有狐綏綏，在彼淇梁。心之憂矣，之子無裳」，二章「有狐綏綏，在彼淇厲。心之憂矣，之子無帶」，三章「有狐綏綏，在彼淇側。心之憂矣，之子無服」。

> 〈檜風‧素冠〉：一章「庶見素冠兮，棘人欒欒兮，勞心慱慱兮」，二章「庶見素衣兮，我心傷悲兮，聊與子同歸兮」，三章「庶見素韠兮，我心蘊結兮，聊與子如一兮」。

以上有關「單式層遞」「反復式」的分析，《詩經》共 6 例。其中〈風〉有 6 例，〈雅〉、〈頌〉則無有。

---

113 沈謙：〈詩經中的層遞藝術〉，《中央日報》，第 10 版，1984 年 2 月 8 日。

（二）並立式

「複式層遞」之「並立式」是把兩種同性質的層遞，並列起來的一種修辭技巧。[114]《詩經》中「複式層遞」之「並立式」，計有 14 例。[115]以〈風〉最多，〈雅〉居次，〈頌〉則無有。例如〈周南‧關雎〉：

參差荇菜，左右流之。窈窕淑女，寤寐求之。
（第二章）
參差荇菜，左右采之。窈窕淑女，琴瑟友之。
（第四章）
參差荇菜，左右芼之。窈窕淑女，鐘鼓樂之。
（第五章）

---

114 黃慶萱：《修辭學》（臺北：三民書局股份有限公司，2000 年 10 月，增訂二版十刷），頁 489。

115 運用「複式層遞」之「並立式」的篇章，計有以下 14 例：〈周南‧關雎〉第二章、第四章、第五章；〈周南‧卷耳〉第二章、第三章、第四章；〈周南‧樛木〉第一章、第二章、第三章；〈周南‧螽斯〉第一章、第二章、第三章；〈周南‧芣苢〉第一章、第二章、第三章；〈周南‧麟之趾〉第一章、第二章、第三章；〈召南‧鵲巢〉第一章、第二章、第三章；〈召南‧草蟲〉第一章、第二章、第三章；〈鄘風‧相鼠〉第一章、第二章、第三章；〈王風‧黍離〉第一章、第二章、第三章；〈魏風‧陟岵〉第一章、第二章、第三章；〈魏風‧碩鼠〉第一章、第二章、第三章；〈小雅‧采薇〉第一章、第二章、第三章；〈小雅‧魚麗〉第一章、第二章、第三章、第四章、第五章、第六章。

這是歌詠君子追求淑女的戀愛詩。參差不齊的荇菜，或左或右去「流之」、「采之」、「芼之」，敘採擇標準，由寬而嚴，屬於「前進式」之「單式層遞」；美貌淑德的女子，夢寐去「求之」、「友之」、「樂之」，述情感的進展，由險而泰，屬於「前進式」之「單式層遞」。將「前進式」與「前進式」的層遞，兩種同性質的層遞並列起來，屬於「並立式」之「複式層遞」。清朝方玉潤《詩經原始》曰：「友字樂字，一層深一層，快足滿意而又不涉於侈靡，所謂樂而不淫也。」[116] 明確指出詩中具有「層遞」關係。余培林先生《詩經正詁》說明：「四章『琴瑟友之』，末章『鐘鼓樂之』，始由險入泰，『柳暗花明』矣。」[117]「層遞」之關係，是由險而泰的。許琇禎先生也認為：「以『左右流之、左右采之、左右芼之』與『寤寐求之、琴瑟友之、鐘鼓樂之』這兩組層遞，在次序的始終排列，將君子求淑女的心境演變，作了更深刻的描寫。」[118] 君子藉「流之」、「采之」、「芼之」，逐次嚴格的擇偶標準，襯托出淑女的美好；藉「求之」、「友之」、「樂之」，逐次激烈的熱情，彰顯出君子的誠意。兩組層遞，一前一後，以漸次加深的方式，反映出男女戀愛中的心情變化。例如〈周南‧麟之趾〉：

---

116 （清）方玉潤：《詩經原始》（臺北縣：藝文印書館，1981 年 2 月，三版），卷 1，頁 2 下。

117 余培林：《詩經正詁》（臺北：三民書局股份有限公司，1999 年 3 月，再版），上冊，頁 8。

118 許琇禎：〈詩經‧國風層遞藝巧析論〉，《孔孟月刊》第 32 卷 8 期（1994 年 4 月 28 日），頁 7。

麟之趾，振振公子。于嗟麟兮！（第一章）

麟之定，振振公姓。于嗟麟兮！（第二章）

麟之角，振振公族。于嗟麟兮！（第三章）

此為頌美公侯子孫昌盛之詩。公侯子孫，傑出如麟之「趾」、「定」、「角」，描寫部位由下而上，屬於「前進式」之「單式層遞」；而公侯子孫繁多，有「公子」、「公姓」、「公族」等，親屬關係，由近而遠，屬於「前進式」之「單式層遞」。將「前進式」與「前進式」的層遞，兩種同性質的層遞並列起來，屬於「並立式」之「複式層遞」。清朝姚際恆《詩經通論》曰：「詩因言麟，而舉麟之『趾』、『定』、『角』為辭。詩例次敘本如此。……惟是趾、定、角由下而及上，子、姓、族由近而及遠，此則詩之章法也。」[119] 詩中具備兩組「層遞」關係。清方玉潤《詩經原始》云：「唯言子、姓、族，則由親及疎，言趾、定、角，則自下而上。」[120] 姚氏、方氏二人之見解相近。詩人巧妙運用兩種層遞，使詩旨更彰顯。屬於「複式層遞」之「並立式」。例如〈小雅・采薇〉：

采薇采薇，薇亦作止。曰歸曰歸，歲亦莫止。靡室靡家，玁狁之故。不遑啟居，玁狁之故。（第一章）

---

119 （清）姚際恆：《詩經通論》（臺北縣：廣文書局有限公司，1993 年 10 月，三版），頁30。

120 （清）方玉潤：《詩經原始》（臺北縣：藝文印書館，1981 年 2 月，三版），卷1，頁21 下。

> 采薇采薇，薇亦柔止。曰歸曰歸，心亦憂止。憂心烈
> 烈，載飢載渴。我戍未定，靡使歸聘。（第二章）
> 采薇采薇，薇亦剛止。曰歸曰歸，歲亦陽止。王事靡
> 盬，不遑啟處。憂心孔疚，我行不來。（第三章）

此是戰士戍役玁狁，歸途自抒之作。薇菜的生長，由「薇亦
作止」而「薇亦柔止」而「薇亦剛止」，生長由幼而壯，屬
於「前進式」之「單式層遞」；回家之時刻，由「歲亦莫
止」而「心亦憂止」而「歲亦陽止」，時間由遠而近，屬於
「前進式」之「單式層遞」；就思鄉之情言，首章不言憂、
次章「憂心烈烈」，則如饑似渴，三章「憂心孔疚」，則如罹
重病，由淺而深，屬於「前進式」之「單式層遞」。將「前
進式」及「前進式」與「前進式」的層遞，三種同性質的層
遞並列起來，屬於「並立式」之「複式層遞」。余培林先生
說：「一章曰『薇亦作止』、『歲亦莫止』；二章曰『歲亦莫
止』、『心亦憂止』；三章曰『薇亦剛止』、『歲亦莫止』，層層
遞進，而歸期未聞。一章不曰憂，二章曰『憂心烈烈』，三
章曰『憂心孔疚』，亦遞進筆法也。」[121]分析〈小雅・采
薇〉一詩，解說其中之遞進關係。戰士戍役還歸，追憶昔
時，詩中以野薇菜的生長，與戍役時間的長久，及思鄉的憂
心煎熬，見戍者勤苦悲悽之情，令人黯然神傷。屬於「複式
層遞」之「並立式」。

---

121 余培林：《詩經正詁》（臺北：三民書局股份有限公司，1999 年 10
月，增訂二版），下冊，頁 34~35。

以上有關「單式層遞」「並立式」的分析，《詩經》共14例。其中〈風〉有12例，〈雅〉有2例，〈頌〉則無有。

（三）雙遞式

「複式層遞」之「雙遞式」，是當甲乙兩現象有因果關聯時，乙現象於是視甲現象的層遞，也自成層遞狀態的一種修辭技巧。[122]筆者歸納《詩經》「複式層遞」之「雙遞式」，計有：〈豳風‧七月〉第五章、〈小雅‧庭燎〉第一章、第二章、第三章、〈小雅‧巧言〉第三章。可知，《詩經》「複式層遞」之「雙遞式」，以〈雅〉最多，〈風〉居次，〈頌〉則無有。

《詩經》「複式層遞」之「雙遞式」，例如〈豳風‧七月〉：

> 五月斯螽動股，六月莎雞振羽。七月在野，八月在宇，九月在戶，十月蟋蟀入我床下。穹窒熏鼠，塞向墐戶。嗟我婦子，曰為改歲，入此室處。（第五章）

這是首描寫豳國農民生活之詩。農居生活，歷「七月」、「八月」、「九月」、「十月」，在時序上，由先而後，屬於「前進式」之「單式層遞」；至「在野」、「在宇」、「在戶」、「入我床下」，寫蟋蟀的位置，由遠而近，由外而內，屬於「後退

---

122 見黃慶萱：《修辭學》（臺北：三民書局股份有限公司，2000 年 10月，增訂二版十刷），頁490。

式」之「單式層遞」。當前面之「前進式」之「單式層遞」
現象，與後面之「後退式」之「單式層遞」有因果關聯時，
此兩種層遞屬於「雙遞式」之「複式層遞」。漢朝鄭玄《毛
詩傳箋》云：「自七月在野至十月入我床下，皆謂蟋蟀
也。」[123] 以時令之變化，寫蟋蟀之活動生態。唐朝孔穎達
《正義》曰：「以入我床下，是自外而入，在野、在宇、在
戶，從遠而至於近，故知皆謂蟋蟀也。」[124] 蟋蟀之位置，
自外而入，從遠而近，具有「層遞」關係。清姚際恆《詩經
通論》曰：「自五月至十月，寫以漸寒之意，筆端尤為超
絕。妙在只言物，使人自可知，物由在野而至入室，人亦如
此也。」[125] 作者運用「層遞」法，以物寫人，筆意超絕。
余培林先生說：「此以蟋蟀在野、在宇、在戶、入床下，示
天候漸寒也。」[126] 詩人以蟋蟀之遷徙，繪天氣漸寒之狀，
生動寫實。詩中以寒天冷冽，蟋蟀之遷移，側寫農居生活，
營造出豐富的層次美感。這是屬於「複式層遞」之「雙遞
式」。再如〈小雅‧庭燎〉：

　　夜如何其？夜未央。庭燎之光。君子至止，鸞聲將

123　（漢）鄭玄：《毛詩傳箋》（臺北：藝文印書館股份有限公司，2001 年
　　　11 月，《十三經注疏》本）卷 8，頁 284 下。

124　（唐）孔穎達：《毛詩正義》（臺北：藝文印書館股份有限公司，2001
　　　年 11 月，《十三經注疏》本）卷 8，頁 284 下。

125　（清）姚際恆：《詩經通論》（臺北縣：廣文書局有限公司，1993 年
　　　10 月，三版），頁 164。

126　余培林：《詩經正詁》（臺北：三民書局股份有限公司，1999 年 3 月，
　　　再版），上冊，頁 428。

將。（第一章）

夜如何其？夜未艾。庭燎晰晰。君子至止，鸞聲噦噦。（第二章）

夜如何其？夜鄉晨。庭燎有煇。君子至止，言觀其旂。（第三章）

此乃記載諸侯朝見宣王的詩。宣王勤政於「夜未央」、「夜未艾」、「夜鄉晨」視朝，在時序上，由黑夜到黎明，屬於「前進式」之「單式層遞」；諸侯們「鸞聲將將」、「鸞聲噦噦」、「言觀其旂」，於景物分辨上，由車馬鈴聲到旗幟顏色，是由聲音而顏色，屬於「前進式」之「單式層遞」。當前面之「前進式」之「單式層遞」現象，與後面之「前進式」之「單式層遞」有因果關聯時，此兩種層遞屬於「雙遞式」之「複式層遞」。朱守亮《詩經評釋》曰：「詩則三章皆以『夜如何其』問語起句，次句答以『夜未央』，『夜未艾』，為時尚早也。及『夜鄉晨』，則天漸曉矣。且『將將』、『噦噦』，夜聞其聲也。至『言觀其旂』，則曉辨其色矣，皆寫黑夜至天明之進展也。故此詩也，為一幅鮮明早朝圖，有聲有色，敘次如畫。」[127]諸侯來朝，初因黑夜，只聞車馬鈴聲；後因天色破曉，可辨旗幟顏色，兩者互為因果，詩人藉此襯托君臣深密的關係，也由此提高宣王勤政的美譽，更具體凸顯出全詩主旨。又如〈小雅・巧言〉：

127　朱守亮：《詩經評釋》（臺北：台灣學生書局，1994 年 9 月，第三次印刷），下冊，頁 516~517。

> 君子屢盟，亂是用長；君子信盜，亂是用暴。盜言孔
> 甘，亂是用餤。匪其止共，維王之邛。（第三章）

這是諷刺幽王信讒，大夫傷於讒而作的詩。就君子信讒階段言，在於「君子屢盟」、「君子信盜」、「盜言孔甘」，信讒程度由淺漸深，屬於「前進式」之「單式層遞」；就亂的程度言，「長」、「暴」、「餤」，亂象由輕而重，屬於「前進式」之「單式層遞」。當前面的「前進式」之「單式層遞」現象，與後面的「前進式」之「單式層遞」有因果關聯時，此兩種層遞屬於「雙遞式」之「複式層遞」。清朝方玉潤《詩經原始》云：「以上皆因信讒以致亂之故。」[128]「餤」字之意義，《爾雅・釋詁》曰：「餤，進也。」[129]指進食之意，言信讒如進食。余培林先生指出：「餤本進食，引申有進意。與上文『長』、『暴』為層遞。」[130]又說：「三章言亂之滋長，在於君子屢盟；亂之暴烈，在於君子信讒；亂之增進，在於君子自陷於痛苦之境。述君子信讒三階段，極有層次。」[131]此以兩種不同的層遞組合，層層遞進，寫出讒言蠱惑人心，亂象日益猖獗，大夫傷於讒的痛苦心情。

128　（清）方玉潤：《詩經原始》（臺北縣：藝文印書館，1981年2月，三版），卷11，頁8下。

129　《爾雅・釋詁》（北京：書目文獻出版社，1988年2月，《北京圖書館古籍珍本叢刊》本），卷上，頁4下。

130　余培林：《詩經正詁》（臺北：三民書局股份有限公司，1999年3月，再版），上冊，頁175。

131　余培林：《詩經正詁》（臺北：三民書局股份有限公司，1999年10月，增訂二版），下冊，頁179。

　　以上有關「單式層遞」「雙遞式」的分析，《詩經》共 3
例。其中〈雅〉有 2 例，〈風〉有 1 例，〈頌〉則無有。

　　綜合上述，茲統計各類數字，列表說明如次：（因「層
遞」修辭格之「篇數」與「次數」相同，僅列出「次數」部
分，略去「篇數」統計，以節省篇幅。）

《詩經》「層遞」統計表

層遞 詩經		單式層遞			複式層遞			合計		百分比	
		前進式	後退式	比較式	反復式	並立式	雙遞式	篇數	次數	篇數	次數
風	周南	2	0	0	0	6	0	8	8	11.9%	11.9%
	召南	2	1	0	1	2	0	6	6	8.9%	8.9%
	邶風	1	0	0	0	0	0	1	1	1.5%	1.5%
	鄘風	1	0	0	1	1	0	3	3	4.5%	4.5%
	衛風	2	0	0	1	0	0	3	3	4.5%	4.5%
	王風	2	0	0	1	1	0	4	4	6%	6%
	鄭風	3	0	0	1	0	0	4	4	6%	6%
	齊風	1	1	0	0	0	0	2	2	3%	3%
	魏風	0	0	0	0	2	0	2	2	3%	3%
	唐風	3	0	0	0	0	0	3	3	4.5%	4.5%
	秦風	3	1	0	0	0	0	4	4	6%	6%
	陳風	2	0	0	0	0	0	2	2	3%	3%
	檜風	2	0	0	1	0	0	3	3	4.5%	4.5%
	曹風	0	0	0	0	0	0	0	0	0%	0%
	豳風	0	0	0	0	0	1	1	1	1.5%	1.5%
雅	小雅	7	3	1	0	2	2	15	15	22.4%	22.4%
	大雅	1	3	2	0	0	0	6	6	8.9%	8.9%
頌	周頌	0	0	0	0	0	0	0	0	0%	0%
	魯頌	0	0	0	0	0	0	0	0	0%	0%
	商頌	0	0	0	0	0	0	0	0	0%	0%
合　計		32	9	3	6	14	3	67	67	100%	100%
百分比		47.8%	13.4%	4.5%	8.9%	20.9%	4.5%	100%	100%		

　　筆者歸納《詩經》之「層遞」修辭法，可以得到下列幾點認知：

1. 就層遞數量言，以「單式層遞前進式」有 32 例，佔 47.8%，數量最多；「複式層遞並立式」計 14 例，佔 20.9%，居次；「單式層遞後退式」共 9 例，佔 13.4%，次之；「複式層遞反復式」計 6 例，佔 8.9%，次之；「單式層遞比較式」及「複式層遞雙遞式」各 3 例，佔各 4.5%，次之，數量最少。可見，《詩經》的「層遞」類型，以「單式層遞前進式」最為普遍。如此的「單式層遞前進式」修辭技巧，使意義規律化，具備一貫之秩序，藉以凸顯重點，並加強印象。

2. 就層遞性質言，六種「層遞」兼具的，無有；五種「層遞」兼具的，有〈小雅〉部分；四種「層遞」兼具的，有〈召南〉部分。可見，《詩經》雖成書較早，而其內容斐然可觀，後世諸多之修辭藝術，或者文學理論，皆可從中汲取，並獲得印證。

3. 就詩經內容言，以〈風〉、〈雅〉、〈頌〉三者相較，〈風〉數量最多，達 46 例，佔 68.7%；〈雅〉數量居次，有 21 例，佔 31.3%；〈頌〉則無有。顯然，「層遞」的修辭現象，同是〈風〉、〈雅〉詩的特色，更是《詩經》文學的藝術表徵。

4. 就詩經時代言，在「層遞」修辭中，以〈國風〉運用最多，有 46 例，佔 68.7%；〈小雅〉其次，有 15 例，佔 22.4%；〈大雅〉其次，有 6 例，佔 8.9%；三〈頌〉則無有。由上可知，「層遞」的使用，與三百篇之時代先

後關係密切，作品時期愈後之作品，其使用情形愈明顯，其技巧愈高超。

三、《詩經》層遞藝術特質

根據上述的探討分析，吾人可知，《詩經》「層遞」的藝術特質，具有三項：

（一）律動活潑

在形式上，使事物井然，魚貫排列，具層次律動感。例如〈王風・采葛〉：

> 彼采葛兮，一日不見，如三月兮。（第一章）
> 彼采蕭兮，一日不見，如三秋兮。（第二章）
> 彼采艾兮，一日不見，如三歲兮。（第三章）

此為男女相思之詩。熱戀男女，若一天不見，則思念難耐，更何況「三月」、「三秋」、「三歲」之久呢？在時間上，歷述月、季、年三階段，期間由短而長，屬於「前進式」之「單式層遞」。元朝朱公遷說：「思念之意，以漸而深。」[132] 思念之狀，由淺而深，具「層遞」關係。清方玉潤《詩經原始》曰：「夫良友情親，如同夫婦，一朝遠別，不勝相思，此正

---

132 （元）朱公遷：《詩經疏義會通》（明嘉靖 2 年（1523）書林劉氏安正書堂刊本），卷 4，頁 12 下。

交情濃厚處，故有三月、三秋、三歲之感也。」[133]闡釋出情感之層次。朱守亮先生認為：「一日之不見，初則如三月，繼則如三秋，終則如三歲。此固文學之誇張手法，亦可見其思念之情，由淺而加深也。……下二句言思念之情。亦一步緊一步，層層逼進。」[134]思念由淺而深，屬於「層遞」關係。余培林先生說：「一日不見，一章曰『如三月兮』，二章曰『如三秋兮』，三章曰『如三歲兮』，皆形容思念之深也。然層層遞進，步步緊逼，詩人用字運詞，安排章節，實有獨到工夫。」[135]關於「層遞」之意見，與朱守亮先生之看法相近。沈謙先生認為：「從『三月』到『三秋』，乃至於『三歲』，在時間上依序遞增，而思念之情愈切。」[136]時愈久，情愈切，屬「層遞」關係。詩中時間的間隔，由三月而三秋而三歲，排列有序，層層遞進，如階梯然，似琴鍵般，充滿韻律的節奏感。

（二）雋永深刻

在內容上，使敘事清晰，條理井然，語文層次分明；使說理嚴謹，思想周密，文章說服力強；使抒情深化，富有意

133　（清）方玉潤：《詩經原始》（臺北縣：藝文印書館，1981 年 2 月，三版），卷 5，頁 11 上。

134　朱守亮：《詩經評釋》（臺北：台灣學生書局，1994 年 9 月，第三次印刷），上冊，頁 221。

135　余培林：《詩經正詁》（臺北：三民書局股份有限公司，1999 年 3 月，再版），上冊，頁 208。

136　沈謙：〈詩經中的層遞藝術〉，《中央日報》，第 10 版，1984 年 2 月 8 日。

象，營造詩意效果。例如〈周南·卷耳〉：

> 陟彼崔嵬，我馬虺隤。我姑酌彼金罍，維以不永懷。
> （第二章）
> 陟彼高岡，我馬玄黃。我姑酌彼兕觥，維以不永傷。
> （第三章）
> 陟彼砠矣，我馬瘏矣，我僕痡矣，云何吁矣！
> （第四章）

這首行役詩，深動刻劃出征人行役，歷盡艱辛的苦狀。就山勢言，「崔嵬」、「高岡」、「砠矣」，由易而難，屬於「前進式」之「單式層遞」；就病情言，「虺隤」、「玄黃」、「瘏矣」，由輕而重，屬於「前進式」之「單式層遞」；就憂愁言，「懷」、「傷」、「吁」，由淺而深，屬於「前進式」之「單式層遞」。上述三種均屬於「前進式」的層遞，將這些同性質的層遞並列起來，屬於「並立式」之「複式層遞」。清姚際恆《詩經通論》曰：「二章言山高，馬難行；三章言山脊，馬益難行；四章言石山，馬更難行。二、三章言馬病，四章言僕病，皆詩例之次敘。」[137]由山勢之愈峻，襯出馬僕病況之愈重。余培林先生：「一章述『寘彼周行』之征人因思家而憂，二章、三章皆述行役之苦而以酒消憂，末章述行役不已，馬僕皆病，苦更深而憂亦更深，頗有『以酒澆愁

---

137 （清）姚際恆：《詩經通論》（臺北縣：廣文書局有限公司，1993 年 10 月，三版），頁 21。

愁更愁』之概。」又說:「懷、傷、吁皆憂愁之意,而吁重
於傷,傷又重於懷,層層遞進,愈後而其辭淒重,此《詩
經》中習見之筆法也。」[138]剖析「層遞」現象,鉅細靡
遺。朱孟庭先生也說:「通過三章的複沓,由『崔嵬』到
『高岡』、『砠』,以見山愈來愈高;路愈來愈難行;環境愈
來愈惡劣,渲染成行役者愈形思家的環境氛圍。」[139]由山
峻路險,以見行役者思家迫切之情。詩中藉敘事使情感深
邃,情感也讓敘事更條暢,二者互為表裡,相輔相成。

(三)點染生色。

在目的上,使感染力強,凸顯主題,點染層次之美。例
如〈衛風‧伯兮〉:

> 自伯之東,首如飛蓬。豈無膏沐?誰適為容!
> (第二章)
> 其雨其雨?杲杲出日。願言思伯,甘心首疾。
> (第三章)
> 焉得諼草?言樹之背。願言思伯,使我心痗。
> (第四章)

此是丈夫行役在外,妻子思君之作。女為悅己者容,古今皆

138　余培林:《詩經正詁》(臺北:三民書局股份有限公司,1999 年 3 月,
　　再版),上冊,頁 15。

139　朱孟庭:《詩經重章藝術研究》(臺北:臺灣師範大學國文研究所碩士
　　論文,1996 年 6 月),頁 86。

然，丈夫不在，則妻子無心打扮，以「首如飛蓬」、「甘心首
疾」、「使我心痗」，分述婦人髮亂、頭痛、心病之狀。就病
情言，由輕而重，屬「單式層遞」之「前進式」。宋朱熹
曰：「心痗則病益深，非特首疾而已也。」[140]指出詩中具有
「層遞」關係。明朝朱善進一步剖析曰：「首如飛蓬，則髮
已亂矣，而未至於病也。甘心首疾，則頭已痛矣，而心則無
恙也。至於使我心痗，則心又病矣。其憂思之苦，亦已甚
矣。所以然者，以其君子之未歸也。」[141]三項「層遞」，由
輕而重，秩序井然。明徐常吉曰：「有膏沐而無意於首之
容，願思伯而甘心於首之疾。思諼草而卒安於心之痗，此可
以見婦人性情之正。」[142]三項「層遞」關係，寫婦人之堅
貞。清方玉潤《詩經原始》曰：「始則首如飛蓬，髮已亂
矣，然猶未至於病也；繼則甘心首疾，頭已痛矣，而心尚無
恙也；至於使我心痗，則心更病矣。其憂思之苦，何如
哉？」[143]深入闡述「層遞」之因果關係，見解獨到。余培
林先生認為：「二章忽寫『首如飛蓬』，似已有『悔教夫婿覓
封侯』之慨。三章由髮亂轉為首疾。卒章由首疾轉為心痗，

140　（宋）朱熹：《詩集傳》（臺北：臺灣學生書局，1970 年 10 月，景印
　　　初版），卷 3，頁 77 上。

141　（明）朱善：《詩解頤》（臺北：世界書局，1988 年 2 月，景印摛藻堂
　　　《四庫全書薈要》本），卷 1，頁 36 下。

142　轉引自（明）張以誠：《毛詩微言》（臺南縣：莊嚴文化事業有限公
　　　司，1997 年 2 月，初版 1 刷，《四庫全書存目叢書》本），卷 3，頁 27
　　　下。

143　（清）方玉潤《詩經原始》（臺北縣：藝文印書館，1981 年 2 月，三
　　　版），卷 4，頁 33 下。

病愈重而思愈深。文字嚴密，層次井然。」[144]病情與思念俱進，病愈沈而思愈切。本詩由妻子的思君，描繪出普遍的人性，深刻撼動人心，襯托豐富的層遞藝術。

第四節　頂針

　　南朝梁任昉《文章緣起》所謂「連珠」，約相當於現代修辭學的「頂針」。他說：「歷歷如貫珠，易覩而可悅，故謂之連珠。」[145]「頂針」的異稱甚多。「頂針」[146]又叫做「頂真」，[147]也叫做「聯珠」，[148]又稱為「蟬聯」，[149]又稱「蟬

144　余培林：《詩經正詁》（臺北：三民書局股份有限公司，1999年3月，再版），上冊，頁186。

145　（南朝梁）任昉：《文章緣起》（臺北：臺灣商務印書館，1986年3月，景印文淵閣《四庫全書》本，第1478冊），頁48上。

146　「頂針」：沈謙《修辭學》、黃麗貞《實用修辭學》、張先亮《修辭方式例解詞典》、向熹《詩經語言研究》、蔡師宗陽《應用修辭學》、成偉鈞、唐仲揚、向宏業《修辭通鑑》、唐松波、黃建霖《漢語修辭格大辭典》、王希杰《漢語修辭學》等書；「頂針法」：曾忠華《作文津梁》、杜淑貞《現代實用修辭學》、徐芹庭《修辭學發微》、錢覺民、李延祐《修辭知識十八講》、王德春《修辭學詞典》等書。

147　「頂真」見陳望道《修辭學發凡》、宋文翰《國文修辭學》、黃慶萱《修辭學》、董季棠《修辭析論》、黃麗貞《實用修辭學》、黃永武《字句鍛鍊法》、唐松波、黃建霖《漢語修辭格大辭典》、蔡師宗陽《應用修辭學》、季紹德《古漢語修辭》、馬鳴春《稱謂修辭學》、陳節《詩經漫談》等書。

148　「聯珠」參黃麗貞《實用修辭學》、張先亮《修辭方式例解詞典》、鄭郁卿〈詩經修辭研究〉、向熹《詩經語言研究》、唐松波、黃建霖《漢語修辭格大辭典》、蔡師宗陽《應用修辭學》、程希嵐《修辭學新編》、張弓《現代漢語修辭學》、華中師範學院中文系現代漢語教研組《現代漢語修辭知識》、浙江省修辭研究會編《修辭方式例解詞典》、

連」，[150]或稱「繼踵」，[151]又稱為「鏈式結構」，[152]也叫做「頂接」，[153]也叫做「咬字」，[154]又叫做「遞代」，[155]又叫做「聯語」，[156]也叫做「連珠」，[157]也稱為「銜接」，[158]也稱做「接字」，[159]又稱「頂真續麻」。[160]

　　「『頂針』原為刺繡或縫衣時中指所戴之金屬指環，環

王德春《修辭學詞典》等書。

149 「蟬聯」參考黃麗貞《實用修辭學》、唐松波、黃建霖《漢語修辭格大辭典》、蔡師宗陽《應用修辭學》等書。

150 「蟬連」參考（清）梁章鉅編：《退庵隨筆》（臺北：新文豐出版公司，1997年3月，台1版，《叢書集成三編》本），卷30，頁2上。

151 「繼踵」見黃麗貞《實用修辭學》、唐松波、黃建霖《漢語修辭格大辭典》、蔡師宗陽《應用修辭學》王德春《修辭學詞典》等書。

152 「鏈式結構」一詞，見黃麗貞《實用修辭學》、唐松波、黃建霖《漢語修辭格大辭典》、蔡師宗陽《應用修辭學》、王德春《修辭學詞典》等書。

153 「頂接」參考宋文翰：《國文修辭學》（臺北：新陸書局，1971年11月，初版），頁33。

154 「咬字」參蔡師宗陽《應用修辭學》、成偉鈞、唐仲揚、向宏業《修辭通鑑》等書。

155 「遞代」見蔡師宗陽：《應用修辭學》（臺北：萬卷樓圖書有限公司，2001年5月，初版），頁207。

156 「聯語」參蔡師宗陽：《應用修辭學》（臺北：萬卷樓圖書有限公司，2001年5月，初版），頁207。

157 「連珠」見（梁）任昉《文章緣起》、宋文翰《國文修辭學》等書。

158 「銜接」參考關紹箕：《實用修辭學》（臺北：遠流出版事業股份有限公司，1993年2月16日，初版1刷），頁267。

159 「接字」見蕭滌非：《杜甫研究》（山東：齊魯書社，1980年12月，新1版第1次印刷），頁169。蕭滌非先生認為：「所謂接字，就是上句的末一、二字和下句的頭一、二字緊相銜接，蟬聯而下。過去也有叫做『頂針格』的」。

160 「頂真續麻」參考周嘯天編：《詩經鑑賞集成》（臺北：五南圖書出版有限公司，2002年6月，初版3刷），下冊，頁575。

上滿是小凹點，以便推針穿布。在修辭學上，意指後句首字用前句末字，如『頂針』之頂『針』然。早期修辭學書，字多作『頂真』，蓋假借『真』字為『針』字。今細檢古書，原多作『頂針』。[161]沈謙先生《修辭學》也說：「『頂針』又名『頂真』，在過去的修辭學書中，多作『頂真』。本書用『頂針』，乃取其原意。『頂針』原為刺繡或縫衣時所戴之金屬指環，銅環上滿布小凹點，俾推針穿布。尤其是古人縫布鞋，不用頂針則無從著力。而『頂針』一詞由具體工具之銅指環，借為抽象名詞之修辭方法。」[162]追本溯源，可知「真」乃「針」之假借字。因此，本篇論文，就辭格來源而言，使用「頂針」辭格，以求符合本義。

　　有關「頂針」的分類，陳望道先生《修辭學發凡》，分成「聯珠格」、「連環體」兩式[163]；黃慶萱先生《修辭學》，分「聯珠格」、「連環體」兩類[164]；董季棠《修辭析論》書中，分為「聯珠格」、「連環格」兩類[165]；沈謙先生《修辭學》一書，分為「段與段之間的頂針」、「句與句之間的頂

161 黃慶萱編：《高級中學文法與修辭教師手冊》（臺北：國立編譯館，1998 年 1 月，三版），下冊，頁 304。

162 沈謙：《修辭學》（臺北縣：國立空中大學，2000 年 7 月，再版），頁552。

163 陳望道：《修辭學發凡》（臺北：文史哲出版社，1989 年 1 月，再版），頁 212。

164 黃慶萱：《修辭學》（臺北：三民書局股份有限公司，2004 年 1 月，增訂 3 版 2 刷），頁 693。

165 董季棠：《修辭析論》（臺北：文史哲出版社，1994 年 10 月，增訂再版），頁 399。

針」、「句中頂針」三類；[166]黃麗貞《實用修辭學》，分做「句間頂真」、「章段頂真」、「句中頂真」三類；[167]蔡師宗陽先生《文法與修辭》，則分為：「句中頂針」、「句間頂針」、「段間頂針」三類。[168]

由以上的分類，可知黃慶萱、董季棠二人的分類，承襲自陳望道先生；而沈謙先生則在一脈傳承之下，另闢蹊徑，創立了「句中頂針」一類，然其分類名稱較為冗長；黃麗貞、蔡師宗陽二人，在分類上沿襲沈氏之說，並於分類名稱上加以改良，可謂集大成者。比較黃麗貞、蔡師宗陽二人的分類名稱，「段間頂針」比「章段頂真」更為簡單明瞭。因此，本篇論文之「頂針」修辭法，採用業師蔡宗陽先生《文法與修辭》上的定義及分類。

關於「頂針」修辭格的定義，蔡師宗陽先生認為：

> 頂針，又叫頂真，也叫聯珠。凡是在語文中，前面的末尾與後面的開端，字詞或語句重複相同，前後緊接，首尾蟬聯，上遞下接的一種技巧，叫做頂針。[169]

---

166 見沈謙：《修辭學》（臺北縣：國立空中大學，2000 年 7 月，再版），頁 526。

167 黃麗貞：《實用修辭學》（臺北：國家出版社，2000 年 4 月，初版二刷），頁 450~455。

168 蔡師宗陽：《文法與修辭》（臺北：三民書局股份有限公司，2001 年 1 月，初版一刷），下冊，頁 115。

169 蔡師宗陽：《文法與修辭》（臺北：三民書局股份有限公司，2001 年 1 月，初版一刷），下冊，頁 115。

由上述文字，可知頂針的定義，是指在語文中，運用上一句的末字，成為下一句的開端，前後緊密承接的一種修辭技巧。至於頂針的分類，筆者根據蔡師宗陽先生《文法與修辭》書中的觀點，將其分為：

一、句中頂針：凡是在語文中，一個分句裡詞組與詞組之間，使用相同的一個字詞來頂接，表面上是字疊，其實是分開的一種修辭技巧，叫做句中頂針。

二、句間頂針：凡是在語文中，前一分句的末尾與後一分句的開端，使用相同的一個字詞的一種修辭技巧，叫做句間頂針，又叫聯珠格。

三、段間頂針：凡是在語文中，上一段的末尾與下一段的開端，使用相同的一個字詞或語句的一種修辭技巧，叫做段間頂針，也叫連環體。[170]

「頂針」是指在語文中，運用上一句的末字，成為下一句的開端，前後緊密承接的一種修辭技巧。分為句中頂針、句間頂針、段間頂針，共三種。茲說明如下：

---

[170] 蔡師宗陽：《文法與修辭》（臺北：三民書局股份有限公司，2001 年 1 月，初版一刷），下冊，頁115~117。

一、句中頂針

「句中頂針」是指在詩文中，一個分句裡詞組與詞組之間，使用相同的一個字詞來頂接，表面上是字疊，其實是分開的一種修辭技巧，叫做句中頂針。[171]「句中頂針」一詞，在前人的修辭著作，諸如陳望道《修辭學發凡》、宋文翰《國文修辭學》、黃慶萱《修辭學》、董季棠《修辭析論》等書中，皆未見提及。黃麗貞教授說：「『句中頂真』就是『頂真』情況在一個句子中完成，這是空中大學沈謙教授在所著《修辭學》中提出的一種新的分類。」[172]蔡師宗陽先生《應用修辭學》也認為：「句中頂針一類，是沈氏的創見。」[173]沈教授這個發現，非常合理，使後來人對「頂針」的運用，有更深入而精細的認識。[174]

至於，「疊字」與「句中頂針」之異同。「疊字」是指「疊用的同一個字，意義完全相同」[175]；「句中頂針」是指疊用的同一個字，意義完全不同。所以，沈謙先生說：「句

---

171 蔡師宗陽：《文法與修辭》（臺北：三民書局股份有限公司，2001 年 1 月，初版一刷），下冊，頁 115。

172 黃麗貞：《實用修辭學》（臺北：國家出版社，2000 年 4 月，初版 2 刷），頁 455。

173 蔡師宗陽：《應用修辭學》（臺北：萬卷樓圖書有限公司，2001 年 5 月，初版），頁 208。

174 黃麗貞：《實用修辭學》（臺北：國家出版社，2000 年 4 月，初版 2 刷），頁 455。

175 黃麗貞：《實用修辭學》（臺北：國家出版社，2000 年 4 月，初版 2 刷），頁 411。

中頂針，是指文句中片語與片語之間用同一字來頂接，貌似疊字，其實字疊而語析。」[176]這句話，進一步印證「疊字」與「句中頂針」的差異性。

　　《詩經》中「句中頂針」，以〈雅〉最多，〈風〉居次，〈頌〉最少。例如〈鄭風·大叔于田〉：

　　　　大叔于田，乘乘馬。（第一章）

此詩生動描繪共叔段田獵的情形。首章的「大叔于田，乘乘馬」，誇讚叔段射御的精良。「乘乘」二字，據宋朝嚴粲《詩緝》的解釋：「上『乘』，如字，駕也。下『乘』，去聲，四馬也。」[177]意謂駕著四匹馬。「乘」與「乘馬」間，以「乘」字頂針，寫出叔段駕馭四匹馬車，馬匹和諧明快，生動敘述狩獵馳騁的情形，屬於「句中頂針」。又如〈小雅·角弓〉：

　　　　毋教猱升木，如塗塗附。（第六章）

這是首勸諫君王遠小人、親兄弟的詩。第六章的「如塗塗附」，兩「塗」字連用，但兩個「塗」字意義不同，形成「句中頂針」。裴普賢先生說：「塗：上塗字，名詞，泥土；

---

176 沈謙：《修辭學》（臺北縣：國立空中大學，2000 年 7 月，再版），頁547。

177 （宋）嚴粲：《詩緝》（臺北：世界書局，1988 年 2 月，初版，景印摛藻堂《四庫全書薈要》本），卷 8，頁 10 上。

下塗字，動詞，塗附。謂塗泥於泥土之上。」[178]意謂本為泥土，又以泥土附於其上。朱守亮《詩經評釋》分析：「塗：上塗字名詞，泥土也。下塗字動詞，漫也。塗附：謂塗泥於泥壁之上，易附著也。」[179]句謂塗泥於泥壁之上。「塗」與「塗附」之間，以「塗」字頂針，強調出泥上塗泥，惡上加惡的感覺，使小人彼此臭味相投、物以類聚的景象，躍然紙上。再如〈周頌‧武〉：

允文文王，克開厥後。

此是頌美武王功績的詩。其中「允文文王」句，朱守亮先生解釋道：「句言信乎文王之有文德也。」[180]意謂文王為文德、文名兼備，是一個名實相符之人。兩「文」字連用，但兩個「文」字意義不同。上「文」字，指「文德」[181]；下「文」字，謂「文王」。「文」與「文王」間，以「文」字頂針，襯托出文王的文德美政，屬於「句中頂針」。又如：

〈鄭風‧大叔于田〉：二章「叔于田，乘乘黃。」

178 裴普賢編著：《詩經評註讀本》（臺北：三民書局股份有限公司，1991年8月，五版），下冊，頁336。

179 朱守亮著：《詩經評釋》（臺北：臺灣學生書局，1994年9月，初版第3次印刷），下冊，頁672。

180 朱守亮著：《詩經評釋》（臺北：臺灣學生書局，1994年9月，初版第3次印刷），下冊，頁336。

181 裴普賢編著：《詩經評註讀本》（臺北：三民書局股份有限公司，1991年8月，五版），下冊，頁564。

〈鄭風·大叔于田〉：三章「叔于田，乘乘鴇。」

〈小雅·車舝〉：五章「高山仰止，景行行止。」

〈小雅·魚藻〉：一章「魚在在藻，有頒其首。王在在鎬，豈樂飲酒。」

〈小雅·魚藻〉：二章「魚在在藻，有莘其尾。王在在鎬，飲酒樂豈。」

〈小雅·魚藻〉：三章「魚在在藻，依于其蒲。王在在鎬，有那其居。」

〈商頌·長發〉：六章「苞有三蘖，莫遂莫達，九有有截。」

　　以上有關「句中頂針」的分析，《詩經》共 13 例。其中〈雅〉有 8 例，最多；〈風〉有 3 例，次之；〈頌〉有 2 例，最少。

二、句間頂針

　　「句間頂針」是指凡是在語文中，前一分句的末尾與後一分句的開端，使用相同的一個字詞的一種修辭技巧，叫做句間頂針，又叫聯珠格。[182] 分別舉例說明如下：

　　《詩經》中「句間頂針」，計有 116 例。[183] 以〈雅〉最

---

182 蔡師宗陽：《文法與修辭》（臺北：三民書局股份有限公司，2001 年 1月，初版一刷），下冊，頁 116。

183 運用「句間頂針」的篇章，計有以下 116 例：〈召南·鵲巢〉第一章、第二章、第三章；〈邶風·燕燕〉第二章；〈邶風·凱風〉第一

多,〈風〉次之,〈頌〉最少。例如〈王風‧葛藟〉:

> 終遠兄弟,謂他人父;謂他人父,亦莫我顧。
> (第一章)

這是首描寫時代動盪,流落異鄉的詩。首章「謂他人父」
句,意謂「稱呼別人為父親」。[184]清朝牛運震《詩志》曰:

章;〈邶風‧匏有苦葉〉第四章;〈邶風‧北門〉第二章、第三章;
〈邶風‧靜女〉第二章、第三章;〈鄘風‧君子偕老〉第三章;〈鄘
風‧相鼠〉第一章、第二章、第三章;〈衛風‧氓〉第六章;〈王風‧
中谷有蓷〉第一章、第二章、第三章;〈王風‧葛藟〉第一章、第二
章、第三章;〈王風‧丘中有麻〉第一章、第二章、第三章;〈鄭風‧
溱洧〉第一章、第二章;〈齊風‧東方之日〉第一章、第二章;〈魏
風‧汾沮洳〉第一章、第二章、第三章;〈魏風‧園有桃〉第一章、
第二章;〈魏風‧碩鼠〉第一章、第二章、第三章;〈秦風‧駟驖〉第
二章;〈秦風‧終南〉第一章、第二章;〈曹風‧鳲鳩〉第一章、第二
章、第三章、第四章;〈小雅‧鹿鳴〉第一章、第三章;〈小雅‧采
薇〉第一章、第二章、第三章、第五章;〈小雅‧杕杜〉第一章;〈小
雅‧六月〉第二章、第三章、第五章;〈小雅‧采芑〉第一章、第四
章;〈小雅‧車攻〉第四章;〈小雅‧節南山〉第七章;〈小雅‧小
弁〉第三章;〈小雅‧巷伯〉第五章、第六章;〈小雅‧裳裳者華〉第
一章、第二章、第三章;〈小雅‧車舝〉第四章;〈小雅‧賓之初筵〉
第二章;〈小雅‧采綠〉第四章;〈大雅‧文王〉第二章、第三章;
〈大雅‧緜〉第七章;〈大雅‧棫樸〉第二章;〈大雅‧皇矣〉第三
章、第四章、第六章;〈大雅‧下武〉第三章;〈大雅‧生民〉第四
章、第八章;〈大雅‧既醉〉第三章、第四章、第五章、第八章;〈大
雅‧公劉〉第三章;〈大雅‧民勞〉第五章;〈大雅‧板〉第六章;
〈大雅‧蕩〉第二章、第三章、第四章、第五章、第六章、第七章、
第八章;〈大雅‧崧高〉第四章;〈大雅‧韓奕〉第二章;〈周頌‧維
天之命〉;〈周頌‧臣工〉;〈周頌‧良耜〉;〈魯頌‧有駜〉第一章、第
二章、第三章;〈魯頌‧泮水〉第一章、第二章;〈商頌‧玄鳥〉)。

184 吳宏一:《白話詩經》(臺北:聯經出版事業公司,1998年5月,初版

「『謂他人父』，直言不諱，哀甚。複一筆作轉語，調極清緊。」[185]又說：「中間疊複一筆，〈王〉詩多用此調。」[186]異鄉流離，已甚悲切，尚須稱他人為父親，心中更是悲苦萬分。裴普賢先生進一步說明：「此詩每章加兩句，第五句重疊一下第四句的『謂他人父』，格調遂變。這一重疊，對於感情的表達，有很大的幫助。」[187]第一章中，藉連用「謂他人父」句，文句緊湊嚴密，揭露詩人流離的創痛，也反映出遊子思鄉之情。屬於「句間頂針」。再如〈大雅・文王〉：

> 亹亹文王，令聞不已。陳錫哉周，侯文王孫子。文王孫子，本支百世。凡周之士，不顯亦世。（第二章）

此是周公告誡成王的詩。第二章四、五句，連用兩次「文王孫子」，形成特殊的風格。清牛運震《詩志》謂：「通篇每以首尾蟬聯為章法。二章至五章中腰過接跌頓，自成格調。」[188]牛氏所謂的「蟬聯」，亦即「頂針」。由於「文王孫子」的連用，使文句節奏明快、跌宕有致。陳明華先生也表示：「（〈大雅・文王〉）藝術形式上，蟬聯格的運用最為突

第 2 刷），頁 110。

185　（清）牛運震：《詩志》（清嘉慶年間空山堂刊本），卷 1，頁 61 上。

186　（清）牛運震：《詩志》（清嘉慶年間空山堂刊本），卷 1，頁 61 下。

187　參裴普賢編著：《詩經評註讀本》（臺北：三民書局股份有限公司，1991 年 8 月，五版），上冊，頁 279。並見於糜文開、裴普賢著：《詩經欣賞與研究》（改編版）（臺北：三民書局股份有限公司，1991 年 2 月，再版），冊 1，頁 358。

188　（清）牛運震：《詩志》（清嘉慶年間空山堂刊本），卷 6，頁 3 上。

出。……本詩第三、四、五章的四、五兩句即用此法，章與章之間，亦用此法聯接。讀來具有環環相扣、餘音繚繞之妙。」[189]詩中「文王孫子」，意指「文王之子孫」，此句頂針銜接，以收恩澤綿延，流傳不絕之效。本例屬於「句間頂針」。又如〈大雅・既醉〉：

> 其僕維何？釐爾女士。釐爾女士，從以孫子。
> （第八章）

此是羣臣稱頌君王的詩。「釐爾女士」，據高亨先生《詩經今注》說：「釐，通賚，賜予。女士，女男也。此句言上帝賜給你以男女奴僕。」[190]奴僕是君王所賜，自然值得讚頌，而奴僕是男女兼具，可見君王心思細密，設想周到。如此君王，怎不令人歌頌呢？關於「釐爾女士」的頂針現象，清代方玉潤《詩經原始》謂：「蟬聯而下，次序分明。」[191]清朝牛運震《詩志》也說：「蟬聯體疊轉不窮。」[192]兩位清朝學者，清楚點出「蟬聯」法的效用，在於使次第嚴謹分明，節奏跌宕無窮。詩中連用「釐爾女士」，顯示君王的賞賜豐厚，且源源不絕，照顧羣臣無微不至，是個勤政愛民的君

189　周嘯天編：《詩經鑑賞集成》（臺北：五南圖書出版有限公司，2002年6月，初版3刷），下冊，頁924。

190　高亨撰：《詩經今注》（臺北縣：漢京文化事業有限公司，1984年2月25日，初版），頁410。

191　（清）方玉潤：《詩經原始》（臺北縣：藝文印書館，1981年2月，三版），卷14，頁9上。

192　（清）牛運震：《詩志》（清嘉慶年間空山堂刊本），卷6，頁23上。

主。本例屬於「句間頂針」。

　　以上有關「句間頂針」的分析，《詩經》共 116 例。其中〈雅〉有 53 例，最多；〈風〉有 44 例，居次；〈頌〉有 19 例，最少。

三、段間頂針

　　「段間頂針」，是指在語文中，上一段的末尾與下一段的開端，使用相同的一個字詞或語句的一種修辭技巧，叫做段間頂針，也叫連環體。[193]

　　《詩經》中「段間頂針」，以〈雅〉最多，有 13 次；〈風〉居次，有 2 例；〈頌〉則無有。例如〈豳風・鴟鴞〉：

> 迨天之未陰雨，徹彼桑土，綢繆牖戶。今女下民，或敢侮予！（第二章）
> 予手拮据，予所捋荼，予所蓄租；予口卒瘏：曰予未有室家。（第三章）

作者藉禽言詩，寫處境之艱苦危殆。第二章以「予」結，第三章以「予」起，頂接字是「予」，形成極佳的頂針作用。清牛運震《詩志》說：「連用『予』字，蹙急懇厚。」[194]明確指出頂針的作用，在於營造急切溫厚的氣氛，使人感受到

193　蔡師宗陽：《文法與修辭》（臺北：三民書局股份有限公司，2001 年 1 月，初版一刷），下冊，頁 117。
194　（清）牛運震：《詩志》（清嘉慶年間空山堂刊本），卷 2，頁 55 下。

嚴謹縝密的文思結構。《詩經欣賞與研究》書中也認為:「而自二章末字出一『予』字,以下兩章逐句以『予』冠首,句法新奇,音調更為美妙。」[195]進一步肯定頂針修辭,是使音調和諧明暢,是使句法推陳出新。此詩表面寫鴟鴞,實際在寫「予」,作者藉鴟鴞為喻,生動表現出當時危急的境況。這是屬於「段間頂針」。再如〈小雅・桑扈〉:

交交桑扈,有鶯其領。君子樂胥,萬邦之屏。
(第二章)
之屏之翰,百辟為憲。不戢不難,受福不那。
(第三章)

此乃諸侯頌美天子的詩。第二章以「之屏」結,第三章以「之屏」起,兩章間以「之屏」連結,形成一種有機的連繫。「屏」字的解釋,據漢毛亨《毛詩故訓傳》曰:「屏,蔽也。」[196]指出天子是萬邦諸侯的屏障、依靠。關於「之屏」的「頂針」現象,余培林先生《詩經正詁》說:「三章承前章末句『萬邦之屏』而來,亦猶前篇〈裳裳者華〉末章承前章之末一語也。此種筆法《詩》中多見,蓋受早出之詩

---

195 糜文開、裴普賢著:《詩經欣賞與研究》(改編版)(臺北:三民書局股份有限公司,1991 年 8 月,再版),冊 2,頁 708。

196 (漢)毛亨傳、鄭玄箋、(唐)孔穎達疏:《毛詩正義》(臺北:藝文印書館,2001 年 12 月,初版 14 刷,《十三經注疏》本),卷 14 之 2,頁 7 上。

篇影響之結果也。」[197] 余氏早已洞悉「之屏」的頂接現象，然未明確指出採用何種修辭方法。王英志先生認為：「第三章頭兩句『之屏之翰，百辟為憲』，又改變了前兩章以起興開端的寫法，採用的是『頂針』修辭格，即後一句的『之屏』與上一句的『之屏』，首尾相承，過渡得相當自然。」[198] 王氏此語，明確指出使用「頂針」辭格，更闡明「頂針」的作用，在於首尾承接，明暢自然。由此顯示《詩經》的「頂針」現象，日益受人重視。此例屬於「段間頂針」。又如〈大雅・下武〉：

下武維周，世有哲王。三后在天，王配于京。
（第一章）

王配于京，世德作求。永言配命，成王之孚。
（第二章）

成王之孚，下土之式。永言孝思，孝思維則。
（第三章）

媚茲一人，應侯順德。永言孝思，昭哉嗣服。
（第四章）

昭茲來許，繩其祖武。於萬斯年，受天之祜。
（第五章）

受天之祜，四方來賀。於萬斯年，不遐有佐。

197 余培林：《詩經正詁》（臺北：三民書局股份有限公司，1999 年 10 月，增訂二版），下冊，頁 253。

198 周嘯天編：《詩經鑑賞集成》（臺北：五南圖書出版有限公司，2002 年 6 月，初版 3 刷），下冊，頁 841。

（第六章）

本詩第一章以「王配于京」結，第二章以「王配于京」起；第二章以「成王之孚」結，第三章以「成王之孚」起；第五章以「受天之祜」結，第六章以「受天之祜」起，段與段間蟬聯續接，構成三處「段間頂針」。針對此一現象，清朝方玉潤《詩經原始》闡釋道：「前後四章皆首句跟上，蟬聯而下。」[199] 方氏於此處，率先指出「蟬聯」的修辭現象。清梁章鉅《退庵隨筆》也說：「曹子建〈贈白馬王彪詩〉、顏延之〈秋胡行〉，皆以次章首句蟬聯上章之尾，此本〈大雅·文王〉、〈下武〉、〈既醉〉三篇章法也。而蔡中郎〈飲馬長城窟〉、〈晉西洲曲〉，復施其法於一章之中，纏綿委折，而節拍更緊，遂極情文之妙。」[200] 梁氏除了指出「蟬聯」的修辭現象，並說明此法對後世文章的影響，同時進一步闡述其功用，其說法廣受後人肯定。《詩經欣賞與研究》一書也說：「〈大雅〉的這種唧尾體的形式，發展比較接近成熟階段的是〈文王之什〉第九篇〈下武〉一詩。」[201] 此處所謂的「唧尾體」形式，亦即「頂針」的修辭。林心治先生解讀此詩，則認為：「這首詩成功地運用了『蟬聯』辭格。六章之

199　（清）方玉潤：《詩經原始》（臺北縣：藝文印書館，1981 年 2 月，三版），卷 13，頁 23 下。

200　（清）梁章鉅：《退庵隨筆》（臺北：新文豐出版公司，1997 年 3 月，台一版，《叢書集成三編》本），卷 30，頁 2 上。

201　糜文開、裴普賢著：《詩經欣賞與研究》（改編版）（臺北：三民書局股份有限公司，1991 年 8 月，再版），冊 3，頁 1216。

中，前後四章章末首兩句相承，『歷歷如貫珠，易睹而可悅』（任昉《文章緣起》），可算是此種修辭手法的『正格』。」[202] 此說，更印證了「蟬聯」即「頂針」的說法。由上述的剖析，可見《詩經》「頂針」的藝術價值，已廣受肯定，其影響也極為深遠。又如：

〈周南・關雎〉：二章「參差荇菜，左右流之。窈窕淑女，寤寐求之。」三章「求之不得，寤寐思服。悠哉悠哉！輾轉反側。」

〈小雅・小宛〉：一章「宛彼鳴鳩，翰飛戾天。我心憂傷，念昔先人。明發不寐，有懷二人。」二章「人之齊聖，飲酒溫克。彼昏不知，壹醉日富。各敬爾儀，天命不又。」

〈大雅・文王〉：二章「亹亹文王，令聞不已。陳錫哉周，侯文王孫子。文王孫子，本支百世。凡周之士，不顯亦世。」三章「世之不顯，厥猶翼翼。思皇多士，生此王國。王國克生，維周之楨。濟濟多士，文王以寧。」

〈大雅・文王〉：五章「侯服于周，天命靡常。殷士膚敏，祼將于京。厥作祼將，常服黼冔。王之藎臣，無念爾祖。」六章「無念爾祖，聿修厥德。永言配命，自求多福。殷之未喪師，克配上帝。宜鑒于殷，

202　周嘯天編：《詩經鑑賞集成》（臺北：五南圖書出版有限公司，2002 年 6 月，初版 3 刷），下冊，頁 966。

駿命不易。」

〈大雅‧大明〉：四章「天監在下，有命既集。文王初載，天作之合。在洽之陽，在渭之涘。文王嘉止，大邦有子。」五章「大邦有子，俔天之妹。文定厥祥，親迎于渭。造舟為梁，不顯其光。」

〈大雅‧靈臺〉：三章「虡業維樅，賁鼓維鏞。於論鼓鐘，於樂辟廱。」四章「於論鼓鐘，於樂辟廱。鼉鼓逢逢，矇瞍奏公。」

〈大雅‧行葦〉：七章「曾孫維主，酒醴維醹，酌以大斗，以祈黃耇。」八章「黃耇台背，以引以翼。壽考維祺，以介景福。」

〈大雅‧既醉〉：二章「既醉以酒，爾殽既將。君子萬年，介爾昭明。」三章「昭明有融，高朗令終。令終有俶，公尸嘉告。」

〈大雅‧既醉〉：四章「其告維何？籩豆靜嘉。朋友攸攝，攝以威儀。」五章「威儀孔時，君子有孝子。孝子不匱，永錫爾類。」

〈大雅‧假樂〉：三章「威儀抑抑，德音秩秩。無怨無惡，率由群匹。受福無疆，四方之綱。」四章「之綱之紀，燕及朋友。百辟卿士，媚于天子。不解于位，民之攸墍。」

以上有關「段間頂針」的分析，《詩經》共 15 例。其中〈雅〉有 13 例，〈風〉有 2 例，〈頌〉則無有。

綜合上述分析，茲統計各類數字，列表說明如次：

《詩經》「頂針」統計表

頂針 / 詩經		句中頂針		句間頂針		段間頂針		合　計		百分比	
		篇數	次數	篇數	次數	篇數	次數	篇數	次數	篇數	次數
風	周南	0	0	0	0	1	1	1	1	1.5%	0.7%
	召南	0	0	1	3	0	0	1	3	1.5%	2.1%
	邶風	0	0	5	7	0	0	5	7	7.2%	4.8%
	鄘風	0	0	2	4	0	0	2	4	2.9%	2.8%
	衛風	0	0	1	2	0	0	1	2	1.5%	1.4%
	王風	0	0	3	9	0	0	3	9	4.3%	6.3%
	鄭風	1	3	1	2	0	0	2	5	2.9%	3.5%
	齊風	0	0	1	2	0	0	1	2	1.5%	1.4%
	魏風	0	0	3	8	0	0	3	8	4.3%	5.5%
	唐風	0	0	0	0	0	0	0	0	0%	0%
	秦風	0	0	2	3	0	0	2	3	2.9%	2.1%
	陳風	0	0	0	0	0	0	0	0	0%	0%
	檜風	0	0	0	0	0	0	0	0	0%	0%
	曹風	0	0	1	4	0	0	1	4	1.5%	2.8%
	豳風	0	0	0	0	1	1	1	1	1.5%	0.7%
雅	小雅	3	8	13	25	2	2	18	35	26%	24.3%
	大雅	0	0	13	28	7	11	20	39	29%	27%
頌	周頌	1	1	3	5	0	0	4	6	5.7%	4.2%
	魯頌	0	0	2	10	0	0	2	10	2.9%	6.9%
	商頌	1	1	1	4	0	0	2	5	2.9%	3.5%
合　計		6	13	52	116	11	15	69	144	100%	100%
百分比		8.7%	9.0%	75.4%	80.6%	15.9%	10.4%	100%	100%		

筆者歸納《詩經》之「頂針」修辭法，可以得到下列幾點認知：

1. 就頂針數量言，以「句間頂針」有 116 例，佔 80.6%，數量最多；「段間頂針」計 15 例，佔 10.4%，居次；「句中頂針」共 13 例，佔 9%，數量最少。可見，《詩經》的「頂針」類型，以「句間頂針」最為普遍。如此的「句間頂針」修辭技巧，將文章的形式與內容的情境，緊密契合，使文氣抑揚，節奏跌宕，讓《詩經》一書成為千古傳頌的藝術傑作。

2. 就頂針性質言，三種「頂針」兼具的，只有〈小雅〉部分。由此可知，〈小雅〉七十四篇，也非全是宴饗之詩，更不乏類似〈國風〉的吟詠性情，勞人思婦之作。[203] 就〈小雅〉部分而言，固然多半是士大夫的作品，也有不少類似風謠的創作，就其文采而論，也是斐然可觀的。

3. 就詩經內容言，以〈風〉、〈雅〉、〈頌〉三者相較，〈雅〉數量最多，達 74 例，佔 51.4%；〈風〉數量居次，有 49 例，佔 34%；〈頌〉數量較少，有 21 例，佔 14.6%。顯然，「頂針」的修辭現象，不獨是〈雅〉詩的特色，也是《詩經》文學的藝術表徵。

4. 就詩經時代言，在「頂針」修辭中，以〈國風〉運用最多，有 49 例，佔 34%；〈大雅〉其次，有 39 例，佔

---

203 裴普賢編著：《詩經評註讀本》（臺北：三民書局股份有限公司，1991年8月，五版），下冊，頁1。

27%；〈小雅〉其次，有 35 例，佔 24.3%；〈魯頌〉再次之，有 10 例，佔 6.9%；〈周頌〉其次，有 6 例，佔 4.2%；〈商頌〉次之，只有 5 例，佔 3.5%。由上可知，「頂針」的使用，與三百篇之時代先後關係密切，作品時期愈後之作品，例如〈國風〉、〈大雅〉、〈小雅〉使用較多。整體而言，《詩經》因多屬四言詩之性質，限於詩句形式，使用「頂針」之狀況，並不如其他辭格普遍。

四、《詩經》頂針藝術特質

根據上述的探討分析，吾人可知，《詩經》「頂針」的藝術特質，具有三項：

(一) 嚴謹縝密

在形式上，使結構嚴謹，緊湊縝密。例如〈大雅・緜〉：

> 迺立皋門，皋門有伉；迺立應門，應門將將。
> （第七章）

此詩第七章一、二句，連用兩次「皋門」；三、四句，連用兩次「應門」，「頂針」法使用密集，本例屬於「句間頂針」的形式。此處「皋門」與「應門」，塑造出環環相扣，前後承接的橋樑作用。趙沛霖先生說：「一、二句和三、四句各

自之間則運用頂真,給人以嚴整莊重之感,這與國門既立,周人崛起的史實完全和諧一致。」[204]趙氏除了指出「頂真」法的妙用,更將「頂真」的效用與周朝史實契合,慧眼獨具。彭麗秋先生認為:「此種修辭法,可使前後銜接,語氣蟬聯及文意緊湊。」[205]針對「頂真」的功用,彭氏強調可使語氣貫串銜接,文意緊湊嚴密。王瑞蓮先生也說:「(頂真)使文氣蟬聯,收到緊湊之效。」[206]更印證了嚴謹縝密,於形式結構上的作用。本詩第七章,句句「頂針」,前後銜接,「頂針」修辭運用得當,使文句更添情味。

(二) 和諧明暢

在內容上,使行文條理清晰,和諧明暢。例如〈小雅‧鹿鳴〉:

> 我有嘉賓,鼓瑟吹笙。吹笙鼓簧,承筐是將。
> (第一章)

這是首天子燕饗羣臣的詩。第一章二、三句,連用兩次「吹笙」,形成「句間頂針」。其中「吹笙鼓簧」,意謂「所以致

---

204 周嘯天編:《詩經鑑賞集成》(臺北:五南圖書出版有限公司,2002 年 6 月,初版 3 刷),下冊,頁 937。

205 彭麗秋:《國風寫作技巧研究》(臺北:輔仁大學中國文學研究所碩士論文,1980 年 5 月),頁 164。

206 王瑞蓮:《詩經秦風詩篇之研究》(臺北:東吳大學中國文學研究所碩士論文,1990 年 5 月),頁 64。

歡迎之意，且娛樂嘉賓也。」[207]金啟華及金小平先生認為：「而頂真續麻的寫作手法在詩中用來，又特別增加歡樂氣氛，如首章之『鼓瑟吹笙。吹笙鼓簧』，三章之『鼓瑟鼓琴，鼓瑟鼓琴』，不但不覺重複，反而覺有詩趣，和賓主之歡樂燕飲，又都是和諧的、一致的。」[208]其中「頂真續麻」一詞，流行於元代社會，用來讚頌他人具有文才，此處的「頂真續麻」，亦即「頂真」辭格，只是現代較少人使用。可見「吹笙」的蟬聯相接，除了可讓文句條理暢達，更能彰顯歡娛之情，使藝術形式與內容和諧統一。

（三）節奏跌宕

在目的上，使音律抑揚跌宕，增強節奏美感。例如〈衛風·氓〉：

> 及爾偕老，老使我怨。（第六章）

此是棄婦自傷之作。作者使用「句間頂針」的形式，其中「老使我怨」一句，「言說到『偕老』，則使我怨恨也。」[209]第六章一、二句，兩個「老」字蟬聯，寫出婦人

---

207 余培林：《詩經正詁》（臺北：三民書局股份有限公司，1999 年 10 月，增訂二版），下冊，頁 5。

208 周嘯天編：《詩經鑑賞集成》（臺北：五南圖書出版有限公司，2002 年 6 月，初版 3 刷），下冊，頁 575。

209 屈萬里：《詩經釋義》（臺北：中國文化大學出版部，1993 年 12 月，新一版第 4 刷），頁 94。

的綿綿柔情，更彰顯「紅顏未老恩先斷」的幽怨。清姚際恆《詩經通論》曰：「『老使我怨』，『老』字即承『偕老』字來，言汝曾言『及爾偕老』，今『偕老』之說徒使我怨而已。詩人之詞多是如此。」[210]姚氏除指出「老」字的「頂針」現象，更窺出棄婦的內心怨痛之情。清朝方玉潤《詩經原始》也說：「（及爾偕老，老使我怨）跌宕語極有致，付之一嘆。」[211]方氏認為「老」字銜接，具有情致跌宕，感動人心的力量。《詩經欣賞與研究》說：「第六章重提私訂終身時『信誓旦旦』的曾說『及爾偕老』，現在經過三年的磨折，說到『偕老』只有搖頭歎氣了。」[212]此處進一步闡述，只經過短短三年，當初的山盟海誓，如今聽來倍覺諷刺，怎不令人歎息？詩句巧妙運用「頂針」格，能使語氣連貫，節奏明快，增添詩的感染力。

第五節　倒裝

「倒裝」的異稱甚多。「倒裝」[213]，又稱「倒裝句

---

210 （清）姚際恆：《詩經通論》（臺北縣：廣文書局有限公司，1993 年10 月，三版），頁86。

211 （清）方玉潤：《詩經原始》（臺北縣：藝文印書館，1981 年2 月，三版），卷4，頁26 下。

212 糜文開、裴普賢著：《詩經欣賞與研究》（改編版）（臺北：三民書局股份有限公司，1991 年2 月，再版），冊1，頁306。

213 「倒裝」：陳望道《修辭學發凡》、浙江省修辭研究會編《修辭方式例解詞典》、黃慶萱《修辭學》、鄭遠漢《辭格辨異》、傅隸樸《中文修辭學》、傅隸樸《修辭學》、古遠清、孫光萱《詩歌修辭學》、鄭業建《修辭學》、吳正吉《活用修辭》、黃民裕《辭格匯編》、張西堂《詩

法」，[214]又叫做「倒言」，[215]也叫做「倒語」，[216]又稱為「倒文」，[217]或稱「反言」，[218]又稱為「顛倒」，[219]也叫做「倒置法」，[220]又叫做「倒詞」，[221]又叫做「倒辭」，[222]也稱做「倒用」。[223]

　　本篇論文之「倒裝」修辭法，採用沈謙先生《修辭學》上的定義及分類。

　　關於「倒裝」修辭格的定義，沈謙先生認為：

　　　經六論》等書；「倒裝法」：（日）五十嵐力《作文應用常識修辭學》、徐芹庭《修辭學發微》、王易《修辭學通詮》、陳介白《修辭學講話》、杜淑貞《現代實用修辭學》、張嚴《修辭論說與方法》、高登偉《第一流修辭法》等書。

214　「倒裝句法」，參考（日）杉本行夫：〈詩經の修辭法〉，《島根大學論集》（人文科學）第 4 號（1954 年 3 月），頁 119~120。

215　「倒言」見（唐）孔穎達《毛詩正義》、蔡師宗陽《陳騤文則新論》等書。

216　「倒語」參（宋）陳騤《文則》、蔡師宗陽《陳騤文則新論》。

217　「倒文」一詞，見（宋）孫奕《履齋示兒編》、黎錦熙〈三百篇主述倒文句例〉、蔡師宗陽《陳騤文則新論》。

218　「反言」參考（宋）羅大經《鶴林玉露》、蔡師宗陽《陳騤文則新論》等書。

219　「顛倒」見王德春《修辭學詞典》、黃民裕《辭格匯編》、唐松波、黃建霖《漢語修辭格大辭典》、楊樹達《中國修辭學》、楊樹達《漢文文言修辭學》。

220　「倒置法」見（日）諸橋轍次：《詩經研究》（東京：目黑書店，1912 年 11 月 25 日，初版），頁 343。

221　「倒詞」參王德春：《修辭學詞典》（浙江：浙江教育出版社，1987 年 5 月，第 1 版第 1 次印刷），頁 33。

222　「倒辭」見蔣金龍《演講修辭學》、王德春《修辭學詞典》等書。

223　「倒用」參考（清）梁章鉅編：《退庵隨筆》（臺北：新文豐出版公司，1997 年 3 月，台 1 版，《叢書集成三編》本），卷 30，頁 2 上。

> 語文中刻意顛倒文法上、邏輯上正常順序的語句,是
> 為「倒裝」。倒裝可以加強語勢、突現重點,調和音
> 律,使文章激起波瀾。[224]

由上述文字,可知倒裝的定義,是指在語文中,故意顛倒複詞詞素,或顛倒句子成分及次序,而不改變語法形態、關係的一種修辭技巧。至於倒裝的分類,根據沈謙先生《修辭學》書中的觀點,可以分為:

一、為詩文格律而倒裝:中國的韻文美辭,講究音調諧適,特重聲律之美,往往為了遷就押韻、平仄等格律,用「倒裝」刻意變更慣用的語法。

二、為文章波瀾而倒裝:積極地追求文章之遒健、警策、靈動多姿,透過刻意的經營、設計與安排,以反常的奇特句法,激起文章波瀾,引起讀者注意。[225]

筆者對於《詩經》「倒裝」的例證,以三例詳細解說,餘例則簡略說明。茲說明如下:

---

224 沈謙:《修辭學》(臺北縣:國立空中大學,2000 年 7 月,再版),頁 628。
225 沈謙:《修辭學》(臺北縣:國立空中大學,2000 年 7 月,再版),頁 628。

一、為詩文格律而倒裝

　　「為詩文格律而倒裝」是指中國的韻文美辭，講究音調諧適，特重聲律之美，往往為了遷就押韻、平仄等格律，用「倒裝」刻意變更慣用的語法。[226]

　　《詩經》中「為詩文格律而倒裝」，計有 347 例。[227]以

226　沈謙：《修辭學》（臺北縣：國立空中大學，2000 年 7 月，再版），頁628。

227　運用「為詩文格律而倒裝」的篇章，計有以下 347 例：〈周南‧葛覃〉第一章；〈周南‧桃夭〉第一章、第二章、第三章；〈周南‧兔罝〉第二章、第三章、第三章；〈周南‧汝墳〉第二章；〈召南‧行露〉第二章、第三章；〈召南‧羔羊〉第一章、第二章、第三章；〈召南‧摽有梅〉第一章、第二章；〈召南‧何彼襛矣〉第二章；〈邶風‧燕燕〉第一章、第三章、第四章；〈邶風‧日月〉第一章、第二章、第二章、第三章、第四章；〈邶風‧終風〉第三章、第四章；〈邶風‧雄雉〉第一章、第三章；〈邶風‧匏有苦葉〉第二章、第三章；〈邶風‧谷風〉第二章、第三章、第五章、第六章；〈邶風‧式微〉第一章；〈邶風‧簡兮〉第二章、第三章；〈邶風‧泉水〉第四章；〈邶風‧二子乘舟〉第一章、第二章；〈鄘風‧柏舟〉第一章；〈鄘風‧君子偕老〉第一章；〈鄘風‧蝃蝀〉第一章、第二章；〈鄘風‧相鼠〉第一章、第二章；〈鄘風‧載馳〉第五章；〈衛風‧氓〉第六章；〈衛風‧竹竿〉第一章；〈衛風‧芄蘭〉第一章、第二章；〈衛風‧伯兮〉第三章；〈王風‧君子于役〉第一章、第二章；〈王風‧中谷有蓷〉第三章；〈王風‧葛藟〉第一章、第三章；〈鄭風‧將仲子〉第一章、第二章、第三章；〈鄭風‧清人〉第一章、第二章；〈鄭風‧遵大路〉第一章、第二章；〈鄭風‧蘀兮〉第一章、第二章；〈鄭風‧丰〉第四章；〈鄭風‧東門之墠〉第二章；〈鄭風‧子衿〉第一章、第二章；〈鄭風‧野有蔓草〉第一章、第二章；〈齊風‧東方未明〉第一章、第二章；〈齊風‧載驅〉第一章；〈齊風‧猗嗟〉第二章；〈魏風‧園有桃〉第一章、第二章；〈魏風‧十畝之間〉第一章、第二章；〈魏

風·伐檀〉第一章、第二章、第三章;〈魏風·碩鼠〉第一章、第二章、第三章;〈唐風·揚之水〉第二章;〈唐風·鴇羽〉第一章、第二章、第三章;〈秦風·車鄰〉第一章;〈秦風·小戎〉第一章;〈秦風·黃鳥〉第一章、第二章、第三章;〈秦風·晨風〉第一章、第二章、第三章;〈陳風·宛丘〉第二章、第三章;〈陳風·東門之枌〉第二章;〈陳風·衡門〉第一章;〈陳風·墓門〉第一章、第二章;〈陳風·防有鵲巢〉第一章、第二章;〈陳風·株林〉第一章;〈檜風·隰有萇楚〉第一章、第二章、第三章;〈曹風·下泉〉第一章、第二章〈豳風·七月〉第一章、第二章、第三章、第四章、第七章、第八章;〈豳風·鴟鴞〉第一章;〈豳風·東山〉第一章、第四章;〈豳風·破斧〉第一章、第二章、第三章;〈豳風·狼跋〉第一章、第二章;〈小雅·鹿鳴〉第一章;〈小雅·常棣〉第七章;〈小雅·伐木〉第三章;〈小雅·出車〉第三章、第六章;〈小雅·杕杜〉第一章;〈小雅·南山有臺〉第四章;〈小雅·菁菁者莪〉第一章、第二章、第三章;〈小雅·六月〉第六章;〈小雅·采芑〉第一章、第二章、第三章;〈小雅·鴻雁〉第一章、第二章;〈小雅·沔水〉第一章、第三章;〈小雅·鶴鳴〉第二章;〈小雅·白駒〉第四章;〈小雅·我行其野〉第一章;〈小雅·斯干〉第二章、第五章、第九章;〈小雅·無羊〉第一章;〈小雅·節南山〉第一章、第二章、第三章、第四章、第五章、第八章、第九章;〈小雅·正月〉第四章、第七章、第十二章、第十三章;〈小雅·十月之交〉第六章;〈小雅·小旻〉第二章、第四章;〈小雅·小宛〉第二章;〈小雅·小弁〉第三章;〈小雅·巧言〉第五章;〈小雅·巷伯〉第四章;〈小雅·蓼莪〉第三章;〈小雅·大東〉第四章、第七章;〈小雅·四月〉第一章;〈小雅·小明〉第一章、第四章;〈小雅·楚茨〉第二章、第三章;〈小雅·信南山〉第六章;〈小雅·甫田〉第二章;〈小雅·大田〉第一章;〈小雅·瞻彼洛矣〉第二章;〈小雅·桑扈〉第一章、第二章、第四章;〈小雅·頍弁〉第三章;〈小雅·賓之初筵〉第五章;〈小雅·魚藻〉第一章、第二章、第三章;〈小雅·采菽〉第三章;〈小雅·菀柳〉第三章;〈小雅·都人士〉第二章;〈小雅·白華〉第七章;〈大雅·文王〉第二章、第四章;〈大雅·大明〉第二章、第四章;〈大雅·棫樸〉第五章;〈大雅·思齊〉第五章;〈大雅·皇矣〉第二章、第四章;〈大雅·靈臺〉第三章、第四章;〈大雅·文王有聲〉第七章;〈大雅·生民〉第五章;〈大雅·既醉〉第八章;〈大雅·假樂〉第二章;〈大

〈風〉最多，〈雅〉居次，〈頌〉最少。例如〈陳風·衡門〉：

> 衡門之下，可以棲遲。泌之洋洋，可以樂飢。（第一
> 章）

此隱居者自樂無求之詩。這例子說明：簡陋的衡門，可以止息棲身，何必欽羨高樓華廈。湍急的泉水，可以樂而忘饑，何必垂涎山珍海味。詩中之「樂」字，素有二解，或解為治療，或解為快樂，本文採後者之說。清牛運震《詩志》認為：「『樂飢』字深妙，勝於『療飢』、『忘飢』等字。」[228] 顯然，「樂飢」比「療飢」更勝一籌。解「樂」為快樂者，甚夥。《毛傳》曰：「樂飢，可以樂道忘飢。」[229] 解「樂」為

雅·公劉〉第五章、第六章；〈大雅·卷阿〉第九章；〈大雅·板〉第五章；〈大雅·蕩〉第四章、第五章；〈大雅·抑〉第七章；〈大雅·桑柔〉第一章、第三章、第四章、第七章、第九章、第十一章、第十二章、第十四章；〈大雅·雲漢〉第一章、第八章；〈大雅·崧高〉第二章、第四章、第五章、第六章、第七章；〈大雅·烝民〉第二章、第三章；〈大雅·韓奕〉第一章、第五章；〈大雅·江漢〉第一章、第三章、第四章、第六章；〈大雅·常武〉第三章；〈大雅·瞻卬〉第四章；〈周頌·執競〉；〈周頌·有瞽〉；〈周頌·有客〉；〈周頌·訪落〉；〈周頌·載芟〉；〈周頌·良耜〉；〈周頌·絲衣〉；〈魯頌·駉〉第一章、第二章、第三章、第四章；〈魯頌·有駜〉第三章；〈魯頌·閟宮〉第一章、第三章、第四章、第六章、第七章、第八章；〈商頌·玄鳥〉；〈商頌·長發〉第一章、第二章、第三章、第四章、第五章；〈商頌·殷武〉第一章、第三章、第四章。

228　（清）牛運震：《詩志》（清嘉慶年間空山堂刊本），卷2，頁42下。

229　（漢）毛亨：《毛詩故訓傳》（臺北：藝文印書館，2001年12月《十

樂道忘飢。宋朝朱熹《詩集傳》曰：「泌水雖不可飽，然亦可以玩樂而忘飢。」[230]解「樂」為玩樂忘飢。明代顧起元曰：「泌水非真可飽，玩泌水可樂，自忘其飢爾。」[231]黃焯先生也認為：「詩意託謂賢者處衡門之下，臨泌水之洋洋，可以游息於其間，而樂道忘飢也。」[232]三人見解雷同，皆主張樂道忘飢之說。而清姚際恒《詩經通論》進一步說明：「倒字趁韻為多。樂飢，猶飢樂，謂雖飢亦樂也。」[233]指出「樂飢」為「飢樂」之倒裝，俾句末之「飢」押韻，此為典型的「為詩文格律而倒裝」。又如〈豳風・七月〉：

> 晝爾于茅，宵爾索綯；亟其乘屋，其始播百穀。（第七章）

這是首描寫豳國農民生活，及上下和諧的詩。這例子說明：白天整茅草，夜晚搓絞繩索；趕緊將房屋建好，就要開始播種百穀了。《詩經欣賞與研究》書中認為：「《爾雅》訓綯為絞，索綯為綯索之倒文，所以趁韻。」[234]「索綯」為「綯

三經注疏》本），卷7之1，頁7上。

230 （宋）朱熹撰：《詩集傳》（臺北：臺灣學生書局，1970年10月，景印初版），卷7，頁3上。

231 參考（清）王鴻緒撰：《詩經傳說彙纂》（臺北：維新書局，1968年1月，初版），卷8，頁5上。

232 黃焯：《詩疏平議》（上海：上海古籍出版社，1985年11月，第1版第1次印刷），頁186。

233 （清）姚際恆：《詩經通論》（臺北縣：廣文書局有限公司，1993年10月，三版），頁146。

234 糜文開、裴普賢著：《詩經欣賞與研究》（改編版）（臺北：三民書局

索」之倒裝，俾句末之「綯」押韻。此為典型的「為詩文格律而倒裝」。再如〈小雅・賓之初筵〉：

由醉之言，俾出童羖。三爵不識，矧敢多又！（第五章）

此是衛武公刺時之作。幽王失政，媟近小人，君臣荒淫，上行下效。武公既入，而作是詩也。這例子說明：如果酩酊大醉，就會胡言亂語，說著：「公羊頭上不長角」，這不是笑話嗎？喝了三杯，就不省人事，還敢喝更多嗎？《詩經欣賞與研究》載：「或謂『多又』為『又多』之倒裝語。」[235]「多又」為「又多」之倒裝，俾句末之「又」押韻。此為典型的「為詩文格律而倒裝」。

以上有關「為詩文格律而倒裝」的分析，《詩經》共347 例。其中〈風〉有 153 例，最多；〈雅〉有 149 例，次之；〈頌〉有 45 例，最少。

二、為文章波瀾而倒裝

「為文章波瀾而倒裝」是指積極地追求文章之遒健、警策、靈動多姿，透過刻意的經營、設計與安排，以反常的奇

股份有限公司，1991 年 8 月，再版），冊 2，頁 696。

235 糜文開、裴普賢著：《詩經欣賞與研究》（改編版）（臺北：三民書局股份有限公司，1991 年 8 月，再版），冊 2，頁 1136。

特句法，激起文章波瀾，引起讀者注意。[236]分別舉例說明
如下：

　　《詩經》中「為文章波瀾而倒裝」，計有 148 例。[237]以

---

236 沈謙：《修辭學》（臺北縣：國立空中大學，2000 年 7 月，再版），頁
628。

237 運用「為文章波瀾而倒裝」的篇章，計有以下 150 例：〈周南‧葛
覃〉第二章；〈召南‧甘棠〉第一章、第二章、第三章；〈召南‧摽有
梅〉第一章、第二章、第三章；〈召南‧江有汜〉第一章、第二章、
第三章；〈邶風‧燕燕〉第三章、第四章；〈邶風‧終風〉第一章、第
四章；〈邶風‧擊鼓〉第二章、第五章；〈邶風‧雄雉〉第二章；〈邶
風‧谷風〉第二章、第三章、第四章；〈邶風‧簡兮〉第四章；〈邶
風‧泉水〉第一章；〈邶風‧新臺〉第一章、第二章、第三章；〈邶
風‧二子乘舟〉第一章；〈鄘風‧牆有茨〉第一章、第二章、第三
章；〈鄘風‧君子偕老〉第二章；〈鄘風‧桑中〉第一章、第二章、第
三章；〈鄘風‧載馳〉第二章、第三章；〈衛風‧河廣〉第一章；〈衛
風‧氓〉第一章；〈王風‧黍離〉第一章、第二章、第三章；〈王風‧
中谷有蓷〉第一章、第二章、第三章；〈王風‧葛藟〉第二章；〈王
風‧大車〉第一章、第二章；〈鄭風‧褰裳〉第一章、第二章；〈鄭
風‧丰〉第一章；〈鄭風‧東門之墠〉第二章；〈鄭風‧野有蔓草〉第
一章、第二章；〈齊風‧雞鳴〉第三章；〈齊風‧南山〉第三章；〈魏
風‧葛屨〉第一章；〈唐風‧有杕之杜〉第一章、第二章；〈唐風‧葛
生〉第一章、第二章、第三章；〈秦風‧終南〉第一章、第二章；〈秦
風‧黃鳥〉第一章、第二章、第三章；〈陳風‧東門之楊〉第一章、
第二章；〈陳風‧澤陂〉第二章；〈檜風‧羔裘〉第一章、第二章、第
三章；〈檜風‧匪風〉第一章、第二章；〈曹風‧下泉〉第一章、第二
章、第三章；〈豳風‧七月〉第五章；〈豳風‧狼跋〉第一章、第二
章；〈小雅‧常棣〉第一章、第二章；〈小雅‧彤弓〉第一章、第二
章、第三章；〈小雅‧采芑〉第一章、第三章、第四章；〈小雅‧黃
鳥〉第一章；〈小雅‧我行其野〉第一章、第二章；〈小雅‧節南山〉
第六章；〈小雅‧正月〉第四章；〈小雅‧十月之交〉第一章；〈小
雅‧小旻〉第三章；〈小雅‧小宛〉第一章、第三章；〈小雅‧何人
斯〉第一章、第二章、第七章；〈小雅‧巷伯〉第四章；〈小雅‧大

〈風〉最多，〈雅〉次之，〈頌〉最少。例如〈齊風‧雞鳴〉：

　　　會且歸矣，無庶予子憎！（第三章）

這是賢夫人勸誡夫君的詩。勸他朝會結束後，要讓臣下早點回家，他們才不會憎惡你。宋朝嚴粲《詩緝》解釋說：「今曰無庶猶庶無，古人辭急倒用也。」[238]指出倒用之因，係因辭急所致。清馬瑞辰說明：「無庶，即庶無之倒文。」[239]嚴粲及馬瑞辰二人，均認為「無庶」即「庶無」之倒裝，屬於「為文章波瀾而倒裝」。用「倒裝」強調「無庶」，藉以增強語勢，凝聚讀者的目光。再如〈大雅‧桑柔〉：

東〉第二章；〈小雅‧北山〉第四章；〈小雅‧鼓鐘〉第一章、第二章、第三章、第四章；〈小雅‧楚茨〉第一章、第五章；〈小雅‧信南山〉第四章；〈小雅‧賓之初筵〉第三章；〈小雅‧隰桑〉第四章；〈小雅‧白華〉第五章；〈大雅‧文王〉第五章；〈大雅‧行葦〉第一章；〈大雅‧鳧鷖〉第一章、第二章、第三章、第四章、第五章；〈大雅‧卷阿〉第七章、第八章；〈大雅‧抑〉第三章；〈大雅‧桑柔〉第三章、第八章；〈大雅‧雲漢〉第一章、第二章、第三章、第四章、第五章、第六章、第七章；〈大雅‧烝民〉第二章；〈大雅‧江漢〉第五章；〈大雅‧瞻卬〉第一章；〈周頌‧載芟〉；〈周頌‧絲衣〉；〈商頌‧玄鳥〉；〈商頌‧長發〉第六章。

238 （宋）嚴粲：《詩緝》（臺北：廣文書局，1960 年 11 月，初版），卷9，頁3上。

239 （清）馬瑞辰：《毛詩傳箋通釋》（臺北：鼎文書局，1973 年 9 月，初版），卷9，頁2上。

君子實維，秉心無競。（第三章）

此是傷歎政昏臣邪，是非顛倒，民風敗壞的詩。意謂君子向來與世無爭，根本無意爭權奪利。余培林先生認為：「君子實維，即實維君子之倒文。」[240]「倒文」即「倒裝」之異稱，「君子實維」乃「實維君子」之倒裝，屬於「為文章波瀾而倒裝」。倒裝之後，使語句遒勁，強調出君子卓絕的節操。又如〈大雅・雲漢〉：

旱既大甚，散無友紀。（第七章）

此為宣王禳災憂旱之詩。說明旱災太嚴重了，百官四處逃散，毫無綱紀可言。據清姚際恒《詩經通論》曰：「『散無友紀』，君以臣為友，今以旱故，將離散無紀矣。亦倒字句，謂『友散無紀』也。」[241]指出「散無友紀」即「友散無紀」之倒裝，本例屬於「為文章波瀾而倒裝」。使用倒裝語法，藉以增強語勢，突顯旱災時的混亂場景和氣氛。

以上有關「為文章波瀾而倒裝」的分析，《詩經》共148 例。其中〈風〉有 87 例，最多；〈雅〉有 56 例，居次；〈頌〉有 5 例，最少。

綜合上述分析，茲統計各類數字，列表說明如次：（為

---

240 余培林：《詩經正詁》（臺北：三民書局股份有限公司，1999 年 10 月，增訂二版），下冊，頁448。

241 （清）姚際恒：《詩經通論》（臺北縣：廣文書局有限公司，1993 年 10 月，三版），頁309。

節省篇幅，於「倒裝」統計表中，「為詩文格律而倒裝」簡
為「格律倒裝」，「為文章波瀾而倒裝」簡為「辭采倒
裝」。）

《詩經》「倒裝」統計表

詩經	倒裝	格律倒裝		辭采倒裝		合 計		百分比	
		篇數	次數	篇數	次數	篇數	次數	篇數	次數
風	周南	3	9	2	2	5	11	2.3%	2.2%
	召南	4	10	3	12	7	22	3.3%	4.4%
	邶風	10	29	9	18	19	47	8.9%	9.5%
	鄘風	5	8	3	8	8	16	3.8%	3.2%
	衛風	4	5	3	3	7	8	3.3%	1.6%
	王風	3	5	4	12	7	17	3.3%	3.4%
	鄭風	8	18	4	6	12	24	5.6%	4.8%
	齊風	2	4	1	1	3	5	1.4%	1%
	魏風	4	10	1	2	5	12	2.3%	2.4%
	唐風	2	5	2	5	4	10	1.9%	2%
	秦風	4	15	2	5	6	20	2.8%	4%
	陳風	6	10	2	3	8	13	3.8%	2.6%
	檜風	1	3	2	6	3	9	1.4%	1.8%
	曹風	1	2	1	3	2	5	0.9%	1%
	豳風	5	20	2	3	7	23	3.3%	4.6%
雅	小雅	41	87	20	33	61	120	28.6%	24.2%
	大雅	23	62	10	23	33	85	15.5%	17.1%
頌	周頌	6	17	2	3	8	20	3.8%	4%
	魯頌	3	13	0	0	3	13	1.4%	2.6%
	商頌	3	15	2	2	5	17	2.3%	3.4%
合　計		138	347	75	150	213	497	100%	100%
百分比		64.8%	69.8%	35.2%	30.2%	100%	100%		

筆者歸納《詩經》之「倒裝」修辭法，可以得到下列幾點認知：

1. 就倒裝數量言，以「格律倒裝」有 347 例，佔 69.8%，數量最多；「辭采倒裝」計 150 例，佔 30.2%，居次。可見，《詩經》的「倒裝」類型，以「格律倒裝」最為普遍。黎錦熙〈三百篇「主」「述」倒文句例〉：「總之，三百篇主述倒文之句，以就韻為大原則，次則習用語偶見焉。」[242]古典詩文，常為遷就格律而倒裝。

2. 就倒裝性質言，兩種「倒裝」兼具的，有〈國風〉、〈小雅〉、〈大雅〉與三〈頌〉，遍及《詩經》全書。可見「倒裝」修辭，或因講究格律，或因文章靈動，自有其價值與效果。

3. 就詩經內容言，以〈風〉、〈雅〉、〈頌〉三者相較，〈風〉數量最多，達 242 例，佔 48.7%；〈雅〉數量居次，有 205 例，佔 41.2%；〈頌〉數量較少，有 50 例，佔 10.1%。顯然，「倒裝」之修辭現象，側重於抒情方面的運用，多用於〈風〉、〈雅〉二種體裁；〈頌〉多祭祀頌美之作，較少使用「倒裝」修辭。

4. 就詩經時代言，在「倒裝」修辭中，以〈國風〉運用最多，有 242 例，佔 48.7%；〈小雅〉其次，有 120 例，佔 24.2%；〈大雅〉其次，有 85 例，佔 17.1%；〈周頌〉再次之，有 20 例，佔 4%；〈商頌〉其次，有 17

---

242 黎錦熙：〈三百篇「主」「述」倒文句例〉，《師大月刊》第 2 期（1933 年 1 月 1 日）頁 100~106。

例，佔 3.4%；〈魯頌〉次之，有 13 例，佔 2.6%。由上可知，「倒裝」的運用，符合《詩經》時代先後之關係，作品時期愈後之作品，其使用情形較多，其技巧也愈益成熟。

三、《詩經》倒裝藝術特質

根據上述的探討分析，吾人可知，《詩經》「倒裝」的藝術特質，具有三項：

（一）格律優美

在形式上，變更正常的語序，創造音調諧適、形式駢儷的韻文美辭。例如〈鄭風·野有蔓草〉：

> 有美一人，婉如清揚。邂逅相遇，與子偕臧。（第二章）

此為描寫男女邂逅於野田草露間之詩。田野間有位美人，眉清目秀，容光煥發，我與你不期而遇，彼此相好。清朝牛運震《詩志》說：「一倒轉，更覺雋妙。」[243]明確指出「婉如清揚」為「清揚婉如」之倒裝，俾句末之「揚」押韻。此為典型的「為詩文格律而倒裝」。此處運用倒裝，使語句新穎，格律優美，則美人之清麗秀婉，躍然紙上。

243　（清）牛運震：《詩志》（清嘉慶年間空山堂刊本），卷2，頁 13 下。

（二）靈動多姿

在內容上，突出作者內容旨意，使句法警策遒勁，靈動多姿。例如〈衛風‧淇奧〉：

> 有匪君子，充耳琇瑩，會弁如星。（第二章）

此乃頌美衛武公之詩。武公是位文采斐然的君子，耳掛美瑱，晶瑩剔透；綴帽的玉飾，發光如星。清朝牛運震《詩志》評此詩曰：「會弁倒字法，句極遒練，若作弁會便平。」[244] 指出「會弁」為「弁會」之倒裝，此為典型的「為文章波瀾而倒裝」。倒裝之後，使文句遒勁，筆勢靈動多姿。

（三）切忌濫用

在目的上，運用務求謹慎得當，忌浮濫失體，弄巧成拙。例如〈衛風‧氓〉：

> 信誓旦旦，不思其反。反是不思，亦已焉哉！（第六章）

此是棄婦被逐，追憶男子追求之際，殷勤篤切，而今背棄絕情，怨悔傷痛之作。清朝牛運震《詩志》說：「『不思其反，

244　（清）牛運震：《詩志》（清嘉慶年間空山堂刊本），卷1，頁48上。

反是不思』。疊作悵歎，顛倒纏綿。」[245]詩人藉「不思其
反」與「反是不思」文句顛倒，描寫男子之不念舊情，點染
棄婦之悵歎悲怨。余培林先生認為：「反是不思，即上文
『不思其反』之倒文，謂以前一切都不想一想。」[246]明確
指出「反是不思」為「不思其反」之倒裝，俾句末之「思」
押韻，此為典型的「為詩文格律而倒裝」。「不思其反，反是
不思」貼切的倒裝關係，突顯出男子的反覆不定，態度前後
不一，使詩句往復生姿，韻味無窮。

第六節 小結

由上述之「章句上的辭格」，茲統計各類數字，列表說
明如次：

---

245 （清）牛運震：《詩志》（清嘉慶年間空山堂刊本），卷 1，頁 53 上。
246 余培林：《詩經正詁》（臺北：三民書局股份有限公司，1999 年 3 月，
再版），上冊，頁 174。

《詩經》「章句上的辭格」統計表

辭格 詩經		對偶		排比		層遞		頂針		倒裝		合計		百分比	
		篇數	次數	篇數	次數	篇數	次數	篇數	次數	篇數	次數	篇數	次數	篇數	次數
風	周南	3	7	6	6	8	8	1	1	5	11	23	33	3.3%	2.6%
	召南	5	7	8	8	6	6	1	3	7	22	27	46	3.9%	3.7%
	邶風	15	24	5	5	1	1	5	7	19	47	45	84	6.6%	6.7%
	鄘風	2	3	4	4	3	3	2	4	8	16	19	30	2.8%	2.4%
	衛風	10	24	5	5	3	3	1	2	7	8	26	42	3.8%	3.3%
	王風	1	1	7	7	4	4	3	9	7	17	22	38	3.2%	3%
	鄭風	11	20	7	7	4	4	2	5	12	24	36	60	5.2%	4.8%
	齊風	6	9	5	7	2	2	1	2	3	5	17	25	2.5%	2%
	魏風	1	1	4	4	2	2	3	8	5	12	15	27	2.2%	2.1%
	唐風	5	11	6	6	3	3	0	0	4	10	18	30	2.6%	2.4%
	秦風	4	9	5	7	4	4	2	2	6	20	21	43	3.1%	3.4%
	陳風	3	4	3	3	2	2	0	0	8	13	16	22	2.3%	1.7%
	檜風	2	4	3	3	3	3	0	0	3	9	11	19	1.6%	1.5%
	曹風	0	0	4	4	0	0	1	4	2	5	7	13	1%	1%
	豳風	5	14	3	4	1	1	1	1	7	23	17	43	2.5%	3.4%
雅	小雅	71	129	40	47	15	15	18	35	61	120	205	346	29.8%	27.4%
	大雅	40	89	16	20	6	6	20	39	33	85	115	239	16.7%	19%
頌	周頌	13	21	1	1	0	0	4	6	8	20	26	48	3.8%	3.8%
	魯頌	4	19	2	2	0	0	2	10	3	13	11	44	1.6%	3.5%
	商頌	3	7	0	0	0	0	2	5	5	17	10	29	1.5%	2.3%
合 計		204	403	134	150	67	67	69	144	213	497	687	1261	100%	100%
百分比		29.7%	32%	19.5%	11.9%	9.8%	5.3%	10%	11.4%	31%	39.4%	100%	100%		

1. 就修辭分類言，《詩經》「章句上的辭格」內容，又分為「對偶」、「排比」、「層遞」、「頂針」、「倒裝」五類。而五類修辭格中，又各分為若干種。「對偶」可分「句中對」、「單句對」、「隔句對」、「長偶對」四種；「排比」分為「單句排比」、「複句排比」、「段落排比」三種；「層遞」分為「單式層遞」、「複式層遞」兩種，其中「單式層遞」有「前進式」、「後退式」、「比較式」三細目，「複式層遞」有「反複式」、「並立式」、「遞對式」、「雙遞式」四細目；「頂針」分為「句中頂針」、「句間頂針」、「段間頂針」三種；「倒裝」分為「為詩文格律而倒裝」、「為文章波瀾而倒裝」兩種。《詩經》運用「章句上的辭格」，形成勁健奇特之詩句，益以變化無窮之修辭，融鑄出高妙之《詩經》修辭藝術。

2. 就章句數量言，以「倒裝」有 497 例，佔 39.4%，數量最多；「對偶」計 403 例，佔 32%，居次；「排比」共150 例，佔 11.9%，次之；「頂針」共 144 例，佔11.4%，次之；「層遞」有 67 例，佔 5.3%，數量最少。可見，《詩經》的「章句上的辭格」類型，以「倒裝」最為普遍。如此的「倒裝」修辭技巧，巧妙激起文章波瀾，引起讀者注意，成為生動多姿的韻文之祖。

3. 就章句性質言，五種修辭格兼具的，只有〈國風〉、〈小雅〉、〈大雅〉部分。《詩經》「章句上的辭格」內容，其修辭藝術運用較平均，正與《詩經》豐富之內容、情感，前後呼應，相映成趣。

4. 就詩經內容言，以〈風〉、〈雅〉、〈頌〉三者相較，

〈雅〉數量最多，達 585 例，佔 46.4%；〈風〉數量居次，有 555 例，佔 44%；〈頌〉數量較少，有 121 例，佔 9.6%。顯然，「章句上的辭格」分類，於《詩經》之詩篇上，是匠心巧思的結晶，而又不飾雕琢，渾然天成。

5. 就詩經時代言，在「章句上的辭格」中，以〈國風〉運用最多，有 555 例，佔 44%；〈小雅〉其次，有 346 例，佔 27.4%；〈大雅〉其次，有 239 例，佔 19%；〈周頌〉再次之，有 48 例，佔 3.8%；〈魯頌〉其次，有 44 例，佔 3.5%；〈商頌〉次之，只有 29 例，佔 2.3%。由上可知，《詩經》「章句上的辭格」，與三百篇之時代先後關係密切，作品時期愈後之作品，其修辭藝術技巧愈成熟。《詩經》修辭藝術之發展，是由粗而精，由寡而多，由偏而全，是循序漸進的。

第六章

結 論

　　張朝柯先生〈詩經詩的「興」及其起源〉認為：「任何新藝術技巧的產生，都不能脫離開前代的傳統基礎。傳統在決定新的藝術技巧上，是起著不可避免的有力作用的。」[1]《詩經》為中國最早之詩歌總集，其修辭上之藝術技巧，必對詩文深具效用；其修辭上之藝術，必對後世產生影響。因此，本章分兩部分，將就《詩經》修辭藝術之效用，及《詩經》修辭藝術之影響，予以深入探討。

第一節　《詩經》修辭藝術之效用

　　茲就《詩經》修辭藝術，分為四大辭格。其內容包括：「材料上的辭格」、「意境上的辭格」、「詞語上的辭格」、「章句上的辭格」四種，予以分析歸納，繪成下表：

1　張朝柯：〈詩經詩的「興」及其起源〉，《文學遺產增刊》第二輯（1955 年 8 月），頁 38。

《詩經》修辭統計表

修辭 詩經		材料辭格		意境辭格		詞語辭格		章句辭格		合　計		百分比	
		篇數	次數	篇數	次數	篇數	次數	篇數	次數	篇數	次數	篇數	次數
風	周南	27	55	9	29	25	71	23	33	84	188	3.3%	2.9%
	召南	27	63	15	49	27	59	27	46	96	217	3.8%	3.4%
	邶風	54	113	34	80	49	120	45	84	182	397	7.2%	6.2%
	鄘風	20	53	15	43	20	57	19	30	74	183	2.9%	2.9%
	衛風	28	82	15	41	20	56	26	42	89	221	3.5%	3.5%
	王風	21	60	14	55	22	65	22	38	79	218	3.1%	3.4%
	鄭風	46	114	32	102	33	100	36	60	147	376	5.8%	5.9%
	齊風	19	54	12	62	22	52	17	25	70	193	2.8%	3%
	魏風	14	38	14	81	17	51	15	27	60	197	2.4%	3.1%
	唐風	15	44	23	62	26	90	18	30	82	226	3.3%	3.5%
	秦風	24	55	11	27	23	53	21	43	79	178	3.1%	2.8%
	陳風	16	40	12	41	18	37	16	22	62	140	2.5%	2.2%
	檜風	7	16	4	20	9	17	11	19	31	72	1.2%	1.1%
	曹風	16	29	8	17	8	16	7	13	39	75	1.6%	1.2%
	豳風	24	60	10	17	14	52	17	43	65	172	2.6%	2.7%
雅	小雅	216	535	122	315	198	641	205	346	741	1837	29.3%	28.7%
	大雅	108	232	58	155	85	415	115	239	366	1041	14.5%	16.3%
頌	周頌	19	27	20	26	34	74	26	48	99	175	3.9%	2.7%
	魯頌	13	43	5	19	14	94	11	44	43	200	1.7%	3.1%
	商頌	9	18	6	11	12	37	10	29	37	95	1.5%	1.5%
合　計		723	1731	439	1252	676	2157	687	1261	2525	6401	100%	100%
百分比		28.6%	27%	17.4%	19.6%	26.8%	33.7%	27.2%	19.7%	100%	100%		

由上述之統計歸納，茲分別說明如次：

一、就修辭分類言

《詩經》修辭之辭格分類，計有「材料上的辭格」、「意境上的辭格」、「詞語上的辭格」、「章句上的辭格」四大類。而四大類辭格中，又包括若干修辭格。「材料上的辭格」包含「譬喻」、「借代」、「映襯」、「摹寫」、「引用」五種辭格；「意境上的辭格」分為「呼告」、「夸飾」、「倒反」、「設問」、「感歎」五種辭格；「詞語上的辭格」又分作「類疊」、「節縮」、「警策」三種辭格；「章句上的辭格」分為「對偶」、「排比」、「層遞」、「頂針」、「倒裝」五種辭格。在十八種辭格之下，又各細分為若干種。《詩經》優美雋永之詩句，益以變化無窮之修辭，融鑄出瑰麗璀璨之《詩經》修辭藝術。

二、就修辭數量言

《詩經》修辭之四大辭格，其中「詞語上的辭格」，有2157 例，約佔有 33.7%；其次為「材料上的辭格」，有 1731 例，計有 27%；其次是「章句上的辭格」，有 1261 例，共19.7%；「意境上的辭格」最少，有 1252 例，只有 19.6%。由於各類之辭格迥異，內容性質懸殊，四大辭格分別討論如次：

（一）材料上的辭格

　　「材料上的辭格」，含「譬喻」、「借代」、「映襯」、「摹寫」、「引用」五種辭格，為《詩經》常見之修辭法。「譬喻法」能使形象具體神似，意蘊豐富，切合情境；「借代法」使詩句語言生動，形象鮮活，含蓄蘊藉；「映襯法」使作品對比顯豁，主題明確；「摹寫法」可使形象清晰，鮮明真實；「引用法」能增強說理，避免謬誤。由此可知，《詩經》語言自然成趣，表現作者智慧，反映現實生活，為最美之天籟。

（二）意境上的辭格

　　「意境上的辭格」，有「呼告」、「夸飾」、「倒反」、「設問」、「感歎」五種辭格。其中，「呼告法」使詩句簡短精鍊，抒發情感；「夸飾法」擅長凸顯聲貌，加強印象；「倒反法」使詩句富幽默感，具警惕性；「設問法」可揭示主旨，增添餘韻，助長文氣；「感歎法」能擴張語言感染，引發共鳴。

（三）詞語上的辭格

　　「詞語上的辭格」，使用數量最多，為《詩經》修辭藝術最主要之辭格。其內容包含「類疊」、「節縮」、「警策」三種，其中「類疊」佔「詞語上的辭格」之 93.1%，是《詩經》使用最頻繁，數量最龐大之修辭法。「類疊法」可凸顯思想感情，增添文辭美感；「節縮法」使詩句簡潔精煉，避

繁離沓;「警策法」讓詩句言簡意賅,氣勢提振。

(四) 章句上的辭格

　　「章句上的辭格」,分為「對偶」、「排比」、「層遞」、「頂針」、「倒裝」五種辭格。其中,「對偶法」使詩句意境高遠,錦心繡口;「排比法」可使描寫鮮明,說理透徹;「層遞法」使詩句循序漸進,變化規律;「頂針法」使詩句遞嬗銜接,節奏緊湊;「倒裝法」使詩句靈動生姿,格律優美。

三、就詩經內容言

　　就《詩經》運用修辭之比率看,時代最早的〈大雅〉有 1041 例,佔 16.3%;〈小雅〉有 1837 例,佔 28.7%;〈國風〉有 3053 例,佔 47.7%;〈周頌〉有 175 例,佔 2.7%;〈魯頌〉有 200 例,佔 3.1%;〈商頌〉有 95 例,佔 1.5%。因〈國風〉為吟詠情性之民間歌謠,辭采優美,修辭技巧最多,且屬較晚出之作品,藝術技巧也最成熟;〈小雅〉時期約在〈國風〉之前,性質為士大夫酬酢往來之作,顯示當時文人程度頗高;〈大雅〉九成屬於敘事詩;〈頌〉共有 470 例,佔 7.3%,〈頌〉的性質為廟堂文學,顯示《詩經》已進入廟堂文學之領域,使〈頌〉除了廟堂祭祀之功能外,兼具文學之藝術價值。

四、就詩經時代言

以〈風〉、〈雅〉、〈頌〉三者相較，〈風〉最多，達 3053 例，佔 47.7%；〈雅〉其次，有 2878 例，佔 45%；〈頌〉最少，共 470 例，佔 7.3%。由此可見，《詩經》一書，不僅在「材料上」、「意境上」的修辭有很高的造詣，在「詞語上」及「章句上」的修辭也有很高的藝術成就。《詩經》的語言生動自然，古人將美好的修辭藝術融入生活，巧妙的將思想與藝術結合，讓《詩經》成為後世文學之總源泉。由此可知，《詩經》之修辭藝術，係遵循時代先後，依從詩篇內容，配合音樂節奏等之演進，使修辭技巧日臻純熟，進而發展出舉世驚豔之《葩經》。

第二節　《詩經》修辭藝術之影響

《詩經》修辭之影響，層面甚廣。為避免蕪雜無章，流於空泛，本論文之探討範疇，以十八種修辭格為例，加以舉隅說明，冀窺《詩經》修辭之深遠影響。茲分別說明如下：

一、材料上的辭格

（一）譬喻

清姚際恆《詩經通論》評《詩經・周南・桃夭》曰：

「桃花色最豔,故以取喻女子,開千古詞賦詠美人之祖。」[2]
〈周南·桃夭〉一詩,為賀人嫁女之詩作。採用「譬喻」之
「略喻」法,喻體「桃之夭夭,灼灼其華」在前,喻依「之
子于歸,宜其室家」在後,省略喻詞「如」。以桃花比喻女
子,形象具體,色彩鮮明,筆致綺麗。詩句中善用「譬喻」
法,用桃花取譬美豔女子,使《詩經》成為後世詞賦歌詠美
人的始祖。

(二)借代

裴普賢先生《詩經評註讀本》曰:「且美人一辭多次出
現於《詩經》各篇,為後代詩歌中被喻為君王、為君子、為
賢能等之先聲,而此篇亦可視為其濫觴也。」[3]例如〈陳
風·防有鵲巢〉一詩,「予美」原指我所美之人,此處運用
「借代」法,將「予美」借代為國君,使遣詞新穎,語言鮮
活,意象具體,含蓄有味。《詩經》巧用「借代」手法,成
為後世詩歌「君王」、「君子」、「賢能」等詞之權輿。

(三)映襯

張學波先生〈小雅的思想情感及其寫作技巧之析論〉

2　(清)姚際恆:《詩經通論》(臺北縣:廣文書局有限公司,1993 年
　10 月,第 3 版),頁 25。
3　裴普賢:《詩經評註讀本》(臺北:三民書局股份有限公司,1990 年
　10 月,第 5 版),上冊,頁 496;並見於糜文開、裴普賢著:《詩經欣
　賞與研究》(改編版)(臺北:三民書局股份有限公司,1991 年 8
　月,再版),冊 2,頁 635。

說：「〈采薇〉末章所採用的映襯手法，可以增加詩篇雋永的
情意，這的確是文學作品中最高的寫作技巧，後世不少的詩
人，都採用了這種映襯的手法，如杜甫的『朱門酒肉臭，路
有凍死骨』（自京赴奉先縣詠懷五百字詩）、曹松的『憑君莫
話封侯事，一將功成萬骨枯』（己亥歲）等詩句，都是模仿
這種映襯手法寫成的。」[4] 例如〈小雅‧采薇〉第六章云：
「昔我往矣，楊柳依依；今我來思，雨雪霏霏。行道遲遲，
載渴載飢。我心傷悲，莫知我哀！」遣辭秀麗，膾炙人口，
成為千古名句。推究其因，繫乎「映襯」之巧妙運用。詩人
以「映襯」之「對襯」法，自「今」、「昔」對照，將
「來」、「往」交映，用「苦」、「樂」相襯，形成強烈對比，
征人內心之苦痛，躍然紙上。

（四）摹寫

　　清牛運震《詩志》曰：「風雨如晦，幽忽入神。雞鳴不
已，白描愈妙。杜詩『鄰雞野哭如昨日』似從此出。」[5] 例
如〈鄭風‧風雨〉詩中，藉「風雨如晦，雞鳴不已。」運用
「視覺摹寫」及「聽覺摹寫」，描風雨之情，狀雞鳴之聲，
明寫景致，暗啟人心，成為勵志名言。

4　張學波：〈小雅的思想情感及其寫作技巧之析論〉，中華文化復興運動
　　推行委員會國家文藝基金管理委員會主編：《中國文學講話》（周代文
　　學）（臺北：巨流圖書公司，1983 年 10 月），冊二，頁 154~155。
5　（清）牛運震：《詩志》（清嘉慶年間空山堂刊本），卷 2，頁 11 下。

（五）引用

　　元朝劉瑾《詩經通釋》認為：「宋玉〈登徒子好色賦〉曰：『鄭衛溱洧之間，群女出桑，臣觀其麗者，因稱詩曰：「遵大路兮攬子袪，贈以芳華辭甚妙。」』……集傳援此為證者，蓋宋玉去此詩之時未遠，其所引用，當得詩人之本旨，彼為男語女之詞，猶此詩為女語男之詞也。」[6]《詩經‧鄭風‧遵大路》原詩謂：「遵大路兮，摻執子之袪兮。」將宋玉詩與《詩經》原詩，兩相對照，可知宋玉巧擷詩文，以資潤色，綴成佳句。西元前五百年前的楚人，已經能引用《詩經》，可見《楚辭》必然受過北方文學的影響。[7]

二、意境上的辭格

（一）呼告

　　清牛運震《詩志》評曰：「說日月照臨，正是責望之深。胡能有定，自以其誠祈請於日月也。哀怛激切，此即騷人九天為正之旨。」[8]例如〈邶風‧日月〉一詩，寫棄婦之情，痛極而呼「日居月諸」。詩人藉婦喻己，呼日月而訴之，以人性化之「呼告」，抒發胸中鬱悶。

6　（元）劉瑾：《詩傳通釋》（臺北：臺灣商務印書館股份有限公司，1972 年，初版，《四庫全書珍本》），卷 4，頁 33 上～卷 4，頁 33 下。

7　游國恩：《楚辭概論》（上海：商務印書館，1934 年 2 月，再版），頁10。

8　（清）牛運震：《詩志》（清嘉慶年間空山堂刊本），卷 1，頁 23 下。

（二）夸飾

清姚際恆《詩經通論》云：「描摹工豔，鋪張亦復淋漓盡致。便為〈長楊〉、〈羽獵〉之祖。」[9]「夸飾」又稱「鋪張」。[10]姚際恆先生所謂之「鋪張」，即為現代修辭學之「夸飾」。〈鄭風・大叔于田〉詩中，巧妙運用「夸飾」法，以「襢裼暴虎，獻于公所。」誇美共叔段勇猛，敘事傳神，令人讚嘆。

（三）倒反

裴普賢先生《詩經評註讀本》認為：「〈新臺〉確實是三百篇中的好詩，建立了民間文學諷刺詩的完美風格，冷言冷語，輕描淡寫，卻表現得活龍活現，為後世打油詩所宗。」[11]詩人撰寫〈邶風・新臺〉時，運用「倒反」法，以鮮明的新臺，以澄美的河水，反諷衛宣公娶子媳之醜行，全詩未著一「醜」字，卻盡訴其醜行惡狀。

（四）設問

朱守亮先生《詩經評釋》評〈召南・采蘩〉曰：「詩則

9　（清）姚際恆：《詩經通論》（臺北縣：廣文書局有限公司，1993 年 10 月，第 3 版），頁 103。

10　使用「鋪張」格的修辭著作，見譚正璧《修辭新例》、宋文翰《國文修辭學》、徐芹庭《修辭學發微》、葉龍〈國風與雅歌的修辭研究〉、羅敬之〈談詩經國風的修辭〉等。

11　裴普賢：《詩經評註讀本》（臺北：三民書局股份有限公司，1990 年 10 月，第 5 版），上冊，頁 170。

以一問一答方式出之，後一問一答歌謠本色形式，始於此詩。」[12]明確指出「一問一答」，即是歌謠的本色。〈召南‧采蘩〉一詩，開首二章寫道：「于以采蘩？于沼于沚。于以用之？公侯之事。（第一章）于以采蘩？于澗之中。于以用之？公侯之宮。（第二章）」問一句答一句，使用「設問」之「提問」法，連用兩次「一問一答」，說明採蘩之處與用途，筆法靈活而生動。

（五）感歎

魏耕原先生說：「杜甫的『今夕復何夕，共此燈燭光。』（〈贈衛八處士〉）一片嘉美。喟歎之情都可追源於此。」[13]詩人於〈唐風‧綢繆〉詩中，使用「感歎」筆法，寫女子一見鍾情之狀。乍見良人，不禁驚呼：「今夕何夕？見此良人！子兮子兮！如此良人何！」感歎之情，欣喜之意，溢於言表。《詩經》之「感歎」寫真手法，不僅影響唐代的杜甫，也深切影響後世的詩人。

---

12 朱守亮：《詩經評釋》（臺北：台灣學生書局，1994 年 9 月，初版第三次印刷），上冊，頁 71。

13 周嘯天編：《詩經鑑賞集成》（臺北：五南圖書出版有限公司，1999年 7 月，初版三刷），上冊，頁 413。

三、詞語上的辭格

(一) 類疊

糜文開及裴普賢先生認為：「至於後人效法連用疊字成句最有名的……，為古詩十九首之〈青青河畔草〉一篇，六用疊字以起筆，是《詩經‧碩人》末章的模仿。」[14]《詩經‧衛風‧碩人》為千古頌美人之絕唱。第四章述「河水洋洋，北流活活。施眾濊濊，鱣鮪發發，葭菼揭揭。庶姜孽孽，庶士有朅。」連用六疊字，除形象之美外，兼有音聲之美。詩文之迭用疊字者，當以此為嚆矢，亦以此為巔峰。[15]

(二) 節縮

陳望道先生《修辭學發凡》評「節縮」曰：「在古文中，卻有利用它來湊就對偶音節或者形成錯綜的。」[16]《詩經》為千古韻文之祖，「節縮」修辭格之運用，功不可沒。「節縮」修辭，省言簡舉，力避蕪雜拖沓，影響後世文人作詩用韻。

---

14 糜文開、裴普賢著：《詩經欣賞與研究》（改編版）（臺北：三民書局股份有限公司，1991 年 8 月，再版），冊 2，頁 844。

15 余培林：《詩經正詁》（臺北：三民書局股份有限公司，1999 年 3 月，再版），上冊，頁 169。

16 陳望道：《修辭學發凡》（臺北：文史哲出版社，1989 年 1 月，再版），頁 179。

（三）警策

宋嚴粲《詩緝》云：「〈抑〉詩多自警之意，所言修身治國平天下之道，與《中庸》、《大學》相表裡。」[17]〈大雅‧抑〉詩中，多有危言自警箴語，可見修己反省之切。其中的聖學存養工夫，影響《中庸》之「慎獨」理論，也影響《大學》之「誠意」主張。吳闓生先生《詩義會通》更指出：「此詩千古箴銘之祖。」[18]《詩經》詩句以四言為主，語簡言奇，含意精切，警策有力，悚動人心。後世徵引《詩經》警句、成語者，俯拾即是，影響後世甚鉅。

四、章句上的辭格

（一）對偶

清梁章鉅《退庵隨筆》曰：「三百篇中，對偶之句，層見疊出，已開後代律體之端。」[19]《詩經》一書，「對偶」之例，數量頗多，例如〈召南‧草蟲〉云：「喓喓草蟲，趯趯阜螽。」字數相等，詞性相同，是為「單句對」。詩中疊用「喓喓」與「趯趯」，形式齊整之餘，頗饒情趣。對偶之

---

17 （宋）嚴粲：《詩緝》（臺北：廣文書局，1960 年 11 月，初版），卷29，頁 7 下。

18 吳闓生：《詩義會通》（臺北：河洛圖書出版社，1974 年 5 月，臺景印初版），頁 228~229。

19 （清）梁章鉅：《退庵隨筆》（臺北：新文豐出版公司，1997 年 3 月，台一版，《叢書集成三編》本），卷 30，頁 2 下。

於後世文學的影響，不僅止於律詩，裴普賢先生認為：「後世講求對句的律詩、絕句，以及駢體文、八股文和聯語等的雛形，在《詩經》中都已具備了。」[20]由此可見，《詩經》的「對偶」藝術，對於後世文學之影響，包含律詩、絕句、駢文、八股、對聯等，影響層面極為深遠。

（二）排比

　　清牛運震《詩志》評〈周南・關雎〉曰：「看他窈窕淑女，一連說了四遍，重疊反復，有津津亹亹之神。」[21]〈關雎〉為〈周南〉首篇，全詩分四章，四章皆有「窈窕淑女」句，詩文重疊反復，構成「排比」形式。牛運震所謂之「重疊反復」，即指「排比」而言，其結構至少須三句。《詩經》中的民歌，採用重章疊詠手法，寓變化於規律，回旋往復，一唱三歎，和諧之音樂性，影響後代民間歌謠。

（三）層遞

　　清姚際恆《詩經通論》評〈小雅・賓之初筵〉云：「始曰『舍其坐遷，屢舞僊僊』，猶是僅遷徙其坐處耳。……再曰『亂我籩豆，屢舞僛僛』，則且亂其有楚之籩豆矣。……終曰『側弁之俄，屢舞傞傞』，甚至冠弁亦不正矣。……由淺入深，備極形容醉態之妙。昔人謂唐人詩中有畫，豈知亦

20　見糜文開、裴普賢著：《詩經欣賞與研究》（改編版）（臺北：三民書局股份有限公司，1991 年 8 月，再版），冊 3，頁 1469。

21　（清）牛運震：《詩志》（清嘉慶年間空山堂刊本），卷 1，頁 2 上。

原本于三百篇乎！三百篇中有畫處甚多，此醉客圖也。」[22]
〈小雅・賓之初筵〉詩中，以「層遞」手法，極寫醉後醜
態，初曰「舍其坐遷」，繼曰「亂我籩豆」，終曰「側弁之
俄」。篇法整飭嚴謹，描寫細膩生動，一層深似一層，敘次
井然有法，描繪酒徒醜態，盡揭醉酒之弊，令人心生警惕。
《詩經》寫醉態如狀目前，影響盛唐詩人王維，其「詩中有
畫，畫中有詩」，可謂脫胎於此。

(四)頂針

清梁章鉅《退庵隨筆》曰：「曹子建〈贈白馬王彪詩〉，
顏延之〈秋胡行〉，皆以次章首句蟬聯上章之尾，此本〈大
雅・文王〉、〈下武〉、〈既醉〉三篇章法也。」[23]所謂「蟬
聯」一詞，亦即「頂針」修辭格。[24]《詩經・大雅・文王》
一詩，運用兩次「頂針」法，詩中第二章曰：「陳錫哉周，
侯文王孫子。文王孫子，本支百世。」第三章曰：「思皇多
士，生此王國。王國克生，維周之楨。」讀來頗有餘音繞
樑，環環相扣之妙。《詩經》之「頂針」手法，亦影響魏晉
之曹植，及南朝宋之顏延年，影響頗為深遠。

---

22 （清）姚際恆：《詩經通論》（臺北縣：廣文書局有限公司，1993 年
　　10 月，第 3 版），頁 243~244。

23 （清）梁章鉅：《退庵隨筆》（臺北：新文豐出版公司，1997 年 3
　　月，台一版，《叢書集成三編》本），卷 30，頁 2 上。

24 「蟬聯」修辭格，可參見蔡師宗陽《應用修辭學》、黃麗貞《實用修
　　辭學》、唐松波、黃建霖《漢語修辭格大辭典》等書。

（五）倒裝

　　清梁章鉅《退庵隨筆》曰：「唐宋以來詩家，多有倒用之句。謝疊山謂『語倒則峭』，其法亦起於三百篇。」[25]宋人謝枋得，字君直，號疊山，故有謝疊山之稱。謝枋得研讀《詩經》，發現唐宋詩人之作，多使用「倒裝」句法，其源殆出自《詩經》。例如〈邶風‧谷風〉第二章曰：「不遠伊邇，薄送我畿。」詩中巧妙運用「倒裝」法，將「薄送我畿，不遠伊邇。」倒置，意味雋永，耐人尋味。古人云：「文似看山不喜平。」證諸詩作，其理亦然。

第三節　結語

　　根據上述的分析，吾人可知，《詩經》一書蘊含了西周初年至東周春秋時代的修辭技巧。這種豐沛的修辭藝術，也就是周人文學藝術的一種反應。《詩經》中的藝術效用及影響，約可歸納為下列數點：

（一）《詩經》修辭藝術之效用

　　1. 材料上的辭格：形象清晰，鮮明真實，生動自然。
　　2. 意境上的辭格：凸顯主旨，加強印象，引發共鳴。
　　3. 詞語上的辭格：簡潔精煉，協調音節，彰顯重點。

25　（清）梁章鉅：《退庵隨筆》（臺北：新文豐出版公司，1997 年 3 月，台一版，《叢書集成三編》本），卷 30，頁 2 上。

4.章句上的辭格：嚴謹縝密，律動活潑，自然成趣。

(二)《詩經》修辭藝術之影響

1. 材料上的辭格：影響宋玉、杜甫、曹松等，為千古詞
   賦詠美人之祖。
2. 意境上的辭格：影響後世歌謠、打油詩，為〈長
   楊〉、〈羽獵〉之祖。
3. 詞語上的辭格：影響古詩十九首，為千古韻文之祖，
   亦為箴銘之祖。
4. 章句上的辭格：影響曹子建、顏延之、王維、謝疊
   山，開律體之端。

因此，南朝梁沈約《宋書・謝靈運傳論》曰：「自漢至魏，四百餘年，辭人才子，文體三變。相如巧為形似之言，班固長于情理之說，子建、仲宣以氣質為體，並標能擅美，獨映當時。是以一世之士，各相慕習。原其颷流所始，莫不同祖風、騷。」[26]然而，《詩經》修辭之影響，其時期不侷於「自漢至魏」；其文體不限於「漢魏詩賦」，後世箴、銘、訟、讚等文體的四言句和辭賦、駢文以四六句為基本句式，也可以追溯到《詩經》。總之，《詩經》牢籠千載，衣被後世，不愧為中國古代詩歌的光輝起點。[27]舉凡後代各種詩

---

26 楊家駱主編：《新校本宋書附索引・謝靈運傳論》（臺北：鼎文書局，1990 年 7 月，六版），頁 1778。
27 袁行霈編：《中國文學史》（臺北：五南圖書出版股份有限公司，2003 年 1 月，初版 1 刷），上冊，頁 92。

體，在《詩經》裡都有了萌芽。[28]以上就十八種辭格，分析其對後世文學之影響。然而，《詩經》修辭藝術之影響，絕不僅只於此，本文所選析者，僅屬舉隅性質。《詩經》之藝術價值，廣漠無垠，如同取用不竭之活泉，正等待後人去發掘。

---

28 劉大杰：《校訂本中國文學發展史》（臺北：華正書局，1991 年 7月，初版），頁 56。

參考書目

（古人以時代先後編排，今人依姓氏筆劃排序）

一、詩經類專著

《毛詩正義》，臺北：藝文，十三經注疏本，2001 年

漢・鄭　玄：《鄭氏詩譜考正》，臺北：新文豐，叢書集成續
　　編本，1989 年

宋・嚴　粲：《詩緝》，臺北：廣文，1960 年；臺北：世
　　界，景印摛藻堂四庫全書薈要本，1988 年

宋・歐陽修：《詩本義》，臺灣商務：景印摛藻堂四庫全書薈
　　要本，1986 年；臺北：世界，景印摛藻堂四庫全書薈
　　要本，1988 年

宋・蘇　轍：《詩集傳》，臺灣商務：景印文淵閣四庫全書
　　本，1986 年；江蘇：書目文獻出版社，影印南宋淳熙
　　七年蘇詡筠州公使庫刻本，1990 年；北京：語文出版
　　社，2001 年

宋・朱　熹：《詩集傳》，臺北：中華書局，1977 年；臺灣
　　學生書局，1970 年；上海：上海書店，四部叢刊本，
　　1985 年；臺北：學海，2004 年

宋・周　孚：《非詩辨妄》，臺北：新文豐，叢書集選，1984 年

宋・呂祖謙：《呂氏家塾讀詩記》，臺灣商務，景印文淵閣四
　　庫全書本，1986 年

宋・戴　溪：《續呂氏家塾讀詩記》，臺灣商務，景印文淵閣

四庫全書本，1986 年

宋・袁　燮：《絜齋毛詩經筵講義》，臺灣商務，景印文淵閣
　　　四庫全書本，1986 年

宋・林　岊：《毛詩講義》，臺灣商務，景印文淵閣四庫全書
　　　本，1986 年

宋・朱鑑編：《詩傳遺說》，臺灣商務，景印文淵閣四庫全書
　　　本，1986 年

宋・輔　廣：《詩童子問》，元至正四年崇化余志安勤有堂刊
　　　本；臺灣商務，景印文淵閣四庫全書本，1986 年

宋・范處義：《詩補傳》，臺北：世界，景印摛藻堂四庫全書
　　　薈要本，1988 年

宋・李樗、黃櫄：《毛詩集解》，世界，景印摛藻堂四庫全書
　　　薈要本，1988 年

宋・黃　佐：《詩誦》，臺北：新文豐，四明叢書本，1988 年

宋・章如愚：《新刻山堂詩攷》，臺南莊嚴，湖南圖書館藏明
　　　擁萬堂刻本，1997 年

宋・劉　克：《詩說》，上海：上海古籍出版社，續修四庫全
　　　書本，2002 年

宋・曹粹中：《放齋詩說》，上海：上海古籍出版社，2002 年

宋・鄭　樵：《詩辨妄》，北平：樸社，1933 年

宋・謝枋得：《詩傳注疏》，北京：學苑出版社，2002 年

元・朱公遷：《詩經疏義會通》，明嘉靖二年（1523）書林劉
　　　氏安正書堂刊本；臺北：臺灣商務，四庫全書珍本，
　　　1983 年

元・李公凱：《直音傍訓毛詩解》，上海：上海古籍，續修四

庫全書，2002 年

元‧劉　瑾：《詩傳通釋》，臺北：臺灣商務，四庫全書珍
　　本，1972 年

明‧何　楷：《詩經世本古義》，臺北：臺灣商務，景印文淵
　　閣四庫全書，1986 年

明‧胡廣等：《詩傳大全》，明末菊儇書屋刊本

明‧姚舜牧：《重訂詩經疑問》，臺灣商務，景印文淵閣四庫
　　全書本，1986 年

明‧張以誠：《毛詩微言》，臺南：莊嚴，四庫全書存目叢
　　書，1997 年

明‧孫　鑛：《批評詩經》，臺南：莊嚴，四庫全書存目叢
　　書，1997 年

明‧許天贈：《詩經正義》，臺南：莊嚴，四庫全書存目叢
　　書，1997 年

明‧朱　善：《詩解頤》，臺北：世界書局，景印摛藻堂四庫
　　全書薈要本，1988 年；北京：學苑出版社，2002 年

明‧鍾惺輯：《古名儒毛詩解》臺南莊嚴，湖南圖書館藏明
　　擁萬堂刻本，1997 年

清‧陳　奐：《詩毛氏傳疏》，臺北：世界書局，1957 年

清‧王　筠：《毛詩重言》，藝文印書館，原刻景印百部叢書
　　集成，1970 年

清‧王鴻緒等：《欽定詩經傳說彙纂》，臺北：維新書局，
　　1968 年；臺北：世界書局，景印摛藻堂四庫全書薈要
　　本，1988 年

清‧牛運震：《詩志》，清嘉慶年間空山堂刊本

清・方玉潤：《詩經原始》，臺北：藝文，1981 年；上海：上海古籍出版社，續修四庫全書本，2002 年；北京：學苑出版社　2002 年

清・俞　樾：《詩經平議》，臺北：河洛圖書出版社，1975 年

清・姚際恆：《詩經通論》，臺北：河洛，1978 年；臺北：廣文，1993 年；臺北：中央研究院中國文哲研究所，1994 年；北京：學苑，2002 年

清・胡承珙：《毛詩後箋》，臺北：新文豐，叢書集成續編本，1989 年；上海：上海古籍出版社，2002 年

清・馬瑞辰：《毛詩傳箋通釋》，臺北：鼎文，1973 年；陳金生點校：北京：中華，1989 年；北京：中華，清人注疏十三經本，1998 年

清・惠周惕：《詩說》，臺北：新文豐，叢書集成新編，1986 年

清・陳　僅：《詩誦》，臺北：新文豐，叢書集成三編，1997 年

文幸福：《詩經周南召南發微》，臺北：學海出版社，1986 年

王靜芝：《詩經通釋》，臺北：輔仁大學文學院，2001 年

向　熹：《詩經語言研究》，成都：四川人民出版社，1987 年

向　熹：《詩經語文論集》，成都：四川民族出版社，2002 年

朱守亮：《詩經評釋》，臺北：臺灣學生書局，1994 年

朱東潤：《讀詩四論》，長沙：商務印書館，1940 年

朱東潤：《詩三百篇探故》，上海：上海古籍出版社，1981 年

任自斌、和近健編：《詩經鑑賞辭典》，北京：河海大學出版社，1989 年

李　山：《詩經的文化精神》，北京：東方出版社，1997 年

李辰冬：《詩經通釋》（上、下），臺北：水牛出版社，1971 年

李辰冬：《詩經研究》，臺北：水牛圖書出版事業有限公司，
　　2002 年

李定凱編校：《聞一多學術文鈔・詩經研究》，成都：巴蜀書
　　社，2002 年

吳宏一：《白話詩經》（一），臺北：聯經出版事業公司，
　　1997 年

吳宏一：《白話詩經》（二），臺北：聯經出版事業公司，
　　1998 年

吳闓生：《詩義會通》，臺北：河洛圖書出版社，1974 年

佘正松、周曉琳：《詩經的接受與影響》，上海：上海世紀出
　　版股份有限公司，2006 年

余培林：《詩經正詁》（上、下），臺北：三民，1995 年、
　　1999 年、2005 年

季旭昇：《詩經古義新證》，臺北：文史哲出版社，1995 年

屈萬里：《詩經詮釋》，臺北：聯經出版事業公司，1983 年

屈萬里：《詩經釋義》，臺北：中國文化大學出版部，1993 年

周次吉：《詩經入門》，臺北：老古文化事業公司，1990 年

周滿江：《詩經》，臺北：萬卷樓圖書有限公司，1993 年

周　錦：《詩經的文學成就》，臺北：智燕出版社，1973 年

周嘯天編：《詩經楚辭鑑賞辭典》，成都：四川辭書出版社，
　　1990 年

周嘯天編：《詩經鑑賞集成》（上、下），臺北：五南，
　　1994、1999、2002 年

林葉連：《詩經論文》，臺北：臺北學生書局，1996 年

林葉連：《中國歷代詩經學》，臺北：臺灣學生書局，1993

　　　年；永和市：花木蘭文化出版社，2006 年

林慶彰編：《詩經研究論集》（一），臺北：臺灣學生書局，
　　　1983 年、1992 年

林慶彰編：《詩經研究論集》（二），臺北：臺灣學生書局，
　　　1987 年

金啟華、朱一清、程自信編：《詩經鑑賞辭典》，合肥：安徽
　　　文藝出版社，1992 年

洪湛侯：《詩經學史》（上、下），北京：中華書局，2002 年

胡子成：《詩經研究》，臺北：綜合出版社，1987 年

胡樸安：《詩經學》，臺北：臺灣商務印書館，1964 年

高　亨：《詩經今注》，臺北：漢京文化事業有限公司，1984
　　　年；臺北：漢京文化事業有限公司，2004 年

孫克強、張小平：《教化百科——詩經與中國文化》，河南大
　　　學出版社，1995 年

徐澄宇：《詩經學纂要》，上海：中華書局，1936 年

夏傳才：《詩經語言藝術》，臺北：雲龍出版社，1990 年

夏傳才：《詩經研究史概要》，臺北：萬卷樓圖書有限公司，
　　　1993 年

夏傳才：《詩經語言藝術新編》，北京：語文出版社，1998 年

袁愈荽：《詩經藝探》，貴陽：貴州人民出版社，1998 年

袁寶泉、陳智賢：《詩經探微》，廣州：花城出版社，1991 年

馬持盈註譯：《詩經今註今譯》，臺北：臺灣商務印書館股份
　　　有限公司，1988 年

陳子展：《國風選譯》（增訂本），新竹：仰哲出版社，1987 年

陳子展、杜月村：《詩經導讀》，四川：巴蜀書社，1990 年

陳子展：《詩經直解》，上海：復旦大學出版社，1991 年

陳　節：《詩經漫談》，臺北：頂淵文化事業有限公司，年 1997

張西堂：《詩經六論》，上海：商務印書館，1957 年

張啟成：《詩經入門》，貴州：貴州人民出版社，1991 年

盛廣智：《詩三百精義述要》，吉林：東北師範大學出版社，1988 年

張樹波：《國風集說》（上、下），石家莊：河北人民出版社，1993 年

盛廣智：《詩三百精義述要》，吉林：東北師範大學出版社，1988 年

許世瑛：《詩經句法研究兼論其用韻》，《許世瑛先生論文集》，臺北：弘道文化事業有限公司，1974 年

許志剛：《詩經勝境及其文化品格》，臺北：文津出版社，1993 年

許宗元編：《詩經鑑賞辭典》，合肥：安徽文藝出版社，1990 年

莊　穆主編：《詩經綜合辭典》，呼和浩特：遠方出版社，1999 年

郭晉稀：《詩經蠡測》，甘肅：甘肅人民出版社，1993 年

符顯仁：《詩經欣賞》，臺北：莊嚴出版社，1982 年

黃振民：《詩經研究》，臺北：正中書局，1982 年

黃　焯：《詩疏平議》，上海：上海古籍出版社，1985 年

傅斯年：《詩經講義稿》，臺北：聯經出版事業公司，1980 年

葉舒憲：《詩經的文化闡釋》，湖北：湖北人民出版社，1994 年

孫作雲：《詩經與周代社會研究》，北京：中華書店，1979 年

程俊英主編：《詩經賞析集》，四川：巴蜀書社，1989 年

程俊英、蔣見元：《詩經注析》，北京：中華書局，1991 年

聞家驊：《詩經新義》，《古典新義》，臺北：九思出版社，
　　1978 年

聞家驊：《詩經通義》，《古典新義》，臺北：九思出版社，
　　1978 年

裴普賢：《詩經相同句及其影響》，臺北：三民書局有限公
　　司，1974 年

裴普賢：《詩經研讀指導》，臺北：東大圖書有限公司，1977 年

裴普賢：《詩經評註讀本》（上、下），臺北：三民，1991 年

蔣善國：《三百篇演論》，臺北：臺灣商務印書館股份有限公
　　司，1969 年

謝无量：《詩經研究》，臺北：臺灣商務印書館，1967 年

戴　維：《詩經研究史》，長沙：湖南教育出版社，2001 年

戴璉璋：《詩經詞類研究》，臺北：國家科學委員會研究論文
　　原稿，1971 年

戴璉璋：《詩經語法研究》，臺北：國家科學委員會研究論文
　　原稿，1972 年

蘇雪林：《詩經雜俎》，臺北：臺灣商務印書館股份有限公
　　司，1995 年

楊合鳴：《詩經句法研究》，武漢：武漢大學出版社，1993 年

楊家駱主編：《詩三家義集疏》（上、下），臺北：世界書
　　局，1957 年

趙沛霖編：《詩經研究反思》，天津：天津教育出版社，1989 年

糜文開、裴普賢：《詩經欣賞與研究》（改編版）（一），臺

北：三民，1991 年

糜文開、裴普賢：《詩經欣賞與研究》（改編版）（二），臺
　　北：三民，1991 年

糜文開、裴普賢：《詩經欣賞與研究》（改編版）（三），臺
　　北：三民，1991 年

糜文開、裴普賢：《詩經欣賞與研究》（改編版）（四），臺
　　北：三民，1991 年

中國詩經學會編：《詩經國際學術研討會論文集》，河北大學
　　出版社，1994 年

中國詩經學會編：《第二屆詩經國際學術研討會論文集》，北
　　京：語文，1996 年

中國詩經學會編：《第四屆詩經國際學術研討會論文集》，北
　　京：學苑，2000 年

中國詩經學會編：《詩經研究叢刊》（一），北京：學苑出版
　　社，2001 年

中國詩經學會編：《詩經研究叢刊》（二），北京：學苑出版
　　社，2002 年

中國詩經學會編：《詩經研究叢刊》（三），北京：學苑出版
　　社，2002 年

中國詩經學會編：《詩經研究叢刊》（四），北京：學苑出版
　　社，2003 年

中國詩經學會編：《詩經研究叢刊》（五），北京：學苑出版
　　社　2003 年

日・白川靜：《詩經研究》，京都：朋友書店，1981 年

日・白川靜著、杜正勝譯：《詩經的世界》，臺北：東大，

2001 年

日・目加田誠：《詩經》，東京：日本評論社，1943 年

日・目加田誠：《詩經・楚辭》，《中國古典文學大系》（卷15），東京：平凡社，1969 年

日・竹添光鴻：《毛詩會箋》（一、二、三、四、五），臺北：大通書局，1970 年

日・赤塚忠：《詩經研究》，《赤塚忠著作集》（卷 5），東京：研文社，1986 年

日・村山吉廣：《詩經の鑑賞》，東京：二玄社，2005 年

日・松本雅明：《詩經諸篇研究》，東京：開明堂，1958 年

日・鈴木修次：《中國古代文學論——詩經の文藝性》東京：角川書店，1977 年

日・諸橋轍次：《詩經研究》，東京：目黑書店，1912 年

瑞典・高本漢著、董同龢譯：《高本漢詩經注釋》，臺北：中華叢書編審委員會，1960 年

二、相關專著

㈠經類

《周易正義》，臺北：藝文：十三經注疏本，2001 年

《尚書正義》，臺北：藝文：十三經注疏本，2001 年

《大戴禮記》，臺北：新文豐：叢書集成新編，1997 年

《周禮注疏》，臺北：藝文：十三經注疏本，2001 年

《儀禮注疏》，臺北：藝文：十三經注疏本，2001 年

《禮記正義》，臺北：藝文：十三經注疏本，2001 年

《春秋左傳正義》，臺北：藝文：十三經注疏本，2001 年

《春秋公羊注疏》，臺北：藝文：十三經注疏本，2001 年

《春秋穀梁傳注疏》，臺北：藝文：十三經注疏本，2001 年

《論語注疏》，臺北：藝文：十三經注疏本，2001 年

《孝經注疏》，臺北：藝文：十三經注疏本，2001 年

《爾雅注疏》，臺北：藝文：十三經注疏本，2001 年

《孟子注疏》，臺北：藝文：十三經注疏本，2001 年

魏・張揖撰、清・王念孫疏證：《廣雅疏證》，臺北：鼎文書
　　局，1972 年

清・王引之：《經義述聞》，臺北：鼎文書局，1973 年

清・王引之：《經傳釋詞》，臺北：河洛圖書出版社，1980 年

清・王聘珍：《大戴禮記解詁》，臺北：漢京，四部刊要本，
　　2004 年

清・吳昌瑩：《經詞衍釋》，臺北：世界書局，1956 年

皮錫瑞：《增註經學歷史》，臺北：藝文印書館，2004 年 3 月

屈萬里：《尚書釋義》，臺北：中國文化大學出版部，1995 年

楊筠如：《尚書覈詁》，臺北：學海出版社，1978 年

㈡史類

漢・司馬遷撰：《史記》，北京：中華書局，1985 年 11 月

漢・班固撰、唐・顏師古注：《漢書》，北京：中華書局，
　　1975 年 4 月

清・章學誠：《文史通義》，臺北：國史研究室，1973 年

楊家駱主編：《新校本宋書附索引》，臺北：鼎文書局，1990 年

日・瀧川龜太郎：《史記會注考證》（學人版），臺北：洪氏
　　出版社，1986 年

(三)子類

周・列禦寇撰、晉・張湛注：《列子注》，臺北：世界書局，1955 年

周・墨　翟：《墨子》，上海：上海古籍出版社，1993 年

周・荀況著、雪克、王雲璐譯注：《荀子》，臺中：暢談國際文化事業，2003 年

周・莊周著、張耿光譯注：《莊子》，臺北：臺灣古籍出版有限公司，2004 年

明・方以智：《通雅》（上、下），上海：上海古籍出版社，1988 年

明・郎　瑛：《七修續稿》，上海：上海古籍出版社，續修四庫全書本，2002 年

(四)集類

漢・王　充撰、高蘇垣集註：《論衡》，臺北：臺灣商務，1976 年

梁・劉　勰著、林文登註譯：《文心雕龍》，台南市：文國書局，2001 年

宋・陸　游：《陸放翁全集》，臺北：世界書局，1936 年

宋・洪興祖：《楚辭》，臺北：頂淵文化事業有限公司，2005 年

金・陳　祁：《歸潛志》，臺北：廣文書局有限公司，1987 年

明・楊　慎撰、王文才選注：《楊慎詩選》，成都：四川人民出版社，1981 年

清・王國維：《定本觀堂集林》（上、下），臺北：世界書局，1961 年

清·王國維：《觀堂集林》，臺北：河洛圖書出版社，1975 年

清·王國維：《王國維全集·書信》，臺北：華世出版社，1985 年

清·任泰學：《質疑》，臺北：新文豐，叢書集成新編本，1986 年

清·李　漁：《閒情偶寄》，臺北：廣文書局，1977 年

清·沈德潛編：《古詩源》，臺北：世界書局，1998 年

清·阮元撰：《揅經室集》，臺北：臺灣商務印書館，大本原式精印四部叢刊正編本，1979 年

清·梁章鉅編：《退庵隨筆》，臺北：新文豐，叢書集成三編，1997 年

清·趙　翼：《陔餘叢考》，臺北：世界書局，1960 年

清·錢大昕：《恆言錄》，臺北：新文豐，叢書集成新編本，1986 年

清·顧炎武：《日知錄》，長春：北方婦女兒童出出版社，2001 年

呂叔湘：《呂叔湘自選集》，上海：上海教育出版社，1989 年

屈萬里：《屈萬里先生文存》（一～六），臺北：聯經出版事業公司，1985 年

俞平伯：《俞平伯詩詞曲論著》，臺北：長安出版社，1986 年

莫礪鋒：《程千帆選集》，沈陽：遼寧古籍出版社，1996 年

逯欽立輯校：《先秦漢魏晉南北朝詩》（上），臺北：學海出版社，1984 年

傅斯年：《傅斯年全集》（一～七），臺北：聯經出版事業公司，1980 年

游國恩：《楚辭概論》，上海：商務印書館，1934 年

臧勵龢選註：《漢魏六朝文》，臺北：臺灣商務，2005 年

裴普賢：《中印文學研究》，臺北：臺灣商務，1968 年

聞一多：《聞一多全集》（二），北京：生活·讀書·新知三
　　　聯書店，1982 年

蔡宗陽：《文心雕龍探賾》，臺北：文史哲出版社，2001 年

蕭滌非：《杜甫研究》（修訂本），山東：齊魯書社，1980 年

日·內野熊一郎：《內野熊一郎博士米壽紀念論文集》，東
　　　京：株式會社名著普及會，1991 年

日·池田末利博士古稀紀念事業會實行委員主編：《池田末
　　　利博士古稀紀念東洋學論集》，廣島：池田末利博士古
　　　稀紀念事業會，1979 年

日·村山吉廣教授古稀紀念中國古典學論集刊行會：《村山
　　　吉廣教授古稀紀念中國古典學論集》，東京：汲古書
　　　院，2000 年

日·松本雅明著作集編集委員會主編：《松本雅明著作集》
　　　（五），東京：弘生書林株式會社，1986 年

日·松本雅明著作集編集委員會主編：《松本雅明著作集》
　　　（一），東京：弘生書林株式會社，1987 年

法·葛蘭言著、日·內田智雄譯：《中國古代の祭禮と歌
　　　謠》，東京：平凡社，1990 年

法·葛蘭言著、趙丙祥、張宏明譯：《古代中國的節慶與歌
　　　謠》，桂林：廣西師範大學出版社，2005 年

㈤小學類

清·劉　淇：《助字辨略》，臺北：新文豐出版公司，叢書集

成續編，1989 年

(六)修辭類

明・浦南金：《修辭指南》，臺南：莊嚴文化事業有限公司，
　　1995 年

王希杰：《漢語修辭學》，北京：北京出版社，1983 年

王　易：《修辭學通詮》，上海：上海書局，1990 年

王德春：《修辭學探索》，北京：北京出版社，1983 年

王德春主編：《修辭學詞典》，浙江：浙江教育出版社，1987 年

王德春主編：《漢語修辭詞典》，沈陽：遼寧教育出版社，
　　1993 年

古遠清、孫光萱：《詩歌修辭學》，湖北：湖北教育出版社，
　　1995 年；臺北：五南圖書出版有限公司，1997 年

成偉鈞主編：《修辭通鑑》，臺北：建宏出版社，1996 年

池昌海編：《現代漢語語法修辭教程》，杭州：浙江大學出版
　　社，2002 年

宋文翰：《國文修辭學》，臺北：新陸書局，1971 年

宋振華、吳士文等編：《現代漢語修辭學》，吉林：吉林人民
　　出版社，1984 年

余昭玟：《古文閱讀與修辭》，高雄市：春暉出版社，2000 年

谷聲應：《現代漢語語法修辭》，成都：巴蜀書社，2001 年

何永清：《修辭漫談》，臺北：臺灣商務，2000 年 4 月

杜淑貞：《現代實用修辭學》，高雄：高雄市復文圖書出版
　　社，2000 年

沈　謙：《修辭方法析論》，臺北：文史哲出版社，2002 年

李維奇編：《古漢語學習叢書・修辭學》，長沙：湖南人民出版社，1986 年

呂叔湘：《語法修辭講話》，北京：中國青年出版社，1979 年

吳士文：《修辭格論析》，上海：上海教育出版社，1986 年

吳士文：《修辭新探》，瀋陽：遼寧人民出版社，1987 年

吳正吉編：《活用修辭》，高雄：復文圖書出版社，1991 年、2000 年

吳桂海、鮑慶林主編：《語法修辭新編》，北京：北京中央黨校出版社，1991 年

吳禮權：《中國現代修辭學通論》，臺北：臺灣商務，1998 年

周靖編：《現代漢語》（語法修辭），北京：中國經濟出版社，1991 年

金兆梓：《實用國文修辭學》，上海：上海書局，1990 年

宗廷虎等：《修辭新論》，上海：上海教育出版社，1988 年

季紹德：《古漢語修辭》，吉林：吉林文史出版社，1986 年

周振甫：《詩詞例話卷三──修辭》，臺北：五南圖書出版有限公司，1994 年

周靖編：《現代漢語》（語法修辭），北京：中國經濟出版社，1991 年

胡性初：《實用修辭》，廣州：華南理工大學出版社，1992 年

胡性初編：《修辭助讀》，臺北：書林出版有限公司，1998 年

胡性初編：《中文實用修辭學教程》，香港：三聯書店，2001 年

唐松波、黃建霖主編：《漢語修辭格大辭典》，北京：中國國際廣播出版社，1990 年；臺北：建宏出版社，1996 年

唐　鉞：《修辭格》，上海：商務印書館，1929 年

倪寶元：《修辭》，浙江：浙江人民出版社，1980 年

馬鳴春：《稱謂修辭學》，西安：陝西人民出版社，1992 年

袁　暉、宗廷虎主編：《漢語修辭學史》，合肥：安徽教育出版社，1994 年

袁　暉：《二十世紀的漢語修辭學》，太原：書海出版社，2000 年

徐芹庭：《修辭學發微》，臺北：臺灣中華書局，1971 年

徐芹庭：《古文破題技巧與修辭之研究》，臺北：成文出版社有限公司，1976 年

張　弓：現代漢語修辭學，河北：河北教育出版社，1993 年

張文治編：《古書修辭例》，臺北：中華書局股份有限公司，1957 年

張春榮：《修辭散步》，臺北：東大圖書股份有限公司，1991 年、1993 年

張春榮：《修辭行旅》，臺北：東大圖書股份有限公司，1996 年

張瑰一：《修辭概要》，北京：中國青年出版社，1953 年

張煉強：《修辭藝術探析》，北京：北京燕山出版社，1992 年

陳介白：《修辭學講話》，臺北：啟明書局，1958 年

陳正治編：《修辭學講義》，臺北：僑務委員會中華函授學校，2001 年

陳汝東：《當代漢語修辭學》，北京：北京大學出版社，2004 年

陳望道：《修辭學發凡》，臺北：文史哲，1989 年；上海：上海書局，1990 年

郭步陶編：《實用修辭學》，上海：世界書局，1934 年

崔紹范：《修辭學概要》，內蒙古：內蒙古大學出版社，1993 年

黃民裕編：《辭格匯編》，長沙：湖南人民出版社，1984 年、
　　1985 年

黃永武：《字句鍛鍊法》，臺北：臺灣商務，2000 年；臺
　　北：洪範，2002 年

黃省三：《文法修辭學》，臺北：萬卷樓圖書有限公司，1999 年

黃慶萱：《漢語修辭格之研究》，臺北：三民書局有限公司，
　　1975 年

黃慶萱編：《高級中學文法與修辭教師手冊》（下），臺北：
　　國立編譯館，1998 年

黃慶萱：《修辭學》，臺北：三民書局股份有限公司，2000
　　年、2002 年

程希嵐：《修辭學新編》，吉林：吉林人民出版社，1984 年

程祥徽、田小琳：《現代漢語》，臺北：書林出版有限公司，
　　1992 年

曾忠華編：《作文津梁》，臺北：學人文教出版社，1986 年

傅隸樸：《中文修辭學》，星洲：友聯出版社有限公司，1964 年

傅隸樸：《修辭學》，臺北：正中書局，1969 年

彭華生、王才禹：《語言藝術分析》，臺北：智慧大學出版有
　　限公司，1999 年

楊樹達編：《漢文文言修辭學》，北京：中華書局，1980 年

楊樹達：《中國修辭學》，臺北：啟明書局，1958 年；上
　　海：上海古籍，1983 年

楊樹達編：《漢文文言修辭學》，北京：中華書局，1984 年

董季棠：《修辭析論》，臺北：文史哲出版社，1994 年

裴普賢：《詩詞曲疊句欣賞研究》，臺北：三民書局有限公

司，1977 年

趙克勤：《古漢語修辭簡論》，北京：商務印書館，1983 年

鄭奠、譚全基編：《古漢語修辭學資料匯編》，北京：商務印
　　書館，1980 年；臺北：明文書局，1984 年

鄭業建編：《修辭學》，上海：正中書局，1946 年

鄭遠漢：《辭格辨異》，湖北：湖北人民出版社，1982 年

鄭頤壽：《比較修辭》，福州：福建人民出版社，1983 年

鄭頤壽主編《文藝修辭學》，福州：福建教育出版社，1993 年

蔣金龍：《演講修辭學》，臺北：黎明文化事業股份有限公
　　司，1981 年

蔣祖怡：《文章學纂要》，香港：正中書局，1957 年

黎運漢、張維耿編：《現代漢語修辭學》，臺北：書林，1991
　　年、1993 年

蔡宗陽：《陳騤文則新論》，臺北：文史哲出版社，1993 年

蔡宗陽編：《文法與修辭》（下），臺北：三民書局，2001 年

蔡宗陽：《修辭學探微》，臺北：文史哲出版社，2001 年

蔡宗陽：《應用修辭學》，臺北：萬卷樓圖書有限公司，2001 年

蔡謀芳：《表達的藝術：修辭二十五講》，臺北：三民書局，
　　1990 年

蔡謀芳：《修辭格教本》，臺北：臺灣學生書局，2003 年

劉煥輝：《修辭學綱要》，南昌：百花洲文藝出版社，1993 年

劉蘭英、孫全洲主編：《語法與修辭》（下），臺北：新學識
　　文教，2002 年

駱小所：《現代修辭學》，雲南：雲南人民出版社，1995 年

錢覺民、李延祐編：《修辭知識十八講》，甘肅：甘肅少年兒

　　童出版社，1991 年

關紹箕：《實用修辭學》，臺北：遠流出版事業股份有限公
　　司，1993 年

譚正璧編：《修辭新例》，上海：棠棣出版社，1953 年

譚永祥：《修辭精品六十格》，山西：山西人民出版社，1994 年

譚全基：《修辭新天地》，臺北：書林出版有限公司，1994 年

譚學純、朱玲：《廣義修辭學》，合肥：安徽教育出版社，
　　2002 年

中國修辭學會編：《修辭學論文集》（一），福州：福建人民
　　出版社，1983 年

中國修辭學會編：《修辭學論文集》（二），福州：福建人民
　　出版社，1984 年

中國修辭學會編：《修辭學論文集》（三），福州：福建人民
　　出版社，1985 年

中國修辭學會編：《修辭學論文集》（四），福州：福建人民
　　出版社，1987 年

中國修辭學會・國立高雄師範大學國文系主編：《修辭論叢》
　　（二），臺北：洪葉文化事業有限公司，2000 年

中國修辭學會・輔仁大學中國文學系主編：《修辭論叢》
　　（四），臺北：洪葉文化事業有限公司，2002 年

中國修辭學會華東分會主編：《修辭學研究》（二），安徽教
　　育出版社，1983 年

中國華東修辭學會編：《修辭學研究》（三），北京：語文出
　　版社，1987 年

中國華東修辭學會編：《修辭學研究》（五），南昌：江西教

育出版社，1991 年

中國詩經學會編：《第四屆詩經國際學術研討會論文集》，北
　　京：學苑，2000 年

浙江省修辭研究會編：《修辭方式例解詞典》，杭州：浙江教
　　育出版社，1990 年

華中師範學院中文系現代漢語教研組編：《現代漢語修辭知
　　識》，湖北：湖北人民出版社，1973 年

湖北省中小學教學教材研究室編：《語文基礎知識》，湖北人
　　民出版社，1973 年

語法與修辭聯編組：《語法與修辭》，臺北：新學識文教出版
　　中心，1990 年

邏輯語法修辭漫談編寫組：《邏輯語法修辭漫談》，上海：上
　　海教育出版社，1978 年 1 月

日・五十嵐力：《作文應用常識修辭學》，東京：文泉堂書
　　房，1911 年

日・佐佐政一：《修辭通論》，東京：明治書院，1921 年

(七)美學

李澤厚：《美的歷程》（修訂本），臺北縣：谷風出版社，
　　1987 年

鄭文惠：《文學與圖像的文化美學》，臺北：里仁書局，2005 年

蕭　　馳：《中國詩歌美學》，北京：北京大學出版社，1986 年

德・黑格爾著、朱孟實譯：《美學》，臺北：里仁書局，1981 年

(八)文學理論、心理學

1.文學理論

梁・任　昉：《文章緣起》，臺灣商務：景印文淵閣四庫全
　　書，1986 年

清・劉熙載：《藝概》，臺北：廣文書店，1980 年；臺北：
　　華正書局，1988 年

王熙元：《文學心路》，臺北：仙人掌出版社，1969 年

王靜芝：《文學論集》，臺北：華岡出版有限公司，1978
　　年、1983 年

周　荐：《詞匯學詞典學研究》，北京：商務印書館，2004 年

洪炎秋：《文學概論》，臺北：中國文化大學出版部，1985 年

俞平伯：《俞平伯詩詞曲論著》，臺北：長安出版社，1986 年

張　健：《文學概論》，臺北：五南圖書出版公司，1983 年

陳鐘凡：《中國韻文通論》，臺北：臺灣中華，1969 年；臺
　　北：河洛，1979 年

楊伯峻：《楊伯峻學術論文集》，湖南：岳麓書社，1984 年

溫洪隆、涂光雍：《先秦兩漢魏晉南北朝文學攬勝》，湖北教
　　育出版社，1990 年

劉　萍：《文學概論》，臺北：華正書局有限公司，1986 年

蔡守湘、江風編：《歷代詩話論詩經楚辭》，武漢：武漢出版
　　社，1991 年

錢鍾書：《管錐編》（一），北京：中華書局，1979 年；臺
　　北：書林，1990 年

顧頡剛編：《古史辨》（三），北平：樸社，1931 年；臺北：
　　明倫出版社，1970 年；北京：海南出版社，年 2005

中華文化復興運動推行委員會、國家文藝基金管理委員會主
　　編：《中國文學講話》（一），臺北：巨流圖書公司，
　　1982 年

中華文化復興運動推行委員會、國家文藝基金管理委員會主
　　編：《中國文學講話》（二），臺北：巨流圖書公司，
　　1983 年

貴州人民廣播電台編：《中國歷代文學名篇欣賞》，貴州人民
　　出版社，1984 年

日・本間久雄：《文學概論》，臺北：臺灣開明書店，1983 年

日・青木正兒：《青木正兒全集》，東京：春秋社，1969 年

2.心理學

朱光潛：《文藝心理學》，臺北：漢京文化事業有限公司，
　　1987 年

㈨詩學、詩論

1.詩學

王　力：《古體詩律學》，北京：中國人民大學出版社，2004 年

張夢機：《古典詩得形式結構》，臺北：尚友出版社，1981
　　年 12 月

黃永武：《中國詩學——鑑賞篇》，臺北：巨流圖書公司，
　　1999 年

謝文利：《詩歌語言的奧秘》，哈爾濱：北方文藝出版社，
　　1991 年

2.詩論

清・王夫之著、戴鴻森注：《薑齋詩話箋注》，臺北：木鐸出版社，1982 年

余光中：《分水嶺上》（余光中評論文集），臺北：純文學，1981 年

鄧魁英、聶石樵：《古代詩文論叢》，北京：北京師範大學出版社，1993 年

(十)經學史

清・皮錫瑞：《增註經學歷史》，臺北：藝文印書館，2004 年

李威熊：《中國經學發展史論》（上），臺北：文史哲出版社，1988 年

林慶彰：《中國經學史論文選集》（上），臺北：文史哲出版社，1992 年 10 月

林慶彰：《中國經學史論文選集》（下），臺北：文史哲出版社，1993 年 3 月

馬宗霍：《中國經學史》，臺北：臺灣商務印書館，2006 年

葉國良、夏長樸、李隆獻編著：《經學通論》，蘆洲市：國立空中大學，2001 年 10 月

(土)文學史

王忠林等：《增訂本中國文學史初稿》，臺北：福記文化圖書有限公司，1985 年

朱東潤等：《中國文學批評家與文學批評》（乙），臺北：臺灣學生書局，1984 年

呂正惠、趙遐編：《臺灣新文學思潮史綱》，北京：昆侖出版社，2002 年

岳　斌：《中國春秋戰國文學史》，北京：人民出版社，1994 年

孟　樊：《文學史如何可能——臺灣新文學史論》，臺北：揚智文化事業股份有限公司，2006 年

柯慶明：《臺灣現代文學的視野》，臺北：麥田出版股份有限公司，2006 年

袁行霈編：《中國文學史》（上、下），臺北：五南圖書，2003 年

陳少廷：《臺灣新文學運動簡史》，臺北：聯經出版事業公司，1978 年

陳芳明：《左翼臺灣——殖民地文學運動史論》，臺北：麥田出版股份有限公司，1998 年

陳思和：《中國當代文學史教程》，上海：復旦大學出版社，1999 年

岳　斌：《中國春秋戰國文學史》，北京：人民出版社，1994 年

袁行霈編：《中國文學史》（上、下），臺北：五南圖書，2003 年

陸侃如、馮沅君：《中國詩史》，天津：百花文藝出版社，1999 年

許南村編：《反對言偽而辯——陳芳明臺灣文學論、後現代論、後殖民論的批判》，臺北：人間出版社，2002 年

郭紹虞：《中國文學批評史》，上海：上海古籍出版社，1979 年；臺北：文史哲出版社，2008 年

黃重添等：《臺灣新文學概論》，臺北縣新莊市：稻禾出版

社，1992 年

葉石濤：《臺灣文學史綱》，高雄市：文學界雜誌社，1987 年

葉慶炳：《中國文學史》（上、下），臺北：臺灣學生書局，
　　1997 年

臺靜農：《中國文學史》（上、下），臺北：國立臺灣大學出
　　版中心，2004 年

劉大杰編：《校訂本中國文學發展史》，臺北：華正書局，
　　1991 年

劉登翰、莊明萱、黃重添、林承璜主編：《臺灣文學史》（上
　　卷），福州：海峽文藝出版社，1991 年

鍾肇政：《臺灣文學十講》，臺北：前衛出版社，2000 年

羅根澤：《中國文學批評史》，臺北：鳴宇出版社，1979 年

㈝其他

清・俞樾撰、劉師培補：《古書疑義舉例》，臺北：臺灣商
　　務，1978 年

朱自清等：《略讀指導舉隅》，臺北：漢京文化事業有限公
　　司，1981 年

胡楚生：《經學研究論集》，臺北：臺灣學生書局，2002 年

林慶彰：《學術論文寫作指引》，臺北：萬卷樓圖書有限公
　　司，1998 年

林慶彰主編：《經學研究論著目錄》（1912～1987），臺北：
　　漢學研究中心，1989 年

林慶彰主編：《日本研究經學論著目錄》（1900～1992），臺
　　北：中央研究院中國文哲研究所籌備處，1993 年

林慶彰主編：《經學研究論叢》（一），桃園：聖環圖書有限
　　公司，1994 年

林慶彰主編：《經學研究論叢》（二），桃園：聖環圖書有限
　　公司，1994 年

林慶彰主編：《經學研究論叢》（三），桃園：聖環圖書有限
　　公司，1995 年

林慶彰主編：《經學研究論著目錄》（1988~1992），臺北：
　　漢學研究中心，1995 年

林慶彰主編：《經學研究論叢》（四），桃園：聖環圖書有限
　　公司，1997 年

林慶彰主編：《經學研究論叢》（五），臺北：臺灣學生書
　　局，1998 年

林慶彰主編：《經學研究論叢》（六），臺北：臺灣學生書
　　局，1999 年

林慶彰主編：《經學研究論叢》（七），臺北：臺灣學生書
　　局，1999 年

林慶彰主編：《經學研究論著目錄》（1993～1997），臺北：
　　漢學研究中心，2000 年

吳其堯：《龐德與中國文化：兼論外國文學在中國文化現代
　　化中的作用》，上海：上海外語教育出版社，2006 年

胡楚生：《經學研究論集》，臺北：臺灣學生書局，2002 年

涂文學、張樂和《中國古代文化知識百題》（上下）北京：
　　工人出版社，1988 年

陳璧如、張陳卿、李維埻編：《文學論文索引》，臺北：臺灣
　　學生書局，1970 年

陶乃侃：《龐德與中國文化》，北京：首都師範大學出版社，
　　2006 年

彭林編：《經學研究論文選》，上海：上海書店出版社，2002 年

彭華生、王才禹著：《語言藝術分析》，臺北：智慧大學出版
　　有限公司，1999 年

董治安：《先秦文獻與先秦文學》，濟南：齊魯書社，1994 年

楊國雄、黎樹添編：《現代論文集文史哲論文索引》，香港：
　　香港大學亞洲研究中心，1979 年

臧勵龢選註：《漢魏六朝文》，臺北：臺灣商務，2005 年

薛聰賢編：《臺灣花卉實用圖鑑》（8），彰化：薛聰賢出版，
　　1999 年

薛聰賢編：《臺灣蔬果實用百科》，彰化：薛聰賢出版，2001 年

中華學術院主編：《中華學術與現代文化叢書》，中國文化大
　　學出版部，1983 年

中國科學院植物研究所主編：《中國高等植物圖鑑》（一、
　　二、三），北京：科學出版社，1987 年

全國中草藥匯編編寫組編：《全國中草藥匯編》（上、下），
　　北京：人民衛生出版社，1988 年

日・吉田誠夫等編：《中國文學研究文獻要覽》（1945～
　　1977），東京：紀伊國屋書店，1979 年

三、論文

(一)學位論文

1.詩經

王瑞蓮：《詩經秦風詩篇之研究》，東吳大學中文所碩士論

文，1990 年

王靜芳：《胡適詩經論著研究》，中正大學中文所碩士論文，1994 年

古添洪：《國風解題》，輔仁大學中文所碩士論文，1972 年

古敏慧：《詩經大小雅研究》，北市立師院應用語言文學所碩士論文，2003 年

朱孟庭：《詩經重章藝術研究》，臺灣師範大學國文研究所碩士論文，1996 年

朱孟庭：《詩經與音樂研究》，臺灣師範大學國文研究所博士論文，2001 年

朴忠淳：《詩經中所表現之人生觀》，中國文化大學中文所碩士論文，1984 年

李麗文：《詩經修辭研究》，東吳大學中國文學系碩士在職專班碩士論文，2006 年

車行健：《毛鄭詩經解經學研究》，中央大學中文所碩士論文，1992 年

金恕賢：《詩經兩性關係與婚姻之研究》，輔仁大學中文所碩士，1997 年

林奉仙：《十五國風章節之藝術表現》，臺灣師大國文研究所碩士論文，1989 年

林奉仙：《詩經興詩研究》，臺灣師範大學國文研究所博士論文，1998 年

洪湘卿：《詩經國風歌謠的特色》，東吳大學中文所碩士論文，1981 年

侯美珍：《聞一多詩經學研究》，政治大學中文所碩士論文，

1995 年

許詠雪:《從詩經看周代之社會組織》,輔仁大學中文所碩士
　　論文,1983 年

陳溫菊:《詩經器物考釋》,中正大學中文所碩士論文,1994 年

彭麗秋:《國風寫作技巧研究》,輔仁大學中文所碩士論文,
　　1980 年

黃章明:《詩經疊字研究》,中國文化大學中文所碩士論文,
　　1979 年

劉逸文:《詩經與西周史關係之研究》,中興大學中文所碩士
　　論文,1997 年

劉儀芬:《國風之修辭》,中國文化學院西洋研究所碩士論
　　文,1970 年

潘秀玲:《詩經存古史考辨 —— 詩經與史記所載史事之比
　　較》,臺灣師大國文研究所碩士論文,1989 年

歐秀慧:《詩經擬聲詞研究》,中正大學中文所碩士論文,
　　1992 年

盧詩青:《詩經婚戀詩研究》,南華大學文學研究所碩士論
　　文,2001 年

譚莉萍:《詩經中三篇揚之水之研究》,逢甲大學中文所碩士
　　論文,1998 年

蘇慧霜:《二南與屈賦比較研究》,逢甲大學中文所碩士論
　　文,1993 年

2. 修辭學

王金成:《珠玉詞之聲律與修辭研究》,珠海大學中文所碩士

論文，1993 年

李相馥：《文心雕龍修辭論研究》，中國文化大學中文所博士
論文，1996 年

岑仁傑：《龍川詞之聲律與修辭研究》，新亞研究所文學組碩
士論文，1995 年

林文淑：《莊子內篇修辭探》，臺灣師範大學國文研究所碩士
論文，2001 年

林佳樺：《楚辭修辭藝術探微》，臺灣師範大學國文研究所碩
士論文，2001 年

許達玲：《淮海詞之聲律與修辭研究》，珠海大學中文所碩士
論文，1992 年

莫潔蓮：《白石道人歌曲聲律與修辭之研究》，珠海大學中文
所碩士論文，1994 年

區永超：《論語修辭研究》，新亞研究所文學組碩士論，1984 年

黃淑娥：《李白樂府詩之修辭研究》，珠海大學中文所碩士論
文，1988 年

楊嬋英：《花外集之聲律與修辭研究》，珠海大學中文學所碩
士論文，1990 年

蕭岳煊：《李白樂府詩之用韻及修辭研究》新亞研究所文學
組碩士論文，1998 年

瞿蜀薇：《李白五言律詩之格律與修辭研究》新亞研究所文
學碩士論文，1999 年

3. 其他

莊雅州：《夏小正研究》，臺灣師範大學國文研究所碩士論

文，1981 年

張寶三：《五經正義研究》，臺灣大學中國文學研究所博士論
　　文，1992 年

(二)單篇論文

1.詩經

丁宗裕：〈詩經的文學價值〉，《反攻》第 393 期，1974 年 12 月

千山林：〈詩經的文學價值〉，《東吳青年》第 66 期，1977
　　年 1 月

牛多安：〈詩經藝術表現手法二題〉，《東岳論叢》第 4 期，
　　1994 年 7 月

方文一：〈詩經中同義詞運用的特色〉《浙江師大學報》（社
　　科版），1998 年第 5 期

毛宣國：〈詩經美學論〉，《中國文學研究》第 3 期，1997 年
　　3 月

王占威：〈試論詩經愛情詩的美學價值〉，《語文學刊》第六
　　期，1993 年 12 月

王占威：〈淺談詩經語言美〉，《語文學刊》第 1 期，1995 年
　　2 月

王占威：〈詩經形式美概要〉，《第二屆詩經國際學術研討會
　　論文集》，北京：語文出版社，1996 年 8 月

王長華：〈詩經的意象及其審美經驗〉，《天津師大學報》第
　　3 期，1987 年 6 月

王洲明：〈論詩經的文化品格〉，《文史哲》第 4 期，1997 年
　　7 月

王恩洋：〈論詩經之藝術〉，《文教叢刊》第 3、4 期合刊，1945 年 12 月

王開元：〈十五國風的美學價值〉，《新疆大學學報》（哲學社會科學版）第 20 卷 4 期，1992 年 12 月

王增斌：〈試論魏風唐風的美學特徵〉《山西師大學報》（社科版）第 21 卷第 4 期，1994 年 10 月

王靜芝：〈詩經的價值〉，《孔孟月刊》第 17 卷第 12 期，1979 年 8 月

尹建章：〈試談詩經的諷刺藝術〉，《鄭州大學學報》（哲社版）第 6 期，1986 年

白惇仁：〈先秦時代射詩考〉，《孔孟月刊》第 16 卷 11 期，1978 年 7 月

司徒騮：〈詩經在文學上的貢獻〉，《暢流半月刊》第 5 卷第 10 期，1952 年 7 月

竹　安：〈詩經中成對關聯詞的格式〉，《中國語文》第 3 期，1959 年 3 月

江逢僧：〈詩經大小雅所反映的社會現實〉，《文史哲》（山東大學學報之一）第 10 期，1957 年 10 月

向　熹：〈論詩經語言的性質〉，《中國韻文學刊》第 1 期，1998 年

余培林：〈三百篇分章歧異考辨〉，《國文學報》第 20 期，1991 年 6 月

余　我：〈詩經的技巧〉，《新文藝》第 167 期，1970 年 2 月

朱東潤：〈詩三百篇成書中的時代精神〉，《國文月刊》第 45 期，1946 年 7 月

呂珍玉：〈詩經疊章相對詞句訓詁問題探討〉《東海中文學報》第 12 期，1998 年

李子偉：〈詩經二題新解〉《西北師大學報》（社科版）31 卷 1 期，1994 年 1 月

李子廣：〈詩經抒情藝術的審美特徵〉《內蒙古師大學報》（哲社版），1997 年 3 期

李全祥：〈也談詩經衛風氓的主題及其藝術價值〉，《錦州師院學報》（哲學社會科學版）第 1 期，1995 年

李辰冬：〈詩經的研究〉（上），《大陸雜誌》第 7 卷第 10 期，1953 年 11 月

李辰冬：〈詩經的研究〉（下），《大陸雜誌》第 7 卷第 11 期，1953 年 12 月

李辰冬：〈詩經的形式研究〉，《革命思想月刊》第 2 卷第 5 期，1957 年 4 月

李松筠：〈論詩經所反映的階級內容〉《河北師院學報》（哲社版），1979 年第 4 期

李炳海：〈詩經中的空間方位選析〉，《中州學刊》第 3 期，1991 年

李家欣：〈詩經與民族文化心理〉，《江漢論壇》第 2 期，1989 年 2 月

李家欣：〈從詩經楚辭祭祀詩看北南方文化的差異〉《江漢論壇》，1994 年第 7 期

李笑野：〈詩經的對寫法及其影響〉，《文史知識》第 5 期，2003 年

何　純：〈詩經氓的藝術表現〉，《語文學習》第 12 期，1956

年 11 月

金達凱：〈殷周詩的結構與藝術〉，《民主評論》第 11 卷第 13 期，1960 年 7 月

吳　烈：〈詩經在中國文學上的地位〉，《國民文學》第 3 期，1934 年 12 月

吳紹華：〈詩經的文學價值〉，《暢流》第 55 卷第 6 期，1977 年 5 月

吳廣義：〈詩經愛情詩在中國文學史上的特殊地位和影響〉，《陰山學刊》（社會科學版），第 2 期，1995 年

易君左：〈詩經的特點〉，《文學世界季刊》秋季號，1966 年 9 月

易君左：〈詩經的時代反映〉，《文藝》第 25 期，1971 年 7 月

屈萬里教授講、朱宏壬筆記：〈東西周之際的詩篇所反映的民生及政治情況〉，《臺大青年》第 3 期，1968 年 6 月

林慶彰：〈從詩經看古人的價值觀〉，《中國人的價值觀國際研討會論文集》，臺北：漢學研究中心，1992 年 6 月；《中國人的價值觀——人文學觀點》，臺北：桂冠圖書股份有限公司，1994 年 8 月；《學術論文寫作指引》，臺北：萬卷樓圖書有限公司，1998 年 11 月

周文麟：〈詩經探賾二題〉，《西北大學學報》（哲社版）第 1 期，1988 年

周示行：〈王船山對詩經語言藝術的探索〉《衡陽師專學報》（社科），1992 年 4 期

周蒙、馮宇：〈從詩經看商周酒文化現象及其精神〉，《社會科學戰線》第 5 期，1993 年 9 月

周錫侯：〈詩經在中華文化中的功效和地位〉《青年戰士報》，1980 年 8 月第 10 版

姚兆如：〈詩經的學術價值〉，《臺北工專學報》創刊號，1967 年 4 月

胡振華：〈關關、復關、間關——詩經疏證之一〉，《文史知識》第 9 期，1994 年

胡毓寰：〈從詩經噫嘻篇的一些詞義說到西周社會性質〉，《學術月刊》第 10 期，1957 年

段楚英：〈詩經情歌的形式美〉，《江漢論壇》第 10 期，1996 年 10 月

俞明芳：〈三百篇有物色而無景色辨——與錢鍾書先生商榷〉，《上海師範大學學報》（哲學社會科學版）第 1 期，1989 年 3 月

袁湘生：〈詩經中時代思想的幾種表示〉，《搖籃》第 1 卷第 1 期，1931 年 3 月

馬　徵：〈棠棣之花的藝術分析〉，《社會科學研究》第 6 期，1986 年 11 月

孫　立：〈詩經田園詩的三重境界〉，《古典文學知識》第 6 期，1997 年

孫　波：〈試論詩經國風的藝術特色〉，《語文學刊》第 5 期，2002 年 9 月

夏泰生：〈從詩經看周人思想解放的歷程〉，《北方論叢》第 2 期，1993 年 3 月

夏傳才：〈詩經的語言和詩體〉，《河北師院學報》第 1 期，1985 年

夏傳才：〈詩經研究的三個問題〉，《學術研究》第 3 期，
　　1995 年

高大威：〈詩經閟宮篇的敘述技巧〉《東方雜誌》復刊第 18
　　卷 9 期，1988 年 3 月

高友工：〈詩經的語言藝術〉，《第二屆國際漢學會議論文
　　集》（文學組），臺北：中央研究院，1989 年 6 月

徐送迎：〈談國風中戀愛婚姻詩在文學史上的地位與影響〉，
　　《北方論叢》第 4 期，1988 年 7 月

柴文華：〈詩經審美心理論〉，《求是學刊》第 2 期，1989 年
　　4 月

張　晨：〈試論司馬遷的詩經觀〉，《北方論叢》第 5 期，
　　2001 年 9 月

張　健：〈詩經的研究〉，《文藝月刊》第 36 期，1972 年 6 月

張朝柯：〈詩經詩的「興」及其起源〉，《文學遺產增刊》第
　　2 輯，1955 年 8 月

張慶利、王瑤：〈詩經農事詩的美學意義〉《綏化師專學
　　報》，1994 年 12 月第 4 期

張震澤：〈論詩經的藝術〉（上、下）《社會科學輯刊》，1979
　　年第 3、4 期

張　蕾：〈詩經敘事詩特色探析〉，《河北師範大學學報》（社
　　會科學版）第 23 卷第 1 期，2000 年 1 月

張雙英：〈詩經七月詩的作法及其寓義〉，《中央日報》第 10
　　版，1984 年 11 月

章惠康、羅光輝：〈詩經鄘風言情詩的表現方式〉《古典文學
　　知識》，1990 年 1 期

章惠康、羅光輝：〈詩經秦風言情詩藝術探微〉，《長沙水電師院學報》（社會科學版）第 4 期，1990 年 11 月

陳世驤：〈The Shih Ching: Its Generic Significance Ance in Chinese Literary History and Poetics〉，《中央研究院歷史語言研究所集刊》第 39 本（上冊），1969 年 1 月

陳　虎：〈試論詩經對史記的影響〉，《晉陽學刊》第 3 期，2002 年.

陳桐生：〈史記與詩經的三種關係〉，《社會科學輯刊》第 3 期，1995 年 5 月

郭　杰：〈詩經對答之體及其歷史意義〉，《文學遺產》第 2 期，1999 年

程俊英：〈略談詩經〉，《語文教學》總第 10 期，1957 年 6 月

程俊英：〈略談詩經的表現方法〉，《語文教學》第 8 期，1957 年 8 月

喬　力：〈簡論古典詩詞的形似與神似〉，《江西社會科學》第 3 期，1990 年 6 月

黃作興：〈對「詩經的現實性和人民性」一文的意見〉，《文史哲》（山東大學學報之一）第 3 期，1957 年 3 月

黃培坤：〈試論詩經中的意象〉，《福建論壇》第 6 期，1996 年 12 月

黃肇基：〈詩經中的民情〉（上），《中國語文月刊》第 463 期，1996 年 1 月

黃肇基：〈詩經中的民情〉（中），《中國語文月刊》第 464 期，1996 年 2 月

黃肇基：〈詩經中的民情〉（下），《中國語文月刊》第 465

期，1996 年 3 月

買鴻德：〈詩經中的咏物失及其傳統特色〉，《西北民族學院學報》（哲學社會科學版），第 3 期，1998 年

傅兆寬：〈詩經國風中的怨刺詩〉，《中國文化大學中文學報》，1995 年 7 月第 3 期

楊公驥：〈詩經、楚辭對後世文學形式的影響〉，《東北師大學報》（哲學社會科學版），第 5 期，1986 年 8 月

楊仲義：〈詩經賦比興的美學真諦〉《湘潭大學學報》（哲社版）第 1 期，1997 年

楊凌羽：〈雅頌詩篇的思想傾向〉《華南師範大學學報》（社科版），1985 年第 1 期

葉　珊：〈詩經國風的草木和詩的表現技巧〉《現代文學季刊》第 33 期，1967 年

裴普言：〈詩經字詞用法舉例〉，《東方雜誌》復刊第 6 卷第 5 期，1972 年 11 月

廖　群：〈關于詩經現實主義藝術問題的重新審視〉，《河北師院學報》（社會科學版）第 4 期，1992 年 12 月

趙月恒：〈詩經與周代的俘虜政策〉，《文史知識》第 8 期，1996 年

趙沛霖：〈詩經藝術成就研究的歷史與現狀〉，《青海師範大學學報》（社會科學版）第 3 期，1989 年

趙沛霖：〈論詩經的神話學價值〉，《文藝研究》第 3 期，1994 年

趙　明：〈詩經的文化意義〉，《第二屆詩經國際學術研討會論文集》，北京：語文出版社，1996 年 8 月

趙宗來：〈詩經的政治解讀與文學解讀〉，《延邊大學學報》
　　（社會科學版）第 35 卷第 2 期，2002 年 6 月

鄧潭洲：〈詩經的現實性和人民性〉，《文史哲》第 10 期，
　　1955 年 10 月

劉振中：〈談詩經山水雲雨的象徵意義〉，《東岳論叢》第 6
　　期，1989 年 11 月

劉斯翰、何天杰：〈先秦儒家詩論之產生和發展〉，《學術研
　　究》第 4 期，1984 年

劉毓慶：〈從朱熹到徐常吉──文學研究軌跡探尋〉，《西北
　　師大學報》（社會科學版）第 38 卷第 2 期，2001 年 3
　　月

劉樹元：〈詩經美學二題〉，《錦州師院學報》（哲社版）第 3
　　期，1989 年 7 月

澎　湃：〈詩經的文學價值〉，《中華日報》第 11 版，1978
　　年 4 月

魯洪生：〈詩經的價值〉，《齊魯學刊》，第 2 期，1998 年

蕭建華：〈詩經傷感詩的美學價值〉，《江漢論壇》第 3 期，
　　1993 年 3 月

戴璉璋：〈詩經語法研究〉，《中國學術年刊》第 1 期，1976
　　年 12 月

糜文開：〈詩經的基本形式及其變化〉，《文壇》第 44 期，
　　1964 年 2 月

糜文開：〈讀顏元叔「析詩經的關雎」〉，《中央日報》第 10
　　版，1968 年 11 月

糜文開：〈從今存三百篇篇名來考察詩經篇名問題〉，《東方

雜誌》復刊第 12 卷第 11 期，1979 年 5 月

顏元叔：〈析詩經的關雎〉，《中央日報》第 10 版，1968 年
　　10 月

聶石樵：〈論詩經的人民性〉，《文學遺產》增刊第 4 輯，
　　1977 年

韓黎范：〈敷陳・比附・起興——詩經的藝術手法〉《語文學
　　習》，1980 年第 12 期

蘇雪林：〈詩經所供給的典故詞彙成語〉（上），《暢流》44
　　卷 1 期，1971 年 8 月

蘇雪林：〈詩經所供給的典故詞彙成語〉（下），《暢流》44
　　卷 2 期，1971 年 9 月

中文系先秦詩歌研究小組：〈論詩經中民歌的思想性和藝術
　　性〉，《山東大學學報》（中文版）第 1 期，1960 年

日・小西昇：〈漢代樂府詩における詩經の連想的表現方法
　　の衰滅〉，《中國關係論說資料》（1），頁 89~111，1964
　　年 6 月

日・加納喜光：〈パラディグム變換詩の構造——詩經國風
　　の基本詩形〉，《日本中國學會報》第 30 集，1978 年 10
　　月

日・加納喜光：〈詩經における類型表現の機能〉，《日本中
　　國學會報》第 33 集，頁 139~156，1981 年 10 月

日・米山寅太郎：〈論語關雎之亂章考〉，《諸橋博士古稀祝
　　賀紀念論文集》，東京：諸橋轍次先生古稀祝賀紀念
　　會，1953 年 10 月

日・吉川幸次郎等：〈詩經の藝術性と思想性〉，《中央公

論》第 76 卷第 1 號，頁 262~270，1961 年 1 月

日‧林健一：〈國風に於ける三章章四句の詩に就て〉，《漢學會雜誌》第 11 卷第 1 號，1943 年 5 月

日‧高成田忠風：〈詩經の自然美〉，《斯文》第 3 編第 6 號，頁 462~465，1921 年 12 月

日‧原一郎：〈中國文學の中のバラツド的要素──詩經‧國風の歌謠について〉，《天理大學學報》，第 23 卷 5 號，1972 年 3 月

日‧飯田利行：〈言語學的に見た詩經葛覃三章〉，《東洋學研究》第 8 號，頁 89~108，1939 年

日‧福原龍藏：〈鄭聲雜考〉，《諸橋博士古稀祝賀紀念論文集》，東京：諸橋轍次先生古稀祝賀紀念會，1953 年 10 月

日‧增野弘幸：〈『詩經』における「鳥が木にとまる」の表現について〉，《竺波中國文化論叢》第 9 號，頁 1~15，1989 年 2 月

日‧增野弘幸：〈『詩經』における「南畝」の意味について〉，《村山吉廣教授古稀紀念中國古典學論集》，東京：汲古書院，頁 129~143，2000 年 3 月

2.修辭學

于維杰：〈詩經修辭示例〉，《現代學苑》，第 4 卷 5 期，1967 年 5 月

王力堅：〈興與隱喻──中西詩學審美追求比較〉《天津社會科學》1995 年 4 期

王吉生：〈比法芻議〉，《北方論叢》第 1 期，1988 年 1 月

王忠林：〈詩經中運用譬喻修辭手法的分析〉，《第一屆先秦學術國際研討會論文集》，高雄：國立高雄師範大學，1992 年 4 月

王長華：〈詩經對中國語言文化隱喻品性形成的影響〉，《天津師大學報》第 6 期，1993 年 12 月

王長華：〈詩經對中國語言文化隱喻品性形成的影響〉，《詩經國際學術研討會論文集》，1994 年 6 月

王英賢：〈詩經東門的象徵意蘊〉，《貴州文史叢刊》第 2 期，1998 年

王俊瑜：〈詩經的修辭〉，《益世報》第 12 版，1936 年 9 月

王樹溥：〈詩經的修辭藝術片談〉，《松遼學刊》（社會科學版）第 2 期，1998 年

石曉林：〈淺談國風比喻藝術的特色〉，《江淮論壇》第 5 期，1981 年

任　翌：〈得體的修辭內涵與詩經溫柔敦厚的傳統〉，《江南學院學報》第 14 卷 2 期，1999 年 6 月

江　灝：〈詩經中的重言〉，《湖南師院學報》（哲社版）第 1 期，1982 年 1 月

李世萍：〈婉而成章曲以見文——詩經辭格探析〉，《語文學刊》1998 年第 4 期

李金坤：〈衛風氓對比藝術淺談——兼談《詩經》對比手法的運用〉，《瀋陽師範學院學報》（社科版）第 1 期，1988 年

李　索：〈詩經問句初探〉，《河北師院學報》（哲社版）第 3

期，1987 年 9 月

李荀華：〈詩經中重言疊字的文化意義〉，《兵團教育學院學報》第 9 卷第 1 期，1999 年 3 月

李錫瀾：〈互文辨〉，《上海師範大學學報》第 4 期，1984 年

李　蹊：〈詩經的文學性與類覺醒〉，《晉陽學刊》第 1 期，2003 年 1 月

李鵑娟：〈國風疊字詞研究〉，《第四屆中國修辭學學術研討會論文集》，輔仁大學中國文學系、中國修辭學會主編，2002 年 5 月

李麗文：〈詩經十五國風設問探析〉，《第四屆中國修辭學學術研討會論文集》，輔仁大學中文系、中國修辭學會主編，2002 年 5 月

李麗文：〈詩經譬喻美學〉，《第五屆中國修辭學學術研討會論文集》，國立臺灣師範大學國文學系、中國修辭學會主編，2003 年 11 月

李麗文：〈詩經頂針研究〉，《東吳中文研究集刊》第 12 期，東吳大學中國文學系博碩士班學生會，2005 年 7 月

余培林：〈三百篇中疊字不作動詞說〉，《國文學報》第 17 期，1988 年 6 月

余培林：〈詩經複字句研究〉，《國文學報》第 27 期，1998 年 6 月

沈　謙：〈詩經中的層遞藝術〉，《中央日報》第 10 版，1984 年 2 月

邢濟眾：〈詩經修辭的研究〉，《義安學院院刊》第 3 卷，1967 年

汪維輝：〈詩經中的借代〉，《寧波師院學報》（社會科學版），1989 年 2 月第 1 期

何慎怡：〈詩經互文修辭手法〉，《古漢語研究》第 4 期，1999 年 12 月

何慎怡：〈詩經互文修辭手法〉，《第四屆詩經國際學術研討會論文集》，北京：學苑出版社，2000 年 7 月

呂珍玉：〈詩經頂真修辭技巧探究〉，《中國文化月刊》第 299 期，2005 年 11 月

林之棠：〈詩經對舉字釋例〉，《國學月報》第 2 卷第 12 號，1971 年 11 月

林之棠：〈詩經重言字釋例〉，《國學月報》第 2 卷第 12 號，1971 年 11 月

林淑貞：〈擬譬與寓寄〉，《詩經研究叢刊》第 3 輯，2002 年 7 月

林淑貞：〈擬譬與寓寄──從鴟鴞辨析比、比興與寓言詩義涵之異同〉，《孔孟月刊》第 40 卷第 11 期，2002 年 7 月

林淑貞：〈詩經與琴瑟之喻〉，《詩經研究叢刊》第四輯，2003 年 1 月

吳朝輝：〈詩國風修辭藝術探微──以國風最短五篇詩的修辭現象為例〉，《東師語文學刊》第 7 期，1994 年 6 月

吳朝輝：〈修辭格與賦比興──兼論詩經的修辭藝術〉，《東師語文學刊》第 8 期，1995 年 6 月

周玉秀：〈黍離修辭方法淺說〉《瀋陽教育學院學報》第 4 卷 1 期，2002 年 3 月

洪麗娣：〈論鄭玄毛詩箋中的修辭觀念〉，《遼寧教育學院學

報》第 15 卷第 2 期，1998 年 3 月

段吉福：〈詩經中完全重疊字調查〉《西南民族學院學報》
　　（哲社版），1984 年 3 期

高　林：〈論詩經中的襯字〉，《佳木斯師專學報》第 2 期，
　　1994 年 6 月

唐文德：〈論魏風碩鼠的象徵比喻藝術〉，《逢甲學報》第 26
　　期，1993 年 11 月

唐圭璋：〈三百篇修詞之研究〉，《國學叢刊》第 2 卷第 4
　　期，1925 年 10 月

唐圭璋：〈詩經複詞考〉，《制言半月刊》第 17 期，1936 年 5
　　月

孫光萱：〈數量詞在詩歌中的修辭作用〉《上海大學學報》
　　（社科版）1994 年 3 期

孫雍長：〈詩雀無角、鼠無牙解——修辭中的偷換格〉《中國
　　語文》1989 年 1 期

柴秀敏：〈詩經疑問句類析〉，《詩經研究叢刊》，第二輯，
　　2002 年 1 月

曹　鳳：〈興與隱喻——中西詩學比較〉，《北京師範大學學
　　報》（社會科學）第 5 期，1991 年 9 月

陶長坤：〈詩經象徵藝術探微——兼與王齊洲同志商榷〉，
　　《內蒙古師大學報》（哲學社會科學版），第 1 期，1993
　　年 3 月

許琇禎：〈詩經國風層遞藝巧析論〉，《孔孟月刊》第 32 卷第
　　8 期，1994 年 4 月

張仁立：〈詩經中的襯音助詞研究〉，《語文研究》第 3 期，

1999 年

張其昀：〈詩經疊字三題〉，《鹽城師專學報》（哲社版）第 1
　　期，1995 年

張其昀：〈詩經疊字三題〉（續），《鹽城師專學報》（哲社
　　版）第 3 期，1995 年

崔錫臣：〈碩鼠篇究竟運用了何種修辭方法〉，《瀋陽師範學
　　院學報》（社科版）第 2 期，1995 年

陳予望：〈詩要用比喻的原因〉，《純文學》復刊第 20 期，
　　1999 年 12 月

陳光磊、王俊衡：〈略論詩經的語音修辭〉，《修辭學習》第
　　5 期，1994 年

陳柏華：〈詩蒹葭疊詞義辨〉，《語文學刊》第 3 期，2001 年

程俊英：〈詩之修辭〉，《學衡》第 12 期，1922 年 12 月

程俊英・萬雲駿：〈詩經的語言藝術──兼談詩、詞、曲的
　　修辭〉，《文學遺產》第 3 期，1980 年 12 月

賀　　凱：〈詩經中的重言詞和聯綿詞的分合運用〉，《山西師
　　範學院學報》第 3 期，1959 年 10 月

童元方：〈詩經的疊字藝術及其他〉，《幼獅月刊》第 36 卷 1
　　期，1972 年 7 月

景聖琪：〈詩秦風蒹葭疊詞義辨〉《蘇州大學學報》（哲社
　　版）2000 年第 4 期

黃冬珍：〈詩經的憂患意識〉，《晉陽學刊》第 1 期，2003 年
　　1 月

黃宇鴻：〈從詩經看古代聯綿詞的成因及特徵〉，《河南師範
　　大學學報》（哲學社會科學版）第 26 卷第 6 期，1999

年 11 月

黃高憲：〈詩經數量詞的用法及特點〉,《福建論壇》第 1
　　期,1982 年 2 月

黃素芬：〈試論詩經的藝術表現手法〉,《廣西師範學院學
　　報》(哲學社會科學版) 第 1 期,1983 年

黃振民：〈詩三百篇修辭之研究〉,《國文學報》第 7 期,
　　1978 年 6 月

黃鐵錚：〈詩經疊字之研究〉,《華國》(香港) 第 2 期,1958
　　年 9 月

葉　龍：〈國風與雅歌的修辭研究〉,《文學世界》第 8 卷 2
　　期,1964 年 6 月;《民主評論》第 16 卷第 15~16 期,
　　1965 年 9 月~10 月

楊公驥：〈風、騷傳統對後世文學形式的影響〉,《文史知
　　識》第 5 期,1986 年

楊滿忠：〈簡論詩經疊字的社會美〉《固原師專學報》(社會
　　科學) 1997 年第 4 期

劉　竹：〈論詩經的疊字運用〉,《雲南師範大學學報》(哲學
　　社會科學版) 第 25 卷第 5 期,1993 年 10 月

劉志清：〈詩經的藝術〉,《中國文選》第 35 期,1968 年 5 月

劉秋潮：〈風詩使用疊字的藝術〉,《民主論評》第 9 卷 11
　　期,1958 年 6 月

劉懷榮：〈比法思維的發生學研究〉《第二屆詩經國際學術研
　　討會論文集》,北京：語文出版社,1996 年 8 月

潘柏年：〈論修辭與聲韻的關係〉,《第一屆中國修辭學學術
　　研討會論文集》,國立臺灣師範大學國文系、中國修辭

學會主編，1999 年 6 月

潘柏年：〈國風譬喻修辭法分類研究〉，《第二屆中國修辭學學術研討會論文集》，臺北：洪葉文化事業有限公司，2000 年 7 月

鄭郁卿：〈詩經修辭研究〉，《臺北工專學報》第 17 期，1984年 4 月

鄭郁卿：〈詩經修辭研究補編〉，《臺北工專學報》第 18 期，1985 年 3 月

鄭軍健：〈略談詩經比興中的隱喻思維系統〉，《廣西師院學報》（哲學社會科學版）第 4 期，1991 年 12 月

黎錦熙：〈三百篇主述倒文句例〉，《師大月刊》第 2 期，1933 年 1 月

蕭華榮：〈漢代興喻說〉，《齊魯學刊》第 4 期，1994 年

錢小雲：〈詩經助詞〉，《南京師院學報》（社會科學版），第 1 期，1979 年 3 月

魏靖峰：〈試析詩經十五國風的喻依〉，《中國語文》第 66 卷 1 期，1990 年 1 月

謝耀基：〈詩經顏色字的運用〉，《詩經研究叢刊》第 3 輯，2002 年 7 月

羅敬之：〈談詩經國風的修辭〉，《華學月刊》第 96 期，頁 53~57，1979 年 12 月

蘇　昕：〈詩經中水意象之探源〉，《晉陽學刊》第 1 期，1997 年 1 月

美·鮑琳·R·于：〈寓言、象徵與詩經〉，《詩經國際學術研討會論文集》，保定：河北大學出版社，1994 年 6 月

韓‧安秉均：〈詩經的表現方法──比喻〉，《第二屆詩經國際學術研討會論文集》，北京：語文出版社，1996 年 8 月

日‧水上靜夫：〈『毛詩』疊句原讀攷──「おどり字」の原流か〉，《池田末利博士古稀紀念東洋學論集》，廣島：池田末利博士古稀紀念事業會，1980 年 9 月

日‧古田敬一：〈詩經の比喻──「如」字使用の直喻について〉，《村山吉廣教授古稀紀念中國古典學論集》，東京：汲古書院，2000 年 3 月

日‧吉田文子：〈詩經疊詠體における漸層表現について〉，《南台應用日語學報》第 2 號，2002 年 6 月

日‧杉本行夫：〈詩經の修辭法〉，《島根大學論集》（人文科學）第 4 號，1954 年 3 月

日‧境武男：〈詩經に見之ゐ擬聲語〉，《詩經學》第 1 輯，1958 年 7 月

日‧境武男：〈詩經に見之ゐ擬聲語〉（續），《詩經學》第 2 輯，1959 年 4 月

日‧境武男：〈詩經に見之ゐ擬聲語〉（又續），《詩經學》第 2 輯，1959 年 7 月

3. 其他

黃得時：〈諸橋轍次其人其書〉，《中外雜誌》第 34 卷 1 期，1983 年 7 月

麓保孝撰、許賢瑤譯：〈諸橋轍次其人及學問〉，《世界華學季刊》第 3 卷 4 期，1982 年 12 月

國家圖書館出版品預行編目資料

《詩經》修辭研究／李麗文著. -- 初版. -- 臺北

市：萬卷樓, 2009.12

面； 公分

ISBN 978－957－739－663－1 (平裝)

1. 詩經 2.修辭學 3.研究考訂

831.18 98020582

《詩經》修辭研究

著 者：李麗文

發 行 人：陳滿銘

出 版 者：萬卷樓圖書股份有限公司

臺北市羅斯福路二段 41 號 6 樓之 3

電話(02)23216565‧23952992

傳真(02)23944113

劃撥帳號 15624015

出版登記證：新聞局局版臺業字第 5655 號

網 址：http://www.wanjuan.com.tw

E－mail ：wanjuan@tpts5.seed.net.tw

承印廠商：中茂分色製版印刷事業股份有限公司

定 價：480 元

出版日期：2009 年 12 月初版

ISBN：978－957－739－663－1